Jasmin Jülicher

Der Hüter
Stadt der Tiefe

Für meine Eltern.
Ohne eure Unterstützung hätte ich
diesen Roman niemals geschrieben.

Bibliografische Information der Deutschen Nationalbibliothek:
Die Deutsche Nationalbibliothek verzeichnet diese Publikation in der Deutschen Nationalbibliografie; detaillierte bibliografische Daten sind im Internet über http://dnb.d-nb.de abrufbar.

Der Hüter – Stadt der Tiefe

ISBN: 978-3-96111-485-6
4. Auflage
2022

© Jasmin Jülicher
Annastraße 87
47638 Straelen
Deutschland

Bestellung und Vertrieb: Nova MD GmbH, Vachendorf

Coverillustration: Hannah Böving

Lektorat & Satz + Layout: Ka & Jott, Bernau bei Berlin

Druck: Booksfactory, Stettin (Polen)

Illustrationen:
www.pixabay.de
www.fotolia.de
www.123rf.com

DER HÜTER

STADT DER TIEFE

JASMIN JÜLICHER

1888, Biota

Er war kein normaler Kunde.

Mary Ann presste die Hände auf ihre durchtrennte Kehle.

Viel zu schnell tropfte das Blut an ihren Armen hinunter und besudelte ihr schönes Kleid. Sie sank zu Boden und ihr Kopf schlug auf dem kostbaren Teppich auf, den sie Jahre zuvor so sorgfältig ausgesucht hatte, und der nun von einer großen Blutlache getränkt wurde. Ihre Hände glitten vom Hals, und sie starrte hoch zur Decke. Das Gesicht ihres Mörders schob sich vor das Licht des Leuchters. Er lächelte. Das war das Letzte, was Mary Ann Nicholls vor ihrem Tod sah.

1808, Deutschland

Es war der Tod, der hinter der schlichten braunen Holztür wartete, nur wusste Doktor Friedrich Schmidt noch nichts davon. Ungeduldig stieß er sie auf und betrat die kleine Wohnung dahinter.

»Wilhelm? Wo zur Hölle bist du? Du hast Viertel nach acht gesagt und jetzt ist es bereits halb neun! Ich habe es satt, zu warten, hörst du?« In der Wohnung, die mit Kisten und Werkzeug vollgestopft war, ertönte rechts von ihm ein leises Rascheln. Er wandte sich um und sah, wie sein Stiefsohn Wilhelm hinter einer der Kisten hervorkroch.

»Ich bin hier.« Er klopfte den Staub von seiner Hose und kam näher. »Du wirst kaum glauben, was ich dir jetzt zeige. Der Kerl, für den ich arbeite, Herr Sattler, hat Monate dafür gebraucht. Eigentlich dürfte ich es dir nicht zeigen, aber vielleicht ist es dir ja eine Belohnung wert.« Wilhelm grinste begeistert und trat zu dem mit Laken bedeckten Stapel ganz hinten im Raum. Schmidt folgte ihm.

»Bereit?«, fragte Wilhelm mit einem Leuchten in den Augen. Schmidt nickte und der Junge zog an den Laken. Er riss die Augen weit auf. *Unglaublich*, dachte er und trat näher. Seine Hände berührten hartes, kaltes Metall.

Wilhelm hielt einen glänzenden Schlüssel in die Höhe. »Soll ich ihn starten?«

»Ja«, murmelte Schmidt, während er gebannt auf die große Maschine starrte. Eine Maschine mit Armen und Beinen. Ein mechanischer Mensch. Primitiv, aber dennoch, wenn sie funktionierte … Keine Frage, er würde sie Herrn Sattler abkaufen. Dieses mechanische Wesen könnte ihn reich machen. Er sah die Möglichkeiten schon vor sich, sie waren beinahe grenzenlos.

1808, DEUTSCHLAND

Unruhig wartete Ullrich zusammen mit zweihundert seiner Kollegen vor der Mine. Die Arbeit darin stand still, seitdem ihr Arbeitgeber vor einer Stunde verkündet hatte, dass er ihnen das Großartigste zeigen würde, das sie je zu sehen bekommen hatten. Ullrich konnte sich nicht vorstellen, was das sein sollte, aber wenn er die Gelegenheit bekam, die harte Arbeit in der Mine ruhen zu lassen, dann konnte Schmidt ihm gerne zeigen, was immer er wollte. Er stieß einen Arbeiter aus seiner Schicht mit dem Ellenbogen an.

»Du, Jeremias, was denkst du, was der alte Sklaventreiber uns zeigen will?«, flüsterte er.

Der Angesprochene zuckte die Achseln. »Keine Ahnung.« Ein Raunen ging durch die Menge und alle wandten sich nach links. Dort stand der Besitzer der Mine, Doktor Friedrich Schmidt. Mit seiner imposanten Statur überragte er alle Arbeiter mit Leichtigkeit um einen halben Kopf. In der Rechten hielt er die Peitsche, die er gerne benutzte, wenn sie ihm nicht gehorchten, in der Linken ein Stück Metall, unförmig und eigenartig gebogen. Ein Arbeiter schob etwas Riesiges, das unter einem grauen Stofftuch verborgen war, an die linke Seite des Minenbesitzers. Ullrich reckte wie alle anderen den Hals, um einen Blick auf das große Ding zu werfen, das neben Schmidt zum Stillstand kam.

Ihr Arbeitgeber hob die Hände, und das Gemurmel erstarb.

»Ich weiß, ihr alle scharrt schon ungeduldig mit den Füßen und wollt zurück an eure Arbeit.«

Ullrich und Jeremias sahen sich kurz an.

»Aber ich konnte euch das hier«, der Minenbesitzer deutete auf das Stofftuch, »auf keinen Fall vorenthalten. Was ihr hier seht, ist die Verbesserung, der Fortschritt, die Revolution der Minenarbeit. Es hat mich ein Vermögen gekostet, aber das war es wert. Ich präsentiere euch: GLM-001!« Mit Schwung riss der Mann das Tuch herunter, und zum Vorschein kam ein glänzendes Metallkonstrukt. Es war etwa zweieinhalb Meter hoch und erinnerte Ullrich entfernt an einen Menschen. Zumindest hatte es oben eine Kugel und an den Seiten so etwas wie Arme. Nur befanden sich an den Enden keine Hände, sondern Bohrer und Meißel. Im unteren Teil endete die Maschine in zwei dicken Metallblöcken.

Einige Arbeiter begannen zu lachen. Immer mehr stimmten ein, und auch Ullrich fand, dieses Gebilde müsse zweifelsohne ein Scherz des Minenbesitzers sein. Er konnte *das* unmöglich als Revolution der Minenarbeit bezeichnen. Schmidts Gesicht lief rot an.

»Wartet, bis ihr seht, was dieser Golem kann!«, brüllte er mit bebendem Schnurrbart. Augenblicklich verstummte das Gelächter der Arbeiter. Schmidt wedelte mit dem metallischen Ding in seiner Hand und trat hinter den Metallklotz. Von seiner Position aus konnte Ullrich ihn nicht mehr sehen, doch nach wenigen Sekunden erklang ein Knirschen, dem ein lautes Rattern folgte. Scheinwerfer flammten in der Mitte der großen Kugel auf. Zischend hob das riesige Gebilde einen seiner Arme. Der Bohrer an dessen Ende heulte schrill auf. Mit einem Aufschrei wichen die Arbeiter vor dem Ungetüm zurück. Nun war es an Schmidt, zu lachen.

»Ihr habt doch nicht etwa Angst, oder? Gewöhnt euch lieber daran, GLM-001 wird euch ab jetzt bei jeder Schicht Gesellschaft leisten.«

Verwundert betrachtete Ullrich die ungelenke Maschine. Wie sollte er mit einem solchen Metallungetüm zusammenarbeiten?

Erschöpft hob Ullrich die Beine aus dem Bett. Seine Frau und Tochter schliefen noch, nur er war wieder von dem Stampfen aufgewacht, das von draußen hereindrang. Ein Blick auf die Uhr verriet ihm, dass es erst vier Uhr morgens war. Seufzend zog Ullrich seine dreckige Arbeitskleidung an und griff nach dem trockenen Laib Brot, der am vorigen Abend übrig geblieben war. Er schnitt ein kleines Stück davon ab, verließ eilig das Haus und machte sich auf den Weg zur Mine, die mittlerweile fast vor seiner Haustür begann. In den letzten Jahren hatte Schmidt die Mine stetig erweitern lassen, sodass die Nachbarstadt inzwischen verschwunden war.

Ullrich passierte fünf Golems, Modell GLM-003. Schwerfällig stampften sie über die Straßen zur Mine oder fällten die wenigen verbliebenen Bäume. Im Gegensatz zum ersten Modell hatten diese silbern glänzenden Maschinen deutliche Ähnlichkeit mit Menschen.

Ullrich meldete sich bei seinem Vorarbeiter und betrat die Mine, in deren Inneren weitere Golems standen, alle mit anderen Werkzeugen an ihren metallenen Armen. Sie schlugen, kratzten und bohrten das Eisenerz aus den Wänden, sodass sich riesige Schutthaufen zu ihren Füßen auftürmten. Seufzend griff er nach einer Schaufel und begann, das Erz in den kleinen Wagen zu laden, der auf Schienen mitten im Raum stand. Ein lautes Pfeifen unterbrach ihn nach wenigen Minuten bei seiner schweißtreibenden Arbeit. Ullrich blickte auf und sah, dass aus dem Ventil auf der Schulter des einen Golems ein stetiger Strom Dampf quoll. Er legte die Schaufel beiseite und ging zu dem riesigen Holzstoß an der rechten Seite der Mine. Mit einigen

Holzscheiten auf dem Arm kehrte er zum dampfenden Golem zurück. Er öffnete die Klappe auf dessen Rücken und wich vor der Hitze zurück, die ihm entgegenschlug. Schnell warf er die Holzscheite hinein; Funken stoben auf. Schwungvoller als nötig schlug er die Klappe wieder zu.

»Da, bitte sehr«, murmelte er. Das Pfeifen hörte auf, und der Golem setzte seine monotone Arbeit fort. Auch Ullrich begann wieder, Erz vom Boden der Mine in den Wagen zu schaufeln. So lange, bis ihm schwindelig wurde. Es war lange her, seit er mehr als drei Stunden geschlafen hatte. Seit dem verfluchten Tag, als Schmidt ihnen diesen verdammten Metallhaufen präsentiert hatte, war ihm eines klar: Sobald er mit den Maschinen nicht mehr mithalten konnte, würde er seine Stelle verlieren. Also ging er um zwölf Uhr in der Nacht heim und kehrte bereits um drei oder vier Uhr in der Früh in die Mine zurück. Erschöpft legte er eine kurze Pause ein und schloss die Augen.

»Du!« Erschrocken zuckte Ullrich zusammen. Der Vorarbeiter stand hinter ihm. Schnell straffte er sich und schaufelte weiter. »Hier, dein Lohn.«

Verdattert drehte Ullrich sich um. »Mein Lohn? Die Woche ist doch noch gar nicht zu Ende.«

»Nein, aber du bist entlassen. Wir brauchen dich nicht mehr.«

Ullrich schwankte. »Aber das könnt ihr doch nicht machen, ich habe eine Familie, wir haben ohnehin schon kaum etwas zu essen ...«, brabbelte er, obwohl er wusste, dass es dem Mann völlig egal war.

»Wir kriegen diese Woche eine neue Lieferung: GLM-004. Die Dinger können einfach alles. Bald brauchen wir keinen mehr von euch.«

»Nein, bitte, ich kann doch ...«

»Geh, bevor ich dich hinauswerfe.« Der Mann hob drohend eine Faust. Ullrich ließ die Schaufel fallen und nahm seinen restlichen Lohn. Langsam verließ er das Gelände entlang einer langen Reihe von Holzkreuzen, letzte Ruhestätte jener Kameraden, die durch Unfälle mit Golems tödlich verletzt worden waren.

1843, New York City

»Ja, das verstehe ich, aber es ist mir egal. Bis nächste Woche wird er fertig sein, sonst können Sie sich anderswo nach einer Stelle umsehen.« Vanderbilt warf die Tür mit einem Knall hinter sich zu. *Allesamt unfähig!*

Nie lieferten sie ihm das, was er wollte. Er hatte in den letzten Jahren ein Vermögen mit seiner geliebten Dampfschiffgesellschaft verdient, aber schließlich einsehen müssen, dass in den Minen und damit auch in den Golems die Zukunft lag. Danach war ein großer Teil seines Vermögens in das Auffinden und Aufkaufen von Minen geflossen. Südamerika war noch nicht besetzt gewesen.

Vanderbilt lachte kurz auf. Er besaß einen gesamten Kontinent, der darauf wartete, dass er, Cornelius Vanderbilt, ihn umgrub, doch leider hatte er keinen Golem, der so funktionierte, wie er sich das vorstellte. Vor wenigen Jahren hatte man die Golems noch auf dem freien Markt kaufen können, aber heute waren jeder Ingenieur und jede Werkstatt, in der Golems gebaut wurden, in der Hand der großen Minengesellschaften. Also hatte er eigene Ingenieure eingestellt.

Die Entwicklung der mechanischen Arbeiter gestaltete sich jedoch schwierig, da alle bisher gebauten Prototypen große

Schwächen aufwiesen. Bereits seit einem halben Jahr wartete er auf Ergebnisse und hatte es satt. Dieses unproduktive Warten war er nicht gewohnt. Damit er wenigstens nicht gänzlich auf der Stelle trat, hatte er bereits Menschen zum Abbau der Bodenschätze in Südamerika geschickt, Ureinwohner, die sein Vertreter vor Ort gefunden hatte. Indios hatte er sie genannt. Aber die Arbeit ging viel zu langsam voran. So würde er auf Dauer nicht mit seinen Konkurrenten mithalten können.

1844, New York City

Vor wenigen Minuten hatte Vanderbilt einen Brief aus Chile erhalten. Der Abbau dort ging gut voran, die ersten Ladungen Kupfer und Eisenerz würden bereits in einer Woche verschifft werden. Es hatte lange gedauert, doch seit zwei Monaten waren seine Minen endlich mit Golems besetzt. Die Maschinen liefen ohne Probleme und aus allen Ländern trafen Schiffsladungen mit Kohle, Erzen und Edelsteinen in New York ein. Die Märkte in Europa, Amerika und erstaunlicherweise auch in Shanghai rissen ihm die Bodenschätze geradezu aus den Händen.

Vanderbilt betrat das Entwicklungslabor, das er hatte bauen lassen, damit seinen Ingenieuren wirklich alles zur Verfügung stand, was sie brauchten. Dem Fortschritt der Forschung sollte nichts im Wege stehen.

Das Labor war eine große Halle, an deren Seiten Schreibtische standen. Über jedem von ihnen hingen Baupläne, von denen Vanderbilt nicht einmal gewusst hätte, wie herum er sie halten sollte. Auf den meisten Tischen herrschte ein heilloses Durcheinander: einzelne Blätter mit Zeichnungen oder

Berechnungen, Stifte, Werkzeuge, Essen – alles lag wild verstreut herum. Doch das interessierte ihn nicht, solange seine Ingenieure ihm Ergebnisse lieferten.

In der Mitte des Raumes war Platz für den Aufbau der Erfindungen. Im Moment stand dort das Unterteil eines Golems, der, wenn er einmal fertiggestellt war, mehr als fünf Meter messen würde.

Kaum hatte Vanderbilt das Labor betreten, eilte auch schon Alexis Black zu ihm herüber. Der kleine blonde Mann war noch keine dreißig Jahre alt, aber bereits jetzt sein Chefingenieur und der Leiter des Labors. Ihm verdankte Vanderbilt die Entwicklung der einzigartigen Golems, die seine Taschen bis zum Bersten mit Kohle und Erz füllten. Das änderte jedoch nichts daran, dass der Ingenieur eine stetige Zerreißprobe für seine Nerven darstellte.

Auch jetzt scharwenzelte er wieder unangenehm nah um ihn herum. »Mister Vanderbilt, es ist alles für Sie vorbereitet. Ich habe jetzt noch die Teile eingebaut, die Sie erwähnt hatten. Ich bin mir sicher, es gefällt Ihnen.« Bei diesen Worten faltete der Mann die Hände wie zum Gebet und nickte immer wieder wie ein verrückter Specht.

Bemüht freundlich hakte Vanderbilt nach: »Meinst du, wir können ihn direkt in Betrieb nehmen und weitere bauen?«

»Natürlich.« Der Ingenieur nickte noch wilder, sodass seine Haare auf und ab wippten. »Es ist alles bereit, Sie müssen die Änderungen nur noch absegnen.« Er führte Vanderbilt im Raum ganz nach hinten. Dort stand ein weiterer großer Golem, fast drei Meter hoch. Black hatte in seinem Auftrag dafür gesorgt, dass die Golems sich nun gegenseitig befeuern konnten, was eine enorme Einsparung an Personalkosten bedeutete. Zusätzlich hatten die Ingenieure diesen Golem mit verschiedenen Waffen, zum größten Teil Feuerwaffen, ausgestattet, denn allein im letzten Monat hatte es achtundzwanzig Angriffe auf seine Minen und Golems gegeben. Die Angreifer aus den umliegenden Städten und Dörfern waren dabei allerdings nicht seine Hauptsorge. Von ihnen gab es zwar ein paar, aber sie richteten keinen großen Schaden an. Vielmehr hatte er die Vermutung, dass ihm von anderen Minenbesitzern Gefahr drohte, möglicherweise in der Gestalt von Saboteuren. Was schadete es also, vorbereitet zu sein? Schon bald würden die neuen Golems in jeder seiner Minen arbeiten und sie vor Überfällen schützen. Zwei von ihnen standen bereits vor dem Eingang seines Firmengebäudes.

1847, CHILE

Ignacio Diaz hatte langsam genug von seinem Job. Die Bezahlung war miserabel, die Arbeitsbedingungen schlecht, und er hatte das Gefühl, der ganze Rauch verstopfte seine Lungen. Andererseits konnte er froh sein, dass er seinen Posten noch hatte. In den letzten fünfzehn Jahren hatte er einen Mann nach dem anderen gehen sehen. An ihre Stellen waren die Maschinen getreten. Ignacios einzige Aufgabe bestand inzwischen darin, auf die riesenhaften Metallmänner aufzupassen; achtzugeben, dass keiner dem wertvollen Altmetall zu nahe kam.

Jeden Tag saß er in seinem Häuschen am Eingang der Mine, patrouillierte alle zwei Stunden und war schwer bewaffnet. Doch mit dem, was er hier verdiente, war es schwierig, seine Familie zu ernähren. Zusätzlich zum wenigen Geld erhielt er jeden Monat drei kleine Kohlestücke. Von diesen paar Brocken konnten sie sich zumindest Essen leisten, auch wenn es ständig nur Maniokmehl und geräucherten Fisch gab. Zu mehr reichte es nicht, und die Zeiten, in denen es in dieser Region etwas anderes gegeben hatte, waren ohnehin lange vorbei.

Ignacio blickte auf die Uhr. Mitternacht. Es war wieder einmal Zeit für seinen Rundgang. Mit steifen Knien und knackenden Gelenken erhob er sich von seinem Stuhl und stieß die Tür auf. Die eiskalte Nachtluft wehte herein und Ignacio schloss sie schnell wieder, damit er nicht den Rest der Nacht in dieser Eiseskälte verbringen musste. Er nahm die Laterne, die er neben der Tür abgestellt hatte, und entzündete die Kerze darin. Mit einer Hand hielt er sie hoch und stieg über Geröll hinab auf den kleinen Weg, der um das Minengelände herumführte. Auf seiner Route kontrollierte er die Zäune, die das Gelände umschlossen und überprüfte mögliche Verstecke auf Einbrecher. Nach zwanzig Minuten war er am Eingang der Mine angelangt, deren Öffnung zwar nur wenige Meter breit war, von der Ignacio jedoch wusste, dass die Schächte darin bis zu tausend Meter in die Tiefe hinabführten. So weit, dass die Erde dort unten heiß wurde. Er hatte Mister Vanderbilt und seinen Ingenieur über so etwas wie Erdwärme sprechen hören, als sie hier gewesen waren. Für Ignacio klang es nach einem Abstieg in die Hölle.

Er bekreuzigte sich hastig und betrat den Vorraum der Mine. Dort standen Wagen, einige bereits gefüllt, andere noch leer. Ihr Inhalt war – wie erwartet – schwarz, da in der Mine nur Kohle gefördert wurde.

Ignacio hatte sich bereits wieder halb abgewandt, als er etwas in einem der Wagen sah. Mit schnellen Schritten war er bei der Ladung. Vor ihm lag ein glänzender, farbloser Klumpen. Das war keine Kohle! Ignacio versuchte, den Brocken hochzuheben, doch er war viel zu schwer. Keuchend ließ Ignacio ihn wieder los und blickte sich um. In dem Moment kündigte ein Vibrieren des Bodens und ein dumpfes, immer lauter werdendes Stampfen die Ankunft eines Golems an. Ein paar Sekunden später stand der riesenhafte Blechmann neben Ignacio und entleerte mit ruckartigen Bewegungen die Ladung in den Wagen, die er in einem Korb an seiner Seite gesammelt hatte. Dann stampfte er zurück in den Gang, aus dem er gekommen war.

Ignacio schaute sich an, was der Golem in den Wagen gekippt hatte. Mehrere von den seltsamen farblosen Brocken lagen nun auf der dunklen Schicht aus Kohle. Dieses Mal waren auch kleinere Stücke darunter und Ignacio hob eines davon an. Auch wenn der Brocken gerade einmal seine Handfläche bedeckte, war er doch so schwer, dass Ignacio seine Laterne über den Arm hängen musste, um ihn mit beiden Händen hochzuheben. Er fühlte sich kalt auf seiner Haut an.

Ignacio überlegte, was zu tun war. Offensichtlich bauten die Golems hier etwas Falsches ab. Und falls diese Steine wertlos waren, verlor Mister Vanderbilt viel Geld. Und sehr wahrscheinlich würde man ihn dafür verantwortlich machen.

So schnell er konnte, hastete Ignacio aus der Mine und eilte in das winzige Dorf neben dem Minengelände. Hier wohnten Mister Vanderbilts Mitarbeiter. Er stürmte zu dem schiefen Holzhaus, in dem der Geologe wohnte, der jeden Tag Proben der Lieferungen untersuchte. Er hämmerte gegen die Tür und nach einer Minute ertönte endlich eine genervte Stimme aus dem Inneren.

»Was ist denn da draußen los?«

Die Tür wurde aufgerissen und im Schein der Laterne erkannte Ignacio das verschlafene Gesicht von Luis Greenough, des jungen Geologen, der erst seit zwei Monaten hier arbeitete.

»Ignacio, was ist denn los?«

»Ich habe gerade die Mine kontrolliert und gesehen, dass die Golems das hier statt Kohle abbauen«, antwortete Ignacio außer Atem. Er streckte seine Arme aus und hielt dem Geologen den farblosen Brocken entgegen. Dieser nahm ihn und betrachtete ihn neugierig.

»Es ist nichts, was mir bekannt ist. Ich werde einige Tests machen.«

»Werden Sie auch Mister Vanderbilt Bescheid geben?«

»Ich informiere ihn gleich morgen früh.« Der Geologe wandte sich um und schickte sich an, die Haustür zu schließen.

»Ich werde doch nicht gefeuert werden, oder?« Händeringend stand Ignacio vor der Tür.

Kurz sah der Geologe ihn noch einmal an. »Nein, nein, ich denke, Sie haben alles richtig gemacht.« Mit diesen Worten schloss er die Tür und Ignacio stand allein in der Dunkelheit.

1847, NEW YORK

Gespannt betrat Cornelius Vanderbilt das Labor. Seitdem vor vier Wochen die Nachricht aus der Mine in Chile gekommen war, dass die Golems dort statt Kohle auch etwas anderes aus dem Untergrund förderten, hatte er auf diesen Moment gewartet. Er schlug die Tür hinter sich zu und lief zum Tisch, hinter dem Alexis Black bereits auf ihn wartete.

»Und?«, fragte er atemlos.

Der kleine Mann verschränkte wie immer die Hände. »Nun, Mister Vanderbilt, es funktioniert.« Die Wangen gerötet, die Hände gefaltet, stand Black vor ihm.

»Wo ist er?«, fragte Vanderbilt ungeduldig. Black deutete auf eine Tür an der Rückseite des großen Raums, und gemeinsam betraten sie ein weiteres Zimmer. Vanderbilt blieb wie angewurzelt stehen. Wenige Meter entfernt von ihm stand ein Golem, vielleicht zwei Meter groß und komplett durchsichtig. Das gesamte Innenleben der Maschine war genauso gut zu erkennen, als läge es hinter Glas. Bewundernd strich er über die vollkommen glatte Oberfläche des Golems.

»Wir haben die gesamte Maschine mit diesem …«, Black suchte nach dem richtigen Wort.

»Mechanium«, warf Cornelius Vanderbilt ein. »Ich habe beschlossen, es Mechanium zu nennen.«

Unterwürfig nickte der Chefingenieur. »Nun, wir haben sie gänzlich mit Mechanium überzogen. Es gibt keinerlei Nähte und damit keinen Ansatzpunkt für eine Zerstörung. Wir haben alles getestet, was uns einfiel. Nichts hat auch nur einen Kratzer in der Hülle hinterlassen. Es ist unglaublich hart.«

»Wie habt ihr es in diese Form gebracht?«, erkundigte sich Vanderbilt.

»Wir haben es geschafft, die Brocken, die zwischen der Kohle gefunden wurden, zu schmelzen. Das ging allerdings nur bei extrem hohen Temperaturen …«

»Und es ist unzerstörbar?«, unterbrach ihn Vanderbilt. »Auch beim Einsatz von Feuerwaffen?«

»Wir haben wirklich alles ausprobiert, was uns zur Verfügung stand. Nicht ein Kratzer!«

»Und es beeinträchtigt die Mechanik nicht? Sie können genauso arbeiten wie vorher?«

»Nun, wir mussten die Mechanik verstärken. Und sie werden wohl mehr Brennmaterial verbrauchen. Das Mechanium ist sehr viel schwerer als das Metall, das wir vorher verwendet haben. Falls Ihnen die Farbe übrigens nicht gefällt, wir haben eine Möglichkeit gefunden, das Mechanium einzufärben«, wandte Black ein. Doch Cornelius Vanderbilt starrte nur versonnen den Golem aus Metall und Mechanium an. Unzerstörbar …

1862, New York

Nicht zu fassen! Cornelius Vanderbilt ließ die Zeitung sinken. Hätte er die Berichte nicht selbst gelesen, er würde es nicht glauben!

Erst vor einer Woche hatte er eine seiner Minen in Kolumbien besucht. Seine Golems dort waren gestohlen und die Mine gesprengt worden, und jetzt berichtete die Zeitung über ähnliche Vorfälle in anderen Minen. Anscheinend hatte es jemand auf Minenbesitzer abgesehen. Natürlich hatte er sofort die Sicherheitsmaßnahmen für seine Minen verstärkt, trotzdem erwartete er unruhig jeden Moment neue Nachrichten über Attacken auf seinen Besitz. Er blätterte weiter. Hier war die Rede davon, dass zwei Städte im Westen der amerikanischen Staaten angegriffen worden waren. Es hatte keine Überlebenden gegeben, und jedes einzelne Gebäude war in Schutt und Asche gelegt worden. Nur hatte es in diesen Städten gar keine Minen gegeben. Vanderbilt schüttelte den Kopf. Wer konnte bloß so grausam sein?

Etakiama betete, dass der Dämon ihn nicht finden würde. Er konnte durch einen Spalt des Vorhangs, hinter dem er sich versteckte, die Füße des Ungeheuers sehen und den Rauch riechen, den es ausstieß. Er atmete so leise wie möglich, und nach wenigen Sekunden drehte der Teufel aus Metall sich schließlich wieder um und stapfte mit schweren Schritten auf den Ausgang der Hütte zu. Etakiama wagte es nicht, den Vorhang zu öffnen. Stattdessen starrte er auf die immer größer werdende Blutlache, in der der Kopf seiner Mutter lag. Ihre toten Augen starrten ihn an. Zitternd presste Etakiama sich an die Holzwand seines Verstecks und barg den Kopf in den Händen.

Er wartete einen vollen Tag, bevor er sich wieder aus seinem Versteck wagte. Es war kein Geräusch mehr zu hören, und er schob vorsichtig die Schranktüren auf. Mit steifen Gliedern kroch er auf den Fußboden. Dabei vermied er den Blick auf seine Mutter und seine Geschwister, die auf den blutdurchtränkten Strohmatten an der Seite der Hütte lagen. Leise ging er auf den Ausgang der Hütte zu und warf einen Blick nach draußen. Es war nicht der Anblick des kleinen Dorfes, den Etakiama gewohnt war. Die ungepflasterte Straße, die sich durch die Ansammlung von Hütten zog, war mit bräunlich-roten Flecken übersät. Auf und neben dem Weg lagen Menschen, doch keiner von ihnen rührte sich mehr. Mit langsamen Schritten ging Etakiama durch sein Dorf. Er sah seine Großmutter und seinen Großvater nebeneinander auf der Straße liegen, ebenso wie seinen Cousin. Am Ende des Dorfes lag die Ziegenherde, die sie gemeinsam gehütet hatten.

Der Rauch der brennenden Hütten brachte Etakiama zum Husten und er befürchtete, die Dämonen würden zurückkehren, wenn sie ihn hörten. In der Ferne konnte er die Rauchsäulen sehen, die sie ausatmeten. Er wusste, dass sie auf dem Weg zum nächsten Dorf waren.

New York, 1862

Keine drei Wochen nach den ersten Angriffen häuften sich die Meldungen in den Zeitungen: Städte wurden angegriffen, Menschen wurden getötet, ganze Landstriche verwüstet. An einem Sonntag las Cornelius Vanderbilt zum ersten Mal einen Augenzeugenbericht darüber, wer für diese Massaker verantwortlich war.

»Die Dämonen kamen. Sie sahen fast aus wie Menschen, nur dass sie fast doppelt so groß waren und glänzten. Sie bewegten sich, als hätten sie alle ein gemeinsames Ziel. Sie haben jeden getötet, der sich bewegt hat.« Gesehen hatte die Maschinen ein Junge im Kongogebiet. Er hatte den Angriff nur überlebt, weil er sich in seinem Elternhaus versteckt hatte, während Eltern und Geschwister vor seinen Augen getötet worden waren.

Hektisch blätterte Vanderbilt weiter. Es gab noch mehr Berichte darüber, dass Golems für die Angriffe verantwortlich waren. Alle Augenzeugen berichteten von einer Art Schwarmverhalten, sie bewegten sich im Einklang miteinander und arbeiteten zusammen.

Als er die Überschrift auf Seite sechs las, zuckte er zusammen und ließ die Zeitung vor sich auf den Tisch fallen. »Angreifende Golems unzerstörbar!«

Nachdem noch weitere seiner Minen angegriffen worden waren, setzte Cornelius Vanderbilt sich mit anderen Minen- und Fabrikbesitzern in Verbindung. Jeder von ihnen hatte Überfälle zu beklagen, bei denen sie ihre Minenareale verloren hatten. Das gesamte Gelände war mit fremden Golems besetzt worden, die sofort jeden töteten, der sich auch nur in die Nähe des Gebiets wagte.

Die anderen Minenbesitzer wollten zurückschlagen, aber Vanderbilt hatte Zweifel. War das wirklich der richtige Weg?

Als die anderen darüber diskutierten, wie sie denjenigen ausfindig machen wollten, der für ihre missliche Lage verantwortlich war, und wie sie ihre Golems umrüsten müssten, um sie als Soldaten gebrauchen zu können, hielt er sich im Hintergrund.

»Ich hab da jemanden, der sollte den Kerl für uns finden können«, sagte einer der Männer. Er schlug mit der Faust auf den Tisch. »Und dann holen wir ihn uns!« Die anderen grölten zustimmend.

Zwei Monate später erhielt Cornelius Vanderbilt einen Brief von dem Minenbesitzer Maximilian Schell aus Deutschland.

»Lieber Cornelius, ich bin erfreut, dir mitteilen zu können, dass wir ihn gefunden haben! Die Spione, die wir ausgesendet hatten, kamen gestern mit der Kunde zurück, dass ein gewisser Karl Frisch die Angriffe auf unser Eigentum befiehlt. Er besitzt Minen in Europa, Afrika, Südamerika, Australien und auch in Asien. Die Golems, die die Spione sehen konnten, gehorchten allerdings nicht seinen Befehlen. Meine Leute hörten seine Arbeiter darüber sprechen, dass diese Ungeheuer etwas besitzen, dass sie ›künstliche Intelligenz‹ nannten. Ich denke, uns steht einiges bevor und hoffe, wir können uns so bald wie möglich treffen.

Viele Grüße, dein Maximilian.«

Zitternd ließ Vanderbilt den Brief sinken. Die Golems konnten denken?

New York, 1863

Wie besessen blätterte Cornelius Vanderbilt durch den Stapel Zeitungen und suchte nach neuen Meldungen. Neue Meldungen über Angriffe. Neue Meldungen über Tote. Neue Meldungen über Golems, die denken konnten.

Er hatte gelesen, dass drei Minenbesitzer aus Nordamerika angegriffen worden waren. Sie alle hatten zu der Gruppe gehört, die gegen Karl Frisch vorgehen wollte.

Vor wenigen Tagen hatte ihn der Brief eines europäischen Minenbesitzers erreicht. Darin schilderte dieser, dass sie alle sich bemühten, die Intelligenz der Golems für ihre eigenen Maschinen nachzubilden, was ihre Chancen in einem Kampf gegen Karl Frisch verbessern sollte. Er hatte darum gebeten, dass auch Cornelius Vanderbilt seine Ingenieure damit beauftrage. Bis jetzt lag der Brief unbeantwortet auf der Anrichte im Flur.

Auf seiner Suche nach einem Artikel über weitere Angriffe stieß er schließlich auf die kurze Meldung, dass der Minenbesitzer Jackson Portsmith tot aufgefunden worden war. Vanderbilt stand auf, zerriss den Brief auf der Anrichte langsam in kleine Fetzen und warf ihn in das offene Feuer neben seinem Schreibtisch. Es machte keinen Sinn mehr, den Brief zu beantworten. Der Mann, der ihn um Hilfe gebeten hatte, war tot.

»Vielleicht könnten Sie hier noch einen Arm anbringen? Mit einer Greifhand?« Vanderbilt befand sich in seinem unterirdischen Labor, wo Alexis Black ihm seinen neuesten Golem präsentierte. Die Maschine war nur einen halben Meter hoch, hatte aber erstaunliche Ähnlichkeit mit einem Menschen. Es war Black sogar gelungen, der kleinen Maschine so etwas wie Sprechen beizubringen. Zwar waren es bisher nur Geräusche, aber es war ein ausbaufähiger Ansatz.

Nickend notierte Alexis Black all seine Anweisungen und machte sich wieder an die Arbeit. Vanderbilt verließ das Labor und kehrte in den Wohnraum zurück, der ihm und seiner Familie als Zuhause diente. Vor einem halben Jahr hatten sie der Stadt gemeinsam den Rücken gekehrt und waren mit ihrem gesamten Besitz in diese Einöde ausgewandert. Gleichzeitig hatte er alle menschlichen Arbeiter von den Minen abgezogen und sie hierhergebracht. Das Versteck war groß genug und alle profitierten von der Situation. Die Ingenieure begeisterten sie mit nützlichen Erfindungen, die Bauern produzierten Nahrung. Alle sorgten für das Gemeinwohl, so gut es ging. Was für ein Mensch wäre er, wenn er sie zurückgelassen hätte? Das hätte er sich selbst nie vergeben können.

Die unbeschädigten Golems hingegen hatte er in ein Versteck im Süden von Wyoming bringen lassen. Er hatte Angst, mit ihnen Karl Frisch auf seine Spur zu bringen. Die Minen brauchte er nicht mehr. Er hatte sie leergeräumt und die Rohstoffe an verschiedenen Orten versteckt, als Reserve. Es gab auch niemanden mehr, der für seine Rohstofflieferungen bezahlt hätte. In den vergangenen zwei Jahren waren sämtliche Minen- oder

Fabrikbesitzer, Stadtbewohner und sogar Menschen aus den entlegensten Gebieten der Erde ermordet worden.

Vanderbilt hatte die Stadt New York, die so lange seine Heimat gewesen war, nach dem Umzug nach Wyoming nur noch einmal besucht. Kaum ein Haus hatte noch gestanden. Zwischen den Ruinen waren zerlumpte Gestalten umhergeschlurft, die in den Trümmern nach Essbarem suchten. Schnell hatte er wieder die Flucht ergriffen.

Nun war es gerade das Thema Flucht, das ihn in den letzten Tagen und Wochen immer häufiger beschäftigte. Noch mochte das Versteck unter dem Berg groß genug und sicher sein, doch wie lange würde es so bleiben? Wann würde Frisch sie finden? Es war nur eine Frage der Zeit, und es gefiel ihm nicht, von Glück und Zufall abhängig zu sein. Was er wollte, war eine dauerhafte Lösung, ein Platz, wo sie alle in Frieden leben konnten. Ihm schwebte etwas vor, doch das war verrückt, wenngleich auch nicht unmöglich.

Er straffte sich. Es wurde Zeit, mit dem Planen zu beginnen.

Wochen später, nach unzähligen Gesprächen mit Wissenschaftlern, Architekten und Baustoffexperten schwirrte Cornelius Vanderbilt der Kopf. Jeder hatte seine eigene Meinung, jeder wusste am besten, wie man eine Zuflucht bauen konnte, die Frisch nicht finden würde. Doch in seinem Kopf hatte sich bereits ein Plan formiert. Ein Ort hatte darin Gestalt angenommen, der perfekt war für ein Versteck. Für eine ganze Stadt. Und sie war möglich, das hatte jeder ihm versichert, mit dem er gesprochen hatte, wenngleich einige nicht allzu überzeugt geklungen hatten.

Aber er würde sie Wirklichkeit werden lassen.

Eine Stadt auf dem Grund des Meeres.

»Was soll denn der Blödsinn? Du wolltest mich gewinnen lassen, glaubst du, ich merke das nicht? Hältst du mich für bescheuert?« Karl Frisch sprang auf und stieß dabei gegen das Schachbrett auf dem Tisch. Mit einem lauten Poltern fielen die Schachfiguren um und rollten auf den Boden. Der alte Mann mit dem schütteren Haar zuckte zusammen und schien in seinem Stuhl verschwinden zu wollen.

»Nein, nein, nicht doch. Ich habe einen Fehler gemacht. Nur einen Fehler. Ich halte Euch für brillant.«

Stöhnend rieb sich Frisch über die Stirn. Seine Kopfschmerzen meldeten sich wieder.

»Geh! Geh mir aus den Augen.«

Der alte Mann sprang so hastig auf, dass er stolperte. »Jawohl.« Mit einer angedeuteten Verbeugung verschwand er, und Frisch blieb allein im Zimmer zurück.

Dieser Mann stand in dem Ruf, ein Genie zu sein. Und trotzdem benahm er sich wie all die anderen Speichellecker. Jeder Mann, jede Frau und sogar jedes Kind sagte ihm nur noch das, was er hören wollte. Jeder Tag war gleich. Es gab keine Herausforderungen mehr. So war es also, der Herrscher über alles zu sein. Der mächtigste Mann der Welt. Jeder erzitterte vor ihm.

Er hatte es sich anders vorgestellt.

Dabei waren die Anfänge so aufregend gewesen. Die Planung, die Spannung, ob sein Plan aufgehen würde, die Konstruktion der Golems. All das hatte ihn gefordert, hatte seinen Intellekt in Anspruch genommen. Nun war er nur noch ein Mann, der in seinem riesigen Haus herumsaß und Schach gegen jemanden spielte, der ihn gewinnen ließ.

Er ging zu seinem Schreibtisch, auf dem sich die Berichte türmten, die seine Spione ihm aus allen Ländern der Erde schickten. Nun ja, Länder gab es nicht mehr. Alles war ein großes Land und es gehörte ihm. Er schmunzelte bei dem Gedanken, als er wie so oft versuchte, seinem Reich einen Namen zu geben. Frisch-Land war zu albern, Golemia zu gewollt und etwas anderes fiel ihm bisher nicht ein.

Also, die Berichte. Die ersten waren langweilig. Berichte über Landstriche, die ausgestorben waren. Frisch setzte sich und gähnte. Der nächste Bericht. Ein paar Vagabunden waren in eine Mine eingedrungen und bestraft worden, ebenfalls uninteressant.

Er blätterte weiter und hielt inne. Das könnte etwas sein. Es war ein Bericht aus dem Atlantikraum, allzu viele Informationen gab es nicht, aber es klang vielversprechend. Seinem Spion war es tatsächlich gelungen, Cornelius Vanderbilt aufzuspüren, den einzigen Minenbesitzer, der ihm entwischt war. Es schien, als wäre der alte Cornelius wahnsinnig geworden. Eine Stadt unter Wasser, war das sein Ernst? Frisch lehnte sich zurück. Der Bau hatte bereits begonnen und laut dem Bericht schritt das Projekt rasch voran. Er zückte seine Feder. Diesem kleinen Aufruhr würde er das Handwerk legen. Doch er zögerte. Warum eigentlich? Warum ließ er Vanderbilt nicht noch eine Zeitlang glauben, dass er gewonnen hatte? Gut möglich, dass der alte Wirrkopf doch noch zu etwas gut war, man wusste ja nie. Außerdem – was hatte er zu verlieren? Dieses Projekt würde einen annehmbaren Zeitvertrieb abgeben. Er brauchte nur einen Mann vor Ort, der ihn mit Neuigkeiten versorgte.

Sie war fertig. Seine Stadt war vollendet. Ehrfürchtig setzte Cornelius Vanderbilt einen Fuß aus dem unterseeischen Boot und fand Halt auf dem metallischen Steg, an dem sie angelegt hatten. Mit heftig klopfendem Herzen blickte er sich um. Wie konnte diese Höhle sich fünfhundert Meter unter dem Meeresspiegel befinden? Das war doch verrückt.

Hinter ihm betrat auch August Bennett den Steg und streckte sich. Vanderbilt hatte ihn gebeten, ihn auf einen Rundgang mitzunehmen, noch bevor die ersten Bewohner seine Stadt betreten würden.

»Unglaublich, oder nicht?«

Vanderbilt konnte nur nicken, nach wie vor überwältigt von dem Anblick, der sich ihm bot. »Wollen wir losgehen?« Bennett deutete einladend mit einer Hand auf die dicke Metalltür, die am Ende der Grotte in die Wand eingelassen war.

»Gerne.« Ja, er wollte jetzt seine Stadt sehen.

Einen kleinen Moment zögerte er aber noch. Hier unten konnte man tatsächlich das Rauschen der Wellen hören und das platschende Geräusch, mit dem sie sich am Steg brachen!

»Warum gibt es hier Wellen? Und wozu genau dient diese Grotte später? Ich nehme an, sie wird noch versiegelt?«, fragte er den Architekten interessiert.

»Die Wellen werden mechanisch erzeugt, über Pumpen. Die Höhlen wurden für die Viehzucht geschaffen. Es gibt noch neun weitere, in denen Fische, Schweine, Rinder und andere Tiere zur Versorgung der Bevölkerung gezüchtet werden sollen. Die Versiegelung erfolgt in wenigen Tagen.«

Viehzucht also. Es war alles so aufregend!

Sie verließen die Grotte durch die metallene Tür, die sich mit einem leisen Zischen öffnete. Direkt dahinter befand sich ein Aufzug, der sie auf Höhe des Meeresbodens beförderte.

»Die Quartiere unter unseren Füßen reichen fünfzehn Stockwerke tief in die Erde«, erklärte der Architekt. »Sie bieten Platz für sechstausend Menschen. Direkt unterhalb der Quartiere wird Wasser in die Erde geleitet, das sich dort durch die so genannte ›Erdwärme‹ aufwärmt. Anschließend wird es in sämtliche Bereiche Biotas geleitet und hält die Temperaturen in der Stadt konstant. Noch weiter unten wird das Wasser so stark erhitzt, dass es zu Wasserdampf wird, welcher in Rohren ebenfalls zur Wärmeregulierung verwendet wird. Dieser Dampf wird auch Turbinen antreiben, die wir zur Stromgewinnung nutzen. Das verdanken wir Siemens und seiner Dynamomaschine. Ein Teufelskerl! Ohne seinen Erfindergeist wären wir längst nicht so weit.«

Vanderbilt nickte. Er betrachtete die Rohre, die an der Wand entlangführten und verzog das Gesicht. Wie hässlich.

»Keine Sorge, Mister Vanderbilt. Die Rohre sind anderswo kaum zu sehen. In den Quartieren beispielsweise sind sie direkt unter dem Fußboden versteckt und erwärmen die Wohnungen von dort aus.«

»Was passiert denn, falls diese Wärmeversorgung ausfallen sollte?«, erkundigte er sich. Vierhundert Meter in der eisigen Tiefe und keine Möglichkeit zu heizen? An die Folgen wollte er gar nicht denken.

»Nun, einige Forscher arbeiten an einer Alternative. Dazu halten sie Bakterien in großen Behältern auf einer Nährsubstanz, wo sie durch Gärung Wärme erzeugen. Diese Wärme werden wir vermutlich ebenfalls durch die Stadt leiten können, sobald diese Methode ausgereift ist.« Vanderbilt schwirrte bereits jetzt der Kopf. Erdwärme, Bakterien, Turbinen. Die Entdeckungen folgten in dieser Zeit so schnell aufeinander, dass er kaum noch schritthalten konnte. Neben ihm hing ein Schild, auf dem »Gadus-Tunnel« stand. Der gesamte Gang daneben war grau ausgekleidet und der Blick nach draußen versperrt.

»In einem Tunnel parallel zu diesem hier werden sich Krankenstation und Wache befinden«, fuhr Bennett mit seinen Erklärungen fort. Er führte ihn nun nach links in eine riesige Kuppel aus Mechanium. »Dies wird der Marktplatz mit Geschäften und Restaurants, und gleich einen Tunnel weiter«, der Architekt deutete nach links, »wird sich eine Kuppel befinden, in der die Menschen ihre Freizeit verbringen können.«

»Es ist so kahl hier überall«, bemerkte Vanderbilt. All diese kalten Metallkonstruktionen ... Sie gefielen ihm nicht.

»Nun, selbstverständlich wird dies nicht so bleiben. Wir sind gerade damit beschäftigt, auf der ganzen Erde Pflanzen zu suchen, die nicht nur als Beete gepflanzt werden, sondern auch unseren eigenen Wald bilden werden, der direkt unter dem Vergnügungsviertel geplant ist. Er wird der Sauerstoffversorgung der Stadt dienen und von dort werden sich auch Insekten durch die ganze Stadt bewegen können.« Strahlend blickte der Mann Vanderbilt an.

Das klang schon besser. Aber ...

»Haben Sie schon mal eine Pflanze im Dunkeln wachsen lassen, Benett? Ohne die Sonne?«

»Nein, nein, das habe ich nicht.« Benett sah ihn verwirrt an. »Warum sollte ich?«

»Das ist doch das, was Sie mir hier präsentieren. Pflanzenwachstum ohne die Sonne.«

»Oh – ja, jetzt verstehe ich ihre Bedenken. Nun«, Benett räusperte sich, »dazu müssen Sie wissen, dass es nicht die Sonne direkt ist, die das Wachstum verursacht, es ist ein Teil ihres Lichts. Ich habe es mir von Ihren Wissenschaftlern erklären lassen. Sie experimentierten mit künstlichem Licht. Und eine spezielle Leuchtstoffröhre ist wohl die Lösung des Ganzen.«

»Eine Leuchtstoffröhre?«

»Ganz recht. Diese besondere Lampe haben wir in hohen Stückzahlen hergestellt. Sie wird überall verwendet werden: im Wald, in den Wohnungen und in den Gängen. Überall dort, wo Pflanzenwachstum möglicherweise erwünscht sein wird.«

»Das ist alles?«

»Nicht ganz, nein. Es gibt mehrere Schächte über dem Wald, die bis kurz unter die Wasseroberfläche reichen und das benötigte Licht mit Spiegeln in den Wald transportieren. Dieser braucht nämlich mehr Licht, als die Röhren erzeugen können. Im Wald wird das Licht dann …«

»Schon gut, schon gut.« Vanderbilt hob die Hand. »Ich habe verstanden. Sie haben an alles gedacht.«

»Nicht nur ich, nein, nein. Die Männer und Frauen, die sie für diese Unternehmung gewonnen haben, sind brillant, einfach brillant.«

Von der Kuppel aus konnte Vanderbilt noch eine weitere auf der rechten Seite erkennen. Direkt neben ihr erhob sich ein riesiger Turm.

»Und das ist der Forschungsturm?«

»Ja, genau. Das ist der Bio-Tower, in dem die Labore untergebracht sein werden.« Ehrfürchtig blickte Vanderbilt auf das riesige Gebäude. Dort würde also der Fortschritt seiner Stadt vorangetrieben werden. Es war einfach unglaublich, was sie alle gemeinsam hier unten geschaffen hatten.

1867, ATLANTIK

Cornelius Vanderbilt saß in dem kleinen Versteck auf einer Insel nahe seiner unterseeischen Stadt. Er erwartete die Rückkehr seiner Kinder, Wissenschaftler und Arbeiter. Die meisten von ihnen waren ausgeschwärmt, um Überlebende zu finden, die Biota bevölkern würden, und er war gespannt darauf, was die Menschen zu seiner Schöpfung sagen würden.

Eine Woche später trafen endlich die ersten neuen Bewohner ein. Zusammen mit seinem Sohn William Henry Vanderbilt betrat eine Gruppe von zwanzig Personen die Tauchstation Biotas. Mit wackeligen Knien stiegen sie aus dem U-Boot, in dem sie viele Tage verbracht hatten. Cornelius Vanderbilt betrachtete die Neuankömmlinge aufgeregt. Die ersten neuen Bewohner. Und wer weiß? Vielleicht würden sie Köche, Wartungsarbeiter, Putzleute werden, oder ihren eigenen Laden eröffnen? So viele Möglichkeiten. So viele Leben.

Laut seinem Sohn stammten die Personen aus einer kleinen Stadt in Deutschland und hatten sich dort in einer Höhle versteckt gehalten, wo sie sich von Wurzeln und kleinen Tieren ernährt hatten. Ihnen allen sah man die harte Zeit deutlich an, die hinter ihnen lag. Einer nach dem anderen folgte den Wissenschaftlern in den nächsten Raum. Vanderbilt hatte sich sehr genau erklären lassen, was dort geschah. Befragung, Löschen des Gedächtnisses, Einstimmung auf das Leben in der Stadt,

Festlegung des beruflichen Werdegangs. Und dann waren sie endlich und endgültig neue Bewohner der einzigartigen Stadt unter dem Meer. Seiner Stadt.

Biota.

1868, BIOTA

»Mister Vanderbilt? Sind Sie soweit?«, fragte einer der Wissenschaftler. Da er eine weiße Maske trug, war Vanderbilt nicht sicher, wer genau sich dahinter verbarg. »Ja.« Er nickte energisch. Jetzt, wo die Bevölkerung vollständig war – inzwischen waren fast fünftausend Menschen nach Biota gebracht worden – würde auch er ein Bewohner seiner Stadt werden.

»Sehr gut. Lehnen Sie sich bitte zurück und entspannen Sie sich.«

Vanderbilt dachte an die Erde, die er zurücklassen würde. Der letzte Blick auf sie heute Morgen hatte ihm Rauchsäulen gezeigt, die zum Himmel stiegen. Es war richtig, diese Welt zu verlassen. Er atmete tief ein. »Sie können beginnen.«

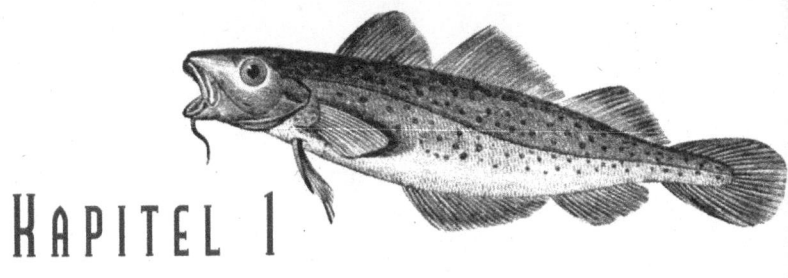

Kapitel 1

Mit einem Seufzen betrachtete Alexander die Welt außerhalb der großen Scheibe. Ein Schwarm unförmiger brauner Fische mit auffälligen Kinnbarteln zog vorbei. *Kabeljau.* Das war eine der Fischarten, die sie in den Lagunen züchteten. Einmal erst war er dort unten gewesen, wo es bis auf das gelegentliche Springen der Fische völlig still war. Fast schon unheimlich. Und dunkel war es in den Höhlen, denn es brannten immer nur ein paar kleine Lampen, falls die Lagunen von Arbeitern gewartet werden mussten. Alles andere funktionierte vollautomatisch: Füttern, Pflegen, Fangen.

Hinter dem Kabeljau-Schwarm erstreckte sich eine endlos erscheinende Sandwüste. Dank der hellen Beleuchtung der Stadt konnte Alexander zwar weit sehen, ein Ende dieser Wüste war trotzdem nicht erkennbar. Viel zu häufig erwischte er sich dabei, wie er hier an diesen Fenstern stand, in die Dunkelheit am Rand des hellen Lichtscheins starrte und sich fragte, ob es dort draußen noch etwas anderes gab. Ein abwegiger Gedanke, den er immer rasch unterband, schließlich konnte er sich glücklich schätzen, in Biota zu leben.

Doch seit der Rat ihm den Posten des obersten Hüters übertragen hatte, bestand sein Leben nicht gerade aus Herausforderungen. Einmal am Tag eine hitzige Debatte unter Forschern zu schlichten, war schon das Aufregendste, was ihn erwartete. Vor wenigen Wochen war eine solche Diskussion in eine echte Rangelei ausgeartet. Ein selten ereignisreicher Tag. Beim Gedanken daran musste Alexander lächeln. Natürlich hatten die Wissenschaftler sich nicht verletzt, niemand in Biota war dazu fähig, andere zu verletzen, doch der Anblick der Forscher mit ihren roten Köpfen und den zerknitterten Roben war amüsant gewesen.

Alexander wandte sich von der Scheibe ab: Zeit für seinen Rundgang. Heute enthielt er eine unerwartete Besonderheit, auf die er sich freute, seit er den Brief erhalten hatte. Sein Lächeln wurde noch ein wenig breiter.

Langsam schlenderte er durch den langen Tunnel zurück zum Marktplatz. Je weiter er ging, desto lauter wurden die Geräusche: Das Rufen der Händler, das leise Zischen der Golems, die Stimmen und das Lachen der Besucher. Wenige Augenblicke später trat Alexander hinaus in den hellen Lichtschein des Marktplatzes. Über ihm wölbte sich eine so hohe Kuppel, dass Alexander im hellen Schein der Lampen nie so genau erkennen konnte, wo sie endete. Der Marktplatz befand sich genau in der Mitte der Stadt und damit direkt über den Quartieren, in denen die meisten Bewohner – er eingeschlossen – wohnten.

Beim Betreten des Platzes drangen ihm viele wunderbare Gerüche in die Nase: gegrillter Kabeljau, geräucherter Aal, Schweinefilets mit Pfeffersoße, gebrannte Mandeln, Vanillepudding, Wan-Tans und viele mehr. Sie alle stammten aus den Töpfen der Köche, die im untersten Ring des Marktplatzes ihre Speisen anboten. Alexander betrachtete die vielen kleinen Marktstände, deren Schilder in den unterschiedlichsten Farben leuchteten und lockten. Ihm hatten es vor allem die gebrannten Mandeln angetan, allerdings waren sie so teuer, dass er sie sich höchstens einmal im Monat leisten konnte.

Jetzt hatte er für die vielen Leckerbissen allerdings keine Zeit. Langsam und sich zu allen Seiten umsehend schlenderte er die Treppe hinauf, die ihn auf den zweiten Ring führte. Hier, in vier Meter Höhe, befanden sich die Läden, die Bekleidung und Alltagsgegenstände verkauften. Routiniert warf er einen Blick in jedes einzelne Geschäft. Sämtliche Verkäufer grüßten ihn und er grüßte freundlich zurück.

Auf einem Steg, der die Kuppel längs durchzog, befanden sich Restaurants und Kneipen. Im Gegensatz zu vielen anderen Orten der Stadt bestand dieser Überweg nicht aus Mechanium, sondern komplett aus Holz.

Alle Restaurants auf dem Steg hatten kleine Gärten angelegt, in denen ihre Gäste außerhalb des Gebäudes sitzen konnten. Der Schönste von ihnen war für Alexander der Garten des »Darwin«. Hier konnten die Gäste in einem prächtigen Rosengarten speisen, der sich, gespickt mit Springbrunnen und Statuen, über eine Länge von fast 25 Metern hinzog. Abends sah er dort häufig Wissenschaftler sitzen, wie sie, ganz unter sich, immer noch eifrig über Papieren brüteten und erhitzt diskutierten. Jetzt jedoch hatten alle Restaurants noch geschlossen.

In manchen Gärten waren Gärtner zu sehen, die sich um die Pflanzen kümmerten oder neue Beete anlegten. Ab und zu erhaschte er auch einen Blick auf einen hüfthohen Golem, der die Pflanzenkübel goss.

Über eine weitere Treppe erreichte er schließlich die dritte Etage des Marktplatzes mit Geschäften für Lebensmittel und allem, was man für den Haushalt brauchte. Wie immer blieb Alexander auch dieses Mal kurz vor dem Laden stehen, der mechanische Haushaltsgeräte anbot. Im Schaufenster sausten ein Staubsauger und ein Bügeleisen umher. Fasziniert folgte er ihren Bewegungen. So ein Gerät selbst zu Hause haben, das wäre es. Doch der Preis war viel zu hoch, und wenn er ehrlich war, hatte er ohnehin keine Verwendung dafür. So groß war seine Wohnung leider nicht. Mit einem Seufzer riss er sich vom Schaufenster von »Mike's Mechanics« los und setzte seinen Rundgang fort. Gern hätte er sich beeilt, um schneller zu seiner Verabredung zu kommen, doch er ging gemächlich, ganz genau so, wie es der Leitfaden für Hüter vorschrieb.

Am Ende des Stegs stieg er in einen der Aufzüge und fuhr hinunter ins Erdgeschoss. Tatsächlich reichte der Aufzug noch einige Etagen tiefer, bis hin zu den Erdwärme-Anlagen. Doch für den Zutritt zur Anlage brauchte man eine spezielle Zugangskarte, und die Kontrolle der Anlage war nicht die Aufgabe der Hüter.

Im Erdgeschoss angelangt, ging er zum »Gadus-Tunnel«, und auch hier blieb er kurz stehen und warf einen Blick durch die durchsichtigen Wände. Hüter waren dazu angehalten, an jeweils vorgeschriebenen Fenstern stehenzubleiben, um Veränderungen am Äußeren der Stadt oder der umgebenden Umwelt zu registrieren. Diese Pflicht erfüllte er in diesem Tunnel nur zu gern, denn von hier aus hatte man einen Blick auf die Kuppel der Biosphäre. Sie leuchtete noch heller als die anderen Abschnitte der Stadt, und Alexander beneidete die Biologen in ihrem Inneren um ihre Arbeit. Die Wissenschaftler dort waren es gewesen, die in der Biosphäre fünf verschiedene Gebiete angelegt hatten, die sie »Klimazonen« nannten, und die unterschiedliche Tiere und Pflanzen beherbergten. Alexander erinnerte sich dunkel daran, dass er in der Schule gelernt hatte, dass es diese »Klimazonen« in der alten Welt oben gegeben hatte. Allerdings erinnerte er sich an nichts mehr, was er dort »oben« gesehen hatte, denn er war ein Kleinkind gewesen, als er und seine Eltern nach Biota gekommen waren. Und nach all den Erzählungen in der Schule, den vielen Plakaten, die in der Stadt hingen, und den Geschichten in den Büchern war er froh, dass es so war. In Biota zu wohnen bedeutete Sicherheit. Trotzdem hatte er sich die ganze Woche auf den Tag gefreut, an dem er endlich das Innere der Biosphäre zu Gesicht bekommen würde.

Aus dem Tunnel, in dem er jetzt gerade stand, konnte er das satte Grün der tropischen Zone sehen. Die anderen Zonen lagen hinter ihr, und von Zeit zu Zeit konnte er bunte Punkte zwischen all dem Grün sehen. Vielleicht waren das ja Vögel, die sich durch den so genannten Regenwald bewegten.

Seufzend riss sich Alexander von dem Anblick los und marschierte weiter den Gang entlang bis zum Vorraum der Biosphäre, in dem Spinde mit Kleidung und Arbeitsmaterialien standen. Er nahm einen der weißen Anzüge, die hier für Besucher bereit lagen, und streifte ihn über seine Uniform, die in Grün und Blau, den Farben Biotas, gehalten war. Nach einer ausgiebigen Untersuchung seines Anzugs auf etwaige Löcher passierte er die nächste Tür, hinter der er sich in einer kleinen Schleuse wiederfand. Kaum war er eingetreten und hatte die Tür hinter sich geschlossen, fiel ein feiner Nieselregen auf ihn nieder. Er bestand aus einer Chemikalie, die dazu diente, Bakterien und Viren von seinem Anzug zu entfernen, um das empfindliche Ökosystem nicht zu stören. Letztere fürs bloße Auge unsichtbaren Lebewesen waren erst vor Kurzem entdeckt worden und hatten die Wissenschaftler allesamt in höchste Aufregung versetzt.

Er trat aus der Schleuse hinaus. Obwohl es unter dem Anzug brütend heiß war, freute er sich wie ein Kind auf den ersten Rundgang durch die Biosphäre. Und er war gespannt auf die Botania, die ihn hierher eingeladen hatte und die er bisher nur von weitem in der Messe gesehen hatte.

»Guten Morgen, Hüter.«

Alexander wandte sich nach links. Nic, die Botania, die ihm die Einladung geschickt hatte, lief den Weg von einer kleinen Hütte hinab. Er hatte sie nie zuvor aus solcher Nähe gesehen, dafür war die Bühne in der Messe zu weit von den Zuschauerbänken entfernt, aber er hatte viel von ihr gehört. Soviel er aus ihrem Brief wusste, kümmerte sie sich um den Abschnitt der Tropen. Noch war sie zwar nicht im Rat, aber alle wussten, dass ihre Wahl zu einer der Oberen der Stadt nur eine Frage der Zeit war.

Sie war ungefähr so alt wie er. Das war schwer zu sagen, da er nicht genau wusste, wie alt er selbst war. Mit Eintritt in die Stadt hatten seine Eltern sich selbst und auch ihn dazu verpflichtet, alles aus der oberen Welt hinter sich zu lassen. Das war die Bedingung gewesen für ein Leben in Biota und hatte sowohl Besitz als auch Erinnerungen mit eingeschlossen. Bei der Ankunft in der Stadt war jeder Neuankömmling eingeschätzt worden, und laut dieser Einschätzungen war er im Januar 1865 geboren. Demnach war er heute also 23 Jahre alt.

Ihm fiel auf, wie schön Nic war. Die Kapuze ihres Schutzanzugs verdeckte den Großteil ihres Kopfes, doch er sah dunkelblonde Locken, die ein ebenmäßiges Gesicht umrahmten. Grüne Augen sahen ihn interessiert an. Sein Herz schlug schneller.

»Guten Morgen, Botania.« Eine für ihre Position angemessene Begrüßung. Wenn sie erst einmal im Rat saß, würde er sie mit »Obere« anreden müssen. »Ich danke Euch vielmals für die Einladung.«

Sie lächelte. »Schön, dass du gekommen bist. Dann lass uns mal gehen.«

Der Weg führte sie vorbei an der kleinen Hütte aus Holz. Alexander vermutete, dass sich dort Nics eigentlicher Arbeitsplatz befand, abgesehen von ihrem Labor im Bio-Tower.

Hinter der Hütte schlängelte sich ein kleiner Pfad in das Grün des dichten Buschwerks. Sie folgten ihm und traten zwischen die Bäume, wo das Licht merklich schwächer wurde. Gegen die Pflanzen hatten auch die besten Lampen keine Chance.

Alexander konnte sich nicht entscheiden, wo er zuerst hinsehen sollte. All die Pflanzen und Tiere hatte er noch nie von Nahem gesehen.

Auf ihrer Route passierten sie riesige Steine, vierzig Meter hohe Bäume und Pflanzen mit atemberaubend schönen Blüten in den seltsamsten Formen. Der Duft, den sie verströmten, war so intensiv, dass ihm schwindelig wurde.

Plötzlich blieb Nic stehen.

»Botania? Was ist los?«

Sie streckte ihren Arm aus und deutete in den Wald. »Das ist ein Mangobaum.«

»Mango?«

Lächelnd sah Nic ihn an. »*Mangifera indica*. Die Früchte kann man essen.«

Nie zuvor hatte er etwas von Mangos gehört. Soweit er wusste, wurden sie auch nirgendwo in Biota verkauft. Fragend sah er zu Nic hinüber.

»Es ist der einzige Baum, den wir haben, und dieses Jahr trägt er zum ersten Mal Früchte, mein Verdienst, würde ich meinen. Wie du sehen kannst, sind es aber nicht gerade sehr viele.« Sie hatte recht. Alexander zählte dreizehn rot-grüne Kugeln. »Ich möchte dir eine von ihnen schenken.«

»Mir? Wieso denn das?«

»Ich habe gehört, wie sehr du Essen magst. Außerdem ist mir zu Ohren gekommen, dass du immer auf der Suche nach etwas Neuem bist. Jim hat gesagt, dass du bei ihm warst, um deine Fähigkeiten am Herd ein wenig zu verbessern.« Verschmitzt grinste sie ihn an. Jim war der Koch des »Darwin«, und tatsächlich war Alexander vor ein paar Wochen bei ihm gewesen und hatte gefragt, ob er ihm das Kochen beibringen könnte.

Verlegen räusperte er sich. »Ja, das stimmt wohl.« Er überlegte kurz, ob seine nächste Frage nicht vielleicht ein wenig zu forsch erscheinen könnte. »Warum habt Ihr Euch nach mir erkundigt?«

Sie antwortete, während sie zum Baum hinüberging. »Du bist der oberste Hüter. Ich wollte wissen, mit wem ich es zu tun haben würde. Als Botania kann man nun mal nicht vorsichtig genug sein, nicht wahr?«

Mit einem triumphierenden Gesichtsausdruck kam sie mit einer Frucht in der Hand zurück. »Du wirst begeistert sein. Die Schale solltest du aber besser nicht mitessen.«

Dankbar nahm Alexander die Frucht an. Er würde begeistert sein, egal wie die Frucht schmeckte. Etwas Neues gab es in Biota selten genug.

Neu war ihm allerdings auch Nics Verhalten, denn nie zuvor war ihm einer der Biologen so herzlich und warm begegnet, ganz ohne die Aura der Überheblichkeit, die die Oberen normalerweise umgab. Entgegen seiner Erwartung war Nic fast erschreckend normal.

Nach wenigen Minuten erreichten sie eine weitere Luftschleuse. Dahinter erwartete sie eine wunderbar überschaubare Wüstenlandschaft. Wohin er auch sah, überall lag rötlicher Sand, aufgetürmt zu sanften Hügeln und anmutigen Wellenmustern. Hier wuchsen nur wenige Sträucher, und der Anblick dieser fast schon leeren Landschaft war ein kleiner Schock für ihn.

Auch hier war es heiß. Ein Blick auf das Thermometer neben der Schleuse verriet ihm, dass die Temperatur auf über dreißig Grad angestiegen war.

»Ist das heiß«, stöhnte Alexander.

Grinsend drehte Nic sich zu ihm um. »Du denkst, das ist heiß? Komm nachmittags hierher und du wirst gekocht. Um die Zeit herrschen hier um die fünfzig Grad. Was meinst du, warum du jetzt herkommen solltest?« Sie zwinkerte ihm belustigt zu und schritt rasch weiter. Alexander folgte ihr.

Der Marsch durch die Wüste war beschwerlich, denn die Biologen hatten auf Wege verzichtet, um die Natur nicht zu stören. Sofern man im Inneren der Kuppel wirklich von Natur sprechen konnte. Er erinnerte sich nicht mehr daran, wie es an der Oberfläche ausgesehen hatte, dort, wo es all diese Lebensräume ebenfalls gegeben hatte. Er hatte lediglich gehört, dass es dort keine Kuppeln gegeben hatte, die die Natur begrenzten. Stattdessen war jede Pflanze und jedes Tier frei gewesen. Ihm fehlte die Vorstellungskraft, um sich die Welt »dort oben«, wie sie sie alle nur nannten, vorzustellen. Außerdem existierte diese Welt wohl nicht mehr, sie war im Großen Krieg zerstört worden. Er konnte sich wirklich glücklich schätzen, in Biota leben zu dürfen.

Die einzigen Tiere, die er auf dem Weg durch die Wüstenlandschaft entdeckte, waren zwei Eidechsen, die faul auf einem Felsen lagen. Fast hätte er sie übersehen, denn die Farbe ihrer Haut glich der Farbe des umgebenden Sandes.

»Gibt es hier sonst keine Tiere?« Enttäuscht musterte Alexander die Sandhaufen um ihn herum, konnte jedoch außer rötlichen Hügeln nichts erkennen.

»Doch, aber dafür musst du genauer hinsehen oder nachts wiederkommen«, erwiderte Nic. Fragend blickte er sie an und bemerkte erneut ihre dunkelgrünen Augen. Um ihrem Blick auszuweichen, richtete er umständlich das Kopfteil seines Anzugs.

»Komm mit«, sagte sie und führte ihn zu einem winzigen Strauch. Sie zupfte an seinem Schutzanzug, bis er in die Hocke ging. Angestrengt starrte er den Strauch an, nur was genau er dort sehen sollte, war ihm nicht klar. Schließlich deutete sie mit ihrem behandschuhten Finger auf einen der dünnen Zweige, wo Alexander eine kleine braune Spinne sitzen sah.

»Das Leben in der Wüste ist nicht unbedingt immer auffällig.« Mit diesen Worten erhob Nic sich wieder. »Wollen wir weitergehen?«

Schnell richtete auch er sich wieder auf, und sie setzten ihren Weg durch die Wüste fort.

An der Schleuse atmete er erleichtert auf.

Im nächsten Abschnitt waren die Temperaturen zwar ebenfalls hoch, das Gelände jedoch weitaus zugänglicher, und auch die Tiere gefielen ihm besser.

Das, was sich vor seinen Augen erstreckte, nannten die Biologen »Steppe«: trocken, wenige Bäume, einige Sträucher, hauptsächlich gelbliches Gras. Auf der linken Seite senkte sich der Boden zu einer Mulde, in der schlammiges Wasser stand. Rundherum hielt sich eine Herde von Tieren mit dunkelbraunem Fell auf, von denen Nic ihm erzählte, dass es Büffel waren. Sie waren beeindruckend, selbst aus der Ferne.

»Sieh mal!« Nic deutete auf eine Gestalt in weißem Anzug, die auf die Tiere zuging. »Das ist Marc. Er beginnt ein neues Projekt. Soviel ich weiß, geht es darum, das Verhalten der Büffel zu beobachten und zu untersuchen, wie man die Tiere nutzbringend einsetzen kann.«

Im nächsten Abschnitt wurde es endlich kühler. Fast das gesamte Areal war bewachsen mit Bäumen und dort, wo keine Bäume standen, spross grünes Gras. Dies war der gemäßigte Teil der Biosphäre. Laut Nic hatte es in vielen Abschnitten der oberen Welt genauso ausgesehen. Von Zeit zu Zeit wünschte er, er könnte sich daran erinnern, wie das Leben vorher gewesen war, aber diese Ansicht würde er niemals laut äußern.

An einer Ecke der Kuppel stieg das Gelände an, sodass ein kleiner Berg entstand. Auf dem oberen Abschnitt wuchsen keine Bäume mehr, und Alexander glaubte, die Bewegung eines größeren Tieres dort oben erkennen zu können.

»Der Berg ist nicht so hoch, wie die Berge oben es waren«, ergriff Nic das Wort und deutete hinauf zur Decke der Kuppel. Sie schob das Kopfteil ihres Anzugs ein klein wenig zurück, sodass sie ihm in die Augen blicken konnte. Als sie sicher war, dass er sie gut sehen konnte, fuhr sie mit ihrer Erklärung fort.

»Bei natürlichen Bergen reicht der Bewuchs mit Bäumen normalerweise nur so weit, bis Wind und Kälte das Wachstum unmöglich machen. Ab dem Punkt wachsen dort höchstens noch kleinere Sträucher.« Fasziniert sah Alexander ihr zu, wie sie, völlig in ihr Element vertieft, mit den Händen die verschiedenen Zonen der Pflanzenwelt auf einem Berg mit ihren Händen zu verdeutlichen versuchte. Sie war so schön! Alexander hatte etwas – jemand – völlig anderes erwartete, als sie ihn hierher eingeladen hatte.

Nach einigen Minuten machten sie sich wieder auf den Weg zur nächsten Schleuse. Langsam lief ihm die Zeit davon, denn er hatte nicht damit gerechnet, dass Nic ihm einen so ausgiebigen Rundgang gewähren würde.

»Es ist besser, wir gehen schnell weiter. Ich muss noch in den Tower und bin schon spät dran.« Echtes Bedauern lag in seiner Stimme.

»Natürlich, kein Problem. Heute ist es hier sowieso ruhig.« Fröhlich lächelte Nic ihm zu.

Er hatte sich schon gedacht, dass es hier keine Probleme gab, die ein Hüter lösen konnte. Aber der große Plan in seinem Büro legte nun mal exakt fest, was er am Tag abzuarbeiten hatte. Immerhin hatte er heute auch einen Blick in das Innere der Biosphäre werfen können. Sonst hatte er sich immer mit einem Besuch im Vorraum und dem Bericht eines gelangweilten Biologen zufriedengeben müssen.

Sie passierten die nächste Schleuse. Die einzelnen Zonen waren nur durch eine Schicht des gleichen durchsichtigen Materials getrennt, das man überall in Biota fand. Mechanium. Er hatte irgendwann einmal einen flüchtigen Blick auf eines der Plakate darüber geworfen. Demnach war Mechanium vor dem Großen Krieg entdeckt worden. Er war sich sicher, dass er alles, was es über das Material zu wissen gab, auf den Postern der

Stadt erfahren konnte oder auch in den Büchern der Bibliothek, doch sein Interesse hielt sich in Grenzen. Seine täglichen
Rundgänge ließen ihm ohnehin kaum Freizeit, und die freien
Stunden in der letzten Zeit hatte er in der Küche des »Darwin«
mit dem vergeblichen Versuch zu kochen verbracht.

»Bereit?« Nic hatte bereits den Finger auf dem Schalter für
die nächste und letzte Schleuse. Alexander wappnete sich innerlich und nickte. Natürlich war er bereit. Schließlich war er
Hüter und auf alles vorbereitet. Nic drückte den Knopf und
sofort wurde sein Körper in eisige Luft gehüllt, gegen die der
dünne Anzug, den er am Leib trug, nichts ausrichten konnte.

Der letzte Teil der Biosphäre war der arktische Teil und alles war weiß: der Boden, die Wände, die Felsen. Die einzigen
Farbtupfer waren vereinzelte Tiere, doch die meisten von ihnen
waren ebenfalls weiß. Unwillkürlich fragte er sich, wie die Biologen ihre Forschungsobjekte hier überhaupt wiederfanden.

Zitternd schlang er die Arme fest um seinen Oberkörper. Es
war wirklich eisig hier, und die riesigen Ventilatoren nahe der Decke erzeugten einen so starken Wind, dass das Fortkommen eine
Herausforderung war. Nichtsdestotrotz stapfte er Nic den Weg
hinterher, der durch nichts als kleine rote Pfähle markiert war, die
im Abstand von zwei Metern aus der Schneedecke ragten.

»Die Markierungen gibt es nur hier«, rief Nic ihm durch das
Pfeifen des Windes zu. »Wenn man sich in der Arktis verläuft,
ist es vielleicht schon zu spät, wenn man gefunden wird.«

Trotz des Windes sah er sich auch hier aufmerksam um,
konnte durch den im Wind umherwirbelnden Schnee jedoch
kaum etwas erkennen.

Eilig verließen die Biologin und er den eisigen Abschnitt der
Kuppel wieder. Hinter der letzten Schleuse stampften sie sich

den Schnee von den Schuhen und schüttelten ihn von ihren Schutzanzügen. In der plötzlichen Wärme schmolz er jedoch so schnell, dass Alexander ein Rinnsal frostigen Wassers den Nacken herablief, als er die Kapuze absetzte. Gänsehaut überzog seinen Körper.

Während er noch mit seinem Reißverschluss kämpfte, hatte Nic bereits damit begonnen, ihren Schutzanzug auszuziehen. Sie wandte ihm den Rücken zu, bückte sich und befreite ihre Füße aus dem widerspenstigen Stoff. Bewundernd glitt sein Blick über ihre langen nackten Beine, die für eine Biologin überraschend gebräunt wirkten. Natürlich hatte er auch noch nie eine der Biologinnen unbekleidet gesehen. Hastig wandte er seinen Blick ab.

Ihre Kleidung unter dem Schutzanzug entsprach der, die viele Einwohnerinnen Biotas trugen: Die kurzen schwarzen Hosen waren aus Quive, einem Material, das aus Algen gewonnen wurde. Die enge braune Korsage, die sie trug, war allerdings aus Leder und für die wenigsten erschwinglich. Doch trotz der teuren Kleidung wies ihr Erscheinungsbild sie eher als eine der Wartungsarbeiterinnen aus, nicht als Wissenschaftlerin. Knappe, praktische Kleidung, nichts, was bei der Arbeit und beim Klettern durch die Tunnel behindern würde. Biologen trugen üblicherweise weite Kleidung aus Wolle, gefärbt in den Farben ihres Standes. Dies war natürlich keine Pflicht, sondern vielmehr ein Privileg. Eines, für das sich Botania Nic offenbar wenig interessierte.

An ihrem Ringfinger glänzte ein kupferfarbener Ring, eine gedrehte DNS-Helix. Diese Art von Schmuck war seit einigen Monaten der letzte Schrei unter den Biologinnen.

Nachdem auch er aus seinem Schutzanzug geschlüpft war, verließen beide gemeinsam die Kuppel.

»Ich muss leider los in den Tower. Ich hoffe, wir sehen uns morgen wieder?« Nic lächelte ihn an.

Unwillkürlich erwiderte er das Lächeln. Ja, das hoffte er auch. Ab heute würde er jeden Tag hierherkommen, er würde sie jeden Tag sehen können. »Ja, natürlich. Ich danke Euch, Botania. Der Rundgang war wirklich sehr interessant.« Damit wandte er sich ab, um wieder auf dem Marktplatz nach dem Rechten zu sehen. Später würde er sich dann ebenfalls auf den Weg in den Tower machen.

Doch kaum war er aus dem Gang hinaus auf den Marktplatz getreten, erwachte der Funkempfänger an seinem Gürtel mit einem Vibrieren zum Leben. Die Lampe daran blinkte rot. Das war während seiner Zeit als Hüter noch nie vorgekommen. Es war der stumme Alarm, der dazu diente, die Hüter zu benachrichtigen, wenn ein Notfall eingetreten war.

So schnell er konnte, rannte er zum nächsten Fernsprecher. Hastig drückte er sein Ohr gegen den Hörer, dann sprach er laut und deutlich in die Öffnung unter seinem Mund. »Oberster Hüter. Was ist passiert?«

»Eine Tote. In ›Aphrodites Garten‹«, schallte ihm eine blecherne Stimme entgegen, die zu dem diensthabenden Hüter in der Wache gehörte.

»Was haben wir damit zu tun? Ruf die Bestatter.«

»Jemand hat sie getötet. Ermordet.«

Ein Mord? In Biota? Das war unmöglich! Schockiert drehte er sich um und lief hastig in Richtung »Aphrodites Garten«. Mit großen Schritten überquerte er den Marktplatz, bemühte sich jedoch, nicht die Aufmerksamkeit der anderen Bewohner auf sich zu ziehen. So schnell wie möglich folgte er dem Gang, der auf der anderen Seite vom Marktplatz wegführte.

Im Gegensatz zur nüchtern gehaltenen wissenschaftlichen Seite der Stadt war dieser Tunnel geschmückt mit einer riesigen Anzahl kleiner Glühbirnen.

Neben den vielen Glühbirnen stand im Gang eine Vielzahl an Pflanzen, vor allem brusthohe Palmen, aber auch mehrere Pflanzkästen mit kleinen Blumen in verschiedenen Farben, von denen Rot dominierte. Das verbaute Mechanium erschien hier nicht in seinem normalen farblos-silbrigen Glanz, sondern wies ebenfalls einen dunklen Rotton auf. An der Decke hingen mehrere Leuchtpfeile und Bekanntmachungen, während der Großteil der Freifläche mit Plakaten tapeziert war. Der Teil Biotas, den er nun betrat, wurde von allen nur das »Delectarium« genannt, denn über dem Eingang war in schwungvollen roten Buchstaben »Delectationis causa« geschrieben: »Zum Vergnügen«.

Die Tür unter den Buchstaben öffnete sich zischend und Alexander wurde mit dämmrigem Licht und leiser Musik empfangen. Er trat heraus aus der Eingangskammer in eine Kuppel, die dem Marktplatz vom Aufbau her ähnelte. Auch hier waren die unterschiedlichen Ränge der Kuppel nach Geschäftsangebot geordnet. Die Läden hier waren jedoch anderer Art: Im Erdgeschoss befanden sich viele Bars, während man in der ersten Etage Geschäfte wie Frisöre, Schönheits- oder Wellnesssalons und Bio-Mechaniker, aber auch ehemalige Biologen und Ärzte besuchen konnte. Sie versprachen ihren Kunden, sie mittels Tränken oder kleinen chirurgischen Eingriffen wunderschön zu machen. Diese Art Service war sehr teuer, und Alexander wusste nicht, ob er es wert war. Aber die Wissenschaftler wussten, was sie taten. Würden die Behandlungen nichts taugen, würden sie sie nicht anbieten.

Und die dritte Etage ... Oh ja. Das war einer der Orte, an dem er schon einiges von seinem Geld gelassen hatte: Geschäfte mit allen möglichen Spielen, die man sich nur vorstellen konnte. Ein riesiger Swimmingpool. Viele kleine Geschäfte, in denen alles angeboten wurde, was man für Zaubertricks brauchte. Direkt daneben die Bühne einer Zaubershow. Alles war beleuchtet von unzähligen bunten Lichtquellen und untermalt von lauter Musik, und auf der Straße vor dem breiten Angebot tummelten sich zu jeder Zeit des Tages Menschen aus allen Schichten.

Aber neben der Meldung über eine Tote – Ermordete – in »Aphrodites Garten« verblassten all diese Verlockungen. Alexander hastete mit schnellen Schritten auf die vergoldete Tür zu, die sich am Rand der dritten Etage befand und die er schon viele Male durchschritten hatte, auch wenn dieser Teil der Stadt außerhalb seiner täglichen Kontrolle lag. Die Türrahmen waren reich verziert, in das Holz waren Rosen mit darüber gleitenden Schwalben eingeprägt und über dem Rahmen stand in geschwungenen goldenen Lettern »Aphrodite Pandemos«. Doch niemand benutzte jemals diesen Namen. Für alle hieß dieser Ort nur »Aphrodites Garten«.

Er betätigte den Öffnungsmechanismus der Tür und trat hindurch. Am Ende einer kurzen Treppe breitete sich vor seinen Füßen ein riesiger runder Garten aus, bepflanzt mit allen Blumen, die es in Biota gab. Durch ihn hindurch führten schmale Wege aus Muschelsand an deren Rändern hin und wieder Bänke standen. Das Weiß der Statuen, die überall in den Beeten standen, blendete ihn für einen Moment.

Normalerweise beruhigte ihn der Anblick des Gartens, heute jedoch hatte er keinen Blick für die Schönheit des Raumes und lief die hölzerne Veranda entlang, die vom Garten mit einem

Geländer aus Holz getrennt war. Sie führte ihn zu dem einzigen Zimmer, dessen Tür ein Stück weit offen stand. »Mary Ann« stand auf dem dunkelblauen Schild neben der schlichten braunen Tür. Einige Frauen warteten dort auf der Veranda und bestürmten ihn sogleich mit Fragen.

»Was ist passiert?«

»Wie konnte das geschehen?«

»Was wirst du unternehmen?«

»Bitte, lasst mir einen Moment Zeit.« Abwehrend hob Alexander die Hände. Es gab noch nichts, was er ihnen sagen konnte. Bisher wusste er ja nicht einmal, worum es überhaupt ging. Er stieß die Tür weiter auf und trat ein. Die Frauen blieben an der Türschwelle zurück.

Unter anderen Umständen hätte er das Zimmer vermutlich gemütlich gefunden, mit dem großen Himmelbett, den weichen weißen Teppichen auf dem Boden und den farbenfrohen Malereien an den Wänden. Aber jetzt wurde sein Blick von dem leblosen Körper am Boden angezogen. Auf dem Teppich vor dem Bett lag eine Frau. Ihr Oberkörper war unbekleidet und ihr farbenprächtiges Gewand war über die Hüfte hinunter geschoben worden, nur noch zusammengehalten durch einen Gürtel, der mit roten und grünen Edelsteinen besetzt war. Dieser Gürtel war das Erkennungszeichen der Aphroditen, der Frauen, die in »Aphrodites Garten« arbeiteten.

Und obwohl er den Namen an der Tür gelesen hatte, fiel es ihm doch schwer, zu glauben, dass dieser leblose Körper Mary Ann sein sollte. Seine Augen huschten ziellos über das Bett und den Teppich, auf dem sie lag. Das Blut, das aus ihren Wunden geflossen war, hatte ihn dunkelrot gefärbt. Der schwere Geruch nach Eisen hing in der Luft.

»Hüter, was machen wir denn jetzt?« Die Frauen – andere Aphroditen – bedrängten ihn erneut aus allen Richtungen.

»Ruhe!«, rief er schließlich. Er hatte nicht die geringste Ahnung, was er nun tun sollte. Morde zu untersuchen war für seine Position als Hüter nicht vorgesehen. Morde waren für Biota nicht vorgesehen! Keiner der Bewohner dürfte im Stande sein, ein solches Verbrechen zu begehen. Die Oberen hatten es gesagt. Niemand sollte zu solchen schändlichen Taten imstande sein. Wie hatten sie sich bloß irren können? Alexander dachte fieberhaft nach, ob es nicht doch eine andere Erklärung für den Tod der Frau gab. Aber wie konnte es eine geben? Ihr Tod war ohne Frage gewaltsam gewesen. Weder ein Unfall, noch eine natürliche Ursache.

Es war ein Mord. Hastig überlegte Alexander, was er jetzt tun sollte. Was war im Falle eines Mordes zu tun? Er hatte keine Ahnung. Darauf hatte seine Ausbildung ihn nicht vorbereitet. Aber er wusste eines: Alle mussten hier raus. Mit den schrillen Stimmen um ihn herum konnte er nicht denken. Und was, wenn der Täter hier Spuren hinterlassen hatte, und die Frauen sie zerstörten?

»Bitte verlasst dieses Zimmer. Alle. Ich werde mich um Mary Ann kümmern und ich verspreche euch, nichts unversucht zu lassen, um denjenigen zu finden, der dafür verantwortlich ist.« Protestierend verließ eine Frau nach der anderen das Zimmer.

Endlich war er allein. Nach mehreren tiefen Atemzügen trat er bis auf wenige Zentimeter an die Leiche heran. Es sah aus, als wäre ihr Fleisch mit einem Messer zerschnitten worden. Blutspritzer auf dem Bett und an der Wand deuteten darauf hin, dass sie im Stehen angegriffen worden war. Sie musste gedacht haben, dass der Täter ein Kunde war, andernfalls hätte er nie ihr Zimmer betreten dürfen. Immer und immer wieder hatten die Oberen ihnen von früheren Gewalttaten erzählt, ihnen sogar Bilder gezeigt, und hatten so stolz verkündet, dass das in Biota nicht geschehen würde. Wie also war dies möglich?

Während Alexander nachdachte, drehte er sich langsam im Kreis. Er brauchte Hilfe, und zwar die eines Wissenschaftlers, eines Menschen, der ruhig und überlegt war, und vor allem brauchte er jemanden, der sich mit Anatomie auskannte. Allein schon bei dem Gedanken, die Frau selbst zu untersuchen, wurde ihm schlecht. Sofort kam ihm Nic in den Sinn. Sie schien von allen Wissenschaftlern, die er kennengelernt hatte, noch am meisten Menschlichkeit zu besitzen. Die Tiere in der Biosphäre waren für sie nicht nur Objekte. Irgendwann einmal hatte er gehört, wie zwei Ärzte auf der Krankenstation mit ähnlich viel Empathie über ihre Patienten gesprochen hatten wie über ihren Sofabezug. Nie würde die Botania, die er heute kennengelernt hatte, sich so verhalten, da war er sich sicher. Vielleicht konnte sie ihm auch mit den Spuren helfen …

Überzeugt von seinem Plan nahm Alexander den Fernsprecher hinter dem Bett in die Hand. Er rief Nic an und trat dann vor die Tür des Zimmers, um dort auf die Botania zu warten.

Es kam ihm merkwürdig vor, dass dieser Ort trotz allem so friedlich war wie immer. Die Frauen waren in ihre Zimmer zurückgekehrt, und eine tiefe Ruhe lag über dem Garten. Sogar Schmetterlinge flogen umher.

Er wurde erst aus seinen Gedanken gerissen, als Nic völlig außer Atem aus dem breiten Bogengang am anderen Ende des Gartens stürzte. Eilig lief sie auf ihn zu.

»Hüter? Ich bin so schnell gekommen, wie ich konnte. Was ist los?«

Mit gesenktem Blick räusperte er sich und blickte Nic dann an. Er hatte Angst, dass seine Stimme ihn im Stich lassen würde, sobald er den Mund aufmachte. »Jemand ist tot.«

Verwirrt sah sie ihn an. »Warum rufst du dann nicht die Bestatter?«

Alexander schüttelte den Kopf. »Nein, nicht tot ... ermordet.«

Er sah, wie sich Nics Augen vor Schreck weiteten. »Das kann nicht sein.« Hektisch begann sie vor ihm auf und ab zu laufen. »Es muss ein natürlicher Tod gewesen sein. Vielleicht ist dir etwas entgangen. Du weißt doch genau so gut wie ich, dass es in Biota keine Morde gibt.«

Alexander wusste, dass sie von ihm hören wollte, dass es möglich war. Dass er sich irren könnte. Aber er dachte an Mary Anns zerfetzten Körper und wusste genauso gut, dass ein Irrtum ausgeschlossen war. »Nein«, erwiderte er mit fester Stimme. »Es ist ein Mord und ich brauche Eure Hilfe.«

»Wie kann ich dir denn helfen?«

»Ich habe keine Ahnung, was ich tun soll. Ich dachte, Ihr wisst sicherlich besser, was man jetzt unternehmen kann. Ihr könntet auch den Körper untersuchen ...« Seine Stimme wurde immer leiser. Er wusste selbst nicht genau, wie er erklären sollte, dass er ausgerechnet Nic gerufen hatte, schließlich war sie eine Botania, keine Ärztin. Er hoffte einfach nur, dass sie ihm helfen konnte. Ihre Anwesenheit bewirkte bereits, dass er sich stärker und zuversichtlicher fühlte. Außerdem war sie eine Wissenschaftlerin, sie wusste doch sicher, was zu tun war.

»Wer ist denn tot?«

»Mary Ann Nichols.« Alexander nickte mit dem Kopf vage in Richtung ihrer Zimmertür.

»Aphrodite?«, fragte sie leise.

»Ja«, antwortete er ihr.

»Lass uns hineingehen. Ich werde versuchen, dir zu helfen, aber vielleicht brauchen wir einen Arzt.«

Hoffnungsvoll nickte er. Er war froh, dass er die Last der Verantwortung für den Vorfall nicht mehr gänzlich alleine tragen musste.

Alexander wandte sich um und öffnete die Zimmertür erneut. Nic ging an ihm vorbei, und ihm fiel auf, wie gut sie roch. Allerdings holte der Anblick der blutüberströmten Leiche ihn schnell wieder auf den Boden der Tatsachen zurück.

Nic schritt im Zimmer auf und ab und murmelte dabei leise vor sich hin. Ihr Verhalten hatte sich von einer Sekunde auf die andere völlig gewandelt. So war sie also bei ihrer wissenschaftlichen Arbeit. Er versuchte, es sich nicht anmerken zu lassen, doch sie und ihre nüchterne Herangehensweise schüchterten ihn ein.

Sorgfältig begutachtete sie sowohl die Blutflecken auf dem Bett als auch den ganzen Rest des Zimmers. Schließlich ging sie neben dem leblosen Körper in die Knie und streckte die Hand aus.

Entsetzt beobachtete Alexander sie. »Was habt Ihr vor?«

»Alex, ich wollte nur einen Blick auf ihre Verletzungen werfen.« Ihre Stimme klang viel sanfter als zuvor. Und hatte sie ihn gerade Alex genannt? Der Respekt gebot, dass Hüter mit ihrem richtigen Namen angesprochen wurden.

Statt die Tote zu berühren, drehte Nic sich wieder zu ihm um. »Wir müssen sie ins Labor bringen. Ich habe nichts dabei, womit ich sie untersuchen könnte, ich kann keine Tests machen. Du musst also einen Weg finden, sie in den Tower zu bringen.«

»In Ordnung, das schaffe ich. Geht Ihr doch bitte schon zurück in den Tower und bereitet alles vor. Ich komme so schnell wie möglich nach und bringe Euch Mary Ann.« Das würde einfacher werden, als die Botania ahnte, denn es gab einen geheimen Gang, der direkt von »Aphrodites Garten« in den Biologieturm führte. Er hatte ihn nur durch Zufall entdeckt, als er Kaspar Mendel dabei gesehen hatte, wie er aus der Öffnung geschlüpft war. Durch diesen Tunnel gelangte man in den vierten Stock des Bio-Towers. Die Nachforschungen, die er angestellt hatte, hatten ergeben, dass er als zusätzlicher Zugang zum Garten gedacht gewesen war, ein schnellerer Weg für die Wissenschaftler – nur eines ihrer vielen Privilegien. Nach der Beschränkung des Zugangs zum Tower war er jedoch offiziell versiegelt worden und der einzige bekannte Eingang in den Tower führte nun durch den Tunnel im Erdgeschoss.

Allein würde der Transport allerdings schwierig werden. Kurz entschlossen trat Alexander wieder zum Fernsprecher und rief einen der anderen Hüter an. Schon nach kurzer Zeit traf James Grady bei ihm ein. Er schilderte ihm kurz, was geschehen war und erklärte ihm, wohin die Leiche gebracht werden sollte. Nachdem er den Schock über den Mord überwunden hatte, war James seine Skepsis deutlich anzusehen. Alexander ahnte, dass er sich fragte, warum Nic ihnen half. Nicht, dass er sich das nicht schon selbst gefragt hatte. Warum gab sich eine Botania mit ein paar Hütern ab? Es war nicht ihre Aufgabe, und die Zusammenarbeit mit ihnen war weit unter ihrem Rang.

Obwohl James beim Anblick der Leiche blass um die Nase wurde, packte er mit an, um Mary Ann in den Bio-Tower hinüberzubringen. Sie bedeckten die Tote mit einem Laken, und mithilfe eines kleinen Wagens, den James auf seine Anweisung hin mitgebracht hatte, transportierten sie die Leiche durch den versteckten Tunnel und fanden sich in einem prunkvoll gestalteten langen Gang wieder. Unverkennbar der Bio-Tower.

Auch wenn er in diesem Teil der Stadt häufig unterwegs war, die Pracht des Gebäudes war jedes Mal wieder überwältigend. Die hohen Decken und Wände schimmerten wie gealtertes Kupfer in einem blau-grünen Ton, und an den Wänden zogen sich säulenförmige Reliefs zur Decke empor, als ob sie diese stützten. In unregelmäßigen Abständen standen vergoldete Statuen und schienen die Besucher zu beobachten. Sie alle zeigten aktuelle oder ehemalige Obere, in seltenen Fällen auch Biologen, die Großes für die Stadt vollbracht hatten, ohne Obere zu sein. Direkt neben dem versteckten Gang zu »Aphrodites Garten« stand die Statue des Obersten Koch. Alexander erkannte seine Hakennase sofort, denn derzeit konnte man sie auf unzähligen Plakaten in der ganzen Stadt bewundern.

Der breite Flur war mit Fliesen ausgelegt, von denen ein dunkler, grünlicher Schimmer ausging, fast als glühte ein Feuer in ihrem Inneren. Alle zehn Meter waren große Fenster in die Wand eingelassen, aus denen man einen weiten Blick über die gesamte Stadt hatte. Heute jedoch waren weder er noch James in der Stimmung, Zeit mit der wunderbaren Aussicht zu verschwenden. Stattdessen eilten sie mit der Leiche auf dem Wagen über den Flur. Ihre Schritte und das Rumpeln des Wagens hallten erschreckend laut von den Wänden wider. Alexander hoffte, dass kein Forscher ausgerechnet jetzt auf den Gang hinaustreten würde. Je weniger Menschen von dem

Mord wussten, desto besser. Was hätte er ihnen sagen sollen? Wie würden alle anderen auf diese Nachricht reagieren? Gut möglich, dass diese Nachricht Auswirkungen haben würde, die er jetzt noch nicht abschätzen konnte. Der Rat würde darüber entscheiden müssen, was zu tun war.

Am Ende des Ganges nahmen sie den Aufzug und fuhren in den dritten Stock. »Zoologie und Botanik« stand auf der Anzeige in der Kabine. Irgendwo hier musste Nics Labor sein. Als sie sich dem Zoologie-Trakt näherten, drangen allerlei Tierlaute aus den Laboren hinaus auf den Gang: schrille Schreie, lautes Brüllen und ein seltsames Grunzen.

Am letzten Labor der Botanik stand endlich Nics Name und Alexander stieß die Tür auf. Gemeinsam schoben sie den Wagen mit der Leiche ins Innere, wo Nic bereits auf sie wartete. Sie war nun in eine weite Robe aus weichem dunkelgrünen Stoff gehüllt, das Privileg und die Farbe ihres Ranges. Darüber trug sie den für das Arbeiten in den Laboren obligatorischen weißen Laborkittel. In ihrer offiziellen Arbeitskleidung wirkte sie auf einmal viel kälter. Viel beherrschter. Noch immer war sie schön, dennoch … In diesem Moment wurde ihm erst richtig bewusst, wie weit sie über ihm stand.

Ungeduldig lief sie auf die beiden Männer zu und lotste sie zu einem Tisch aus Mechanium im hinteren Teil des rechteckigen Raums.

Mit vereinten Kräften hoben sie die Leiche auf den Tisch. Blut tropfte aus einer der klaffenden Wunden auf den Boden und hinterließ einen kreisrunden Fleck. Angewidert verzog Alexander das Gesicht und ließ die Leiche auf den Tisch gleiten. Schnell lief er zum Spülbecken am Rand des Labors und wusch sich gründlich die Hände. Indessen beugte sich Nic über die Leiche und begutachtete sie im hellen Licht des Labors. Alexander beobachtete sie dabei. Es war seine Aufgabe als Hüter, dieses Verbrechen aufzuklären, und dazu gehörte vermutlich auch, alles zu überwachen, was mit der Aufklärung des Falls zu tun hatte. Und vielleicht würde er es nächstes Mal alleine tun müssen. Ein schrecklicher Gedanke. Es durfte kein nächstes Mal geben. Aber eigentlich hätte es auch kein erstes Mal geben dürfen.

Mit ernstem Gesichtsausdruck drehte die Biologin sich nach wenigen Augenblicken um. »Wie wäre es, wenn ihr mich hier in Ruhe meine Arbeit machen lasst und ich euch Bescheid sage, wenn ich etwas herausgefunden habe?«, schlug sie in leicht gereiztem Ton vor.

Sofort trat Alexander einen Schritt zurück. »Natürlich. Es tut mir leid, wenn wir Euch gestört haben. Ich weiß, Ihr tut, was Ihr könnt. Und wir werden in der Zwischenzeit tun, was wir können. Bis später, Botania.« Trotz seines Wunsches, jeden Schritt der Ermittlung zu beobachten, war er unglaublich erleichtert, die Untersuchung der Leiche nicht mitansehen zu müssen. Allerdings hätte er Nic gerne gefragt, wie es zu diesem Mord hatte kommen können, aber das wagte er nicht. Zu sehr würde es danach klingen, als kritisiere er die Oberen.

Bereits wieder über den toten Körper gebeugt erwiderte die Biologin: »Nic sollte ausreichen.«

Überrascht nickte er nur, obwohl sie es nicht sehen konnte, und verließ mit James das Forschungslabor. Noch nie hatte einer der Forscher ihm angeboten, den Status und den Rang zu vernachlässigen, den er innehatte.

Nach einer kurzen Besprechung mit James beschloss Alexander, noch einmal zum Ort des Mordes zurückzukehren.

Möglicherweise gab es dort noch Spuren des Mörders. Vielleicht hatte der Täter etwas zurückgelassen, das ihnen verriet, wer er war.

Auf dem Weg zurück zum Garten dachte Alexander über den Mord nach. Es kam ihm unmöglich vor, dass einer der Bewohner von Biota das getan haben sollte. Eigentlich war es sogar *tatsächlich* unmöglich. Die Wissenschaftler hatten das Böse schließlich abgeschafft. Stand es so nicht überall zu lesen? Hatten sie sich geirrt? Biota war besser als die Oberfläche, ein Ort, an dem es Gewalt nicht gab. Wie also passte der Mord an Mary Ann ins Bild? War womöglich bei der Anpassung ein Fehler unterlaufen?

Im Garten machte er sich zusammen mit James auf die Suche nach allem, was nicht danach aussah, als hätte es Mary Ann gehört. Sie untersuchten das gesamte Zimmer auf Staub und anderen Dreck, da hier die Reinigungsgolems jeden Tag putzten. Jedes noch so kleine Körnchen Staub konnte also vom Täter stammen.

Doch auch nach zwei Stunden des Suchens hatten sie nichts. Nicht das kleinste Bisschen wies darauf hin, dass sich außer Mary Ann noch eine andere Person in dem Raum aufgehalten hatte. Jemals. Das war seltsam, schließlich hatte jede Aphrodite normalerweise mehrere Besucher pro Tag.

Zusammen mit James verließ Alexander das Zimmer und trat hinaus in das helle Licht des runden Gartens, wo die restlichen Frauen saßen, die in »Aphrodite Pandemos« arbeiteten. Sie hatten sich im Garten auf den fein geschwungenen Holzbänken verteilt und sahen erwartungsvoll zu ihnen auf. Alexander bemühte sich um eine möglichst neutrale Miene. »Zuversicht vermitteln« war ein wichtiger Punkt in seiner Ausbildung zum Hüter gewesen.

Die Hände in die Hüften gestemmt, stellte er sich in die Mitte des Gartens, direkt vor die Statue, die eine DNS-Helix darstellte und eine der neuesten Statuen hier im Garten war.

»Ich bin sicher, ihr alle wollt wissen, was geschehen ist. Allerdings haben wir noch keine konkreten Ergebnisse. Ihr könnt aber vielleicht selbst zur Lösung des Falls beitragen.« Alexander hob die Stimme. »Wir werden jede von euch nach dem Zeitraum fragen, in dem Mary Ann höchstwahrscheinlich gestorben ist. Gibt es ein Zimmer, das wir benutzen können?« Fragend blickte er von einer Frau zur anderen.

Sofort meldete sich eine wunderschöne Rothaarige mit langen Locken. »Ihr könnt in mein Zimmer gehen.« Sie deutete auf eine Tür zu seiner Linken. Alexander dankte ihr und gemeinsam mit James betrat er den Raum, der, ebenso wie Mary Anns, mit sorgfältig ausgesuchten Möbeln und einem auffallend großen Bett ausgestattet war.

Die erste Frau folgte ihnen. Es war die Rothaarige, die ihnen das Zimmer zur Verfügung gestellt hatte. Selbstbewusst nahm sie ihnen gegenüber Platz und schlug die Beine übereinander. Dabei wurden ihre hohen dunkelroten Schuhe sichtbar. Mit einem Lächeln wandte sie sich an die beiden Männer. »Nun, wie kann ich helfen?«, fragte sie mit einem Ausdruck des Misstrauens in ihren Augen, der nicht zu ihrem freundlichen Gesichtsausdruck passte.

»Wie ist dein Name?«, erkundigte Alexander sich zunächst, sowohl um das Eis zu brechen, als auch, um eine Liste anzulegen, auf der er die Aussage jeder Frau festhalten konnte.

»Jess. Jessica Lang.«

Alexander notierte ihren Namen und sah dann wieder auf.

»Wer waren Mary Anns Kunden?«

Jessica zuckte die Schultern. »Das kann ich leider nicht auswendig sagen, aber sobald wir hier fertig sind, kann ich euch gerne das Buch holen, in dem die Kunden jeder Aphrodite stehen.«

Er nickte. »Ja, das wäre sehr hilfreich.« Kurz überlegte er, bevor er fragte: »Kannst du uns sagen, wer sie gestern und heute besucht hat?«

»Glaubt ihr, einer ihrer Kunden hat sie getötet?«, fragte Jess und schluckte sichtlich.

»Wir versuchen nur, jeder Spur nachzugehen«, erwiderte Alexander, da er nicht wusste, was er sonst sagen sollte.

»Es wäre auch hilfreich, wenn du uns eine Liste deiner Kunden geben könntest, die heute hier gewesen sind. Vielleicht ist ihnen etwas aufgefallen«, schaltete sich nun James in das Gespräch ein.

Die Aphrodite nickte mechanisch und begann, ihnen Namen zu nennen. An den Fingern zählte sie vier Kunden ab.

Nach Jessica stellten sie den anderen zwanzig Frauen die gleichen Fragen.

Ihre Antworten waren alle identisch mit Jessicas, keine hatte etwas Verdächtiges gesehen oder gehört.

Nach der Befragung blieben Alexander und James erschöpft im Raum zurück. Sie waren der Lösung des Falls kein Stück nähergekommen. Stattdessen türmte sich vor ihnen ein Berg Arbeit auf, und sie hatten keine Ahnung, wie sie ihn bewältigen sollten.

»Ich denke, wir befragen zuerst die Männer, die Mary Ann besucht haben, am besten in umgekehrter Reihenfolge«, schlug

James vor. »Danach vielleicht die Besucher der Frauen, deren Zimmer direkt an Mary Anns angrenzen.«

Allerdings hatten sie bis jetzt keine Ahnung, durch welches Mordwerkzeug die junge Aphrodite gestorben war, geschweige denn wann genau, und er beschloss, vor den Befragungen auf Nics Bericht zu warten. Dieser würde hoffentlich zumindest den Zeitpunkt der Ermordung eingrenzen.

Bevor sie etwas unternahmen, kehrten sie zur Wache zurück. Diese war in einem unauffälligen, ganz in Schwarz und Weiß gehaltenen Gebäude in der Mitte des »Aurelia«-Tunnels untergebracht, der den Marktplatz mit der Krankenstation verband. Hinter der Station, sichtbar durch das farblose Mechanium des Tunnels, ragte der Bio-Tower in die Höhe.

Endlich wieder an seinem Schreibtisch begann Alexander, alle Aussagen der Frauen aus »Aphrodite Pandemos« in die Schreibmaschine zu diktieren, ebenso wie die Liste aller möglichen Zeugen in der Reihenfolge, in der sie sie befragen wollten.

Als er endlich fertig war, hatte sich außerhalb des Gebäudes bereits die Abendbeleuchtung eingeschaltet. Die Botania war noch immer nicht auf der Wache erschienen und Alexander beschloss, er könnte genauso gut woanders auf die Ergebnisse der Obduktion warten.

»Ich bin im ›Keeper's Rest‹, sag mir bitte Bescheid, wenn die Botania mit Mary Ann fertig ist.« James nickte nur und Alexander verließ die Wache in Richtung seiner Stammkneipe.

Am Eingang zu den Quartieren nahm er den Aufzug in den ersten Stock, denn so musste er wenigstens nicht den gesamten Marktplatz überqueren. Er wollte so wenigen Menschen wie möglich begegnen. Er befürchtete, man würde ihm auf den ersten Blick ansehen, was geschehen war.

Im ersten Stock angekommen, warf er einen raschen Blick den Tunnel hinunter. Dort herrschte reges Treiben. Unzählige Menschen tummelten sich in dem Gang, der fast ebenso schön war wie der Bio-Tower. Dort, in diesem Gang, lag das wahre Zentrum Biotas. Der Ort, an dem die Wissenschaftler die Resultate ihrer Forschung dem Rest der Bevölkerung präsentieren konnten. Wann war er eigentlich das letzte Mal hier gewesen? Es konnte nicht allzu lange her sein. Er hatte sich eines der neuen Plakate zum Thema DNS angesehen.

Zu seinem Glück hatte sich die Menschenmasse gerade vor einer Bühne versammelt und wartete gebannt auf die Präsentation eines Wissenschaftlers. Ungesehen huschte Alexander in die entgegengesetzte Richtung.

Als er schließlich die Tür zu seiner Stammkneipe aufstieß, verstummten im Inneren für einen kurzen Moment sämtliche Gespräche und alle Augen richteten sich auf ihn. Alexander trat ein und schloss lässig die Tür hinter sich. Er begab sich an die Theke und bestellte einen Cyam bei Georg, ein herbes Getränk, das von Cyanobakterien produziert wurde. Mit dem Glas setzte er sich auf seinen Stammplatz direkt an der Theke. Die restlichen Besucher begannen wieder zu tuscheln. Für einen Moment war alles wie immer. *Niemand kann es mir ansehen.*

Er besah sich das heutige Publikum: wie sonst auch, ehemalige Hüter, Ladenbesitzer, Ingenieure. Im hinteren Teil der schummrig beleuchteten Kneipe spielten einige Wartungsarbeiter Karten an einem ovalen Tisch aus Treibholz. Im Kontrast zu der Inneneinrichtung aus Möbeln, die aus Algen, Sand und Treibholz gefertigt waren, bestanden die Wände des Gebäudes aus blauem, mit Kupfer durchsetztem Mechanium. Der Boden war, wie in den meisten Gebäuden Biotas, aus gefärbtem, mehrere Zentimeter dickem Glas.

An einem der Tische im vorderen Bereich saßen John Eden und Robert Schneider, beide Besitzer von Geschäften im Delectarium: John besaß einen Laden für Zauberbedarf und Robert eine Zaubershow. Die beiden Läden lagen nebeneinander und, was noch wichtiger war, direkt neben dem Eingang zu »Aphrodites Garten«. Ohne zu fragen, ließ Alexander sich auf den freien Stuhl am Kopfende des Tisches fallen.

»Guten Abend«, begrüßte er die beiden Geschäftsleute.

»Guten Abend, oberster Hüter«, antworteten sie gleichzeitig. Sie musterten ihn und zogen synchron eine Augenbraue hoch.

»Ich muss euch einige Fragen stellen.« Alexander blickte von einem zum anderen. »Habt ihr von gestern Abend bis heute Morgen jemanden gesehen, der ›Aphrodites Garten‹ verlassen hat und der sich vielleicht …«, er suchte nach dem richtigen Wort, »… seltsam benahm?«

»Seltsam?«

»Ja, vielleicht jemanden, der nicht gesehen werden wollte?« Alexander wusste, dass die Befragung ein Schuss ins Blaue war. Ohne zu wissen, wann Mary Ann eigentlich ermordet worden war … Noch dazu konnte er den beiden Männern nicht sagen, warum er ihnen diese Frage überhaupt stellte.

»Ich habe immer viel zu tun, keine Zeit, aus dem Fenster zu starren. Eine Show nach der anderen.« Robert zuckte unbekümmert die Achseln.

»Und du?«, wandte er sich direkt an John.

»Ich habe Einige den Garten betreten und verlassen sehen, aber mir ist nichts Besonderes aufgefallen. Ich habe auch Besseres zu tun, als die Leute zu beobachten.« Entschuldigend hob der Ladenbesitzer die Hände.

»Wen hast du gesehen?«, hakte Alexander nach. Daraufhin zählte John ihm einige Namen auf, die sich mit denen deckten, die auch die Aphroditen ihm bereits genannt hatten.

Mit einem Mal wurde es totenstill in der Kneipe. Neugierig wandte Alexander den Kopf, um zu sehen, was der Grund dafür war. Nic stand in der Tür. Ihr schönes Gesicht wirkte kühl, ihre Augen huschten ausdruckslos über die Gäste, bis sie ihn entdeckte. Dann kam sie zu dem Tisch, an dem er saß, woraufhin die beiden Männer, mit denen er gesprochen hatte, neben ihren Stühlen auf die Knie sanken und ihre Köpfe in Nics Richtung neigten.

Nic ignorierte sie. »Ich bin fertig«, verkündete sie ihm.

Verwirrt blickte er sie an. »Warum kommt Ihr *hierher*?«, zischte er leise. Biologen gingen nicht an dieselben Orte, die der Rest der Bewohner aufsuchte. Sie hatten ihre eigenen Kneipen, ihre eigenen Restaurants und ihren Tower. Keiner der anderen Kneipenbesucher wagte es, sich zu rühren. Nic blickte sich um und schien erst jetzt die restlichen Menschen wahrzunehmen.

Laut rief sie: »Keine Sorge Leute, lasst euch von mir nicht stören.« Irritiert sahen die Besucher einander an, kamen aber offenbar zu dem Schluss, dass sie ihren Abend wie gewohnt fortführen konnten, und bald erfüllten wieder leise Gespräche den Raum.

Mit einem Lächeln wandte Nic sich an ihn. »Alex, du wolltest doch den Bericht. Hier bin ich. Ich dachte, ich wäre besser als ein Stück Papier.« Noch immer lächelnd sah sie ihn an. Regungslos starrte er zurück. Sie war anders, anders als die anderen Wissenschaftler. Er hatte es schon auf ihrem Rundgang bemerkt, aber jetzt wurde es ihm erst richtig bewusst. Er schüttelte den Kopf und versuchte den Gedanken loszuwerden. Sie war trotz allem eine Wissenschaftlerin, sie war ... nicht auf der gleichen Ebene wie er.

Alle beobachteten sie mehr oder weniger unverhohlen, und Alexander schlug Nic vor, die Kneipe zu verlassen. Draußen setzten sie sich in zwei Sessel aus gehärteten Algen, die vor der Kneipe standen. Nic zog die Beine unter ihren Körper und machte es sich gemütlich.

»Also, was habt Ihr gefunden?«

»Zum einen bin ich mir sicher, dass Mary Ann um Mitternacht herum gestorben ist ...«

»Ermordet wurde«, warf er ein.

»Ja. Genau.« Sie nickte. »Ihr wurde die Kehle durchgeschnitten. Und zum anderen scheint die Waffe ein Skalpell gewesen zu sein.«

»Ein Skalpell?«, rief er entsetzt. Das konnte nicht sein. »Wie von einem ...«

»... Biologen oder Arzt, ja. Das ist aber nicht das Schlimmste. Ihr fehlen mehrere Organe. Die Nieren, die Leber, das Herz, die Stimmbänder und die Luftröhre. Die inneren Geschlechtsorgane sind noch vorhanden, aber völlig zerschnitten. Und das war kein Versehen. Alle anderen Organe wurden sorgfältig entfernt.« Nic verstummte und Alexander schwieg. Er wusste nicht, was er dazu sagen sollte.

Schließlich fragte er: »Hast du Spuren gefunden? Etwas, das vom Täter stammen könnte?«

Nic schüttelte den Kopf. »Nichts.«

»Was ist da draußen los?«, erklang eine gurgelnde Stimme. Ein leichtes Brodeln war im Raum zu hören.

»Ein Mord. Eine Aphrodite.«

»Ein Mord? Aber doch nicht Mary Jane, oder?« Das Brodeln wurde lauter.

»Nein, nein. Sie hieß Mary Ann.«

»Gut.« Das Gurgeln klang zufrieden.

»Ja ... gut.«

»Ein Mord also ... Wenn die Oberen das mal nicht aus der Fassung bringt.« Etwas Ähnliches wie ein Lachen war zu hören.

»Das wird es vermutlich. Und die Hüter erst. Es wird interessant, zu sehen, wie weit ihr Gehorsam reicht. Du hast damals beschlossen, die Menschen zu Hütern zu machen, die kaum Eigeninitiative haben und dann noch die Anpassung ... Ich würde wetten, dass dieser Mord schon in zwei Tagen keiner mehr ist und alles seinen geregelten Gang geht.«

KAPITEL 2

Die Befragungen hatten nichts ergeben. Alexander und seine vier Hüter hatten in der letzten Woche alle Männer befragt, die um Mary Anns Todeszeitpunkt »Aphrodites Garten« besucht hatten. Keinem von ihnen war etwas Ungewöhnliches aufgefallen, keiner hatte etwas gesehen. Auch die Männer, die Mary Ann an dem Tag besucht hatten, sagten aus, sie wäre wie immer gewesen. Sie hätte sich weder Sorgen gemacht, noch sich vor jemandem gefürchtet. Mit anderen Worten: Sie hatten keine einzige Spur.

Und von den Oberen war wohl auch keine Hilfe bei der Aufklärung des Mordes zu erwarten, denn sie wollten den Vorfall vor der Bevölkerung geheim halten. Aber sollte denn nicht die Aufklärung des Mordes ihre oberste Priorität sein? Ihre Reaktion hatte Alexander überrascht.

Trotzdem hatte er vor zwei Tagen eine offizielle Mitteilung an die Bevölkerung herausgegeben, in der von einem »selbstverschuldeten Todesfall« die Rede war. Alexander gefielen die Lügen nicht, aber das Komitee hatte sie angeordnet. Die drei Oberen, die die Hüter aussuchten, ausbildeten und die Regeln für den Beruf festlegten, hatten sich eingeschaltet und ihm ein Schreiben mit der offiziellen Version des Vorfalls gegeben.

Mit den Aphroditen, die die Tote nun mal mit eigenen Augen gesehen hatten, hatten sie persönlich gesprochen und ihnen mitgeteilt, dass eine Panik in der Bevölkerung »nicht wünschenswert« wäre und die anderen Bewohner sich daher lieber nicht mit diesem »unglücklichen Mädchen« beschäftigen sollten.

Also beschäftigten die Menschen sich mit etwas ganz anderem: mit dieser eigenartige Botania, mit der sie Alexander gesehen hatten. Sie war im »Keeper's Rest« gewesen und das in ihrer Robe! Doch nach einer Woche schien sich die Gerüchteküche endlich zu beruhigen. Das Leben nahm seinen gewohnten Lauf, und Alexander patrouillierte wieder entlang seiner normalen Route. So sehr er sich auch anstrengte und so schrecklich er sich auch fühlte, ihm fiel nichts ein, was er noch tun konnte, um den Mord aufzuklären.

Es war Dienstagabend und der Rundgang für ihn endlich zu Ende. Müde schleppte Alexander sich die Stufen zur Wache hinauf. Die Woche war anstrengend gewesen, dafür bekam er nun die Quittung. Er quälte sich in sein Büro und zog eine dickere Jacke an. Heute war der 21. September und langsam wurde es kälter, denn die Heizungen wurden auf zehn Grad zurückgedreht: Herbstanfang. Die Forscher waren der Meinung gewesen, ein fester Rhythmus gebe den Bewohnern Biotas Struktur und Halt. Gleichzeitig war es für die Leiter der Stadt aber auch eine gute Gelegenheit, Energie zu sparen und die Rohre zu warten, eine zu gefährliche Angelegenheit bei laufendem Betrieb.

Warm genug angezogen machte Alexander sich auf den Weg zum »Darwin«. Die Hintertür war unverschlossen. Jim, der

Koch des Restaurants, hatte also Wort gehalten. Alexander trat ein und fand sich in der großen Küche des Restaurants wieder. Egal wohin er auch blickte, überall blubberte, zischte oder brodelte etwas und es roch einfach fantastisch.

»Da bist du ja endlich.«

Alexander hatte gar nicht gemerkt, dass der Küchenchef, ein kleiner untersetzter Mann mit dunklem Schnurrbart, auf ihn zugekommen war.

»Hallo, Jim. Schön, dass du Zeit für mich hast.« Was würden sie wohl heute kochen?

»Kein Problem. Lass uns am besten gleich loslegen. Ich hatte beim letzten Mal ja schon erwähnt, dass wir es vielleicht doch erst einmal mit einer einfachen Suppe versuchen. Hol bitte schon mal den Ascophyllum und die Laminaria aus dem Kühlschrank.«

Gehorsam öffnete Alexander den riesigen Kasten, der eine komplette Seite der Küche einnahm. Er hatte selbst gesehen, wie Carl von Linde seine geniale Erfindung auf der Messe vorgestellt hatte, ein denkwürdiger Tag. Und diese Konstruktion hier war speziell für das »Darwin« gebaut worden, sie musste einfach unglaublich teuer gewesen sein. Könnte er sich doch nur auch so ein Gerät leisten …

Als er die Türen öffnete, strömte ein Schwall kalter Luft heraus. Mühsam streckte er sich und griff nach glatten grünbraunen und gewellten Lappen, die feucht glänzten, und legte sie vor dem Koch auf den Tisch.

»Und jetzt nimm dir eines der Messer«, Jim deutete auf einen Messerblock rechts von ihm, »und schneide die Blätter in kleine Stücke.« Doch bevor Alexander nach dem Messer greifen konnte, vibrierte sein Funkempfänger und die rote Lampe leuchtete.

Nicht schon wieder! Er ließ Jim mit einer lahmen Ausrede in der Küche stehen und stürzte zum nächsten Fernsprecher. Zweimal Alarm in so kurzer Zeit? Er ahnte Böses.

»Notfall im Quartier 2.15«, quäkte ihm die Stimme von James auch schon aus dem Hörer entgegen.

Mit wild pochendem Herzen hastete Alexander zum Aufzug und fuhr zu den Quartieren hinab. Im zweiten Stock unter der Erde stieg er aus und lief zur Wohnung Nummer 15. Wenige Meter vor der Haustür hielt er abrupt inne, denn unter der Tür sickerte eine rote Flüssigkeit auf den Flur. Der starke Geruch nach Eisen ließ ihn husten. Vorsichtig, ohne in die rote Pfütze zu treten, streckte er sich und stieß die angelehnte Tür auf.

»Oh!« Unwillkürlich machte er einen Schritt zurück. Gleich hinter der Tür lag eine Frau. Ihr Oberkörper war vom Brustbein bis hinunter zum Schambein aufgeschlitzt und die Darmschlingen und andere Organe waren rund um den Kopf auf ihren blonden Haaren verteilt. Ihr Gesicht war von Schlägen oder Tritten völlig entstellt und Alexander konnte nicht sagen, ob er sie womöglich kannte. Das Blut auf dem Flur war aus den Stümpfen ihrer Beine geflossen, die beide am Ende der Oberschenkel entfernt worden waren. Alexander schluckte schwer und drängte seine Übelkeit zurück. Nach wenigen Augenblicken hatte er sich wieder gefangen. Er hatte zu tun!

Entschlossen trat er an den nächsten Fernsprecher und rief James und Nic zu sich.

Es war unfassbar! Nachdem sie die Leiche mit vereinten Kräften in Nics Labor gebracht hatten, waren er und James zurückgekehrt und hatten jeden Raum der Wohnung, in der das Opfer gefunden worden war, durchsucht. Kein einziges Staubkorn, kein Haar, nichts. Es war, als hätte niemand dort gewohnt.

Aber die Einrichtung war teuer gewesen, keine Frage. Das Wohnzimmer war mit dicken dunkelblauen Teppichen aus Wolle ausgelegt und im Zentrum des Raumes stand ein Sessel, der nicht aus Algen, sondern aus kostspieligem Leder war. In der Ecke stand ein schöner Edison-Fonograf. Nicht schlecht, stellte Alexander nicht ohne Neid fest, als er die Tür zum Badezimmer aufstieß. Blaue und grüne Kacheln formten das Wappen der Stadt an der linken Wand: Eine grüne Kuppel, in der der Name »Biota« geschrieben stand. Um den Namen selbst zogen sich einige Efeuranken und über der Kuppel war der blaue Ozean dargestellt. Ein mattes Licht verbreitete sich im Zimmer. Wirklich schön.

Nirgendwo in der Wohnung fand sich ein Hinweis auf einen Mann, anscheinend war die Tote also nicht verheiratet gewesen. Leider gab es auch nirgendwo einen Hinweis auf die Identität des Opfers. Vielmehr drängte sich der Eindruck auf, dass die Wohnung nur selten genutzt worden war, und die Kleider, die im hohen Schrank im Schlafzimmer hingen, könnten jeder Frau in Biota gehören: weiße Oberteile und braune Hosen aus Quive. Nichts Ausgefallenes. Doch das Fehlen von persönlichen Gegenständen machte ihn stutzig. Es war durchaus möglich, dass es noch einen anderen Ort gab, an dem sie sie aufbewahrte, vielleicht die Wohnung ihrer Eltern, vielleicht ihre Arbeitsstelle. Nur wer war diese Frau?

Außen an der Tür fand Alexander kein Namensschild. Er seufzte. Kein Namensschild, falls die Nachbarn also nicht da waren, würde er im Register nachsehen müssen.

Er klopfte an die Tür der Nachbarn rechts und links der Wohnung, doch niemand war zuhause. Also das Register.

»Lass uns bei Botania Nic nachsehen, wie weit sie ist«, schlug er James vor, als er in die Wohnung zurückkehrte.

»Alles klar. Ich habe auch nichts mehr gefunden.« James erhob sich von den Knien. Er hatte gerade einen Blick unter einen der Schränke geworfen, die im Wohnzimmer standen. Alexander verschloss die Tür und beide Hüter verließen die Quartiere. Er musste sofort jemanden herschicken, der das Blut aufwischte, sonst würde sie unweigerlich jemand entdecken.

Wieder verließen sie einen Tatort ohne verwertbare Spuren. Alexander hätte am liebsten gegen irgendetwas getreten. Wie sollten sie den Täter so jemals finden?

Hoffentlich hatte wenigstens die Botania etwas herausgefunden.

Auf dem Weg in den Bio-Tower erinnerte Alexander sich an seine Berufung zum Hüter. Er hätte sich wohl besser für den Posten als Wartungstechniker oder Bauarbeiter entscheiden sollen … Damals, als seine Eltern und er die Anpassung für Biota durchlaufen hatten, war jeder von ihnen eingestuft worden. Dazu hatten sie sich mehreren Tests unterziehen müssen, die sowohl ihre körperlichen als auch charakterlichen Eigenschaften einschätzen sollten. Je nach Eignung hatten sie schließlich die Wahl zwischen mehreren Berufen oder Berufswegen gehabt. Er hätte auch ein Geschäft eröffnen können, denn das stand jedem Einwohner frei. Doch im Alter von zwölf Jahren hatte er sich nach langen Überlegungen schließlich für den Posten als Hüter entschieden. Zu Beginn seiner Ausbildung war er dann hauptsächlich in Beobachtung, Aufmerksamkeit und dem Umgang mit anderen Menschen geschult worden. Er hatte jede Aufgabe mit Leichtigkeit gemeistert, doch inzwischen begann er sich zu fragen, ob diese Stelle nicht vielleicht seine Fähigkeiten überstieg ...

Als Alexander die Tür zu Nics Labor öffnete, schlug ihm ein übler Geruch entgegen, eine Mischung aus Eisen und Verwesung. Er entdeckte Nic, wie sie vornübergebeugt vor ihrem Untersuchungstisch stand, das Gesicht von einer großen Brille verdeckt. Bei ihrem Eintreten blickte sie nur flüchtig vom Tisch auf und schenkte ihnen ein schwaches Lächeln. Dann schaute sie wieder hinab und notierte sich etwas auf einem Blatt Papier. Danach richtete sie sich auf.

»Hallo, Hüter. Habt ihr etwas in der Wohnung gefunden?«

»Nein, genau wie vor einer Woche.« Alexander schüttelte entmutigt den Kopf.

James ergänzte: »Es muss jemand geputzt haben. So sauber ist kein bewohntes Zimmer.«

Nic nickte zustimmend. »Das passt zu dem Zustand der Leiche. Kein einziges Haar, das nicht von der Frau selbst stammt.«

Ungeduldig trat Alexander von einem Fuß auf den anderen.

»Nic, da ist etwas, das wir viel dringender brauchen, als fremde Haare.« Er schaute hinüber zu dem Körper auf dem schmalen Tisch. »Wir wissen immer noch nicht, wer sie eigentlich ist.«

»Oh, ja, natürlich.« Die Botania lief zu einem Regal links von ihm, aus dem sie einen dünnen Hefter hervorzog. Nach einem kurzen Blick hinein reichte sie ihn Alexander.

»Hier, ihre Akte. Ich habe einen DNS-Test gemacht. Und weil ich wusste, dass sie eine Aphrodite sein muss ...«

»Woher wusstet Ihr das?«, unterbrach er sie erstaunt.

»Na, ihre Eileiter sind durchtrennt«, antwortete Nic, als wäre dies selbstverständlich. Doch er hatte davon noch nie etwas gehört. Durchtrennte Eileiter? Nach kurzem Zögern öffnete er die Akte. Der Name der Toten war Annie Chapman. Beim Anblick des Namens wurde Alexander schwindelig. Das konnte unmöglich wahr sein, er war erst vor drei Tagen bei ihr gewesen. Wie jeden Monat. Er schwankte. Dabei merkte er kaum, dass Nic ihn am Arm festhielt, damit er nicht hinfiel. Erst als James ein erstauntes Keuchen von sich gab, realisierte auch er, dass die Biologin seinen Arm berührte. Hastig zog er ihn zurück und sah sich um. Was, wenn nun ein anderer Wissenschaftler hereingekommen wäre oder gar einer der Oberen? Er wollte sich gar nicht ausmalen, was dann mit ihm geschehen wäre.

Befangen räusperte er sich. Was hatte er gerade sagen wollen? »Wir müssen die Aphroditen noch einmal befragen. Sie müssen uns sagen, welche Männer Annie besucht haben. Vielleicht finden wir eine Übereinstimmung mit Mary Ann. Könnt Ihr uns sagen, wann sie gestorben ist?«

»Gestern Abend, irgendwann zwischen zehn und eins. Ich weiß, das ist nicht sehr präzise, vielleicht kann ich dir später mehr sagen. Ich bringe dir den Bericht heute Abend vorbei, in Ordnung?« Sie war dicht an Alexander herangetreten.

Er wich ein Stück zurück. »Ja, danke, Botania, dann bis heute Abend.«

Auf dem Weg zu »Aphrodites Garten« fiel Alexander noch etwas ein. »Wer hat den Vorfall eigentlich gemeldet?«

»Ich weiß es nicht«, antwortete James.

»Er muss doch bei dir gemeldet worden sein.«

»Ja, aber über den Fernsprecher. Und er hat keinen Namen genannt.«

»Es war ein Mann?«

»Oh … ja, ich denke schon.«

Alexander überlegte. Jemand, der so einen Vorfall meldete, hätte doch auf die Hüter gewartet. Seltsam.

Ihre Ankunft im Garten blieb nicht lange unbemerkt. Mehrere Aphroditen in langen farbenprächtigen Kleidern saßen auf den Bänken zwischen den Blumen und Hecken und waren in Gespräche vertieft. Im selben Moment, als Alexander und James den Garten betraten, standen die Frauen geschlossen auf und kamen auf sie zu. Sie mussten bereits auf ihre Ankunft gewartet haben.

»Gibt es etwas Neues?«, fragte die schöne rothaarige Frau mit den langen Locken ohne sie zu begrüßen. Wie hieß sie noch gleich? Jess? Ja, Jessica Lang. Die Edelsteine an ihrem Gürtel funkelten im hellen Licht des Gartens wie Sterne und lenkten Alexander ein wenig ab.

»Nein, deshalb sind wir nicht hier.« Er holte tief Luft. Was jetzt kam, würde den Frauen nicht gefallen. »Annie Chapman ist tot.« Entsetzen machte sich in den Gesichtern der Frauen breit und Julia East, eine kleine, zierliche Blondine mit kurzen Haaren, begann leise schluchzend zu weinen.

»Wo?«, fragte Jessica.

»In ihrer Wohnung«, antwortete Alexander betont ruhig.

»Wann habt ihr sie zuletzt gesehen?«, erkundigte sich James. Jessicas Kopf ruckte in die Richtung des großen schwarzen Hüters. Sie sprach kurz im Flüsterton mit den anderen Aphroditen und ergriff dann wieder das Wort. »Julia hat sie zuletzt so gegen sechs Uhr gestern Abend gesehen. Da hat sie sich gerade vom Oberen Tesla verabschiedet. Vermutlich ist sie anschließend nach Hause in ihre Wohnung gegangen.« Sie überlegte kurz.

»Am besten befragt ihr die anderen ebenfalls, vielleicht haben sie noch etwas gesehen.« Sie deutete mit einer Hand in Richtung der Zimmer, deren Türen geschlossen waren.

»Hat sie in ihrem Zimmer Kleidung und andere persönliche Gegenstände aufbewahrt?«

Jessica nickte. »Ja, wir alle haben unsere Arbeitskleidung in unseren Zimmern, und da wir so viel Zeit im Garten verbringen …« Sie zuckte die Schultern. »Unser Leben findet nun mal im Wesentlichen hier statt.«

Alexander dankte ihr und gemeinsam mit James betrat er die Veranda. Er konnte die Blicke der Frauen auf seinem Rücken spüren.

Sie klopften an jede Tür und baten die restlichen Frauen, für eine Befragung herauszukommen. Dann setzten sie sich mit dem Rücken zu den Zimmern auf eine dunkelgrüne Bank aus Laminaria-Algen-Stämmen, denn sie wollten, dass sich die Frauen in Ruhe von ihren Besuchern verabschieden konnten. Nach und nach kamen die Aphroditen aus ihren Zimmern und jede einzelne von ihnen zeigte sich bestürzt über den neuen Mord in ihrer Stadt.

»Denkt ihr, dass alle Aphroditen in Gefahr sind?«, fragte schließlich Maria Albert. Darüber hatte Alexander bisher nicht nachgedacht, aber jetzt, wo Maria es ansprach, erschien es ihm gar nicht so abwegig.

»Wir wissen es nicht. Aber wir bemühen uns, den Täter so schnell wie möglich zu fassen«, versuchte er, der Frage so gut es ging auszuweichen.

Eine Aphrodite erzählte ihnen später: »Ich habe sie um ungefähr zehn nach sechs gesehen. Weißes Oberteil, dunkle Hose. Ich denke, sie ist nach Hause gegangen. Weitergearbeitet hat sie mit der Kleidung auf keinen Fall.« Sie deutete auf ihr wallendes, tief ausgeschnittenes Kleid, das rund um den Ausschnitt und in der Taille mit kleinen funkelnden Edelsteinen besetzt war.

»Hast du sie den Garten verlassen sehen?«, erkundigte sich James.

»Nein, in dem Moment kam mein Besucher. Ich habe überhaupt nur aus dem Fenster geschaut, weil er sich verspätet hatte.«

»Vielen Dank.«

Die Frau zögerte. »Was hat man ihr angetan?«

»Das darf ich leider nicht sagen. Es ist besser, wenn es niemand außer den Hütern weiß.« Und obwohl die Frauen protestierten und ihn bedrängten, blieb Alexander bei dieser Entscheidung.

Nach zwei Stunden hatten James und er auch die letzte der Frauen befragt und eine neue Liste mit Besuchern erstellt, die den Garten am gestrigen Tag besucht hatten. Noch dazu waren die Frauen angewiesen worden, niemandem etwas von der neuen Toten zu erzählen. Nicht, bevor das Komitee die Möglichkeit gehabt hatte, eine weitere Erklärung zu verfassen. Alexander war gespannt, wie sie den neuen Todesfall erklären wollten, zumal er so dicht auf den ersten gefolgt war.

Sie verließen den Garten und stiegen die Treppe hinunter. »Tesla?«, fragte Alexander mit einem schiefen Grinsen. Sie konnten sich länger davor drücken, mit dem Oberen zu sprechen.

James nickte und erwiderte mit gequältem Gesichtsausdruck und gespielter Heiterkeit: »Auf geht's.«

Sie wussten genau, wo sie Nicola Tesla finden konnten: im Delectarium. Denn dort besaß er nicht nur einen großen Verkaufsladen, sondern auch ein Labor und eine Show.

Im Vergnügungsviertel umfing sie die übliche unruhige, aufgekratzte Atmosphäre.

Auf ihrem Weg passierten sie die Läden von John Eden und Georg Schneider und drängten sich durch die Besuchermengen, die vor den Schaufenstern standen, denn, obwohl es gerade erst Mittag war, war es hier bereits übervoll und sie brauchten einige Minuten bis zum Ende des Gangs im ersten Stock. Von hier oben hatte man eine herrliche Aussicht auf das gesamte Delectarium und blickte über die Brüstung aus Mechanium hinweg direkt auf die blinkenden und funkelnden Lichter der unteren Etage. Am Rand des ersten Rings hatte Tesla sich seine drei Geschäfte aufgebaut, »Get your golem«, ein Verkaufsladen, in dem kleine mechanische Helfer für den Haushalt angeboten wurden, »Tesla Electric Company«, sein Labor, und »die Arena«, eine Show, in der Golems in Geschicklichkeitsprüfungen gegeneinander antraten und in der Besucher darauf wetten konnten, welcher Golem gewinnen würde. Von Zeit zu Zeit brachten Besucher auch ihre eigenen Golems mit, um sie gegen Teslas Schöpfungen antreten lassen. So oder so war es immer ein Spektakel, und auch Alexander besuchte hin und wieder eine der Shows.

Bei einem schnellen Blick durch die Schaufenster von »Get your golem« und »die Arena« sah er nur Mitarbeiter von Tesla. Durch die Fenster des Labors gleich nebenan erspähte er aber schließlich den berühmten Erfinder selbst. Der Mann mit dem markanten Schnurrbart und dem welligen, streng gescheitelten Haar stand mit Krawatte und Lederhandschuhen vor einem

Tisch mit einem geöffneten Golem, aus dem Drähte herausragten. Alexander hatte schon öfter das Gerücht gehört, dass Tesla sowohl die Krawatten als auch die Handschuhe stets nach einer Woche wegwarf und neu kaufte, doch er hatte es immer als Blödsinn abgetan. Doch als er den exzentrischen Forscher jetzt sah, fragte er sich, ob es nicht doch möglich war. Tesla standen nicht nur die Einnahmen aus seinen drei Geschäften und die Zahlungen der Stadt an ihn zur Verfügung, er hatte auch noch einen reichen Investor für sich gewonnen, das zumindest hatte James vor einigen Wochen erzählt. Der reiche Unternehmer John Morgan investierte angeblich in Tesla oder hatte es zumindest vor.

Alexander klopfte entschlossen an die reich verzierte Holztür des Labors und wartete einige Augenblicke, bis er langsame Schritte hörte und Tesla ihnen öffnete. Streng, als würde er ihnen die Störung übel nehmen, blickte er sie an.

»Ja?«, raunzte er.

Unwillkürlich wich Alexander ein Stück zurück. Damit hatte er nicht gerechnet. »Oberer Tesla? Wir müssen Euch einige Fragen stellen.«

Tesla schüttelte energisch den Kopf. »Nein, ich denke nicht. Ich habe keine Zeit für so etwas. Seht doch, mein neues Projekt …« Seine Stimme verlor sich und er wedelte mit der Hand vage in den spärlich beleuchteten hinteren Teil des Labors. Alexander blickte in die angegebene Richtung, doch das Einzige, was er erkennen konnte, war ein Teil einer Zeichnung, die an der Wand hing. Sie zeigte einen riesigen Turm aus Holzbrettern. Bevor er sie eingehender betrachten konnte, lehnte sich Tesla ihm wieder in den Weg. »Ich bitte euch, zu gehen«, drängte er mit kalter Stimme. Sein Akzent ließ die Worte hart und abgehackt klingen.

»Oberer Tesla«, begann Alexander mit möglichst gelassener Stimme. »Wie Ihr wisst, hat es einen Mord gegeben. Und Ihr könntet ein wichtiger Zeuge sein.« Tesla war ein Oberer und gehörte somit zum Rat, er musste also bereits von den Morden gehört haben. Mit einem ungeduldigen Wischen versuchte Tesla wieder, die ungebetenen Besucher loszuwerden.

»Mord, so ein Unfug. So etwas wie Mord gibt es in Biota nicht«, knurrte er und wollte ihnen die Türe vor der Nase zuschlagen, doch Alexander stemmte sich mit der Schulter dagegen. Was war denn in den Oberen gefahren? Es schien ihm vollkommen egal zu sein, dass ein Mensch tot war. Und warum wusste er nichts von der Toten? Verärgert drängte Alexander sich an dem verdutzt wirkenden Forscher vorbei in dessen Labor.

»Das könnt ihr doch nicht tun«, stammelte der Mann. Alexander trat einen Schritt auf ihn zu.

»Wir beide«, er wies mit der Hand auf James und sich selbst, »sind Hüter. Ich bin der oberste Hüter, um genau zu sein. Und wir können genau das tun.« Konnten sie das? Im Leitpfaden für Hüter gab es kein Kapitel über das Eindringen in das Gebäude eines Oberen.

Ein griesgrämiger Ausdruck überzog Teslas Gesicht. Er wandte sich ab und trottete zu einem Sessel neben dem Kamin, dessen Feuerschein ein flackerndes Licht im Raum erzeugte. Alexander hörte, wie er dabei vor sich hin murmelte.

Er glaubte, die Worte »Dürfen sie nicht sehen … was fällt ihnen ein … genau wie Morgan« herauszuhören und warf James einen irritierten Blick zu. Der jedoch rollte nur mit den Augen. Wie auch er selbst hatte James oft genug mit Forschern zu tun, um zu wissen, dass viele von ihnen seltsam, exzentrisch oder einfach beides zusammen waren. Tesla war da keine Ausnahme.

Sie folgten ihm zum Kamin.

»Oberer, Ihr wart gestern Abend um etwa sechs Uhr bei Annie Chapman, ist das richtig?«

Den Kopf auf eine Hand gestützt betrachtete Nicola Tesla ihn desinteressiert. »Bei wem? Der Name sagt mir nichts.«

Verwundert hakte Alexander nach. »Ihr wart nicht bei der Aphrodite Annie Chapman?«

»Ach, eine Aphrodite, sagt das doch gleich. Ja, ich war gestern oben im Garten. Aber ich kannte doch nicht den Namen dieser Frau.«

Verwundert blinzelte Alexander. Welcher Mann kannte denn nicht den Namen der Aphrodite, die er mindestens einmal im Monat besuchte? Er warf James einen flüchtigen Blick zu.

Daraufhin ergriff dieser das Wort. Mit angespannter Stimme fragte er: »Ihr kanntet ihren Namen nicht? Wie oft habt Ihr sie besucht?«

Genervt seufzte der Forscher. »Nein, ich kannte ihren Namen nicht. Wie auch, jedes Mal wird mir eine Neue zugeteilt. Wer merkt sich schon all die Namen?« Während er das sagte, tätschelte er mit der rechten Hand den Kopf eines kleinen Golems, der direkt neben seinem Sessel stand. Zärtlich strich er ihm über den Kopf und murmelte: »Ja, das gefällt dir, nicht wahr?«

Alexander begann, sich zunehmend unwohl zu fühlen. Es war seltsam, dass Tesla immer eine neue Aphrodite zugeteilt worden war, von einer solchen Regelung hatte er noch nie etwas gehört. Er beschloss jedoch, lieber die Aphroditen nach den Gründen zu fragen als den unkooperativen Oberen.

»Oberer Tesla«, machte er einen weiteren Versuch, dem Forscher doch noch nützliche Informationen zu entlocken, »als

Ihr gestern den Garten verlassen habt, wohin seid Ihr dann gegangen?«

»Ich wüsste nicht, was es die Hüter angeht, wo ich mich aufhalte, aber ich war den ganzen Tag hier.« Mit weit ausholender Geste deutete er auf das unaufgeräumte Labor.

»Hat Euch jemand hier gesehen?«

Teslas Miene wurde nachdenklich. »Nein, ich glaube nicht, oder doch … vielleicht war John hier.«

»John Morgan?« Tesla nickte bestätigend. »Was heißt, er war vielleicht hier?«, hakte Alexander nach.

»Na ja, ob er jetzt gestern hier war oder vorgestern … Wer weiß das schon so genau?«, antwortete der Erfinder abwehrend.

Alexander ahnte, dass es Zeit wurde, sich zu verabschieden, denn sie würden mit ziemlicher Sicherheit nichts Hilfreiches mehr aus diesem Mann herausbekommen.

»Noch eine letzte Frage, Oberer. Wusstet ihr nichts von dem Mord? Dieser und auch der letzte müssen doch im Rat besprochen worden sein.«

»Hör mir mal gut zu, Hüter. Was wir Oberen besprechen und was nicht, geht dich nicht das Geringste an. Und wer sagt denn, dass ich zu jeder Besprechung gehe? Immer diese Treffen, um über die Stadt zu sprechen, über jenen unwichtigen Beschluss und dieses langweilige Vorhaben.«

Was sollte denn das? Alexanders Herz schlug schneller und er spürte, wie Wut in ihm aufstieg. Sollte den Oberen nicht das Wohl der Stadt am Herzen liegen? Nahm Tesla seine Stellung innerhalb der Gemeinschaft etwa nicht ernst?

Als sie das Gebäude verließen, hörte Alexander den Mann erneut murmeln. Er warf einen Blick zurück und sah, dass der Forscher sich dicht über seinen Golem gebeugt hatte und mit verschwörerischem Blick auf ihn einredete. Kopfschüttelnd ließ er die Türe hinter sich ins Schloss fallen, heilfroh, das Labor wieder verlassen zu können.

Er entschied, sich direkt wieder auf den Weg in den Garten zu machen, während James die anderen Hüter auf der Wache informieren sollte. Sie würden damit beginnen, die Liste der Einwohner abzuarbeiten, die befragt werden sollten.

Auf dem Weg ließ Alexander das Gespräch mit Tesla noch einmal Revue passieren. Auch jetzt noch lief es ihm eiskalt den Rücken herunter, als er daran dachte, wie seltsam abwesend der Forscher ihn angestarrt hatte. Wie er vor sich hingemurmelt hatte. Tesla konnte unmöglich gefährlich sein, aber trotzdem, irgendetwas an ihm gefiel Alexander nicht.

Bereits auf dem obersten Absatz der Treppe hörte er die aufgeregten Stimmen der Aphroditen, die sich um die glänzende Statue der DNS-Helix in der Mitte des gepflegten Gartens versammelt hatten. Zwei Golems, die ihm bis zur Hüfte reichten, bewegten sich zwischen den Büschen und Stängeln umher, kürzten Grashalme, gossen Pflanzen und lockerten die Erde auf. Normalerweise wurde der Garten nur bei Nacht gepflegt, er vermutete aber, dass die Aphroditen die Helfer bereits jetzt eingeschaltet hatten, da der Garten heute ohnehin für Besucher geschlossen bleiben würde.

Als die Frauen ihn erblickten, verstummten sie alle gleichzeitig. Auch die Golems bemerkten den Besucher und flitzten sofort wieder in ihr Versteck, eine kleine Hütte aus Holz direkt neben dem Aufgang zur Veranda.

»Ich war gerade beim Oberen Tesla. Und der Besuch bei ihm hat einige Fragen aufgeworfen, die ich euch gerne stellen würde.« Die Frauen nickten.

»Der Obere hat gesagt, ihm wäre jedes Mal eine andere Aphrodite zugeteilt worden. Ist das richtig? Und wenn ja, warum?«

Die Aphroditen schauten einander mit sichtbarem Unbehagen an. Wie nicht anders zu erwarten ergriff schließlich Jessica das Wort. »Ja, es stimmt.« Sie holte hörbar Luft. »Der Obere war widerlich«, begann sie. »Nicht nur seine Forderungen, auch die Art und Weise, wie er uns Aphroditen behandelt hat. Jede von uns hat sich sofort, nachdem er sie besucht hat, über ihn beschwert. Aber er hat ja Freunde in hohen Positionen, also darf er den Garten auch weiterhin besuchen. Er bekam lediglich jedes Mal eine andere von uns zugeteilt.« Beim Gedanken an den Forscher schüttelte sie sich sichtlich.

»Was hat er getan? Wie hat er euch denn behandelt?«

»Ich würde sagen, er wurde häufig sehr grob.« Ihre Stimme klang bitter und sie blickte auf die auffällige weiße Narbe auf ihrem Handgelenk hinunter. Er verstand. Wie konnte ein Oberer so etwas nur tun? Woher kam diese Aggression? Fiel sie nicht auch unter die Dinge, die die Forscher ausgemerzt hatten? Unter das, was sie allgemein als »Das Böse« bezeichneten?

»Ist er auch als Besucher bei Mary Ann gewesen?«

Jessica blickte fragend in die Runde. Viele der Frauen zuckten mit den Schultern. Schließlich meldete sich aber eine kleine, schüchtern aussehende Frau zu Wort.

»Ja, er ist ihr letzten Monat zugeteilt worden. Sie hat mir erzählt, dass auch sie sich beschweren wollte. Anscheinend hat sie es getan, sonst wäre er wohl nicht bei Annie gewesen.« Sie verstummte, und er sah, dass ihr Tränen in die Augen traten.

»Wie viele von euch haben sich bereits über den Oberen Tesla beschwert?« Fünf der Frauen meldeten sich. Sie alle hatten innerhalb des letzten halben Jahres Beschwerde gegen den Erfinder eingelegt.

Obwohl er die Antwort zu kennen glaubte, fragte er: »Und bei wem habt ihr euch beschwert?«

Wieder war es Jessica, die ihm antwortete. »Dem Obersten Hunt-Morgan.«

Alexander stellte noch einige Fragen, dann bedankte er sich bei den Frauen für ihre Hilfsbereitschaft und verließ den Garten in Richtung Wache.

Auf dem Weg dorthin machte er einen kurzen Umweg über den Marktplatz und hielt an einem Stand an, der aus den Stämmen von Laminaria-Algen gemacht war. Auf einem Schild aus den Blättern der gleichen Algenart stand »Frische zum Mitnehmen«.

»Guten Tag, Toni«, begrüßte er den kleinen runden Mann mit Halbglatze, der hinter dem Stand auf und ab trippelte, Gemüse schnitt und Pfannen schwenkte.

»Grüße, Hüter.« Strahlend lächelte der Mann ihn an. »Was darf es denn heute sein?«

»Machst du mir bitte die gemischte Fischsuppe? Fünf Portionen, ich will den anderen auf der Wache etwas Gutes tun.«

»Natürlich, gerne.«

Er beobachtete den Koch dabei, wie er Fisch, Kräuter, Gemüse und grüne und braune Algen in einen großen Kessel warf. Schwungvoll rührte er das Ganze mehrmals um und bereits nach zehn Minuten überreichte er ihm einen großen Topf.

»Das macht 30 Dollar. Zehn bekommst du wieder, wenn du mir den Topf zurückbringst.« Alexander bezahlte und bedankte sich.

Lautes Blubbern erfüllte den Raum. Ein Mann schwenkte ein kleines Fläschchen und kontrollierte die Farbe.

»Wieder eine?«, erklang eine gurgelnde Stimme.

»Ja«, erwiderte der Mann und wandte sich wieder seinen Flaschen zu.

»Hast du etwas damit zu tun?«

»Wie kommst du darauf?«

»Dir ist langweilig, ist es nicht so? Es ist diese Stadt.«

»Ich begehe doch aus Langeweile keinen Mord, für wen hältst du mich?«

»Wer war es dann? Wer ist zu so etwas fähig, wenn nicht du?«

»Ich ... weiß es nicht. Aber vielleicht lässt sich das herausfinden.«

KAPITEL 3

Auf der Wache freuten sich die anderen Hüter über die mitgebrachte Mahlzeit. Während sie zusammen im unteren Stockwerk die Suppe aßen, berichtete Alexander den vier anderen Hütern, was er von den Aphroditen erfahren hatte.

»Es sieht also aus, als sollten wir auch dem Obersten Hunt-Morgan einen Besuch abstatten. Und möglicherweise auch Tesla noch einmal«, fasste Lucas Meyer zusammen. Er war der jüngste der Hüter und hatte erst vor einem Jahr seine Ausbildung abgeschlossen.

»John Morgan auch. Vielleicht kann er bestätigen, dass der Obere Tesla sich am Abend in seinem Labor aufgehalten hat.« Diese Bemerkung stammte von Benedict Abrahams. Der kräftige blonde Hüter saß Alexander direkt gegenüber und schaute ihn an, als wartete er auf seine Bestätigung.

»Ja, richtig. Ich schlage vor, dass Benedict und ich Morgan aufsuchen, während ihr drei die verbleibende Liste unter euch aufteilt. Fangt aber bitte mit dem Obersten Rerum naturalis an. Wir müssen wissen, weshalb er dem Oberen Tesla immer wieder eine neue Aphrodite zugewiesen hat, obwohl die Frauen sich massiv beschwert haben.« Die anderen nickten. Alexander stellte den leeren Topf beiseite. Während die restlichen Hüter damit beschäftigt waren, die Liste aufzuteilen, verließ er zusammen mit Benedict die Wache.

John Morgans Büro befand sich auf der untersten Ebene des Delectariums. Beim Eintreten begrüßte sie eine junge blonde Frau, die sie misstrauisch ansah. »Grüße, Hüter. Was kann ich für euch tun?«

Alexander ergriff das Wort: »Wir müssen mit Herrn Morgan sprechen.«

Mit einem aufgesetzt bedauernden Blick, den sie wohl schon an vielen Besuchern vor ihm geübt hatte, antwortete sie betont höflich: »Das ist im Moment leider nicht möglich. Herr Morgan ist sehr beschäftigt.«

»Du verstehst mich nicht richtig. Wir werden ihn jetzt sprechen, wir haben nicht darum gebeten.«

Die Frau wurde nervös und sprach jetzt lauter. »Es wäre wirklich besser, wenn ihr später noch einmal wiederkommen würdet, Hüter.« Dabei betonte sie »Hüter« ganz deutlich, wie er feststellte. Wut stieg in ihm hoch, als ihm klar wurde, dass diese Frau glaubte, Benedict und er hätten keine Berechtigung, hier zu sein. Und auch keine Befugnis.

»Nein, wir gehen jetzt zu ihm.« Mit diesen Worten schob Alexander die Frau sanft zur Seite und ging zu der großen hölzernen Tür, die in den hinteren Teil des Geschäfts und damit in das Arbeitszimmer von John Morgan führte.

Er klopfte, stieß die Tür dann aber, ohne auf eine Antwort zu warten, auf. Dort, hinter dem Schreibtisch, saß der ältliche Unternehmer und starrte sie entgeistert an. Alexander hatte ihn schon zuvor einige Male in der Stadt gesehen. Er war ein grobschlächtiger Mann mit auffallend buschigem Schnurrbart und einer ebenso auffälligen knolligen Nase. Sein weißes Haar stand im Moment wüst vom Kopf ab.

»Ja?«, schnauzte er. »Was wollt ihr?« Sein Tonfall zerrte bereits jetzt an Alexanders Nerven. Wie auch mit Tesla würde es ein schwieriges Gespräch werden.

»Wir haben einige Fragen an dich«, eröffnete er das Gespräch.

»An mich? Ich habe nichts Unrechtes getan«, versuchte Morgan ihn abzuwimmeln, doch Alexander ließ sich nicht auf seinen anklagenden Tonfall ein.

»Darum geht es auch nicht. Dein Name fiel im Zusammenhang mit einem Verbrechen, das wir untersuchen.«

»Nein, da müsst ihr einen Fehler gemacht haben. Ich und Verbrechen …« Vor Entrüstung färbte sich das breite Gesicht des Mannes dunkelrot.

»Du sollst nur das Alibi eines anderen Zeugen bestätigen.« Alexander verschwieg, dass er Tesla für womöglich mehr als einen Zeugen hielt.

Morgan sackte sichtlich in sich zusammen. »Na dann fragt schon«, stieß er wütend hervor.

»Hast du Nicola Tesla gestern Abend besucht?«

Morgan nickte.

»Wann?«

»Das war nach der Arbeit … Josephine«, brüllte der Mann auf einmal in Richtung des Vorzimmers. Die blonde Frau erschien im Türrahmen.

»Ja?«

»Wann war das noch mal, als ich gestern Feierabend gemacht habe?« Ungeduldig gestikulierte der dicke Mann mit den Händen, wobei drei goldene Ringe an seinen Fingern aufblitzten.

»Um 18.45 Uhr«, antwortete Josephine eifrig, wobei sie die Hände hinter ihrem Rücken verschränkte. John Morgan nickte gnädig und schickte sie wieder fort. »Direkt nach der Arbeit bin ich dann zum Oberen Tesla gegangen.«

»Und wo hast du ihn getroffen?«, erkundigte sich Alexander.

»In seinem Labor. Ich hatte ihm gesagt, er solle zu mir kommen, aber er bestand darauf, dass ich mich in dieses enge, schäbige Labor quälen muss.« Der Unternehmer schnaubte empört. Er war es offenbar gewohnt, dass die Leute zu ihm kamen. Kein Wunder bei seiner Leibesfülle.

»Bis wann bist du dann beim Oberen geblieben?«

»Ich war um 21.30 Uhr zuhause. Ich wollte ›Leben in Biota‹ nicht verpassen.« Der Mann errötete und Alexander nickte. Auch er hörte die Radiosendung gerne.

»Worüber habt ihr gesprochen?« Auch wenn er wusste, dass er wohl kaum eine Antwort erhalten würde, musste er trotzdem fragen. Vielleicht planten die beiden Männer tatsächlich ein gemeinsames Projekt. Der Unternehmer wurde jedoch augenblicklich dunkelrot im Gesicht und schrie los.

»Das geht die Hüter nicht das Geringste an! Verlasst sofort mein Geschäft!«

Trotz dieses lächerlichen Wutanfalls bedankte Alexander sich höflich dafür, dass der vielbeschäftigte Mann sich Zeit für sie genommen hatte. »Du hast uns wirklich sehr geholfen. Bis bald.«

Als er sich umdrehte, stand Josephine bereits hinter ihm. Sie packte ihn und Benedict grob am Arm und begleitete sie aus dem Gebäude.

Wieso ausgerechnet ich?, fragte Lucas sich und seufzte, was ihm einen tadelnden Seitenblick von James einbrachte. Dem älteren Hüter schien es nichts auszumachen den Obersten Rerum naturalis zu treffen, doch Lucas hatte das Gefühl, als hätte er Steine zum Frühstück gegessen. Der Mann, den sie gleich treffen würden, war der oberste Leiter der Stadt, er war derjenige mit der meisten Macht …

»Reiß dich bitte zusammen«, flüsterte James ihm zu und verzog genervt das Gesicht.

»Jaja«, murmelte Lucas. War James denn gar nicht nervös?

Der andere Hüter hob die Hand, um dreimal hart gegen das Holz der Tür zu klopfen. Der Klang hallte vernehmlich im Gang des obersten Stocks des Bio-Towers wider und unwillkürlich zuckte Lucas zusammen.

Ein paar Sekunden verstrichen. Dann näherten sich Schritte und die Tür wurde mit Schwung aufgerissen. Vor ihnen stand Thomas Hunt-Morgan, der Oberste Rerum naturalis. Er war erst vor einem Jahr in den Stand eines Oberen erhoben worden, doch seine Forschungen waren so bedeutend gewesen, dass die anderen Wissenschaftler nicht lange gezögert und ihn zum Obersten gemacht hatten. Lucas fand, er war ein recht unscheinbarer Mann, mit seinem gescheitelten braunen Haar und dem ordentlich gestutzten Vollbart. Vielleicht hoffte er, dass der Bart ihn älter wirken ließ als seine zweiundzwanzig Jahre.

»Ja?«, fragte der Oberste und blickte von einem Hüter zum anderen.

Lucas war froh, als James das Wort ergriff. »Oberster, wir sind die Hüter Lucas und James. Wir müssen Euch einige Fragen zu den jüngsten Ereignissen in unserer Stadt stellen.«

Lucas sah förmlich, wie es hinter der Stirn des Mannes arbeitete. Vermutlich suchte er nach einem Weg, die Hüter höflich wieder aus dem Tower hinaus zu komplimentieren, doch er entschied sich anders. »In Ordnung. Kommt herein.«

Sie folgten ihm durch die massive Tür, die sanft hinter ihnen ins Schloss fiel.

Der Oberste sank auf einen klobigen schwarzen Sessel hinter dem Schreibtisch aus blauem Mechanium und deutete stumm auf die beiden Stühle davor. Sie kamen der Aufforderung nach und setzten sich ebenfalls. Erst dann ergriff der Oberste wieder das Wort. »Also, wie kann ich helfen?«

Wieder war es James, der antwortete: »Wie Ihr vermutlich gehört habt, hat es zwei Morde in Biota gegeben.«

Der Wissenschaftler nickte mit unbewegter Miene. »Das Komitee hat mich unterrichtet, ja.«

»Wir untersuchen momentan die Aussagen der Aphroditen, und dabei ist uns etwas Merkwürdiges zu Ohren gekommen. Sie sagen, dass der Obere Tesla, der auch die Frau besucht hat, die kurz danach ermordet wurde, immer wieder anderen Aphroditen zugeteilt worden ist. Könnt Ihr uns etwas dazu sagen?«

Die Temperatur im Raum schien um einige Grad zu fallen, als der Oberste sich langsam in seinem Sessel zurücklehnte und die Hände verschränkte.

»Nun, ich sehe nicht, was das mit dem Vorfall zu tun haben soll«, begann er leise, »und ich denke nicht, dass die Hüter einem Mann, der so weit über ihnen steht, etwas Derartiges vorwerfen sollten.« Er musterte James herablassend.

»Ihm wird bis jetzt gar nichts vorgeworfen«, wandte Lucas ein und der Blick des Biologen wandte sich nun ihm zu.

»Lucas, richtig?«, fragte er. Lucas nickte nur. »Ich muss sagen, für mich sieht es aus, als würdet ihr den Oberen Tesla beschuldigen, etwas mit dem Tod der Frau zu tun zu haben. Und das gefällt mir gar nicht.« Sein harter Blick bohrte sich in Lucas Augen und er bemühte sich verzweifelt, nicht zu Boden zu schauen.

»Wieso wurden ihm neue Aphroditen zugeteilt?«, hakte James nach, der sich anscheinend nicht von den Worten des Obersten beeindrucken ließ.

Der Oberste seufzte tief, als hätte er es mit zwei ungezogenen Kindern zu tun. »Das Programm, das die Aphroditen zuteilt, ist … nicht perfekt. Es macht Fehler. Ich habe nur versucht, diese Fehler zu korrigieren, versteht ihr?«

»Ihr wollt sagen, dem Oberen wurden nicht die richtigen Frauen zugeteilt?«, erkundigte Lucas sich.

»Genau.«

»Aber weshalb haben sich dann die Frauen beschwert und nicht der Obere selbst?«, fragte der Hüter verwirrt.

»Das tut hier nichts zur Sache«, antwortete Hunt-Morgan barsch und erhob sich halb von seinem Sessel.

James bremste ihn. »Ich denke schon«, sagte er leise und deutete an, der Oberste solle wieder Platz nehmen. »Worüber haben die Frauen sich beschwert?«

»Ach, nichts Besonderes. Worüber Aphroditen sich sonst auch beschweren. Er gab ihnen zu wenig Geld, sagte Termine ab …«

»Ich denke, das ist nicht die ganze Wahrheit«, wandte James ein und Lucas warf ihm einen bewundernden Blick zu. Er beschuldigte den Obersten einfach, zu lügen. Das hätte Lucas sich selbst nie getraut.

Das Gesicht des Obersten wurde bleich. Seine Stimme klang zittrig vor kaum beherrschter Wut. »Wie kannst du es wagen …«

»Sagt uns doch bitte einfach die Wahrheit. Wenn Tesla unschuldig ist … schön und gut, doch wenn er es nicht ist …

Ihr wollt doch auch nicht, dass ein Unangepasster in Biota frei herumläuft und Menschen ermordet, richtig?«

Stumm schüttelte der Oberste den Kopf. »Natürlich nicht.«

»Dann sagt es uns doch«, bat James eindringlich und lehnte sich ein Stück nach vorn.

Der Oberste nickte und holte tief Luft. »Sie kamen zu mir und baten mich, ihm den Zutritt zum Garten zu verwehren.«

»War Annie Chapman auch unter ihnen?«

»Nein, sie hat sich nie beschwert, soviel ich weiß«, antwortete der Oberste und strich sich durch seinen Bart.

»Warum wollten sie, dass er Besuchsverbot bekommt?«, fragte Lucas.

»Er ... behandelte sie nicht gut«, erwiderte der Wissenschaftler vorsichtig.

»Inwiefern?«

»Sie alle zeigten mir Verletzungen, die er ihnen angeblich zugefügt hatte. Platzwunden, gebrochene Handgelenke, Prellungen. Ich habe ihm natürlich sofort eine andere Frau zugewiesen.«

Unwillkürlich lachte Lucas spöttisch auf. Wütend blickte der Oberste ihn an.

»Ihr könnt doch nicht ernsthaft geglaubt haben, das würde ihn davon abhalten, sie zu verletzen«, rechtfertigte sich Lucas und erwartete, dass der Oberste ihn hinauswarf. Zu seinem Erstaunen zuckte der Biologe nur mit den Achseln.

»Nein, das habe ich auch nicht.«

»Aber?«

»Ich denke, es wäre besser, wenn ihr jetzt geht.« Der Oberste erhob sich endgültig von seinem Sessel und diesmal erhoben sich auch die Hüter.

»Warum habt Ihr ihn nicht ausgeschlossen?«, fragte Lucas.

»Das ist nicht euer Gebiet, Hüter, mischt euch nicht in Dinge ein, die euch nichts angehen.« Der Oberste wandte ihnen den Rücken zu und öffnete die schwere Holztür. »Raus!«

James ging am Obersten vorbei auf den Flur, doch Lucas blieb dicht neben ihm stehen und flüsterte leise: »Was, wenn er es doch war? Was, wenn sie nur die ersten waren? Ich bin sicher, dass es auch für Euch einen Menschen gibt, bei dem Ihr schreckliche Angst habt, ihn zu verlieren.«

Er sah, wie der Oberste erbleichte, doch er schüttelte erneut den Kopf. »Ich kann nicht.«

Lucas hatte plötzlich ein seltsames Gefühl. »Ihr habt Angst vor ihm«, flüsterte er so leise, dass James es nicht hören konnte.

Kaum merklich nickte der Oberste. »Ist das ein Wunder?«, fragte er und zuckte mit den Achseln. »Er könnte uns die Stromversorgung nehmen. Und wer weiß, welche Erfindungen in seinem Labor lauern. Ich setze die Sicherheit der Stadt doch nicht für ein paar gebrochene Knochen aufs Spiel.«

Lucas hatte so etwas bereits vermutet und auch James nickte. Es machte Sinn. Und es war erschreckend.

»Vielen Dank«, wandte sich Lucas an den Obersten. Der nickte nur und schloss die Tür.

Auf der Wache ließ sich Alexander von den anderen Hütern berichten, was sie erfahren hatten.

»Ich war beim Obersten Morgan-Hunt«, begann James. »Er war ... nicht sonderlich kooperativ.«

»Und das ist noch geschmeichelt«, warf Lucas ein. Alexander grinste. Er konnte sich sehr gut vorstellen, wie unkooperativ der Oberste gewesen war. Sobald der griesgrämig dreinblickende

Mann in der Messe auftauchte, sank die Stimmung auf den Tiefpunkt. Und wenn bei den Vorführungen etwas nicht gleich gelang oder gar schief lief, bekam er jedes Mal einen Wutanfall und gab sämtliche Mitarbeiter, die an dem Projekt beteiligt gewesen waren, die Schuld dafür. Beim letzten Mal hatte er tatsächlich ein Reagenzglas nach einem seiner Assistenten geworfen. Der Gedanke, dass dieser Mann von seinen Hütern befragt wurde, war geradezu abwegig.

James und Lucas berichteten ausführlich von ihrem Treffen mit dem Obersten. Der Oberste Rerum naturalis hatte demnach also nicht nur gelogen, nein, er nahm auch noch wissentlich in Kauf, dass weitere Frauen verletzt wurden. Aber seine Sorge sollte doch dem Wohl der Bürger gelten. Aller Bürger! Ohne sich anmerken zu lassen, wie erschüttert er von dem Bericht seiner Hüter war, erzählte auch Alexander von seinem Gespräch mit Tesla, das im Licht der neuesten Enthüllungen viel mehr Sinn machte. Wie es aussah, hatte die Anpassung bei Tesla nicht gewirkt, oder zumindest nicht vollständig. Und die anderen Oberen wussten davon und verheimlichten es.

Danach sprachen sie noch eine Weile über die restlichen Befragungen, die, wie auch bei dem vorherigen Mord, nichts ergeben hatten. Niemand hatte jemanden zu Annie Chapman hineingehen sehen. Die Nachbarn waren inzwischen zwar ermittelt worden, doch sie waren wohl nicht zuhause gewesen oder hatten nichts gehört oder gesehen. Alexander konnte es kaum glauben. Wie konnte jemand in Biota eine Frau aufschneiden, ihre Beine entfernen und mitnehmen, ohne dass es jemandem auffiel? Und er musste sie mitgenommen haben, sie waren nirgendwo gefunden worden. Das hieß, der Mörder war mit den Beinen quer durch die Straßen spaziert. Beim

Gedanken daran, Organe und blutige Beine mit sich herum-zutragen, bekam Alexander eine Gänsehaut und schüttelte sich vor Ekel. Als er bemerkte, dass die anderen Hüter ihn fragend ansahen, sagte er schnell: »Wir haben alles getan, was wir bis jetzt tun können. Ich schlage vor, wir warten auf die Ergebnisse der Botania. Sobald wir sie haben, sehen wir weiter.«

Die anderen Hüter murmelten zustimmend, kehrten zurück an ihre eigenen Schreibtische und auch Alexander zog sich in sein Büro zurück. Dort ließ er sich schwer auf den Stuhl vorm Schreibtisch fallen und seufzte tief. Es wurde immer schwieri-ger, den Fall zu lösen. Sie hatten kaum Befugnis dazu, Zeugen zu befragen, zumal niemand außer den Oberen etwas von dem Mord wissen durfte. Und die Oberen wiederum waren nicht verpflichtet, auch nur mit ihnen zu sprechen. Noch dazu hatte in ihrer Ausbildung Mord nie eine Rolle gespielt. Alexander seufzte noch einmal tief und beugte sich über seine Schreibma-schine, um trotz seiner Erschöpfung die Ergebnisse des Tages festzuhalten.

Nach etwa einer Stunde streckte er sich und wiegte den Kopf von einer Seite auf die andere. Sein Nacken fühlte sich an, als hätten sich seine Muskeln in Mechanium verwandelt. Vorsich-tig massierte er sie mit einer Hand.

Sein Blick wanderte über das Bücherregal gegenüber. Ihm kam eine Idee. Hatte er nicht ... Mühsam erhob er sich und trat an das Regal.

Es war etwas her, seit er das Buch zuletzt gesehen hatte, aber er war sich ziemlich sicher, dass er es hierher gestellt hatte.

Endlich fand er, wonach er gesucht hat. »Eine Studie in Scharlachrot« von Arthur Conan Doyle, ein Roman, von dem er wusste, dass die Hauptfigur ein Detektiv war, auch so etwas wie ein Hüter. Er verspürte die vage Hoffnung, dass die Lektüre des Buches vielleicht zu neuen Anstößen für seine eigene Ermittlung führen würde. Vielleicht war er aber auch einfach nur verzweifelt.

Wie auch immer. Er zog seine Jacke an und schob das Buch in eine der Taschen. Dann verließ er die Wache.

Da sein Hunger inzwischen groß war, ging Alexander auf den Marktplatz. Es war früher Abend und die Glühbirnen, die tagsüber für Helligkeit sorgten, waren bereits abgeschaltet. Stattdessen hatten die einzelnen Geschäfte, Restaurants und Marktstände ihre Beleuchtung eingeschaltet und jede Ecke des Marktplatzes leuchtete in einer anderen Farbe.

Alexander zog seine Uhr aus der Hosentasche und klappte sie auf. Sie war ein Geschenk seines Vaters gewesen, damals, an seinem ersten Tag als Hüter.

Es war kurz vor sieben und die Geschäfte waren noch bis acht Uhr geöffnet. Also machte er vor dem kleinen Laden aus rot bemaltem Holz Halt, dessen gelb beleuchtetes Schild oberhalb der Tür »Basilica« verkündete.

Zurück in seiner Wohnung bereitete er rasch das Abendessen. Es gab Fisch mit Norialgen, wie so oft, denn beides war günstig und fast immer vorrätig.

Während des Essens grübelte er noch immer über den Fall nach. Hätte er vielleicht noch etwas tun können? Jemanden befragen müssen? Vielleicht hatte er auch den entscheidenden Hinweis übersehen … Und was war bloß mit den Oberen los? Gerade jetzt in dieser Situation, in der er ihre Hilfe brauchte, kam nichts von ihnen. Keine Unterstützung, nicht einmal auf ihre Kooperation konnte er sich verlassen. Dabei waren sie doch das Fundament der Stadt, die Basis, auf die er sich bisher hatte verlassen können und müssen. War es am Ende vielleicht seine Schuld? Hatte er einen Fehler begangen?

Er brachte gerade sein schmutziges Geschirr zurück in die Küche, als es zweimal laut an der Tür klopfte. Er strich seine Uniform glatt und öffnete. Als er sah, wer davor stand, wich er ein Stück zurück. Das konnte doch nicht wahr sein! Nic drängte sich an ihm vorbei in die Wohnung.

Was wollte sie denn hier? Legte sie es etwa darauf an, ihn in Schwierigkeiten zu bringen?

»Botania, was macht Ihr hier? Ihr wisst doch, wenn man uns zusammen sieht ...« Alexander beendete den Satz nicht. Der Oberste Rat, der aus allen Oberen bestand, hatte ein Gesetz erlassen, dass es Nicht-Wissenschaftlern nicht erlaubte, sich mit Wissenschaftlern allein in einem Raum aufzuhalten, der nicht der Forschung oder Behandlung diente. Aber es war auch der Rat, der für die Einhaltung dieses Gesetzes zuständig war, nicht die Hüter.

Nic winkte nur lässig ab. »Ganz ruhig, Hüter, keiner wird uns sehen. Ich weiß, wo die Spitzel des Rats ihre Augen haben.« Sie sah sich in seiner Wohnung um, und Alexander folgte ihrem Blick mit einem Anflug von Scham. Sein kleines Zimmer musste weitaus schäbiger sein als das, was die Botania gewohnt war.

»Und außerdem hast du doch selbst gesagt, du möchtest nicht, dass ich noch einmal im ›Keeper's Rest‹ auftauche«, fuhr Nic lächelnd fort. Noch immer völlig überfordert, nickte Alexander nur. Er schluckte. Eine Botania in seiner Wohnung.

»Möchtet Ihr Euch setzen? Und vielleicht etwas trinken?«

Die Forscherin machte es sich in seinen Sessel gemütlich. »Wasser bitte, vielen Dank.«

Froh, sich einen Moment zurückziehen zu können, eilte er in die Küche. Mit zitternden Händen goss er ein Glas Wasser ein. Nic war hier – in seiner Wohnung! Wenn er zuvor noch keine Straftat begangen hatte, dann unzweifelhaft jetzt.

Sanft stellte Alexander das Glas auf dem kleinen Tisch neben der Botania ab und setzte sich auf den einzigen anderen Stuhl im Zimmer.

»Warum seid Ihr hier?«, erkundigte er sich schließlich leise und mit klopfendem Herzen. Sie schlug ein Bein über das andere, und er sah, wie die nackte Haut ihrer Beine im Licht der Deckenlampe glänzte.

Sie seufzte und antwortete: »Ich habe die Ergebnisse.«

Alexander rutschte auf seinem Stuhl nach vorn. Fast vergaß er, dass Nic eigentlich nicht hier sein durfte. Und fast vergaß er, wie sehr es ihm gefiel, dass sie trotzdem da war.

»Und?«

»Sie wurde irgendwann zwischen zehn und zwölf Uhr abends ermordet. Wie bei Mary Ann wurde ihr die Kehle durchtrennt.« Sie stockte kurz. Dann fuhr sie fort: »Mit einer sehr scharfen Klinge wurde die Haut ihrer Beine aufgeschnitten, mit einem anderen Instrument dann ihre Knochen durchtrennt. Ich vermute, dass es sich dabei um ein Skalpell und eine Knochensäge handelt.«

»Eine Knochensäge?« Er hatte noch nie etwas davon gehört.

»Ja, die verwenden sowohl Ärzte als auch Biologen. Vielleicht sogar der Bestatter.« Sie zuckte die Schultern. »Ich kann dir morgen eine zeigen.«

»In Ordnung.« Zustimmend nickte er, erleichtert darüber, dass sie ein mögliches Ende des Gesprächs andeutete. »Wir sehen uns dann morgen im Tower. Ich bringe James mit, dann könnt Ihr auch ihm von Euren Erkenntnissen berichten.« Er hoffte, das würde sie dazu bringen, seine Wohnung zu verlassen, denn noch immer hatte er Angst, erwischt zu werden. Doch die Botania blieb sitzen. Ihr Blick war abwesend auf das kleine, unechte Fenster gerichtet, das eine blühende Wiese zeigte. Um sie abzulenken, stellte er eine Frage, die ihn schon seit dem Vormittag beschäftigte. »Was habt Ihr heute Morgen damit gemeint, dass Ihr wusstet, dass sie eine Aphrodite ist, weil ihre Eileiter durchtrennt waren?«

Nic wandte ihm wieder den Kopf zu. Mit durchdringenden dunkelgrünen Augen musterte sie ihn. »Das hätte ich nicht sagen sollen«, antwortete sie.

»Zu spät«, erwiderte er trocken.

Nic lachte kurz und hell auf. »Ja, wohl wahr.« Sie holte deutlich hörbar Luft. »In Ordnung. Es ist so … sobald eine Frau den Beruf einer Aphrodite wählt, muss sie sich von der Möglichkeit einer eigenen Familie verabschieden. Und zwar für immer. Das ist der Preis für Reichtum und Ansehen.« Nic verstummte. Dann fragte sie ihn mit einem eindringlichen Blick: »Alex, kannst du dir vorstellen, für immer allein zu bleiben?« Sie beobachtete ihn so intensiv, dass er ihre Blicke beinahe körperlich auf seiner Haut spürte.

»Nein«, antwortete er ehrlich.

Sie nickte stumm. »Diese Frauen müssen sehr einsam sein.«

Ob auch sie einsam war? Zumindest jetzt in diesem Augenblick wirkte sie traurig. Wissenschaftler hatten kaum Kontakt zu Bewohnern außerhalb ihres Berufs, vielleicht sehnte auch sie sich nach Gesellschaft. Doch der Moment verging und Nic straffte merklich ihren Oberkörper. »Ich sollte gehen. Kommt ihr dann morgen früh im Tower vorbei? Gegen acht Uhr?«

»Ja, bis dann, Botania«, verabschiedete Alexander sich von ihr, nicht sicher, ob er enttäuscht oder erleichtert darüber sein sollte, dass sie wieder ging.

»Bis dann, Alex.« Sie stand auf und legte dabei kurz ihre Hand auf seine und drückte sie. Im nächsten Moment war sie bereits aus der Tür verschwunden. Alexander starrte seine Hand an. Was war bloß mit dieser Botania los? Sie durfte ihn nicht berühren, tat es aber trotzdem. Sie durfte nicht zu ihm nach Hause kommen, tat es aber trotzdem. Sie trug nicht die Kleidung, die ihr zustand. Und trotz allem war sie auf dem besten Wege, eine der Obersten zu werden. Er wurde einfach nicht schlau aus ihr.

Am nächsten Morgen erwachte Alexander früh und blieb verwirrt noch einige Minuten im Bett liegen. In der Nacht hatte er von Nic geträumt und das Einzige, was ihm von diesen Träumen noch geblieben war, waren schemenhafte, verschwommene Bilder von ihr, wie sie in ihrer grünen Robe durch die Biosphäre rannte. Er schüttelte den Kopf, um die Traumbilder loszuwerden.

Auf der Wache informierte er James über das, was er erfahren hatte, verschwieg ihm jedoch, wie und wo genau er die Neuigkeiten erhalten hatte. Gemeinsam machten sie sich auf den Weg in den Bio-Tower und nahmen dazu den Weg über die Straße, die viele nur die »Alley« nannten. Hier befanden sich Arztpraxen, Geschäfte von Wissenschaftlern und die große Halle der Wissenschaften, »die Messe«. Am Eingang des Tunnels begrüßte sie ein riesiger steinerner Torbogen, auf dem in kupfernen Lettern »Sciencia« und darunter der Leitspruch der Stadt »Forschung, Vertrauen, Einigkeit« geschrieben stand.

Nach vielen Geschäften passierten sie schließlich die Halle der gentechnischen Veränderung, in der Alexander seit der Eröffnung vor zwei Jahren nur einmal gewesen war. Damals hatte er sich die Ausstellung angesehen, die ganze drei Stockwerke einnahm. Doch wenn er ehrlich war, machten ihm die Erkenntnisse Angst, die dort ausgestellt und erklärt wurden. Daran änderten auch die Plakate und Informationsblätter nichts, die überall präsent waren und die die Verwendungsmöglichkeiten und Verbesserungen durch Gentechnik hervorhoben. Besonders unangenehm berührt hatte ihn damals das Plakat, auf dem ein Mann und eine Frau abgebildet waren, denen verschiedene Farben zur Auswahl präsentiert wurden, und die auf hellblau deuteten. Die Überschrift hatte gelautet: »Entscheidet selbst, welche Augenfarbe euer Kind haben soll!« Schon sehr bald konnten diese Wahlmöglichkeiten Wirklichkeit werden. Und er wusste nicht, ob ihm diese Entwicklung gefiel. Doch die Oberen würden schon die richtige Wahl treffen, das taten sie schließlich immer.

Direkt gegenüber der Halle befand sich ein riesiges Gebäude, das sich fast hundert Meter den Tunnel entlang zog. Über dem Eingangstor stand mit schlichten Holzbuchstaben »Messe«. Alexander kannte die unzähligen Reihen von Holzbänken im Inneren, die alle in Richtung einer großen hölzernen Bühne zeigten, nur zu gut. Dort versammelte sich jede Woche ein Großteil der Stadt, um den Forschern auf der Bühne dabei zuzusehen, wie diese ihre neuesten Erkenntnisse oder Erfindungen präsentierten. Nach der Messe hatten die Besucher immer die Möglichkeit, den Wissenschaftlern Fragen zu stellen, während die Forscher selbst die Möglichkeit hatten, Investoren für sich zu gewinnen oder andere Forscher an ihrem Projekt zu beteiligen. Alexander besuchte die Messe, wann immer er Zeit hatte, da er gerne wusste, was es Neues gab. Erst letzte Woche war er dort gewesen und hatte Nic dabei zugesehen, wie sie die Ergebnisse eines langwierigen Experiments präsentierte: Eine modifizierte Reispflanze, die in schnellerer Folge und in größeren Mengen Reiskörner produzierte als normaler Reis. Nicht wirklich spannend, eher eine rein praktische Neuerung, denn die langsam, aber stetig wachsende Bevölkerung Biotas wollte ernährt werden. Für ihn war allerdings viel interessanter gewesen, dass alle gebannt gelauscht hatten, als Nic die Bühne betreten hatte. Keine Nebengeräusche, nicht einmal ein Husten war zu hören gewesen. Die ganze Stadt schien von ihr wie verzaubert zu sein, und er war sich sicher, dass es nicht mehr lange dauern würde, bis sie eine Obere werden würde. Das war ein Gedanke, mit dem er sich nicht so recht anfreunden konnte und bei dem er jedes Mal ein seltsames Gefühl im Magen bekam. Sollte er ihr den Erfolg nicht gönnen? Doch wäre sie erst eine Obere, dann würde sie ihre Zeit nicht mehr mit ihm verschwenden, ganz sicher nicht.

Alexander und James betraten den Tunnel, der direkt auf den Bio-Tower zuführte. Hier war das Mechanium, das den Tunnel bildete, nicht gefärbt und bot einen uneingeschränkten Blick auf den riesigen Turm direkt vor ihnen, der kreisrund fast hundert Meter in die Höhe ragte. Von außen war jedes Stockwerk in den Farben der Klasse beleuchtet, deren Labore sich dort befanden, daher leuchtete der dritte Stock grün in den Farben der Botani. Dort befand sich Nics Labor.

Wie auch in der »Alley« hingen außen am Bio-Tower zahlreiche Plakate auf denen Obere oder Biologen, die sich zur

Wahl stellen wollten, abgebildet waren. Alexander bewunderte erneut die gigantische DNS-Helix, die sich über die gesamte linke Hälfte des Towers wand und die aus grün gefärbtem Mechanium bestand. Die Arbeiten der Golems daran hatten sich über Wochen hingezogen.

Er wandte den Blick vom Turm ab und folgte James zum unteren Zugang. Dort passierten sie zahlreiche Sicherheitsvorkehrungen und erreichten schließlich die Eingangshalle des Bio-Towers. Dort betrachtete Alexander die zwei stehenden Golems, die fast zweieinhalb Meter groß waren und komplett golden schimmerten. Ihre Körper wirkten menschlich, die Köpfe jedoch waren lediglich Kugeln, in die zwei »Augen« eingelassen waren: schwarze Löcher, hinter denen man ein schwaches rotes Glimmen erkennen konnte.

Sie gingen auf den Aufzug zu. Die zwei Golems reagierten sofort: Sie drehten ihre Köpfe langsam immer weiter und folgten ihnen mit ihren leeren Augenhöhlen. Alexander erschauderte. Die beiden hatten wenig mit den lustigen kleinen Golems zu tun, die in der Stadt umherflitzten, die Pflanzen pflegten, den Müll abholten oder saubermachten.

Nachdem sie die Wachgolems passiert hatten, stiegen sie in den Aufzug und fuhren hinauf in den dritten Stock. Wie immer, wenn er im Tower zu tun hatte, befiel ihn ein Gefühl der Ehrfurcht. Das hier war das Zentrum der Stadt. Hier entstanden die Ideen. Hier arbeiteten die Menschen, die Biota erst möglich machten.

Nic wartete bereits in ihrem Labor auf sie. »Grüße, Hüter«, sagte sie, als sie eintraten.

»Guten Morgen, Botania«, erwiderte Alexander förmlich, auch wenn sie ihm angeboten hatte, sie Nic zu nennen. Er hatte darüber nachgedacht, hatte aber entschieden, dass diese Anrede viel zu vertraut wirkte. Außerdem entsprach sie nicht den Vorschriften, er hatte extra nachgesehen.

Nic setzte James kurz über das ins Bild, was sie ihm bereits am vorherigen Abend berichtet hatte. Dabei erwähnte sie mit keiner Silbe ihr Treffen unter vier Augen und Alexander atmete erleichtert auf. Als sie zum Ende ihres Berichtes kam, lief sie in den hinteren Teil des Raums und kehrte mit einer silbernen Säge zurück, die ein sehr hohes, auf ein Gestell gespanntes Sägeblatt hatte. Die großen scharfen Zähne gaben dem Instrument ein bedrohliches Aussehen.

»Das ist eine Knochensäge, damit wurden die Oberschenkelknochen durchtrennt.« Nic deutete von der Säge auf die Leiche, die hinter ihr auf dem Tisch lag. Alexander trat näher und betrachtete den toten Körper eingehend.

»Wie kann es sein, dass sich auf dem gesamten Opfer keine Partikel oder andere Spuren vom Täter finden lassen?«, erkundigte sich James. Nic zuckte nur die Schultern.

»Das ist mir auch nach wie vor ein Rätsel. Der Täter muss gewusst haben, wonach wir suchen würden und wie er es entfernen kann.«

»Woher könnte er das wissen?«, hakte Alexander nach.

Wieder zuckte Nic die Schultern. »Das kann ich bis jetzt nicht erklären. In keiner Ausbildung wird die Aufklärung eines Mordes oder die Sicherung von Beweisen gelehrt. Es gibt auch keine Lehrbücher, ich habe in der großen Bibliothek nachgesehen.«

»Vielleicht in einem Buch, das …«, doch er kam nicht dazu, seinen Satz zu beenden. Das Vibrieren an seinem Gürtel unterbrach ihn. Die kleine rote Lampe leuchtete. Schockiert sahen die drei sich an.

»Nicht schon wieder«, stieß Alexander hervor und rannte auf den Flur, auf der Suche nach dem nächsten Fernsprecher. Nic und James blieben ihm dicht auf den Fersen. Aus dem Hörer an der Ecke schallte ihm Lucas' Stimme entgegen.

»Im Wald liegt eine Leiche. Eine Zeugin wartet dort am Eingang auf euch.«

Ungläubig schüttelte Alexander den Kopf. Das konnte unmöglich erneut eine der Aphroditen sein, richtig? Er versuchte, seine Gedanken zu ordnen.

»James, wir sollten so schnell wie möglich in den Wald gehen, vielleicht am einfachsten über die Quartiere. Nic, habt Ihr Zeit, uns zu begleiten?«

»Ja, natürlich.«

»Sehr gut.«

Gemeinsam liefen sie in Richtung des Waldes.

Irgendwo in Biota

Der Mann bürstete mit kräftigen Bewegungen die Wände des Aquariums ab. Das Ganze war ein heikles Unterfangen, aber Sauberkeit stand an erster Stelle, nur deshalb nahm er es auf sich, die Glaswände mehrmals täglich zu säubern.

»Angeblich hat es den Hüter wieder erwischt. Er soll herumgerannt sein. Wie gerne hätte ich das gesehen.«

»Es gab wieder einen Mord?«, fragte eine gurgelnde Stimme besorgt.

»Ja, ich denke schon.« Der Mann überlegte kurz. »Mir fällt nichts ein, was sonst geschehen sein könnte.«

»Wer ist es wohl diesmal?« Blasen sprudelten im Aquarium und kleine Spritzer landeten im Gesicht des Mannes. Mit seinem Ärmel wischte er sie langsam fort.

»Ich bin mir sicher, wer es auch ist, die Hüter werden auch diesen Mord nicht aufklären können. Das werden sie wohl nie.« Der Mann begann zu lachen und nach kurzem Zögern fiel das Gurgeln mit ein.

»Sie sind so an ihre Anpassung gebunden, es ist fast schon bemitleidenswert, findest du nicht?«

Alexander hatte gerade den Wald betreten, da stürzte auch schon eine junge Frau auf ihn zu. Schluchzend warf sie sich ihm in die Arme und brach in Tränen aus. Ein paar Sekunden lang hielt er die weinende Frau im Arm und warf James und Nic hilflose Blicke zu, dann schob er sie sanft von sich.

»Wie heißt du?«, fragt er sie leise.

»Elena«, murmelte sie und schniefte.

»Elena, was ist passiert?«

Die Frau deutete mit zitternder Hand den kleinen Pfad entlang, der hinter ihr im Wald verschwand.

»Da hinten. Ich wollte spazieren gehen. Eine Frau lag dort ...« Sie verstummte und umschlang ihren Oberkörper mit beiden Armen.

»Bleibst du bei ihr?«, fragte Alexander James.

»Natürlich.« James nickte und legte der Frau beruhigend eine Hand auf den Rücken und führte sie zur nächsten Bank. Alexander sah Nic an und die junge Botania lächelte ihm aufmunternd zu. Er holte tief Luft und folgte dem schmalen Pfad. Der

Sand knirschte unter seinen Füßen. Bereits nach ein paar Metern hörte er Nic hinter sich leise fluchen und er drehte sich um.

»Stimmt bei Euch etwas nicht?«, fragte er.

»Diese Kleidung. Sie bleibt überall hängen und schleift über den Boden ...« Ärgerlich betrachtete die Biologin ihre grüne Robe. Alexander lachte leise auf. Verwirrt starrte Nic ihn an.

»Verzeihung.« Beschämt sah er zu Boden. Was war nur in ihn gefahren?

»Worüber lachst du?«

»Na ja, Ihr saht aus, als wünschtet Ihr Euch Eure Hosen zurück.«

Nics Gesicht entspannte sich ein wenig. »Ja, Hüter, da hast du wohl recht.« Sie bückte sich und raffte den wallenden Stoff zusammen und hob ihn ein Stück hoch.

»So sollte es gehen.«

Beim Hochheben wurde ein großer Teil ihrer schlanken Beine sichtbar. Pflichtbewusst wandte Alexander sich ab und ging den Weg voraus.

Er haderte mit sich. Der Beruf eines Hüters hatte so einfach geklungen, als die Wissenschaftler ihn vorgeschlagen hatten. Feste Arbeitszeiten, keine körperlich anstrengende Arbeit, keine Verantwortung. Von ihm wurde lediglich verlangt, dass er in der Bevölkerung für Ruhe sorgte, Menschen meldete, die gegen das Wohl der Stadt verstießen und Präsenz zeigte, um der Bevölkerung ein gutes Gefühl zu vermitteln. Verbrechen sollte es schließlich nicht geben. Und jetzt das: drei Morde unter seiner Führung. Wie hatte das passieren und hätten die Wissenschaftler das nicht verhindern können? Es vorhersehen *müssen*? Er wusste sich einfach nicht mehr zu helfen, und wenn der Rest der Bevölkerung etwas davon erfuhr ... Sie würden seine Absetzung fordern, keine Frage. Der ganze Fall wuchs ihm über den Kopf. Es war eine Aufgabe für jemanden, der intelligenter war als er, vielleicht jemanden wie Nic, doch leider war das nun mal nicht ihr Fachgebiet.

»Habt Ihr zufällig schon einmal das Buch von Arthur Conan Doyle gelesen? Sherlock Holmes?«, platzte es aus ihm heraus.

Aus ihren Gedanken gerissen blickte Nic ihn fragend an. »Ist das ein Fachbuch?«

»Nein, aber es ist eine Geschichte darüber, wie man Täter überführt und zum Beispiel Beweise sammelt. Der Autor war selbst Arzt, also dachte ich …« Er geriet ins Stottern. Seine Erklärung klang wirr, und auf einmal kam er sich dumm vor, doch Nic nickte begeistert und deutete mit dem Finger auf ihn.

»Du dachtest, vielleicht helfen uns die Methoden, die im Buch beschrieben sind. Eine wirklich gute Idee, Alex.« Die Biologin strahlte ihn an.

Geschmeichelt errötete er und senkte den Blick. Das Lob tat wirklich gut. »Ich meine, seine Geschichten sind nur ausgedacht, genau wie ich hat er nie einen Mörder überführt, aber trotzdem. Es könnte helfen.«

»Doyle … Doyle.« Nic tippte sich ans Kinn. »War er nicht derjenige, der es sich zur Aufgabe gemacht hatte, durch die Sammlung von Fakten zu Schlussfolgerungen zu kommen? Seine Arbeiten waren sehr aufschlussreich. Seine Diagnosen ebenfalls. Ich werde mir auch ein Exemplar besorgen. Ich bin sicher, in der großen Bibliothek steht eines. Wir haben fast alle Bücher.«

»Auch Romane?«

Nic lächelte matt. »Ja, Alex, auch Romane. Sogar Wissenschaftler wollen ab und zu ein wenig Spaß haben.« Sie zwinkerte ihm zu und er lächelte sie an. Sein Lächeln erstarb jedoch, als er am Rand des Pfades etwas entdeckte. Blauer Stoff und ein Paar Schuhe. Stumm deutete er darauf. Nic sah in die Richtung und blieb stehen. Er ging mit langsamen Schritten weiter auf die Frau zu, die dort im Gras lag. Sein Blick glitt über die goldenen hochhackigen Schuhe und das wallende blaue Kleid, über dem lose ein edelsteinbesetzter Gürtel hing. Rot und Grün. Wieder eine Aphrodite. Oberhalb des Gürtels, der neben ihrer Taille baumelte, klaffte das Kleid weit auf, aber entgegen seiner Erwartung entdeckte er dort keine Verletzungen. Auch die Brust des Opfers war unversehrt. Nach einigen Augenblicken gab er sich innerlich einen Ruck und zwang sich, auch das Gesicht der Frau zu betrachten.

»Elizabeth!«, stieß er ungläubig hervor, als er die feinen Gesichtszüge erkannte.

Nic wandte ihm das Gesicht zu und blickte ihn fragend an. »Du kennst die Frau?«

»Ja, Elizabeth Stride, sie ist ... Sie war auch eine Aphrodite. Sie hat die Besucher herumgeführt, die zum ersten Mal im Garten waren.« Er dachte daran, dass er sie erst gestern noch dort gesehen hatte.

Nic beugte sich tiefer über den toten Körper. »Schau mal!«, rief sie plötzlich. »Ich glaube, das könnte ein Haar sein.« Aufgeregt deutete sie auf die Bauchregion der Toten.

Als Alexander genauer hinsah, entdeckte er ein kurzes, dunkles Haar. »Hoffen wir, dass es vom Täter ist«, murmelte er leise, ohne sich allzu große Hoffnungen zu machen.

»Davon gehe ich aus«, erwiderte Nic mit einem Blick auf das lange rötliche Haar des Opfers.

»Was meint Ihr, warum hat sie keine Verletzungen? Er scheint nichts von der Leiche entfernt zu haben. Und warum war er dieses Mal nicht so sorgfältig, wie zuvor, angenommen, das Haar ist von ihm?«

»Vielleicht hatte der Täter keine Zeit mehr«, erwiderte Nic. »Na ja, das hier ist das Arboretum. Hier kann jederzeit jemand vorbeikommen, sogar nachts.«

»Ihr meint, er könnte erwischt worden sein?«

»Oder dachte zumindest, dass er es werden würde, wenn er länger bliebe.«

Das klang nachvollziehbar. Bis jetzt schienen alle Spuren darauf hinzudeuten, dass der Täter es eilig gehabt hatte. Dies könnte endlich der entscheidende Durchbruch sein!

»Aber als Zeugin hat sich nur Elena gemeldet, und sie hat nur das Opfer, nicht den Täter gesehen«, gab er zu bedenken.

»Ich bin mir nicht einmal sicher, was sie gesehen hat. Du hast es gehört, sie hat keinen zusammenhängenden Satz herausgebracht«, erwiderte Nic.

Er nickte und verspürte eine bleierne Müdigkeit. Er würde sie erneut befragen müssen, dabei hatte er es einfach satt. Wochen voller Arbeit, nicht enden wollende Befragungen und was hatte das alles bisher gebracht? Nichts.

Plötzlich kam ihm eine Idee. Das Gespräch über Arthur Conan Doyle hatte ihn darauf gebracht. »Was haltet Ihr davon, wenn wir uns einfach mal um die Leiche herum im Wald umschauen und sehen, ob dort Spuren zu sehen sind? Falls der Täter tatsächlich beobachtete worden ist, finden wir vielleicht eine Spur.«

Überrascht blickte Nic ihn an. »Gute Idee, Hüter«, lobte sie und überquerte gleich darauf den Pfad und verschwand auf der gegenüberliegenden Seite im Gebüsch. Alexander sah ihr nach und drängte sich dann direkt hinter der Leiche zwischen zwei Bäumen hindurch. Das Licht wurde schwächer, abgeschirmt durch die Blätter der dicht an dicht stehenden Bäume. Er stolperte über eine Wurzel und fluchte leise. Für einen Moment blieb er stehen, damit seine Augen sich an die Dunkelheit gewöhnen konnten, dann drehte er sich um und versuchte, eine Position zu finden, von der er einen Blick auf die Leiche hatte. Er bewegte sich sehr vorsichtig, um keine der Spuren zu zerstören, die hier vielleicht zu finden waren.

Die ersten Versuche waren erfolglos. Der Körper war vom Wald aus nicht zu sehen. Dann bückte Alexander sich ein wenig und arbeitete sich durch tiefer liegende Stellen nah des Waldrands. Schließlich ging er in die Hocke und fand gut dreißig Meter vom Tatort entfernt eine Lücke, durch die er die Leiche sehen konnte. Er schaute sich um. An dieser Stelle war die Erde ein wenig aufgewühlt, doch das konnten auch die Tiere verursacht haben, die im Wald lebten. Er ließ den Blick über die Pflanzen schweifen, die ihm am nächsten standen. Falls sich hier jemand aufgehalten und der Täter ihn bemerkt hatte, war er vielleicht hastig fortgelaufen. Alles, was er sah, waren jedoch Blätter, Äste und Gebüsch. Und noch mehr Äste. Dann fiel sein Blick auf den unförmigen Ast einer Eiche. Mehrere Fasern waren um das vordere Ende gewickelt. Sein Atem ging schneller. Vielleicht war der potentielle Zeuge hier entlang gelaufen und dabei mit seiner Kleidung hängengeblieben, oder vielleicht sogar der Täter! Vorsichtig verstaute er die bräunlichen Fasern in kleinen Dosen aus Kupfer, die er für den Einkauf von Gewürzen auf dem Marktplatz bei sich trug, und kämpfte sich zurück auf den Pfad, wo er nach Nic rief.

»Hast du etwas gefunden?«

»Ja, das solltet Ihr euch ansehen.« Etwa fünf Meter weiter brach die Botania aus dem Gebüsch hervor. Ihr Gewand hatte mehrere Risse und in ihrem dunkelblonden Haar steckten kleine Zweige.

Amüsiert wandte er seinen Blick ab und reichte ihr eine der metallenen Dosen. Sie blickte ins Innere und klappte dann den Deckel wieder zu. »Ein guter Fund. Ich werde im Labor sehen, was ich damit anfangen kann.« Ihre Stimme klang merkwürdig. Heiser und gepresst.

»Kennt Ihr den Stoff?« Ihre Reaktion kam ihm seltsam vor.

»Nein. Ich habe ihn noch nie gesehen. Ich werde wohl ein paar meiner Kollegen fragen müssen.« Während sie das sagte, sah sie ihn nicht einmal an.

Als er mit Nic zum Eingang des Waldes zurückkehrte, hatte Elena glücklicherweise aufgehört zu weinen. Mit knappen Worten verabschiedete er sich von Nic und versprach ihr, den Transport der Leiche in den Bio-Tower so schnell wie möglich zu veranlassen. Sie versicherte ihm, mit der Untersuchung der Fasern zu beginnen, sobald sie wieder in ihrem Labor war. Aber er glaubte ihr kein Wort. Ihr Blick hatte Bände gesprochen: Sie hatte gelogen.

Enttäuscht sah er Nic nach, als sie durch die mechanische Tür verschwand.

Mit einer kurzen Geste gab er James zu verstehen, dass er abseits der jungen Frau mit ihm sprechen wollte.

»Hat sie noch etwas gesagt?«, fragte Alexander leise außerhalb von Elenas Hörweite, nachdem er James das jüngste Verbrechen geschildert hatte.

»Nein, sie hat immer nur das wiederholt, was sie dir am Anfang auch gesagt hat«, erwiderte James ebenso leise. »Und sie fing immer wieder an zu weinen.« Er zog eine Grimasse.

»Ich werde noch einmal mit ihr reden. Ruf auf der Wache an und hol einen der anderen. Bringt die Leiche zu Botania Nic in den Tower.«

»Gut.« James nickte zustimmend. Dann warf er einen Blick auf Elena. »Ich hoffe, du bekommst noch etwas Vernünftiges aus ihr heraus. So wie sich das alles anhört, scheint dieser Mord die beste Spur zu sein, die wir bis jetzt haben.«

Alexander setzte sich neben Elena auf die Bank, doch sie starrte weiterhin stumm auf ihre Schuhspitzen.

»Wann hast du den Wald betreten?«

»So gegen acht?«

»In Ordnung, was hast du dann im Wald gemacht?«

Es dauerte einige Sekunden, bis die junge Frau antwortete. »Vögel beobachtet.« Sie zeigte ihm das kleine Heft, das sie mit der Linken fest umklammert hielt. »Das Arboretum – Ornithologie für Anfänger«. Er kannte das Buch, denn es stand bei ihm zuhause im Schrank.

»Erzähl mir bitte ganz genau, was passiert ist, nachdem du den Wald betreten hast. War im Tunnel vor dem Wald vielleicht noch jemand?«

»Nein, ich war ganz alleine hier unten.« Sie schniefte. »Als sich die Türen geschlossen hatten, bin ich ganz still stehen geblieben. Ich wollte hören, ob Vögel singen.« Sie machte eine kurze Pause. »Im Buch steht, das ist der erste Schritt beim Beobachten von Vögeln.« Sie zuckte die Schultern. »Jedenfalls hörte ich leider gar nichts und ging deshalb weiter den Pfad entlang. Ich bin vielleicht eine Minute gelaufen, da habe ich ein Rascheln links von mir gehört. Ich bin stehengeblieben und habe versucht herauszufinden, woher das Geräusch kam. Dann habe ich den Ruf eines Vogels weiter den Weg runter gehört, also bin ich schnell weitergelaufen und habe dabei geschaut, ob ich im Wald etwas entdecken kann. Und dann ...«, sie holte tief Luft und Alexander sah, dass ihre Augen wieder feucht wurden. »Und dann bin ich fast über sie gestolpert.« Erneut liefen Tränen ihre Wangen hinunter. »Als ich gesehen habe, was dort lag, bin ich sofort zum Eingang zurückgerannt und habe auf der Wache angerufen.« Sie umklammerte das Vogelbuch so fest, dass ihre Fingerknöchel weiß wurden.

»Elena ...« Er zögerte. »Du darfst niemandem erzählen, was du hier gesehen hast.« Ihre Augen weiteten sich. »Noch wissen wir nicht, was geschehen ist. Und wir können unsere Arbeit am besten machen, wenn niemand etwas von dem erfährt, was du gesehen hast. Sobald wir Ergebnisse haben, wird der Rat sie allen mitteilen.« Ergebnisse, die nichts mit der Realität zu tun haben würden.

Langsam und mit weit aufgerissenen Augen nickte sie.

»Gut, ich glaube, es wäre das Beste, wenn du dich erst einmal zuhause ausruhst.« Er erhob sich von der Bank und stützte Elena mit einem Arm auf dem Weg durch den Tunnel zu den Aufzügen. Dort begegnete er James und Lucas, die bereits mit einem kleinen Karren unterwegs zum Wald waren. Während die junge Frau schon den Aufzug betrat, erklärte Alexander den beiden anderen Hütern kurz, was er jetzt vorhatte.

»Ich gehe und sage es den Aphroditen, sie müssen es erfahren. Und dann statte ich Tesla einen Besuch ab, mal sehen, was er zu diesem Mord zu sagen hat. Wenn ihr Elizabeth zu Botania Nic gebracht habt, wartet bitte auf der Wache auf mich.« James und Lucas eilten mit der Karre weiter in Richtung Waldeingang, während Alexander sich schweren Herzens erneut aufmachte in Richtung »Aphrodite Pandemos«.

Auf dem Weg dorthin durchquerte er das Delectarium. Statt dort aber direkt in den Garten zu gehen, stieg er die Treppe in den nächsten Stock hinauf. Nach wenigen Minuten war er am »Stoffparadies« angelangt. Er öffnete die Tür und betrat das Geschäft, in dem es wie immer aussah, als wäre dort eines der gefährlicheren Experimente der Wissenschaftler explodiert. Tische, Regale, ja sogar der Fußboden waren mit verschiedenen bunten Stoffen bedeckt, die mehr oder weniger ordentlich gefaltet waren. Na ja, eher weniger. Die beiden Besitzer des Geschäfts waren in diesem Moment vollauf damit beschäftigt, die lange Schlange an Kunden zu bedienen, die im Laden stand. Aber Alexander hatte keine Zeit zu warten, bis alle bedient waren, und ging deshalb an den anderen vorbei und direkt auf Oleg zu.

Dieser erkannte ihn sofort und rief freudig: »Hüter, schön, dass du uns auch wieder besuchen kommst! Braucht ihr neue Uniformen?« Fröhlich zwinkerte der kahle Mann ihm zu.

Alexander winkte ab. »Nein, nein. Ich wollte dich nur kurz etwas fragen. Hast du vielleicht zwei Minuten Zeit für mich?«

»Ja, natürlich.« Der Mann erhob sich. »Komm mit nach hinten, da ist es ruhiger.« Er führte Alexander fort vom Geplapper der Menschenmenge und Geklapper der Nähmaschinen. »Was wolltest du mich fragen?«

Alexander zog die kleine Schachtel aus der Tasche. Er hatte Nic nur glauben lassen, er hätte ihr alles Fasern überlassen. Erst hatte er ihr auch die zweite Dose geben wollen, doch nach ihrer Reaktion auf die erste hatte sein Bauchgefühl ihm geraten, es zu lassen.

Er hielt Oleg die Fasern hin. »Kannst du mir sagen, was das für ein Stoff ist?«

»Natürlich.« Mit beinahe wissenschaftlicher Neugier betrachtete Oleg die wenigen Fasern, nahm sie aus der Schachtel und drehte sie hin und her. »Hm, hm«, murmelte er leise vor sich hin. Er zog an den kleinen Fasern und zwirbelte sie. Schließlich roch er sogar daran. »Hm, hm«, murmelte er wieder, diesmal jedoch eindeutig ratlos. Auf seinem Gesicht machte sich ein verwirrter Ausdruck breit.

»Das kann nicht sein …«, flüsterte er leise.

»Was meinst du?«, fragte Alexander.

Oleg blickte von den Fasern auf. »Ich kenne diesen Stoff nicht.«

»Was meinst du damit, du kennst ihn nicht?«

»Nun ja, ich habe diese Fasern noch nie in meinem Leben gesehen. Wo hast du sie gefunden?«

Alexander überging die Frage. »Könnte es Stoff von einem der Oberen sein? Irgendetwas, was sie für ihre Roben verwenden?«

»Nein, ich kenne die Stoffe, die sie verwenden. Schließlich habe ich schon einige der Roben genäht. Außerdem ist dieser Stoff sicher grob, kratzig. Keiner der Oberen würde so etwas tragen.«

»Vielleicht ein Wartungsarbeiter?«, schlug Alexander in der verzweifelten Hoffnung vor, eine logische Erklärung für die Existenz des Stoffes zu finden.

»Nein, deren Kleidung ist feuerfest, und wie du siehst, hat der Stoff auch die falsche Farbe. Er ist nicht gefärbt.« Alexander warf einen weiteren Blick auf den Stofffetzen. Schmutzig braun. Keine Kleidung in Biota hatte diese Farbe.

»Kennst du denn vielleicht jemanden, der mir etwas über diese Fäden sagen könnte?«

»Nein, tut mir leid. Ich würde sagen, wenn ich ihn nicht kenne, sollte er eigentlich auch nicht existieren.« Entschuldigend zuckte Oleg die Achseln.

War dieser Stoff außerhalb von Biota gefertigt worden? Ein ungeheuerlicher Gedanke. Und Nic hatte gewusst, dass dieser Stoff nicht aus Biota war! Wut stieg in Alexander hoch. Deshalb ihre Reaktion auf den Stofffetzen. Er beschloss, die Botania später zur Rede zu stellen. Sie schuldete ihm eine Erklärung dafür, warum sie ihn belogen hatte.

Vorerst verabschiedete er sich von Oleg und ging an den Wartenden vorbei aus dem Laden hinaus.

Irgendwo in Biota

»Schon wieder?« Ein gedämpftes Gluckern ertönte.

Der Mann saß bequem in einem großen Sessel, der mit rotem Stoff überzogen war. »Ja, schon wieder.«

»Was ist mit diesem Hüter? Hast du inzwischen etwas über ihn herausgefunden?«

Der Mann sah auf. »Ja, ich habe einiges gehört, was mich stutzig macht. Es ist, als wäre seine Anpassung nicht mehr intakt. Er verstößt gegen die Regeln. Und er folgt den Forderungen des Rats nicht mehr. Er lässt die Morde nicht auf sich beruhen, wie sie es ihm gesagt haben, er will die Wahrheit wissen.«

Der Mann warf einen Blick auf das bläulich leuchtende Aquarium vor ihm. Blasen stiegen darin träge auf, bahnten sich ihren Weg durch die Flüssigkeit und zerplatzen an der Oberfläche.

»Das ist in der Tat eine Anomalie. Eine gefährliche, würde ich meinen. Sie gefährdet die Stadt. Warum unternehmen die Oberen nichts? Warum löschen sie nicht das Gedächtnis von allen, die von den Vorfällen wissen? Das würde das Problem doch lösen.«

»Abgesehen davon, dass sie einfach zu arrogant waren und die Angelegenheit zu lange abgetan und ignoriert haben, würden sie genau das tun, wenn sie es könnten. Aber das können sie nicht.«

»Was willst du damit sagen?« Das Blubbern wurde stärker. »Wieso können sie das nicht?«

Der Mann im Sessel beugte sich vor. »Weil es nicht geht. Sie haben es schon probiert, glaub mir. Es gab viele Versuche.«

»Aber? Was ist passiert? Sag schon!«

»Eine zweite Modifikation des Gedächtnisses ist nicht möglich. Alle Versuchspersonen sind gestorben. Und das Verschwinden aller Aphroditen und Hüter würde selbst den einfältigsten Einwohnern auffallen.«

»Sie sind gestorben?« Nun schrie die blubbernde Stimme.

»Ja, gestorben und dann wenig später wiederauferstanden. Ohne Persönlichkeit, ohne Menschlichkeit und ohne eigenes Denken.«

KAPITEL 4

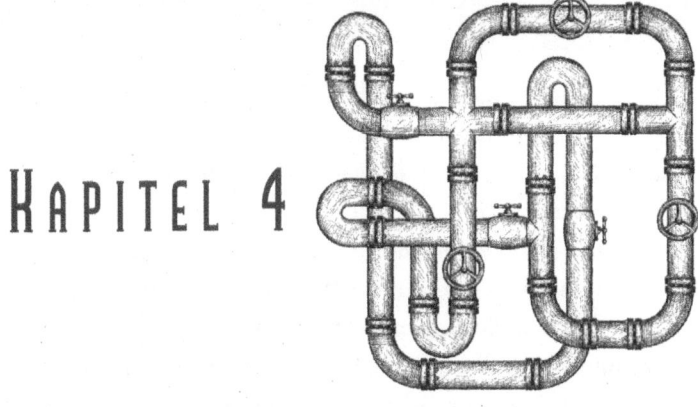

Es hatte ihn beinahe zehn Minuten gekostet, zum Garten zu gelangen, denn das Delectarium war für die Uhrzeit bereits gut besucht gewesen.

Weit und breit war keine der Aphroditen zu sehen, was jedoch kein Wunder war, schließlich arbeiteten sie um diese Uhrzeit. Alexander beschloss, vorerst nur an eine Tür zu klopfen. Leise lief er die Veranda entlang und überflog die kleinen blauen Holztafeln neben den Türen. Schließlich fand er die Tafel auf der »Jessica« stand. Er klopfte leise und rief: »Oberster Hüter. Jessica, ich muss dich sprechen. Ich warte im Garten.« Dann trat er wieder von der Tür zurück und setzte sich im Garten auf eine der Bänke. Während er wartete, schaute er sich gedankenverloren um. Ihm gegenüber blühten rote und weiße Rosen und Büsche mit winzigen lilafarbenen Blüten, deren Namen ihm nicht einfielen. Ein Schmetterling landete auf einer Blüte. Alle Räume in Biota, in denen Beete angelegt waren oder in denen Bäume wuchsen, waren miteinander verbunden und leiteten Sauerstoff durch die gesamte Stadt. Gleichzeitig boten die Tunnel einen Weg für Insekten wie den Schmetterling, sich durch die Stadt zu bewegen.

Und vielleicht auch Menschen? Die Tunnel des Belüftungssystems wurden von den Wartungsarbeitern überwacht und waren groß genug, damit ein Mensch hindurchkriechen konnte. Was, wenn auch der Mörder sie benutzt hatte, um ungesehen in den Wald zu gelangen? Warum war ihm der Gedanke nicht schon früher gekommen? Wie elektrisiert überlegte Alexander, ob das tatsächlich möglich war, und beschloss, nach den Befragungen die Wartungsarbeiter aufzusuchen, damit diese ihm die Zugänge zum Belüftungssystem zeigten.

Während er noch nachdachte, fiel ein Schatten über ihn. Er hob den Kopf. Jessica stand neben ihm. Sie blickte ihn mit starrer Miene an. Tonlos fragte sie: »Wer?«

»Elizabeth«, erwiderte er leise.

Trocken schluchzte die junge Frau auf und verbarg ihr Gesicht in den Händen. Alexander schwieg hilflos. Nach ein paar Augenblicken fing die Aphrodite sich und ihr Gesicht wurde starr. »Elizabeth war meine Schwester.«

Damit hatte er allerdings nicht gerechnet.

»Ja, wir hatten nicht mehr den gleichen Nachnamen. Geboren wurden wir aber beide als ›Gustafsdottir‹.«

Es fiel ihm schwer, zu glauben, dass die beiden Aphroditen Schwestern gewesen sein sollten. Die Tote musste mindestens zehn Zentimeter größer gewesen sein, als die Frau, die hier vor ihm saß, noch dazu glichen sie sich äußerlich nicht im Geringsten.

»Meinst du, du kannst mir trotzdem einige Fragen beantworten?«

Entschlossen wischte Jessica sich mit einer Hand über die Augen. »Natürlich«, erwiderte sie mit rauer Stimme.

»Elizabeth hat die Kunden hier herumgeführt, heißt das, dass sie selbst keine betreut hat?«, begann er.

Jessica schüttelte den Kopf. »Nein. Kunden herumzuführen war für sie nur Spaß, sie hat es gern getan. Sie war trotzdem eine Aphrodite, genauso wie wir anderen.«

»War Tesla einer ihrer Kunden?«

Verbittert lachte Jessica auf. »Ja, allerdings. Hat ihr das Jochbein gebrochen, als sie nicht so wollte, wie er. Sie hat ihn mit ihrer Beschwerde direkt zu mir geschickt. Natürlich nicht mit Absicht.« Sie zuckte mit den Schultern.

Alexander zog einen Block und einen Stift aus seiner Tasche. Jetzt wurde es interessant. »Wann war das?«

Jessica schien zu überlegen. »Vor vielleicht fünf Monaten? Der Arzt, bei dem wir beide waren, sollte es besser wissen.« Abwartend blickte er sie an. »Francis Tumblety.« Er kannte die Praxis des Arztes. Sie war in der Nähe der Messe. Er bot dort Mixturen an, die Wunder wirken sollten.

Nachdem er den Namen notiert hatte, fragte er: »Weißt du, warum Elizabeth heute Morgen im Wald war und nicht hier?«

»Sie hatte frei. An ihren freien Tagen ging sie gern spazieren ...« Jessicas Stimme wurde immer leiser.

»Ich weiß, das alles ist nicht leicht. Aber kannst du mir sagen, wo sie wohnte?«, fragte er sie behutsam.

»Quartier fünf zwei.«

Nachdem er sich auch diese Information notiert hatte, bat Alexander Jessica, ihm mit den anderen Aphroditen eine Liste von Elizabeths Kunden zusammenzustellen. Danach verabschiedete er sich und verließ den Garten. Viel interessanter als die Aussagen der Aphroditen war der Gedanke an die Belüftungsschächte, der ihn nicht mehr losließ. Konnte es wirklich sein?

Auf der Wache berichtete Alexander den anderen Hütern von seinen bisherigen Ermittlungsergebnissen und bat Lucas und Benedict, Francis Tumblety zu befragen. Er wollte mit James einen der Wartungsarbeiter aufsuchen und herausfinden, inwiefern sich Unbefugte Zutritt zu den Wartungstunneln verschaffen konnten.

Lucas konnte die »Alley« nicht ausstehen. Die vielen Menschen, die unheimlichen Plakate mit den Oberen, die auf einen herabstarrten, und noch dazu all das, was hier angepriesen wurde und er nicht verstand. Natürlich ging auch er in die Messe und natürlich waren die Dinge, die dort präsentiert wurden, spannend und bewundernswert, aber, wenn er ehrlich war, machten sie ihm Angst.

Am hinteren Ende des Tunnels fanden sie endlich das Geschäft des Doktors. »Potions and Elixirs« stand in großen beleuchteten Buchstaben über der Tür. Lucas schüttelte ungläubig den Kopf. Gingen die Leute hier tatsächlich einkaufen?

Sie betraten den Laden und fanden sich in einem Durcheinander aus Fläschchen, Krügen und Fässern wieder. Dazwischen hingen scheinbar wahllos angeordnet große und kleine Kräuterbündel, und in einer Schale lag etwas, das für Lucas verdächtig nach Augen aussah.

Kurz nach ihrem Eintreten stolperte der Besitzer aus dem Hinterzimmer. Umständlich knöpfte er seine reich verzierte und mit Edelsteinen besetzte Weste zu, bevor er sich seinen Besuchern zuwandte. Der Rest des Mannes war, verglichen mit seiner Kleidung, nicht unbedingt eine imposante Erscheinung. Er reichte Lucas gerade bis zum Kinn, versuchte dies aber offenbar mit einem besonders buschigen Schnurrbart wettzumachen.

Erfreut starrte der Doktor die Hüter an. »Ah, was kann ich für die Hüter dieser schönen Stadt tun?«, fragte er mit öliger Stimme, und Lucas konnte förmlich sehen, wie der Mann sich innerlich bereits die Hände rieb. »Etwas gegen Husten? Kurzsichtigkeit? Für mehr Muskelkraft?«

»Grüße, Doktor und nein, danke.« Lucas sah sich noch einmal kurz in dem vollgestopften Geschäft um. »Du behandelst doch auch Kunden hier, oder?«

Sofort trat der Arzt näher. »Natürlich, natürlich. Kommt doch mit ins Hinterzimmer, dort sind alle meine Geräte.« Hinter dem Rücken des Doktors schüttelte Lucas den Kopf und schaute Benedict fassungslos an. Nur eine Minute in der Gegenwart des Doktors und er fand ihn unerträglich. Benedict grinste ihn an. Ihm schien es genauso zu gehen, nur nahm er das Ganze offenbar mit Humor.

Flüsternd wandte Lucas sich an den anderen Hüter. »Übernimm du die Befragung.« Sichtlich überrascht nickte Benedict, straffte sich und betrat das Hinterzimmer. Lucas folgte ihm und stellte sich direkt neben der Tür an die Wand. Er sah sich um. Das war nicht das, was er erwartet hatte, denn es war erstaunlich sauber im Untersuchungsraum. Der Raum ähnelte in keiner Weise dem Verkaufszimmer, das sie gerade verlassen hatten.

Ihm direkt gegenüber hing ein kleiner Spiegel und auf beiden Seiten des Raumes waren Untersuchungsliegen aufgebaut, die durch einen Vorhang aus weißem Stoff voneinander getrennt waren. Auf einer niedrigen Anrichte unter dem Spiegel lagen silbern glänzende Instrumente.

»Wie kann ich euch helfen? Habt ihr vielleicht eine Erkältung? Ich habe gehört, dass in der Stadt gerade so etwas herumgeht. Erst kürzlich war der Oberste Hunt-Morgan bei mir, hat sich von oben bis unten untersuchen lassen, war aber völlig gesund, kann ich euch sagen. Und dann hat ja inzwischen jeder diese Haustiere, ihr könnt euch gar nicht vorstellen, was ich mir hier für Verletzungen anschauen muss, weil die Menschen ihre Tiere nicht im Griff haben.«

Endlich unterbrach Benedict den Monolog des Doktors.

»Wir haben gehört, dass du Elizabeth Stride und ihre Schwester, Jessica Lang, behandelt hast. Ist das richtig?«

»Das kann ich nicht so einfach sagen, ich habe so viele Patienten ...«

»Sie sind beide Aphroditen, ich denke, an sie würdest du dich erinnern.«

»Ah, ja, es waren zwei von ihnen hier, das ist aber schon länger her.«

»Wie lang?«, hakte Benedict nach.

»Vielleicht ein paar Monate?«

»Wir brauchen es etwas präziser, Doktor«, mischte Lucas sich ein.

Beflissen nickte der Arzt. »Natürlich, Hüter, ich werde in meinen Unterlagen nachsehen.« Tumblety huschte zu einem schwarzen Schrank direkt links von der Tür. Dort blätterte er einige Zeit in den Papieren herum und zog schließlich zwei kleine Mappen hervor. Er öffnete sie nacheinander und verkündete: »Vor fünf Monaten, da waren sie beide hier.«

Benedict war dem Arzt bis zum Schrank gefolgt. »Kannst du uns auch sagen, was den beiden fehlte?«

»Natürlich, natürlich.« Wieder öffnete er beide Mappen, murmelte vor sich hin und schlug sie wenig später zu. »Elizabeth Stride hatte eine Jochbeinfraktur, mehrere Fleischwunden und Prellungen im Gesicht sowie eine Gehirnerschütterung. Jessica Lang hatte ein gebrochenes Handgelenk. Ganz übler offener Bruch, der musste gerichtet werden. Außerdem hatte sie starke Quetschungen. Die ganzen Arme waren blau, also habe ich ihr einen meiner Tränke mitgegeben. Ich nehme an, der hat die Blutergüsse schneller verschwinden lassen, als sie schauen konnte.« Stolz strahlte er die Hüter an.

»Da bin ich ganz sicher«, kommentierte Lucas.

»Hüter, für dich finden wir auch ganz sicher den richtigen Trank. Vielleicht etwas gegen Müdigkeit? Für bessere Konzentration? Für gute Laune?«

»Nein, danke«, erwiderte der Hüter entnervt. »Und wir müssen jetzt auch los.« Er wandte sich zum Gehen.

»Die blauen Flecken wurden ziemlich sicher durch Schläge verursacht. Man konnte die einzelnen Knöchel erkennen. Ich habe mir gedacht, dass die offenen Wunden im Gesicht wohl durch einen Ring entstanden sind.« Triumphierend blickte Tumblety die Hüter an.

Lucas sah, dass Benedict tief Luft holte. Konnte der Arzt nicht gleich mit allen Informationen auf einmal herausrücken?

»Vielen Dank, Doktor, wenn das jetzt alles war?«

»Ja, das war alles.« Bestätigend nickte der Arzt. »Falls ihr medizinische Fragen habt oder Hilfe braucht, könnt ihr jederzeit wiederkommen. Ich helfe gern.«

Die Zentrale der Wartungsarbeiter lag nicht weit von der Wache entfernt. Alexander folgte James in ein Gebäude, in dem es stark nach Schmieröl und Meerwasser roch. Der diensthabende Wartungsarbeiter sah von seinem Schreibtisch auf.

»Grüße, Hüter«, sagte er gelangweilt. »Was kann ich für euch tun?«

Alexander wusste nicht genau, wie er seine Bitte formulieren sollte. Um Zeit zu gewinnen, ließ er seinen Blick durch den Raum schweifen.

Das Innere des Gebäudes machte auch nicht viel mehr her, als das Äußere. Die kupfernen Wände wirkten kahl, und die wenigen Plakate, die daran gepinnt worden waren, zeigten Obere, eines jedoch auch den Fußballplatz, der gleich unter dem Delectarium lag. Alexander seufzte leise, als er das Plakat sah. Wie lange war er nicht mehr bei einem Spiel gewesen? Es war bestimmt schon mehrere Monate her.

Während er sich noch umschaute, fragte der Wartungsarbeiter vor ihm erneut: »Was kann ich für euch tun?« Diesmal mit mehr Nachdruck.

Alexander beugte sich ein Stück nach vorn und betrachtete das Namensschild auf dem grauen Overall des Mannes. Frank Meisner.

»Frank, wie viele Wartungsarbeiter arbeiten hier?«

Fragend zog der Arbeiter eine Augenbraue hoch. »139. Nächsten Monat fängt Nummer 140 an.«

»Und diese Anzahl reicht, um alles in Biota zu reparieren und in Stand zu halten?«

Der Mann schüttelte den Kopf. »Nein, nein. Viele der Arbeiten, wie zum Beispiel Außenreparaturen, oder die Arbeiten an den Kuppeln und den Wärmekesseln werden von Golems durchgeführt.«

»Wirklich? Ich glaube, ich habe erst einmal einen von ihnen ein Fenster von außen an einem Gang abdichten sehen.«

Frank nickte. »Ja, die Golems sollen eigentlich nur nachts arbeiten, damit niemand sie sieht. Allerdings, bei Notfällen …« Er zuckte die Schultern.

»Aber die Arbeiten am Belüftungssystem, das sind nicht die Golems, richtig?«, erkundigte sich Alexander vorsichtig. Nur nicht zu viel verraten.

»Genau. Für die Arbeiten am Belüftungssystem sind einundzwanzig Arbeiter zuständig. Jeder für seinen eigenen Bereich.« Frank deutete auf den Plan an der rechten Wand des Raums, doch Alexander sah dort nur ein Gewimmel an Farben. Rote, blaue, grüne und gelbe Linien.

»Jede Farbe steht für das Gebiet eines Arbeiters«, erklärte Frank. »Kontrolliert werden die Gänge und Anlagen zwei Mal am Tag, morgens und abends.« Der Mann stockte. »Hüter, dürfte ich vielleicht fragen, warum ihr all das wissen wollt? Bisher hat sich keiner von euch für die Wartung interessiert.«

»Natürlich. Wir suchen denjenigen, der die Wartungen rund um den Wald ausführt.«

»Hat er irgendwelche Schwierigkeiten?«, fragte Frank und sah besorgt und verwirrt drein.

»Nein, nein, keine Sorge«, beschwichtigte Alexander ihn. »Er soll uns nur dabei helfen, mögliche Kontrollpunkte neu zu bestimmen. Uns zeigen, wo im Wald die Lüftungen beginnen, wo sie hinführen, solche Sachen«, erklärte er und versuchte einen geschäftsmäßigen Tonfall anzuschlagen.

Zwar war es nicht die volle Wahrheit, doch Frank Meisner schien das zu genügen, denn er erhob sich von seinem Schreibtisch und trat an den Plan, wo er das Gewirr aus Linien kurz betrachtete. Dann sagte er: »Für das Gebiet müsst ihr zu Tia Parks.« Und nach einem kurzen Blick auf seine Taschenuhr: »Sie müsste im Moment noch in den Belüftungsschächten sein. Ich kann euch allerdings den Ausgang zeigen, den sie nehmen wird, wenn sie mit ihrer Route durch ist. Ihr könnt dort auf sie warten.«

»Das wäre gut. Vielen Dank.«

Frank hatte ihn und James in die erste Etage der Quartiere geführt. Etwa auf der Hälfte des schmalen Flurs deutete er auf eine kleine, gut verborgene Klappe unter der Decke, von der Sprossen hinab zum Boden führten. Die Klappe war gerade einmal so groß, dass ein erwachsener Mensch hineinkriechen konnte.

»So, ich muss wieder los. Ich hoffe, Tia kann euch helfen«, verabschiedete Frank sich und ging den Flur in die Richtung zurück, aus der sie gekommen waren.

Sie warteten einige Minuten, doch die Wartungsarbeiterin erschien nicht. »Vielleicht sollten wir uns jetzt schon Strides Wohnung ansehen. Nicht, dass wir hier eine Stunde herumstehen und diese Wartungsarbeiterin nicht kommt«, schlug James schließlich vor.

»Wie wäre es, wenn du schon mal zu ihrer Wohnung vorgehst und ich hier warte. Ich habe keine Lust, sie zu verpassen.«

James zuckte die Achseln und erklärte sich damit einverstanden. Wenn er statt zu warten die Wohnung durchsuchte, auch gut. Dann wären sie immerhin schneller fertig.

»Ich komme später nach«, verabschiedete sich Alexander von ihm und James stieg in den Aufzug, der ihn in die fünfte Etage der Quartiere bringen würde. Alexander wandte sich wieder der Klappe hoch oben an der Wand zu und wartete. Er hatte bisher nie einen der Wartungsarbeiter hier gesehen und war gespannt, wie es wohl sein würde, sich ungesehen durch die Stadt zu bewegen. Je länger er darüber nachdachte, desto logischer erschien es ihm, dass der Mörder sich ebenfalls durch die Belüftungsschächte und andere Rohre der Stadt fortbewegte, um ungesehen zu seinen Opfern zu gelangen.

Elizabeth Stride war unversehrt gewesen, ihr waren keine sichtbaren Wunden zugefügt worden bis auf die Halswunde, die sie getötet hatte. Der Gedanke machte ihn nervös. Sie mussten den Grund finden, weshalb der Mörder sie nicht wie die anderen verstümmelt hatte. War er wirklich gestört worden? Unruhig trat er von einem Bein aufs andere.

Und Nic wusste etwas! Er spürte, wie erneut Wut und Enttäuschung in ihm hochkochten. Er dachte an ihren Blick, als sie den Stoff gesehen und ihn erkannt hatte. Sie hatte ihm direkt ins Gesicht gelogen, als sie gesagt hatte, dass sie ihn nicht kannte. Das Problem war nur: Sie war eine von ihnen, sie war eine Wissenschaftlerin, selbst wenn sie etwas wusste – solange sie es ihm nicht erzählen wollte, würde er es nie aus ihr herausbekommen. Er hoffte, dass sie nicht auch noch wusste, wer der Täter war. Denn sonst hätte er sich völlig in ihr getäuscht. Vielleicht lachte sie gerade mit ihren Kollegen über ihn. Ihn, den einfältigen Hüter, der sich von ihr an der Nase herumführen ließ!

In seiner Wut hätte er fast nicht bemerkt, dass sich die Klappe über seinem Kopf öffnete. Zunächst waren dort nur zwei Beine zu sehen, die in schweren, braunen Schuhen steckten und aus der geöffneten Klappe herausragten. Dann erschienen auch Gesäß und Oberkörper einer Frau in einem grauen Overall. Kurz tastete sie mit den Füßen nach den Sprossen an der Wand und stieg dann geschickt und ohne zu zögern an ihnen herab. Als sie am Boden angekommen war, klopfte sie ihre Beine mit den Händen ab und drehte sich um. Sichtlich erstaunt erstarrte sie in der Bewegung, als sie ihn im Flur stehen sah. »Hüter, hast du mir einen Schrecken eingejagt.«

»Grüße, ich bin der oberste Hüter, Alexander. Bist du Tia Parks?« Die Frau, die versuchte, ihre schmutzigen Hände an ihrem ebenso schmutzigen Overall abzuwischen, nickte.

»Frank Meisner hat mir gesagt, dass du für die Wartung der Belüftungsschächte rund um den Wald zuständig bist.«

»Ja, vom Wald bis in die Quartiere und auch die Heizrohre bis ganz runter zur Quelle.« Sie sagte das voller Stolz.

»Ich bräuchte deine Hilfe für meine Arbeit«, begann er schließlich vage.

Neugierig blickte sie ihn an. »Deine Arbeit, soso.« Sie grinste. »Da kann ich natürlich nicht Nein sagen. Was kann ich denn für dich tun, Hüter?« Sie stemmte eine Hand in die Hüfte und blickte ihn an, noch immer breit grinsend.

»Ich muss sehen, wo im Wald die Eingänge zum Belüftungssystem sind, wie es im Belüftungsschacht aussieht, und wo die Schächte vom Wald aus hinführen.«

Tia nickte. »Da hast du dir aber einiges vorgenommen.« Sie wandte sich zum Aufzug. »Du hast Glück, Hüter, heute stehen ausnahmsweise keine Reparaturen an. Ich habe also tatsächlich ein wenig Zeit für dich.« Sie blickte über die Schulter zurück und zwinkerte ihm zu. Dann schritt sie los in Richtung Aufzug, und er beeilte sich, ihr zu folgen.

Am Aufzug wandte sie sich wieder an ihn: »Ich würde sagen, fürs Erste nehmen wir den konventionellen Weg zum Wald. Du wirst dich noch früh genug durch einen der Schächte zwängen.«

Alexander fürchtete sich ein wenig bei dem Gedanken, durch das Belüftungssystem zu krabbeln. Was, wenn er stecken blieb? Was, wenn er sich verirrte?

Tia erriet seine Gedanken. »Keine Sorge, Hüter, ich bin doch dabei und so schlimm ist es wirklich nicht. Und ich schwöre, meine Route ist auch immer blitzsauber geputzt.« Diese Worte trugen jedoch nicht dazu bei, ihn zu beruhigen. Das Wort

»blitzsauber« erinnerte ihn nur daran, dass Nic auf keinem der Opfer Partikel hatte finden können …

Im Wald angekommen verließ Tia sogleich den Pfad und lief stattdessen durch das Gras und das Gestrüpp auf der rechten Seite. Als sie sah, dass er noch immer unschlüssig auf dem Weg stand, rief sie: »Los, Hüter, den ganzen Tag habe ich nun auch nicht Zeit.«

Er machte einen Schritt vom Weg hinunter und bahnte sich seinen Weg zur Arbeiterin. In ihrem Overall verfingen sich die Äste und Dornen der kleinen Büsche nicht, ganz anders als in seiner Uniform. Er konnte das Reißen der Stofffasern bei jedem seiner Schritte hören. Um sich keine Blöße zu geben, lief er jedoch weiter hinter ihr her und beschwerte sich nicht. Nach etwa zehn Minuten erreichten sie die Seitenwand des Waldes. Sie bestand aus grün gefärbtem Mechanium und erweckte aus der Ferne den Eindruck, dass der Wald sich noch endlos dahin zog.

»Und jetzt an der Wand entlang.« Tia deutete vor sich.

»Wie weit müssen wir denn hinein?«

»Was ist denn los, hast du Angst vor den kleinen Tieren hier?«, feixte die Arbeiterin und stieß ihn spielerisch in die Seite.

»Nein, nein, natürlich nicht. Ich wollte nur wissen, wie lang man zum Belüftungsschacht braucht.« Er hielt kurz inne. »Das ist wichtig für meine Planung«, log er dann.

Tias Gesicht verlor etwas von ihrer Fröhlichkeit. Sie bemühte sich sichtlich um Professionalität. »Ah, natürlich. Also, in dem Tempo, in dem ich normalerweise alleine hier entlang gehe, brauche ich ungefähr sieben Minuten bis zum ersten Schacht. Insgesamt gibt es drei Schächte. Zum zweiten dauert es fast zehn Minuten, und zum dritten ebenfalls noch einmal zehn

Minuten, wenn man die Zeit zu Fuß vom Eingang bis dorthin berechnet.«

»Sehr gut, vielen Dank.« Er notierte sich die Zeiten auf seinem Notizblock, dann gingen sie weiter in Richtung des ersten Schachts. Er bemerkte, dass sich auf dem Boden ein kleiner Trampelpfad wand, ausgetreten durch die vielen Besuche der Arbeiterin. Schweigend folgten sie diesem Pfad, bis Tia abrupt stehen blieb und sich nach rechts drehte. Sie deutete auf die Wand, und Alexander sah Sprossen, die sich daran hinaufzogen. Oberhalb war, wie auch in den Quartieren, eine unauffällige Luke in die Wand eingelassen. Alle Elemente des Belüftungsschachts waren aus Mechanium und ebenfalls grün.

Tia deutete hinauf. »Wollen wir?«, fragte sie dann und zog eine Augenbraue hoch.

Alexander zögerte. »Darf ich zuerst noch etwas fragen?«

»Ja, natürlich, Hüter. Was gibt es denn?«

»Hast du auf deinem Kontrollgang heute Morgen vielleicht etwas Ungewöhnliches entdeckt?«

Die Arbeiterin überlegte. »Was denn zum Beispiel?«, fragte sie dann.

»Fußspuren? Fasern? Blut?«

»Blut?« Entsetzt starrte sie ihn an.

Er seufzte. *Zu viel.* »Das war nur ein Beispiel. Also?«

»Ähm, nein, ich erinnere mich nicht an etwas Ungewöhnliches.«

»Gut, dann lass uns jetzt mal so einen Schacht von innen besichtigen.« Er bemühte sich, seine Stimme selbstsicherer klingen zu lassen, als er es war.

»Ich gehe vor, folge mir einfach, sobald ich oben angekommen bin.« Flink kletterte sie die Sprossen empor und öffnete die

Luke. Ihr Oberkörper verschwand und Alexander machte sich auf, ihr zu folgen. Als er endlich den Kopf durch die Luke steckte, war Tia bereits fünf Meter von ihm entfernt. In der Enge des Ganges klang sein Atem extrem laut, noch dazu verursachte jede Bewegung ein dumpfes Geräusch, das im ganzen Tunnel widerzuhallen schien. Mit den Armen zog er sich weiter und schließlich hatte er es geschafft, dass sich auch seine Füße im Schacht befanden. Mit einem Knall fiel die Luke hinter ihm zu. Vor Schreck zuckte er zusammen und stieß sich den Kopf an der Decke. Sein Herz schlug wild und er blickte nach vorn. Dort sah er in der Dunkelheit ein Leuchten. Tia hatte eine von diesen kleinen, tragbaren Lampen bei sich. So schnell es ging, versuchte er, dem Licht zu folgen. Wie schafften es die Wartungsarbeiter bloß, sich jeden Tag durch diese Gänge zu zwängen?

Trotzdem war der Schacht geräumiger, als er gedacht hatte. Obwohl er sich bäuchlings hindurch schieben musste, stieß er weder mit dem Kopf noch mit den Schultern gegen die Wände des schmalen Gangs, aber angenehm war etwas anderes. Rasch schob er sich hinter Tia her, um nicht den Anschluss zu verlieren. Es war eine grauenhafte Vorstellung, allein in diesen Schächten festzustecken und nicht zu wissen, wie er wieder herauskam.

Auf dem Weg, den sie nahmen, bemerkte er mehrere Abzweigungen. Er musste die Wartungsarbeiterin nachher unbedingt fragen, wo all diese Gänge hinführten.

Kurz darauf blendete ihn ein gleißendes Licht. Tia hatte die nächste Luke geöffnet und verließ den Schacht. Während sie die Luke für ihn geöffnet hielt, kroch Alexander auf sie zu. Ungeschickt, halb kletternd, halb fallend, ließ er den Lüftungsschacht hinter sich. Wieder auf dem Boden streckte er sich so weit, dass sein Rücken knackte.

»Wie schaffst du das, da drin Tag für Tag herumzukrabbeln?«, stöhnte Alexander.

»Ich bin klein«, antwortete Tia schlicht. Wieder grinste sie ihn an und zum ersten Mal lächelte Alexander zurück.

»Na endlich, ich dachte schon, Humorlosigkeit wäre die Voraussetzung, damit das Komitee einen als Hüter aussucht.«

»Ja, eigentlich schon, aber ich habe mich bei der Prüfung gut verstellt.« Tia lachte laut auf.

Alexander blickte sich um. Weit und breit waren nur Bäume zu sehen. »Wo genau sind wir?«

»An der mittleren Luke. Wir hätten natürlich auch weiterhin den gemütlichen Weg nehmen können, aber ich dachte, du ziehst es vielleicht vor, wieder aufrecht zu gehen.«

»Allerdings.« Er nickte erleichtert.

Sie besuchten noch die letzte Luke, und nach einigen stummen Überlegungen, wo der Fundort der Leiche von den Schächten aus gesehen lag, verließ Alexander zusammen mit Tia den Wald wieder.

»Ich bräuchte noch die Pläne, auf denen sämtliche Schächte eingezeichnet sind«, bat Alexander, und Tia nickte.

»Ja, natürlich. Komm am besten einfach mit zur Zentrale. Wir haben dort mehrere Pläne.« Eilig lief Tia los und Alexander musste fast rennen, um mit ihr Schritt zu halten.

Als sie bei der Zentrale der Wartungsarbeiter ankamen, war er völlig aus der Puste. Ungeduldig wartete Tia in der Tür des Gebäudes. »Hüter?«, fragte sie.

Alexander winkte ab. »Komme schon«, schnaufte er.

Zu dieser Uhrzeit war es im Gebäude voller als bei seinem Besuch zuvor. Als er mit Tia den Raum durchquerte, grüßten die anderen Arbeiter ihn betont gleichgültig. Aber Alexander bemerkte, dass sie ihn heimlich musterten, wenn sie glaubten, dass er nicht hinsah.

Tia holte eine Kopie des Plans, der auch an der Wand der Zentrale hing, inklusive der farbig markierten Reviere der jeweiligen Arbeiter. Doch Alexander fand sich auf dem Papier überhaupt nicht zurecht. »Tut mir leid, aber ich könnte eine kleine Einführung gebrauchen, wenn es dir nichts ausmacht.«

»Kein Problem.« Tia deutete im unteren Teil der Karte auf mehrere rote Linien. »Das sind die Belüftungsschächte, die vom Wald wegführen. Hier ist der Marktplatz. Hier das Delectarium. Hier der Bio-Tower.«

»Ist ›Aphrodite Pandemos‹ auch mit der Belüftung verbunden?«

Neugierig sah Tia vom Plan auf. »Warum willst du das wissen? Ist dort etwas passiert?«

»Nein, nein«, beeilte sich Alexander zu sagen. »Ich weiß nur gerne über alles in dieser Stadt Bescheid. Das macht meinen Beruf leichter, weißt du?« Er sah, wie sich ihre Schultern entspannten. Es erstaunte ihn selbst, wie leicht es ihm in letzter Zeit fiel, zu lügen. Das entsprach ganz und gar nicht den Vorgaben der Oberen.

»Kann ich mir den Plan ausleihen? Ich würde ihn gerne in Ruhe studieren.«

»Natürlich«, antwortete Tia. »Wir haben genügend davon. Du kannst ihn behalten.«

Alexander bedankte sich, rollte den Plan zusammen und verließ die Zentrale.

Auf der Wache traf er James, der bereits einen Bericht schrieb.

»Ihre Wohnung sah aus, als wäre sie nie dort gewesen.«

»Also so, wie bei den anderen auch, nicht wahr? Kein Hinweis darauf, dass vielleicht noch jemand dort gewesen ist?«

»Nein, gar nichts. Sie hatte nicht einmal eine Zahnbürste dort.«

Lucas kam bei Alexanders Eintreten näher und lehnte sich an James' Schreibtisch. Er berichtete, was er und Benedict bei dem Arzt von Jessica Lang und Elizabeth Stride erfahren hatten.

»Er hat sie also wirklich geschlagen. Keine Überraschung, aber trotzdem furchtbar.« Alexander wandte sich ab, um in sein Büro zu gehen.

»Ach, Alexander, es ist übrigens ein Brief für dich gekommen, als du nicht da warst. Ich habe ihn auf deinen Schreibtisch gelegt.« Lucas deutete lässig nach oben und setzte sich dann wieder, um seinen Bericht zu Ende zu schreiben.

Wer schickte ihm denn einen Brief auf die Wache? Nic vielleicht? Alexander ging hinauf in den ersten Stock. Neugierig nahm er den Brief in die Hand, der an die Wache adressiert und gestern abgestempelt worden war. Vorsichtig zog er einen einzelnen bräunlichen Bogen Papier heraus. In der obersten Zeile stand das Datum. Der Brief war datiert auf den Montag drei Tage zuvor, den 25. September 1888. Alexander las die erste Zeile und seine Augen weiteten sich.

Lieber Hüter,

ich höre gar nichts mehr über meine Taten. Sollen die Leute denken, dass ihr mich geschnappt habt? Ich werde nicht aufhören, sie aufzuschlitzen, bis ich aufgehalten werde. Die Letzte war großartige Arbeit. Ich habe der Dame keine Zeit gelassen, zu kreischen. Wie könnt ihr mich da fangen? Ich liebe meine Arbeit und werde weitermachen. Ihr werdet bald wieder von mir und meinem lustigen Spielchen hören. Ich habe etwas von dem roten Zeug von der Letzten aufbewahrt, um damit zu schreiben. Beim nächsten Mal schneide ich der Dame vielleicht die Ohren ab und schicke sie euch, nur so zum Spaß. Mein Skalpell ist so schön und scharf, ich möchte gleich wieder an die Arbeit gehen, wenn sich die Gelegenheit für mich bietet.

Dein ergebener
Jack the Ripper
Es macht dir doch nichts aus, mir diesen Namen zu geben?

P.S.: Kein Glück bisher? Nun sagst du, ich wäre ein Arzt oder Biologe. Ha ha.

Alexander ließ den Brief sinken.

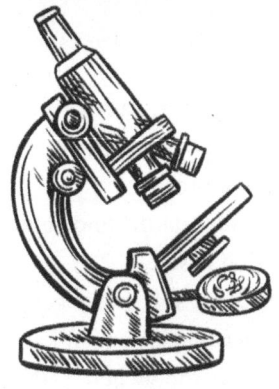

KAPITEL 5

»Und? Sagt mir bitte, dass Ihr etwas gefunden habt.« Alexander stand mit James in Nics Labor und wartete auf die Untersuchungsergebnisse.

Die Botania zuckte nur die Achseln. »Nichts Neues soweit, Hüter. Auch ihr ist die Kehle durchtrennt worden. Von links nach rechts, vermutlich stand er hinter ihr. Er ist also Rechtshänder.«

»Er ist doch noch nicht fertig gewesen mit dem Opfer, oder? Gab es diesmal Partikel oder Haare oder sonst etwas Verwertbares?« Ungeduldig lief Alexander in dem vollgestopften Raum auf und ab. Nic trat an eines der Mikroskope heran.

»Ja, ich habe tatsächlich etwas gefunden.« Sie bedeutete ihm und James, selbst einen Blick durch das Gerät zu werfen. Alexander legte seine Augenhöhlen auf die beiden Okulare, so wie Nic es vorher auch getan hatte. Zunächst wurde er nur von weißem Licht geblendet, doch dann erkannte er langsam etwas längliches Braunes, von dem kleine Schuppen abstanden.

»Was ist das?«, fragte er die Botania.

»Ein Haar«, erwiderte sie mit einem triumphierenden Unterton.

Alexander blickte zu ihr hoch. »Ein Haar?«, fragte er.

»Ja, ich habe euch doch bereits im Wald gesagt, dass ich eines gefunden habe. Und nun weiß ich auch, dass es nicht von einem Tier und auch nicht von ihr selbst stammt.«

Er blickte erneut in das Mikroskop. »Aber damit finden wir den Täter nicht, oder?«, erkundigte er sich leise.

»Nein, nicht direkt, Hüter. In dem Haar war nicht genügend DNS vorhanden für eine Identifizierung, aber man kann die Struktur und die Farbe des Haars mit möglichen Tätern vergleichen«, sprudelte Nic aufgeregt hervor. Mit eifrigem Gesichtsausdruck blickte sie Alexander an.

»Wann befindet sich denn genug DNS an einem Haar?«, erkundigte sich nun James und Nic wandte sich dem anderen Hüter zu.

»Nun, wenn es mitsamt der Wurzel herausgerissen wird. Die meisten Haare, die wir verlieren, fallen einfach oberhalb der Wurzel aus. Wenn ein Haar aber ausgerissen wird, zum Beispiel bei einem Kampf, kann es sein, dass die Wurzel ebenfalls herausgezogen wird. Dort kann man dann die DNS entnehmen.«

Verstehend nickten beide Hüter. Zu schade, dass sie hier kein Erbgut hatten. Damit wäre ihre Suche nach dem Täter beendet, da sich alle Einwohner von Biota mit ihrer DNS hatten registrieren lassen müssen.

»Na ja gut, wenigstens haben wir etwas«, sagte Alexander. Dann dachte er plötzlich an den Brief, den er kurz vorher erhalten hatte.

»Die Tote hatte sonst keine Verletzungen? Außer der, die zu ihrem Tode geführt hat?«

Nic nickte: »Genau, gar nichts. Nicht einmal einen blauen Fleck.«

Fieberhaft dachte Alexander nach. Wenn dieser Frau nicht die Ohren abgeschnitten worden waren, welches Opfer war dann in dem Brief gemeint? War der Brief tatsächlich vom Täter, oder spielte ihm jemand einen Streich? Aber wer außer den Hütern wusste von den Morden? Die Aphroditen? Die Oberen? Unmöglich. Aber wenn der Brief echt war, hieße das, es würde noch mehr Opfer geben.

Nic und James starrten ihn an. Hatten sie ihm eine Frage gestellt?

»Was ist los?«, erkundigte er sich.

»Oh, ich dachte, der oberste Hüter würde uns an seinen Erkenntnissen teilhaben lassen«, bemerkte Nic in belustigtem Tonfall. Alexander wollte jedoch nicht erzählen, worüber er sich Sorgen machte, denn er würde Nic nichts von diesem Brief erzählen, das hatte er bereits auf der Wache beschlossen. James würde er später einweihen, wenn alle Hüter versammelt waren.

Moment mal. Ihm fiel etwas ein, etwas, das Nic anscheinend versäumt hatte, zu erzählen. »Botania? Was ist eigentlich mit den Fasern, die ich im Wald gefunden habe? Seid Ihr schon dazu gekommen, sie zu untersuchen?« Er sah, wie Nic blass wurde.

Sie drehte sich um und begann, den Schreibtisch hinter sich zu ordnen: Sie schob Mappen von einem Ende zum anderen und sammelte Stifte ein. Mit dem Rücken zu ihm antwortete sie schließlich: »Die Fasern waren nichts Besonderes. Ganz normaler Quive.«

Sie log. Und das nicht einmal besonders gut. Alexander beschloss, sie nicht weiter zu drängen. Zu lügen war falsch, auch für eine Botania, aber wenn er sie zu harsch anging, meldete sie ihn vielleicht an den Rat, und dann hätte er ein richtiges Problem. Er würde schon eine Möglichkeit finden, die Fasern zu identifizieren.

Nic dreht sich wieder um. Ihr stand das Unbehagen geradezu ins Gesicht geschrieben.

»Gut, Botania, wir lassen Euch dann wieder allein mit Eurer Arbeit.« Bevor er und James gingen, drehte er sich noch einmal kurz um. »Botania? Falls Euch noch etwas einfällt zum Opfer oder auch zu den Fasern, meldet Euch bitte einfach auf der Wache, ja?«

Die Biologin nickte und winkte ihnen mit der Hand. Dann beugte sie sich wieder über eines ihrer Mikroskope.

Alexander spürte, dass Kopfschmerzen im Anmarsch waren. Kein Wunder, rannte er doch seit sechs Stunden in der Stadt umher, versuchte einen Mörder zu fassen und hatte noch immer nichts in der Hand. Er rieb sich die Schläfen und trottete neben James her. Gemeinsam bogen sie um die Ecke in den Tunnel, in dem die Wache lag. Alexander blieb so ruckartig stehen, dass ihm James in die Hacken trat. Er entschuldigte sich und sah an Alexander vorbei. »Oh, nicht doch«, murmelte er. Vor den Treppen, die hinauf zur Wache führten, stand eine Menschentraube bestehend aus Frauen, von denen jede einen mit Edelsteinen besetzten Gürtel trug. Als sie die Hüter entdeckten, eilten sie in ihre Richtung. Sie riefen wild durcheinander, sodass Alexander nichts verstehen konnte.

Schließlich brüllte er laut »Ruhe!«, und nach ein paar Sekunden herrschte tatsächlich Stille.

»Darf ich fragen, worum es geht?«, fragte Alexander bemüht gelassen. Es kam Bewegung in die Menge und eine Frau kämpfte sich nach vorn. Natürlich, Jessica Lang. Das hätte er sich auch denken können.

»Wir wollen Schutz! Wofür seid ihr denn bitte da? Drei unserer Schwestern sind tot und ihr habt das Monster noch immer nicht gefasst!« Sie schnaubte verächtlich. »Wie wäre es, wenn ihr, statt sinnlos in der Gegend herumzulaufen, endlich anfangt, uns zu beschützen?« Alexander knirschte mit den Zähnen. Wie konnte sie es wagen?

»Wir laufen nicht einfach in der Gegend herum«, stieß er hervor.

»Ach ja? Habt ihr den Mörder gefasst?«, erwiderte Jess spöttisch.

Alexander spürte, wie seine Wangen sich röteten. Ihm wurde warm. »Nein, aber wir haben einige Spuren, denen wir nachgehen und …«

Jessica ließ ihn gar nicht erst ausreden. »Ihr habt gar nichts. Unternehmt endlich etwas. Wie viele Aphroditen müssen noch sterben, bis ihr uns beschützt?« Drohend rückten einige der Frauen noch näher.

»Ich habe nicht einmal genug Männer für die Untersuchungen selbst, wie soll ich rund um die Uhr den Garten überwachen lassen?«, fragte Alexander die Aphroditen entnervt.

»Das ist nicht unser Problem. Du wirst das schon irgendwie hinbekommen, ansonsten stehen wir gleich morgen wieder hier.« Jess gab den anderen das Zeichen zum Aufbruch und kurze Zeit später waren Alexander und James alleine in dem schwach beleuchteten Tunnel.

Was hatten die Aphroditen sich nur dabei gedacht? Sie hätten alles ruinieren können. Hätte sie jemand hier gesehen – und vor allem gehört, was sie zu sagen hatten – wären die Morde doch noch an die Öffentlichkeit gelangt. Es war ein Glück, dass der Tunnel um diese Uhrzeit wie ausgestorben dalag.

»Willst du den Garten tatsächlich bewachen lassen?«, fragte James leise.

»Habe ich denn eine Wahl?«, entgegnete Alexander missmutig und stieg die Treppen zur Wache empor.

Auf der Wache wies Alexander den dienstältesten Hüter Joseph an, den Garten zu überwachen. Zusätzlich schickte er James nach Hause, damit er sich ausschlafen und die Nachtschicht im Garten übernehmen konnte. Er schärfte beiden Hütern ein, dass sie die Aphroditen auf keinen Fall nach Hause gehen lassen durften. Sie alle sollten im Garten bleiben, bis die Gefahr ausgestanden war, sonst wäre die gesamte Überwachung sinnlos.

»Schließlich können wir nicht alle Wohnungen überwachen«, schloss er.

Als die beiden Hüter gegangen waren, wandte Alexander sich an Lucas. »Du wirst die Befragung von Tesla übernehmen. Finde bitte heraus, was mit diesem Kerl los ist.« Lucas zog eine Grimasse, als er Teslas Namen hörte, nickte aber und verließ die Wache umgehend und ohne zu protestieren.

»Benedict, ich möchte, dass du diesen Brief untersuchst. Woher kam er, wann wurde er abgeschickt, hat der Postmann denjenigen gesehen, der den Brief angegeben hat ... Solche Dinge.« Er drückte dem jungen Hüter den Brief in die Hand, den er früher am Tag erhalten hatte. Benedicts Augen wurden groß, als er den Inhalt des Briefes studierte.

»Seit wann hast du den?«, fragte er entsetzt.

»Erst seit ein paar Stunden. Aber es darf keiner erfahren, verstanden?« Mit Nachdruck starrte er seinen Hüter an. Nicht auszudenken, wenn jemand erfuhr, dass der Mörder es wagte, sich über ihn lustig zu machen. Die Oberen durften das auf keinen Fall wissen.

»Gut, ich bin in meinem Zimmer, falls es etwas Wichtiges gibt.« Mit diesen Worten überließ Alexander den jüngeren Hüter sich selbst und stieg die Treppe in den ersten Stock empor. Er musste in Ruhe nachdenken.

Lucas ging langsam den Weg zu den Geschäften des Oberen Tesla entlang. Er mochte das Delectarium, aber den Mann, den er jetzt aufsuchen musste, hatte er nie gemocht. In seinen Augen war der Erfinder komisch und ein wenig unheimlich: Wortkarg, schlecht gelaunt und noch dazu trug er immer diese unpassende Kleidung.

Hinter der Tür des Labors brannte Licht. Im Schein der Lampen konnte er eine Person im hinteren Teil des Raums ausmachen und klopfte an. Er wartete einige Sekunden, doch nichts geschah. Also klopfte er energischer an die Tür und wartete erneut, doch als sich im Inneren immer noch nichts tat, hämmerte er mit beiden Fäusten an die hölzerne Tür und rief: »Oberer Tesla? Hier ist Lucas Meyer. Der oberste Hüter schickt mich.« Er wartete und blickte durch die Fensterscheibe. Endlich kam Bewegung in die Gestalt dahinter. Die Türe wurde aufgerissen und zum ersten Mal stand Lucas dem Erfinder von Angesicht zu Angesicht gegenüber. Wie auch bei den Vorführungen in der Messe trug der Mann eine schwarze Krawatte und schwarze Handschuhe. Ein merkwürdiger Anblick, denn die Luft, die Lucas aus dem Inneren des Labors entgegenschlug, war so warm, dass sie ihm fast den Atem raubte.

»Was wollt ihr alle immer von mir?«, brüllte Tesla. Mit zitterndem Schnurrbart stand er im Eingang, die Augen weit aufgerissen.

»Ich habe noch ein paar Fragen an Euch. Ihr könntet uns sehr helfen«, startete Lucas einen diplomatischen Versuch, Tesla in ein Gespräch zu verwickeln.

»Natürlich könnte ich das, aber für so unwichtige Dinge habe ich jetzt keine Zeit. Ich muss zurück an meine Arbeit.«

»Ich bitte nur um fünf Minuten Eurer Zeit.« Es passte Lucas nicht, dass er um eine Befragung betteln musste, aber der Obere ließ ihm keine andere Wahl. Und tatsächlich – Tesla sah ihn immer noch wütend an, aber er ließ ihn herein.

Als der Erfinder hinter ihm die Tür schloss, hatte Lucas das unangenehme Gefühl, in einer Sauna zu sitzen. Schweißperlen liefen ihm den Rücken hinab und er versuchte, den Kragen seiner Uniform vom Hals zu lösen. Mit einem Blick auf Tesla fragte er sich, wie er in dieser Hitze Handschuhe tragen konnte. Doch der Forscher schien die Wärme gar nicht zu bemerken.

Tesla ließ sich mit einem Ächzen auf einem Sessel neben dem brennenden Kaminfeuer nieder, während Lucas neben ihm stehenblieb. Sein Blick blieb an dem großen Ring mit dem schwarzen Stein an Teslas Hand hängen. »Oberer Tesla, ich würde gerne von Euch wissen, wo Ihr letzte Nacht und heute Morgen gewesen seid.«

Nach einigen Sekunden hob Tesla den Kopf, sah den Hüter jedoch nicht an. »Heute? Ich weiß nicht, ich war wohl hier.«

»Ihr wisst es nicht?«, fragte Lucas ungläubig. »Gibt es denn vielleicht jemanden, der uns das genauer sagen kann?« Irritiert beobachtete der junge Hüter, wie der Erfinder statt zu antworten einfach mit der Hand neben seinem Sessel wedelte. »Ähm, Oberer Tesla? Gibt es jemanden …«

»Jetzt warte doch kurz«, herrschte Tesla ihn wütend an. Und zum ersten Mal schien er Lucas tatsächlich wahrzunehmen. Seine kalten dunklen Augen bohrten sich für einen Augenblick in seine, bevor er sie wieder in den hinteren Teil des Raumes schweifen ließ.

»Ja, komm mal her. Hier will dich jemand etwas fragen.«

Lucas konnte nicht erkennen, mit wem der Forscher redete, aber wenige Sekunden später kam ein kleiner Golem herbeigetrottet, der ihm etwa bis zu den Knien ging. Er platzierte sich direkt vor Teslas Füße und schien zu warten. Lucas starrte die Maschine an, bis seine Gedanken durch Teslas schnarrende Stimme unterbrochen wurden. »Ja, was ist denn nun, du wolltest ihn doch etwas fragen, oder nicht?«

Lucas blickte verwirrt zwischen dem Forscher und dem kleinen Golem hin und her. »Ich, äh … ja.« Lucas wandte sich der Maschine zu. »Wo hat sich der Obere Tesla von null Uhr bis zum jetzigen Zeitpunkt des heutigen Tages aufgehalten?«, versuchte Lucas, seine Frage so präzise wie möglich zu formulieren. Konnte der Apparat ihn verstehen?

Erneut kam Leben in die Maschine. »Herr Tesla war hier, den ganzen Tag befand er sich in diesem Labor«, erklang eine blecherne Stimme. Während er sprach, zwinkerte der Golem und bewegte seine unechten Pupillen, fast wie ein richtiger Mensch.

»Er hat das Labor heute noch nicht verlassen?«, hakte Lucas nach.

»Nein.«

»In Ordnung. Danke, Oberer Tesla. Ich würde Euch gerne noch eine andere Frage stellen, dann gehe ich wieder.«

Der Forscher nickte nur und machte eine Bewegung mit der Hand, woraufhin der Golem sich setzte und in sich zusammensank. Erneut zog Lucas an seinem Kragen.

»Erinnert Ihr Euch an die Aphroditen Elizabeth Stride und Jessica Lang?«

Der Forscher rutschte in eine bequemere Position auf seinem Sessel und starrte, während er antwortete, nur die kleine Maschine an, die zusammengesunken vor ihm auf dem Holzboden lag. »Nein, sollte ich?« Gelangweilt dehnte der Mann jedes einzelne Wort des Satzes.

»Ich denke schon. Jessica Lang sagt aus, dass Ihr sie beide vor Monaten besucht habt und beide haben damals einen Arzt aufgesucht aufgrund der Verletzungen, die Ihr ihnen zugefügt habt.« Lucas holte tief Luft.

Die dunklen Augen hefteten sich erneut auf ihn und Tesla erhob sich aus seinem Sessel. Mit wenigen Schritten war er bei Lucas. Er stieß ihm den Finger mehrmals in die Brust und brüllte: »Wie kannst du es nur wagen? Ich bin Nicola Tesla, was kümmern mich ein paar kleine Aphroditen?« Der Forscher stieß ihn so hart von sich, dass Lucas ins Taumeln geriet und gegen die Holztür prallte. Sofort war Tesla wieder bei ihm. Er packte ihn mit einer Hand an der Kehle, das Leder der Handschuhe glitt weich und glatt über Lucas' Haut. Dann drückte der Forscher zu und Lucas hatte das Gefühl, zu ersticken. Mit beiden Händen griff er nach seinem Gegner, konnte ihn jedoch nicht erreichen. Das verzerrte Gesicht mit den lodernden Augen füllte seine Sicht. Er strampelte mit den Beinen. Der Griff um seinen Hals lockerte sich keinen Millimeter.

»Herr Tesla? Das wäre äußerst unklug. Lasst ihn wieder herunter.«

Lucas wusste nicht, ob er die blecherne Stimme wirklich gehört hatte, oder sie eine durch Luftmangel ausgelöste Halluzination gewesen war, aber augenblicklich löste sich der Griff um seinen Hals. Hustend sank er an der Tür herab. Mit tränenden Augen sah er den kleinen Golem, der sich wieder aufgerichtet hatte und in seine Richtung zu blicken schien. Tesla war wieder zu seinem Schreibtisch am Ende des Raumes zurückgekehrt und murmelte dort vor sich hin, während er irgendetwas auf einem Papier mit einem Lineal vermaß. Lucas rappelte sich auf und verließ das Labor, so schnell er konnte.

Auf der Wache traf Lucas auf den obersten Hüter, der gedankenverloren aus einem der Fenster im Erdgeschoss starrte. Lucas ging auf ihn zu und rieb sich dabei den Hals. Das Gefühl, dass der verrückte Erfinder ihm die Luftröhre zerquetscht hatte, wollte nicht verschwinden.

»Alexander?«, sprach er den Hüter mit heiserer Stimme an.

Alexander wandte sich zu ihm um und entdeckte sofort die Zeichen des Angriffs an Lucas Hals. »Was ist denn mit dir passiert?«

Er kam ein Stück näher und betrachtete seinen Hals eingehender. Lucas machte eine abwehrende Handbewegung. »Das ist nichts, Alexander, das wird sicher nur ein blauer Fleck.«

»Woher hast du das?«

»Tesla. Ihm gefiel wohl nicht, was ich ihn gefragt habe.« Als Alexander fragend eine Augenbraue hob, erklärte Lucas rasch: »Ich habe ihn nur nach den Verletzungen gefragt, die er den Frauen zugefügt hat. Ich konnte ja nicht ahnen, dass er so reagiert.« Lucas deutete auf seinen Hals. »Wenn du mich fragst, er war es. Er hat die Frauen getötet.« Aufgeregt und schwer atmend blickte er Alexander an. »Was machen wir also jetzt mit ihm?«

Alexander rieb sich nur das Kinn und schaute ihn schließlich mit müden Augen an. Dunkle Ringe umrahmten sie. Hatte er in letzter Zeit überhaupt geschlafen?

»Gar nichts.«

Fassungslos starrte Lucas in sein Gesicht. »Was heißt hier gar nichts? Er soll einfach weiter ungestraft Frauen ermorden?«

»Nein, aber wir können nichts tun. Der Oberste Rerum naturalis war hier, und er hat mir zu verstehen gegeben, dass wir unsere Finger von Tesla lassen sollen.« Er verstummte und zuckte resigniert die Schultern. »Er sagte, Tesla habe Alibis für die Morde und wir keine Beweise für seine Schuld. Womit er ja auch recht hat.«

Ungläubig blickte Lucas zum obersten Hüter und schließlich zu Boden. Er schüttelte den Kopf. Es konnte doch nicht sein, dass der Erfinder einfach so davonkam.

Zurück in seinem Büro schritt Alexander immer wieder an seinem Schreibtisch vorbei zum Fenster und hinüber zur Treppe. Er konnte jetzt weder still stehen noch sitzen. Wie kam der Oberste nur dazu, ihnen ihre Ermittlungen zu verbieten? Einfach zu behaupten, Tesla sei unschuldig und damit sollte es jetzt gut sein! Frustriert trat er gegen das linke Bein des Schreibtischs. Was sollte er nur tun? Ihren einzigen Verdächtigen durften sie weder befragen, noch offiziell verdächtigen und der Brief, den er vom Mörder erhalten hatte, war in den Briefkasten vor der Post geworfen worden, ohne dass jemand den Absender gesehen hatte, das Papier war das ganz normale, das jeder in Biota benutzte, wie auch die Tinte. Er hatte einfach keine sinnvolle Spur mehr, der er nachgehen konnte.

Vier Tage später

Alexander ließ das Büchlein von Arthur Conan Doyle sinken. Er hatte es in wenigen Stunden von vorne bis hinten gelesen.

Die Ermittlungen dieser Hauptfigur, Sherlock Holmes, hatten ihn tief beeindruckt. Ihm gefiel seine logische Herangehensweise an die Fälle. Allerdings hatte er nicht die geringste Ahnung, wie er sie auf seinen eigenen Fall übertragen sollte. Inzwischen waren vier Tage seit dem letzten Mord vergangen und die Ermittlungen hatten nichts weiter ergeben. Es würde ihm so viel weiterhelfen, wenn er doch nur mit dem Autor selbst sprechen könnte.

Der Buchladen befand sich im ersten Stockwerk auf dem Marktplatz, direkt neben einem Waschsalon und einem Schmuckgeschäft. »Magica ex libris« stand in geschwungenen goldenen Buchstaben oberhalb der dunkelbraunen Holztür. In den Schaufenstern waren Regale aufgestellt, auf denen die Lehrbücher der unterschiedlichen Oberen präsentiert wurden und im linken hing das schwarz-weiße Portrait des Obersten Rerum naturalis Hunt-Morgan.

Alexander zog an der ebenfalls vergoldeten Türklinke des Geschäfts und die schwere Tür schwang knarrend auf. Anstatt wie sonst in den zahllosen Regalen zu stöbern, die den Raum beherrschten, trat Alexander an die Theke, wo der Besitzer des Ladens, Jochen von Berg, bereits mit einem breiten Lächeln auf ihn wartete.

»Hüter, schön, dass du mich mal wieder besuchst. Ich habe dich hier und im ›Keeper's Rest‹ vermisst.«

»Ja, ich habe in den letzten Wochen ein paar andere Dinge unternommen«, erwiderte Alexander ausweichend.

Der Besitzer nickte verständnisvoll. »Kann ich dir irgendwie helfen? Suchst du etwas?«

»Eher jemanden.«

Von Berg zog eine Augenbraue hoch. »Jemanden?«

»Ich hatte gehofft, du könntest mir sagen, wo ich Arthur Conan Doyle finde.«

Von Berg legte die Stirn in Falten. »Arthur Conan …«

»Doyle, genau«, unterbrach Alexander ihn ungeduldig.

Nachdenklich wiegte der Verkäufer den Kopf von einer Seite auf die andere.

»Der Schriftsteller. ›Eine Studie in Scharlachrot‹?«

Von Berg schien ein Licht aufzugehen. »Ach, den meinst du, mal überlegen …« Der Buchverkäufer kratzte sich gemächlich am Kopf und murmelte leise vor sich hin. Abwartend trommelte Alexander mit den Fingern auf den Verkaufstresen.

»Tut mir Leid, Hüter. Seit der Veröffentlichung seines Buchs habe ich ihn nicht mehr gesehen.« Bedauernd hob von Berg die Hände. Und für diese Erkenntnis hatte er so lange gebraucht?

»Vielleicht weiß ja meine May etwas. May, kommst du mal?«, rief von Berg in den hinteren Teil des Ladens hinein. Nach wenigen Sekunden erschien eine kleine Frau.

»Grüße, Hüter. Wie kann ich euch beiden denn helfen?« Mit einem freundlichen Lächeln blickte sie zwischen den Männern hin und her.

»Unser oberster Hüter fragt, wo er Arthur Conan Doyle finden kann. Du erinnerst dich doch sicher an sein Buch: ›Eine Studie in Scharlachrot‹, richtig?«

»Das mit diesem Detektiv?«, erkundigte sich May.

Bestätigend nickte Alexander. »Genau das.«

»Natürlich erinnere ich mich. Das Buch wurde uns förmlich aus den Händen gerissen.« Verträumt schaute sie sich in dem leeren Buchladen um.

»Und … wo finde ich den Autor?«, warf Alexander ungeduldig ein.

»Nun, gesehen habe ich ihn schon lange nicht mehr. Ich glaube das letzte Mal im vorigen Jahr, als er herkam, um seinen Teil des Gewinns abzuholen, oder Jochen?«, fragend blickte sie ihren Mann an.

»Ach, richtig, richtig. Ja, letztes Jahr ist er hier gewesen. Seitdem … nichts.« Bedauernd hob der Buchverkäufer die Hände.

»Müsste er denn nicht im Register stehen?«, erkundigte sich nun May.

Alexander schüttelte den Kopf. »Nein, ich habe bereits in den Unterlagen nachgeschaut. Einen Doyle gibt es dort nicht.« Es war zwar selten, dass jemand nicht im Register stand, aber auch das war schon vorgekommen. Manchmal gingen Unterlagen verloren. »Habt ihr denn eine Idee, wo ich sonst noch nachfragen könnte?«

Beide überlegten. »Vielleicht beim Buchdrucker, Harry Archer?«, schlug Jochen vor.

»Und er war doch auch oft in dieser seltsamen Kneipe, diese im Delectarium, oder?«, warf May ein.

»Ja, richtig, davon hat er immer erzählt. Wie hieß die denn noch gleich?« Das Paar überlegte. Alexander konnte sich aber bereits denken, welche Kneipe sie meinten.

»Diese eine mit dem Steuerrad über der Tür, neben dieser Tanzshow, aber wie war denn noch mal der Name?«

»Schon gut, ich weiß, welche ihr meint. Vielen Dank, da werde ich mich gleich mal umhören.«

Beide Verkäufer strahlten ihn an.

»Wir sehen uns demnächst mal wieder im ›Keeper's Rest‹, Jochen. Ich wünsche euch noch einen schönen Tag.« Alexander winkte kurz mit einer Hand und verließ den Buchladen.

KAPITEL 6

5. OKTOBER 1888

Seit Teslas Angriff auf ihn hatte Lucas seine Zeit hauptsächlich auf der Wache verbracht. Die Ermittlungen gegen den Forscher waren tatsächlich eingestellt worden und es gab nach wie vor keinen Beweis dafür, dass er die Frauen ermordet hatte. Obwohl Lucas dem kleinen Metallapparat nicht glaubte, dass Tesla sein Labor nicht verlassen hatte, konnte er ihm auch nicht das Gegenteil beweisen.

In den letzten Tagen hatten sie noch einige Männer und Frauen befragt, die Elizabeth Stride gekannt hatten, aber bei diesen Befragungen war nichts Neues ans Licht gekommen. Lucas seufzte und starrte auf den Bericht, den er schreiben sollte, als ein Klopfen ihn aus seinen Gedanken riss. Er streckte die Arme und erhob sich steif vom Stuhl.

Vor der Tür stand Daniel Cliff, der Briefträger. »Grüße, Hüter. Eine Karte für den obersten Hüter Alexander. Hier.« Daniel überreichte Lucas die Karte.

Er bedankte sich, schloss die Tür und trug die Karte in Alexanders Zimmer. Dort legte er sie in die Mitte des Schreibtisches, damit Alexander sie sofort sah, falls er mal wieder auf die

Wache zurückkehrte. Als Lucas die Treppe wieder hinabstieg, dachte er daran, dass Alexander in den letzten Tagen wenig Zeit hier verbracht hatte. Ungewöhnlich für den sonst so berechenbaren obersten Hüter.

Niemand hatte ihn gesehen. Alexander schüttelte den Kopf, als er die Stufen zur Wache emporstieg. Niemand. Das konnte doch überhaupt nicht sein. Kein Mensch in Biota konnte einfach verschwinden. Er musste ihn finden. Doyle schien der Einzige zu sein, der ihm in seiner jetzigen Lage noch helfen konnte.

In seinem Zimmer bemerkte Alexander die Postkarte, die auf dem Schreibtisch lag. Er ging hinüber, hob die Karte hoch und drehte sie um. Die Rückseite war mit braunen Flecken beschmiert. Er runzelte die Stirn. Mühsam versuchte er, den mit schwungvollen Buchstaben geschriebenen Text zu entziffern.

Ich habe keine Witze gemacht, lieber Hüter, als ich dir den Hinweis gab. Du wirst von Jacks Arbeit hören. Dieses Mal Doppelereignis. Nummer eins hat ein wenig gequiekt. Konnte sie nicht richtig fertig machen, konnte die Ohren für die Hüter nicht besorgen. Vielen Dank, dass du den Brief zurückgehalten hast, bis ich wieder an die Arbeit gehen konnte.

Jack the Ripper

Alexander schlug sich die Hand vor den Mund und ließ die Karte fallen. Sie segelte an seinem Schreibtisch vorbei und landete mit einem leisen Kratzen auf dem Boden. Doppelereignis. Das konnte unmöglich sein. Ein weiteres Opfer? Sie hatten keine weitere Tote gefunden. Spielte vielleicht jemand mit ihm und erlaubte sich einen Spaß? Aber derjenige wusste es, er wusste, dass er nur Benedict von dem Brief erzählt hatte, statt ihn öffentlich zu machen. Er hatte nicht einmal den Oberen davon erzählt. Natürlich hatte er gewusst, dass das vielleicht der falsche Weg war, aber er hatte niemanden beunruhigen wollen. Er hatte gedacht, dass der Brief niemals helfen würde, den Täter zu fassen, zumal er sich eingeredet hatte, dass der Brief vermutlich nicht vom wahren Täter stammte. Nervös trat er ans Fenster und spähte hinaus in die dämmrige Gasse. Es war früh am Morgen und erst wenige Einwohner waren im Tunnel unterwegs. Unter ihnen sah er Mike, den Besitzer von »Mike's Mechanics«, der den Gang entlang schlenderte. Die übrigen Menschen würdigten die Wache keines Blickes, doch irgendjemand musste ihn beobachtet haben. Wie sonst konnte derjenige, der die Karte verfasst hatte, wissen, dass er den ersten Brief niemandem gezeigt hatte? Alexander hörte seinen eigenen pfeifenden Atem und versuchte, sich wieder zu beruhigen. Er musste etwas unternehmen. Rasch bückte er sich, hob mit spitzen Fingern die Karte an einer Ecke hoch und legte sie in eine Schachtel. Dann schloss er den Deckel und verließ sein Zimmer.

Im unteren Stockwerk der Wache sprach er Lucas an, den einzigen anwesenden Hüter, und erteilte ihm Anweisungen.
»Lucas, ich möchte, dass du die gesamte Stadt nach einer weiteren Leiche durchkämmst. Ich habe eine Postkarte erhalten, auf der ausdrücklich von einer weiteren Toten die Rede ist«,

flüsterte er eindringlich. Lucas Blick wechselte von gelangweilt zu entsetzt. »Ich weiß, wir haben jetzt kaum Männer, aber ich möchte, dass du alles durchsuchen lässt. Geh zu den Wartungsarbeitern, sag ihnen aber nicht, worum es geht. Sie sollen die Bereiche, die seltener gewartet werden, genau unter die Lupe nehmen. Ich werde in der Zeit in den Bio-Tower gehen.«

Mit diesen Worten wandte er sich von seinem Hüter ab und rauschte mit wehendem Mantel durch die Tür.

Er rannte in Richtung des Bio-Towers und als er auf dem Marktplatz angelangt war, konnte er durch die riesige Kuppel aus Mechanium bereits den erleuchteten Tower erkennen. Er hastete weiter, hinein in den nächsten Tunnel. In ihm verliefen drei Meter über dem Erdboden die Gleise mit den kleinen Wagen, die Passagiere von einem Ende Biotas zum anderen brachten. Die Gondeln bestanden aus Kupfer und Messing und hatten die Form von Golems, sodass es aussah, als säßen die Passagiere im Schoß einer großen Maschine. Alexander empfand diese Art der Fortbewegung als unnötig langsam und normalerweise sah man nur Wissenschaftler auf diese Art reisen.

Endlich erreichte er das Ende der »Alley« und mühte sich damit ab, das dampfbetriebene Tor zu öffnen, das den Tower vom Rest der Stadt abgrenzte. Nach wenigen Minuten stand er endlich vor Nics Labor. Energisch klopfte er an die Tür.

Was war bitte in den obersten Hüter gefahren? Wieso sollte es eine weitere Tote geben? Und warum war er allein und nicht Alexander dafür verantwortlich, sie zu finden? Nachdem der oberste Hüter aus der Wache in Richtung Bio-Tower gestürmt war, saß Lucas noch einen kurzen Moment an seinem

Schreibtisch, um über das nachzudenken, was er gerade gehört hatte. Schließlich schüttelte er den Kopf, holte tief Luft und schnappte sich seine blaue Jacke.

Sein erster Weg führte ihn direkt in die Wartungszentrale. Im Morgenlicht wirkte das kupferne Gebäude schäbig und abweisend.

Als er durch die Tür trat, fiel sein Blick sofort auf die hölzernen Lettern des Wortes »Scientia« und den darunter angebrachten Satz »Forschung, Vertrauen, Einigkeit«. Dieser Spruch zierte so ziemlich alle Einrichtungen und öffentliche Plätze in Biota. Lucas hob seinen Arm. Und er zierte nicht nur die Wände. Um sein Handgelenk wand sich das schwarze Band einer Tätowierung, die das Motto der Stadt wiedergab.

Lucas Blick fiel auf den diensthabenden Wartungsarbeiter. Dieser hatte nur kurz den Kopf gehoben, als Lucas hereingekommen war, ihn aber bereits wieder gesenkt. Lucas suchte an der Brust des Mannes nach seinem Namensschild. Da, der Mann vor ihm hieß »Jim«.

»Jim?« Lucas musterte den Mann. Direkt angesprochen, hob dieser nun wieder den Kopf und starrte ihn aus zusammengekniffenen Augen an.

»Ja, Hüter?«, antwortete er gepresst.

»Wir Hüter brauchen eure Hilfe«, begann Lucas. Er wusste nicht genau, wie er formulieren sollte, was der oberste Hüter ihm aufgetragen hatte. »Nun ja, es wäre eine große Hilfe, wenn ihr alle Wartungsarbeiter anweisen könntet, die Stellen, die nicht jeden Tag gewartet werden, heute zu kontrollieren.« Verlegen trat er von einem Bein aufs andere.

Ungläubig starrte Jim ihn an, dann stieß er ein heiseres Kichern aus. »Das kann unmöglich euer Ernst sein, Hüter. Für so etwas haben wir keine Zeit, hier läuft alles nach Plan.« Abwehrend wischte er mit der Hand durch die Luft.

»Wir würden nicht fragen, wenn es nicht wirklich wichtig wäre. Wir werden natürlich mithelfen, dazu müsstet ihr uns allerdings die Stellen zeigen, die wir übernehmen sollen.«

Noch immer kicherte der Wartungsarbeiter vor sich hin. Seine breiten Schultern bebten und sein Gesicht hatte sich inzwischen rot verfärbt. »Worum geht es hier eigentlich?«, fragte er schließlich, als er sich wieder einigermaßen beruhigt hatte.

»Das kann ich leider nicht …«

»Nun, wenn du es nicht sagen kannst, können wir auch nicht helfen. Und nun geh bitte, Hüter. Ich habe Wichtigeres zu tun.« Mit seiner breiten Pranke wies er zur Tür.

»Wir haben den dringenden Verdacht, dass sich eine Tote in Biota befindet«, stieß Lucas hervor. Das Gesicht des Wartungsarbeiters fiel förmlich in sich zusammen. Das Grinsen verschwand und tiefe Furchen tauchten auf seiner Stirn auf. Mit weit aufgerissenen Augen flüsterte er: »Wer ist es?«

»Wir wissen es nicht. Wir haben eine anonyme Nachricht erhalten, dass es so ist. Und nun müssen wir den Leichnam finden.« Lucas sah, wie es im Gehirn des Mannes arbeitete. »Aber mehr darf ich wirklich nicht sagen. Und du musst mir versprechen, dass du auch den anderen Arbeitern nichts sagst. Kein Sterbenswort!«

Der Mann nickte. »Natürlich nicht, es bleibt alles unter uns.« Er warf einen Blick auf den Plan, der vor ihm lag. »Sobald die Arbeiter zurückkehren«, er warf einen kurzen Blick auf seine Taschenuhr, »also in ein bis zwei Stunden, werde ich sie anweisen, sämtliche Stellen abzusuchen, die sonst kaum gewartet werden. Lass mich einen Plan ausarbeiten, dann teile ich euch Hütern nachher die Stellen mit, die ihr selbst absuchen könnt. Ihr kriegt die, die nicht so gefährlich sind.« Er sagte das leichthin, aber Lucas hatte sich bisher noch gar keine Gedanken darüber gemacht, dass es an manchen Stellen Biotas gefährlich sein konnte. Statt einer Erwiderung nickte er lediglich und schluckte. Ihm war klar, dass auch diese Arbeit wieder an ihm hängen bleiben würde.

Die Tür zum Labor wurde vor seiner Nase aufgerissen.

»Hüter, was machst du denn hier?«

»Botania, ich muss mit Euch reden.« Alexander marschierte an Nic vorbei und blieb in der Mitte des Labors stehen. Er räusperte sich verlegen. Erst jetzt wurde ihm deutlich bewusst, dass er sich erneut allein mit der Botania in einem Zimmer befand. Ihm wurde warm. Es ging hier aber um den Fall, er brauchte ihre Hilfe!

»Nun?«, fragte die Biologin schließlich, als er immer noch nichts sagte. Statt einer Antwort schwenkte Alexander die kleine Schachtel, die er sich bei seinem Lauf durch die Stadt unter den Arm geklemmt hatte und öffnete sie. Er entnahm ihr die Postkarte und knallte sie vor der Botania auf den Schreibtisch.

»Da!«, rief er. »Das wurde mir heute geschickt. Es gibt noch ein Opfer.« Tief atmete er ein und aus und versuchte sich zu beruhigen. »Jemand in dieser Stadt tötet Frauen und Ihr wisst etwas darüber und sagt es mir nicht!« Er hatte nicht schreien wollen, aber er konnte den Zorn über das Verhalten der Biologin nicht mehr zurückhalten. Mit wutverzerrtem Gesicht blickte er sie an und seine Brust hob und senkte sich heftig. Er sah, wie sie vor ihm zurückwich, als hätte sie Angst vor ihm.

Er trat einen Schritt auf sie zu. »Ihr habt die Fasern am Tatort erkannt! Ich weiß es!«, schrie er jetzt. »Was verschweigt Ihr mir?« Er konnte nur hoffen, dass hier in den Laboren keine Überwachung stattfand, denn bevor er darüber nachdenken konnte, ging er auf die Biologin zu, packte ihre Arme und schüttelte sie leicht.

»Wollt Ihr wirklich, dass noch mehr Frauen sterben? Vielleicht können wir es verhindern.« Verzweifelt schaute er in ihre tiefgrünen Augen.

»Es ist Fischhaut. Die Fasern, die wir gefunden haben«, murmelte sie leise und senkte den Blick zum Boden.

Fischhaut? Wie konnten die feinen Fasern Fischhaut gewesen sein?

»Wie meinst du das?«

»Sie wurden aus dem Abfall der Fischerei hergestellt.«

»Aber niemand in Biota trägt Kleidung aus Fischhaut.«

Nic sah vom Boden auf und blickte ihm fest in die Augen. »Oh doch …«

»Aber … nicht einmal Oleg kannte den Stoff.« Wovon redete sie da bitte?

»Das liegt daran, dass er ihn nie zu Gesicht bekommen hat. Keiner hier in Biota sollte ihn jemals zu sehen bekommen.« Als sie das sagte, bekam ihr Gesicht um den Mund herum einen harten Zug.

»Ich verstehe nicht, was Ihr meint.«

Nic hob das Kinn. »Wenn ich dir sage, was ich weiß, wirst du mir nicht glauben, Hüter.« Sie überlegte kurz. »Wir treffen uns heute Nacht um zwölf hier in meinem Labor. Dann zeige ich dir, was ich weiß.«

»Warum denn mitten in der Nacht?«

Hilflos zuckte Nic die Achseln. Sie wirkte plötzlich sehr zerbrechlich in ihrer weiten Robe. »Weil ich nicht nur meine Stellung verlieren werde, wenn die Oberen herausfinden, was ich dir zeigen will.«

Alexander schluckte unbehaglich. Nic wollte etwas tun, was gegen die Regeln der Oberen verstieß?

»Hüter, zu niemandem ein Wort.«

»Natürlich.«

Noch immer hielt er ihre Arme fest. So verrückt es war, er wollte nicht, dass dieser Moment endete. Dieser Moment, in dem sie ihm so nah war. Um die Pupille herum verzierten gelbliche Sprenkel ihre Iris. Ohne weiter darüber nachzudenken beugte Alexander sich vor und seine Lippen berührten die von Nic. Zuerst ganz leicht, als sie jedoch nicht zurückwich, zog er sie an sich und küsste sie fordernder. Nach wenigen Sekunden ergriff Nic seine Arme und schob ihn sanft, aber bestimmt von sich. Erneut atemlos blickte Alexander ihr ins Gesicht. Ihre Wangen waren gerötet und sie sah schöner aus als je zuvor.

»Wir sehen uns dann später«, flüsterte sie und wandte sich von ihm ab.

Völlig verwirrt verließ Alexander das Labor und fuhr sich vor der Tür mit den Fingern über die Lippen. Das war ein gewaltiger Fehler gewesen.

Irgendwo in Biota

»Dieser Idiot von Hüter steckt so tief im Schlamassel, ich bezweifle, dass er da jemals wieder herauskommt.«

»Ach ja?« Ein lautes Blubbern erklang.

»Ja, er und diese Botania treffen sich heimlich. Es ist wirklich interessant … Die Anpassung ist noch vorhanden, aber sie wird schwächer, ich kann förmlich dabei zusehen.«

»Dann verrate ihn doch und du bist ihn los!«

Der Mann seufzte. Im Raum roch es widerlich, er musste dringend wieder die Flüssigkeit im Aquarium austauschen. Das sonst hellblaue Leuchten wirkte heute trübe und milchig.

»Was soll mir das bringen? Er ist weg und ein anderer Trottel nimmt seinen Platz ein. Das haben wir doch alles schon mal gesehen. Es macht keinen Spaß mehr.«

»Es macht immer Spaß!« Ein gurgelndes Lachen erklang und das Blubbern wurde so stark, dass Flüssigkeit über den Rand des Glaskastens schwappte und mit einem Platschen auf den Fliesen landete.

»Pass doch auf!«, beschwerte sich der Mann und starrte mit finsterer Miene durch die Frontscheibe des Aquariums. »Ich habe keine Lust, hier wieder den ganzen Tag zu putzen.«

Der Kopf hinter der Glasscheibe starrte jedoch nur ausdruckslos zurück.

Jim war tatsächlich nach einigen Stunden auf die Wache gekommen und hatte Lucas einen Lageplan in die Hand gedrückt, auf dem die selten gewarteten Stellen der Stadt eingezeichnet waren. Er war auch so nett gewesen, die ungefährlichsten Plätze für Lucas zu reservieren, sodass er dort allein nachschauen konnte. Also stand er jetzt knietief in Müll, Abfall und Dreck auf der Müllanlage. Vielen Dank auch. Zwei Wochen lang wurde der Abfall der Stadt hier gesammelt und sortiert. Der Abfall, der noch als Dünger verwendet oder wiederverwertet werden konnte, wurde von demjenigen getrennt, der wertlos

war. Nach den zwei Wochen wurde der für wertlos befunde-
ne Müll dann schließlich verbrannt und die Asche anderweitig
eingesetzt.

Als Lucas das stinkende Reich einige Etagen unter dem
Marktplatz naserümpfend betreten hatte, hatte er den Arbeiter,
der heute für die Mülltrennung verantwortlich war, gefragt,
warum sie den Abfall nicht sofort verbrannten.

»Wir müssen sparsam mit unseren Ressourcen umgehen, das
ist im Leitfaden so vorgeschrieben«, hatte der Mann nur geant-
wortet und ihm ein paar hohe Stiefel in die Hand gedrückt.

Nun watete er seit fast einer halben Stunde durch die Berge
an Dreck, die durch die Schächte oben am Marktplatz nach
unten geworfen worden waren. Er bemühte sich, nur ganz
flach zu atmen, hatte aber das ungute Gefühl, dass der Gestank sich in jede einzelne seiner Poren fraß. Genervt stapfte er
weiter und hielt sich dabei die Karte vors Gesicht. Direkt vor
ihm sollte einer der Luftschächte sein, die für die Belüftung der
Kammer sorgten. Jim hatte ihm erklärt, dass sie nicht so häufig
gewartet wurden wie der Rest der Schächte, da sie nicht an den
Kreislauf gekoppelt waren, von dem der Rest der Stadt abhing.

Endlich entdeckte er Sprossen an der Wand und darüber eine
Luke. Er seufzte und watete mit großen Schritten hinüber, bis
er endlich eines der kleinen u-förmigen Metallteile erreichen
konnte. Ächzend zog er sich die Leiter hinauf und zwängte sich
durch die kleine Luke. Der Job hier war definitiv etwas für kleinere Menschen. Doch schließlich drehte er seine Schultern so,
dass er sich vollständig in den Schacht hineinquetschen konnte. Darin roch es zwar weniger furchtbar, doch die Lampe, die
der Wartungsarbeiter ihm ausgeliehen hatte, spendete kaum
Licht. Vorsichtig kroch er den Schacht entlang, immer in der

Angst, hinter der nächsten Kurve könnte die Leiche liegen, von der im Brief die Rede gewesen war.

Nach zwei Stunden und nachdem er sämtliche Schächte rund um die Müllanlage abgesucht hatte, war er leider genauso weit wie vorher. Nirgendwo war eine Leiche zu sehen gewesen. Also gab er dem Arbeiter am Eingang der Anlage die Stiefel zurück und machte sich auf den Weg zur Wartungszentrale. Er würde dort auf Neuigkeiten der Arbeiter warten.

In der Zentrale wartete Jim bereits auf ihn.

»Puh, da hast du ja ein tolles Parfum aufgelegt, Hüter«, sagte er und hielt sich grinsend die Nase zu.

»Haha, sehr witzig«, brummte Lucas verstimmt.

»Hast du denn wenigstens das gefunden, was ihr sucht?«, erkundigte sich der Wartungsarbeiter nun mit ernsterer Miene.

»Nein, nicht einmal den kleinsten Hinweis. Was ist mit euren Arbeitern, gibt es etwas Neues?«

»Nein, ich habe zwar schon ein paar Rückmeldungen, aber nirgendwo war etwas Ungewöhnliches los.« Kopfschüttelnd fläzte Jim sich wieder auf den Stuhl hinterm Schreibtisch. Dann schaute er zu Lucas auf.

»Du kannst gerne hier warten, Hüter. Schnapp dir einfach einen Stuhl und setz dich.«

Lucas griff nach dem nächstbesten Stuhl und breitete den Lageplan vor sich aus. Er nahm einen Stift und strich energisch die Schächte, die zur Müllanlage führten, durch. Vielleicht hatten die anderen mehr Erfolg.

Fünf Stunden später waren alle Wartungsarbeiter zurückgekehrt, doch keiner von ihnen hatte etwas Wichtiges zu berichten.

Alle Schächte waren leer gewesen, ebenso die Orte vor den Einstiegen.

Niedergeschlagen kehrte Lucas zur Wache zurück. Im Inneren war es totenstill.

»Was machst du hier, Lucas? Gibt es etwas Neues?« Lucas zuckte zusammen. Er hatte den obersten Hüter gar nicht bemerkt, so ruhig hatte dieser auf seinem Stuhl gesessen.

»Ja, falls man das so nennen kann«, begann er hastig. »Die Wartungsarbeiter sind durch. Sie haben nichts gefunden.«

Nachdenklich nickte Alexander. Lucas schien es, als sei seine ohnehin schlanke Gestalt in letzter Zeit deutlich hagerer geworden. Sorgenfalten furchten seine Stirn.

Der oberste Hüter streckte seine Hand aus. »Zeig mir doch mal die Karte, ich möchte sehen, welche Orte abgesucht wurden.« Hastig breitete Lucas die Karte vor ihm auf dem Schreibtisch aus. Mehrere Minuten lang sah er dabei zu, wie sein Vorgesetzter vor sich hin murmelnd mit dem Finger verschiedene Linien entlangfuhr. Auf einmal stockte seine Hand, das Gemurmel verstummte und er setzte sich gerade hin. Er tippte mehrmals auf die Stelle, an der sein Finger zum Stillstand gekommen war und sah ihn an.

»Hier«, sagte er mit leiser Stimme. Lucas blickte auf die Karte. Er sah, dass die Stelle, auf die der oberste Hüter deutete, eine schmale Linie direkt neben »Aphrodite Pandemos« war. »Genau hier ist ein Gang. Und niemand hat ihn kontrolliert.«

Während Alexander die Tunnel, die zum Garten führten, zusammen mit Lucas entlang eilte, dachte er erneut darüber nach, was im Bio-Tower passiert war. Für das, was er getan hatte, müsste er eine Strafe erhalten, denn er hatte eine Grenze übertreten. Er konnte nur hoffen, dass es niemand gesehen hatte und dass Nic ihn nicht melden würde. Noch immer konnte er kaum glauben, was er getan hatte. Es hatte sich in dem Moment so richtig angefühlt, obwohl er wusste, dass sie nicht füreinander ausgewählt worden waren. Seit einer Weile schon wurden Paare aufgrund der Kompatibilität ihrer DNS ausgesucht. Aber niemals Wissenschaftler mit normalen Bürgern. Das war unvorstellbar! Er versuchte, sich zu beruhigen, indem er tief ein- und ausatmete – es half nicht. Sein Puls raste vor Angst und Aufregung, und die Aussicht, gleich auf eine weitere Leiche zu stoßen, machte es auch nicht besser. Verstohlen blickte er Lucas von der Seite an. Der junge Hüter schien nichts von seiner inneren Unruhe zu bemerken. Sein Gesicht wirkte verkniffen, aber entschlossen, als würde er sich mit jeder Faser seines Körpers gegen das wappnen, was er gleich zu sehen bekommen würde. Als hätte Lucas bemerkt, dass Alexander ihn ansah, wandte er den Kopf und sah den obersten Hüter fragend an. Alexander bemühte sich um ein aufmunterndes Lächeln und blickte dann wieder nach vorn. Er sollte sich besser auf seine Arbeit konzentrieren als an die Botania zu denken.

Sie betraten den Durchgang zum Garten und stiegen die hölzerne Treppe hinauf, bis sie schließlich im ruhigen, friedlichen Garten herauskamen. Weit und breit war keine der Aphroditen und auch keiner ihrer Kunden zu sehen.

Erleichtert wies Alexander auf eine Wand zu seiner Rechten. Dort hing ein prächtiger Wandvorhang, der alle Aphroditen nebeneinanderstehend zeigte. Unter ihren Portraits waren ihre Namen mit blauem Garn eingestickt. Er zog den Vorhang zur Seite und präsentierte Lucas eine unauffällige Tür aus Kupfer. Als er sie aufzog, drang ein übler Geruch heraus, der ihn zum

Würgen brachte. Auch Lucas schlug die Hand vor den Mund und wandte sein Gesicht ab.

»Oh man«, brachte er keuchend heraus.

Alexander hielt sich den Ärmel seiner Uniform vor Mund und Nase und zog die Tür noch ein paar Zentimeter weiter auf. Im Inneren war es dunkel, obwohl er sich sicher war, dass hier noch Lampen gebrannt hatten, als er Wochen zuvor den Gang entlanggelaufen war. Die Erinnerung an diesen ersten Mord erschien beinahe so fern wie die Erdoberfläche, dabei waren seitdem erst wenige Wochen vergangen.

Keiner von ihnen hatte daran gedacht, eine tragbare Lampe mitzunehmen, doch Alexander durchwühlte seine Jackentaschen auf der Suche nach etwas anderem. Triumphierend zog er einen länglichen Glasstab heraus, der vielleicht fünf Zentimeter lang und drei Zentimeter breit war. Er hatte ihn vor Wochen in der Messe erhalten und ihn in seiner Jacke vergessen. Einer der Biologen hatte den Stab in einem Vortrag vorgestellt. Er hatte von Bakterien erzählt und von etwas, das er Lumi… irgendwas genannt hatte.

Während Lucas ihn aufmerksam beobachtete, schüttelte Alexander die Flüssigkeit im Inneren des Stabes kräftig. Das Gemisch begann zu leuchten, ein kaltes bläuliches Licht. Er hielt das Röhrchen über seinen Kopf und tat einen Schritt ins Innere des dunklen Gangs. Er hoffte, dass der junge Hüter hinter ihm nicht sehen konnte, wie stark seine Hand zitterte.

Sobald er eingetreten war, schien sich der Gestank wie ein feuchtes Handtuch um sein Gesicht zu schlingen und auch seine Uniform konnte nicht verhindern, dass er ihm in Mund und Nase drang. Hustend und mit tränenden Augen wagte er sich noch weiter in den Gang. Das Licht vermochte die Dunkelheit nur um einen, vielleicht anderthalb Meter zu erhellen. Er reckte seine Hand noch ein Stück in die Höhe und machte einen weiteren Schritt. Etwas knirschte unter seinen Schuhen und er senkte die Lampe, um zu sehen, worauf er getreten war. Zu seinen Füßen lagen Glasscherben, die von der Deckenlampe stammten, wie er mit einem Blick nach oben feststellte. Langsam machte er kleine Schritte vorwärts und auch Lucas folgte ihm nun. Die Lampe warf ein kaltes bläuliches Licht auf die Seitenwände und den Boden des Tunnels. Dann fiel das Licht auf einen Gegenstand in der Mitte des Gangs. Es war eine kleine blaue Tasche. Alexander trat näher und bückte sich, um sie genauer in Augenschein zu nehmen. In der Hocke sitzend entdeckte er noch etwas anderes: Ganz am Rand des blauen Lichtscheins sah er einen nackten Fuß. Schwer schluckend kam er wieder auf die Beine und trat näher. Der Lichtschein enthüllte Stück für Stück ein weites Gewand, ob nun weiß oder blau, Alexander konnte es nicht sagen. Und schließlich einen glitzernden Gürtel. Im Licht zeigte sich ein zerfetzter Unterleib, aus dem die Darmschlingen mit Schwung herausgezogen und neben der linken Hand der Toten platziert worden waren. Ein Stück des Darms war herausgeschnitten und zwischen rechtem Arm und Körper der Frau geklemmt worden. Der Unterleib hatte selbst im Licht der kleinen Lampe eine merkwürdige Farbe und von dem Geruch, der von ihm ausging, wurde Alexander schlecht. Er trat noch einen letzten Schritt an die Leiche heran und konnte hören, wie Lucas zu ihm aufschloss. Nun wurde das Gesicht der Toten angestrahlt und was Alexander dort sah, war weitaus schlimmer als das, was mit ihrem Unterleib angerichtet worden war. Über ihren Hals zog sich ein langer Schnitt und direkt unter ihrem Kopf hatte sich eine riesige Blutlache ausgebreitet.

In ihrem Gesicht vermochte er kaum noch menschliche Züge erkennen, so sehr war es verunstaltet und geschwollen. Die Ohren waren abgetrennt, ebenso die Nasenspitze.

Beim nächsten Mal schneide ich der Dame vielleicht die Ohren ab und schicke sie euch.

Schnitte zogen sich kreuz und quer über ihr Gesicht, durchschnitten ihre Oberlippe, verunstalteten ihre Stirn und hatten die Wangen so tief eingekerbt, dass Alexander ihre Zähne bläulich hindurchschimmern sehen konnte. Ihre Augen wirkten eingefallen und trocken, ebenso wie auch das Blut neben ihr. Das Licht der Lampe beleuchtete einen Teil der Wand, und er entdeckte, dass etwas daran geschrieben stand: »Und was sagen die Oberen dazu?« Tropfen der Farbe waren die Wand hinabgelaufen und bildeten nun lange Schlieren. Keine Sekunde zweifelte Alexander daran, dass es sich um das Blut eines der Opfer handelte.

Er drehte sich zu Lucas um.

»Wir haben sie gefunden. Ich würde sagen, wir verständigen Botania Nic, vielleicht kann sie auch einen ihrer Kollegen hinzuziehen, der Fall hier ist wohl etwas komplizierter ...« Er ließ erneut seinen Blick über das zerstörte Gesicht der Frau gleiten und schluckte, bevor er weitersprach. »Wir müssen herausfinden, wie der Name der Frau war. Das dürfte nicht allzu schwierig sein, schließlich liegt sie allem Anschein nach bereits länger hier. Jemand muss sie vermissen.« Kurz schwieg er. »Wir reden also mit den Aphroditen, und wenn wir den Zeitpunkt des Todes kennen und ich schätze, wir werden ihn heute Abend noch erfahren« Alexander sah kurz auf seine Taschenuhr, »dann werden wir mögliche Zeugen befragen. Wie auch bei den anderen zuvor«, schloss er mit bitterem Unterton.

Lucas drückte sich nach wie vor einen Teil seiner Uniform vor sein Gesicht. Alexander bemerkte, wie blass der jüngere Hüter war und entschied: »Weißt du was, Lucas? Wie wäre es, wenn ich alleine zur Botania gehe und du in der Zeit schon mal die Aphroditen befragst? Wir wären vermutlich deutlich schneller. Und sag Joseph vorher Bescheid, ihr befragt die Frauen dann zusammen, in Ordnung?« Lucas nickte, ohne den Stoff vom Gesicht zu nehmen, machte sogleich kehrt und ging in den Garten zurück.

Es war eine ziemlich anstrengende und noch dazu Übelkeit erregende Unternehmung gewesen, den Leichnam aus dem Tunnel in eines der Medizin-Labore im Tower zu bringen. Laut Aussage des hinzugezogenen Arztes Gregory Hammond lag die Tote bereits seit fast zwei Wochen in dem Gang. Da der Tunnel von der normalen Luftversorgung und damit auch von den Flugrouten der Insekten abgeschnitten war, gab es keine Fraßspuren an der Leiche. Die normale Zersetzung durch Bakterien, die sich außerhalb und innerhalb des Opfers selbst befunden hatten, hatte dem Körper jedoch deutlich zugesetzt. Vor allem der gewaltsam geöffnete Bauchraum glich mehr einem Sumpf, als dem Teil eines Körpers.

Während der Arzt das Opfer im Labor eingehend untersuchte, versuchte Alexander, die Plakate an den Wänden auswendig zu lernen. Er wollte nicht feige wirken, aber er schaffte es einfach nicht, seinen Blick auf den toten Körper auf der Metallbahre zu richten. Stattdessen erfuhr er allerhand über die neuesten gentechnischen Behandlungsmethoden, und er entdeckte ein interessantes Plakat, auf dem die Vor- und Nachteile eines mechanischen Körperteils aufgeführt waren. Er kannte bereits einige Obere, die sich für einen solchen Eingriff entschieden hatten. Für die normale Bevölkerung stand diese Art der Behandlung aber nicht zur Wahl, dafür war sie einfach zu teuer. Vielleicht konnte man da aber auch von Glück reden, denn auf dem Plakat wurde ganz offen darauf hingewiesen, dass ein solcher mechanischer Ersatz eben nicht nur der Austausch eines Körperteils war. Es wurde berichtet, dass Menschen mit mechanischen Gliedern in achtzig Prozent der Fälle eine gravierende Persönlichkeitsänderung erfuhren. Aggressives Verhalten, Paranoia, Größenwahn, las Alexander stumm. Das klang beängstigend. Er ließ seinen Blick zum nächsten Plakat schweifen. Dabei gerieten kurz die Beine des Opfers auf dem Metalltisch in sein Blickfeld.

»Doktor? Die Flecken dort, auf dem rechten Bein der Toten …« Er verstummte. Der Arzt hatte sich aufgerichtet und dabei seine Hände aus dem gezogen, was von der Bauchhöhle übrig geblieben war. Alexander schluckte. »Sind das Flecken, die mit dem Tod im Zusammenhang stehen, oder ist das möglicherweise eine Substanz, die der Täter hinterlassen hat?« Hammond beugte sich ein Stück weit über das Opfer und nahm die bräunlichen glänzenden Flecken näher in Augenschein.

»Hm, für mich sieht das nicht nach typischen Merkmalen der Verwesung aus. Botania, könntet Ihr vielleicht Proben nehmen? Ich bin hier noch einige Zeit beschäftigt.«

Nic erhob sich von dem Stuhl, auf dem sie auf das Ende der Obduktion gewartet hatte. Sie strich mit einem kleinen Spatel über einen der Flecken und dann mit dem Spatel über ein Glasplättchen. Darauf legte sie anschließend ein noch kleineres, noch dünneres Glasplättchen und drückte es behutsam an. Sie platzierte es unter einem der Mikroskope und wandte sich dann wieder den Flecken zu. Mit Hilfe einer Pipette saugte sie die zähflüssige Masse auf und füllte sie in ein Reagenzglas, das sie fest verschloss, beschriftete und in den Kühlschrank stellte. Anschließend machte sie sich daran, die Probe unter dem Mikroskop zu untersuchen. Nach einer gefühlten Ewigkeit winkte sie den Arzt zu sich herüber. Auch er beugte sich über das Mikroskop, verstellte Knöpfe, drehte an Reglern und sah die Botania schließlich ernst an. Beide diskutierten so leise miteinander, dass Alexander sie nicht verstehen konnte. Er hätte näher herangehen können, doch er wagte es nicht. Also blieb er auf der Stelle stehen und sah die beiden Wissenschaftler abwartend an. Diese nickten schließlich und wandten sich ihm wieder zu.

»Blut und Schmieröl«, verkündete Hammond ihm.

»Blut und …«, stotterte Alexander.

»Schmieröl, ja«, bestätigte ihm Nic.

»Schmieröl wie in … Golems?«, erkundigte Alexander sich verwirrt.

»Ja, wie in Golems.« Der Arzt nickte. »Allerdings, diese Mischung aus Öl und Blut … das lässt auf etwas anderes schließen. Es ist viel wahrscheinlicher, dass derjenige, der diese Flecken hinterlassen hat …«

»Ein mechanisches Körperteil besitzt«, schloss Alexander tonlos mit einem Blick auf das Plakat hinter dem Metalltisch.

Erstaunt blickten der Arzt und die Botania ihn an. »Genau.«

Die Befragung der Aphroditen war fast in einer Katastrophe geendet. Joseph und Lucas hatten die Frauen zusammengerufen, ganz wie Alexander es angeordnet hatte, um von ihnen zu erfahren, wer das Opfer war. Allerdings waren die Aphroditen gleich schreiend auf sie losgegangen und hatten die Hüter beschuldigt, sie nicht beschützt zu haben. Bis Lucas ihnen hatte verständlich machen können, dass das Opfer wohl vor der Ergreifung der Schutzmaßnahmen durch die Hüter getötet worden war, hatte eine der Frauen ihm bereits einen tiefen Kratzer quer über die Wange verpasst und eine andere Joseph geohrfeigt. Als sie es endlich geschafft hatten, die Frauen zu beruhigen, hatten diese ihnen aber doch noch einige ihrer Fragen beantwortet.

Sie erfuhren, dass die Aphrodite Catherine Eddows als Einzige nicht anwesend war, da sie Urlaub hatte. An einem Tag vor etwa zwei Wochen hatten die anderen Frauen einen Brief von ihr erhalten, in dem sie angab, Urlaub zu brauchen und deshalb eine zweiwöchige Auszeit nehmen würde. Da keine der Aphroditen darin ein Problem gesehen hatte, hatten sie Eddows Kunden benachrichtigt und sich ansonsten keine weiteren Gedanken gemacht. Auf die Frage, an welchem Tag genau sie den Brief bekommen hatten, hatte Jessica Lang den Brief hervorgeholt, der auf den 26. September datiert war. Nach den Befragungen blieb Joseph zur Bewachung der Aphroditen im Garten, während Lucas zur Wache zurückkehrte.

Alexander wanderte durch die Stadt. Hammond und Nic hatten ihn nach einer Stunde und unzähligen Fragen seinerseits darüber, wer der Täter sein mochte, aus dem Labor geworfen, um in Ruhe arbeiten zu können.

Immer, wenn er in letzter Zeit durch die Tunnel seiner Stadt lief, hatte er das seltsame Gefühl, dass jeder Mensch, dem er begegnete, ihn anstarrte und ihn durchschaute. *Lügner.* Vielleicht waren es auch nur seine eigenen Schuldgefühle, die ihm wieder und wieder zuflüsterten, dass er versagt hatte, dass vier Frauen tot waren, weil er seine Arbeit nicht richtig machte.

Noch immer in Gedanken bog Alexander um die Ecke und taumelte kurz darauf rückwärts. Abgelenkt wie er war, war er in Tia Parks, die Wartungsarbeiterin, hineingelaufen.

Jetzt saß sie auf dem dunkelgrünen Glasboden des Tunnels und blickte mit erstauntem Blick zu ihm auf. Als sie ihn erkannte, erschien ein kleines Lächeln auf ihrem Gesicht.

»Hüter«, begrüßte sie ihn, noch immer auf dem Boden. »Schön, dich mal wieder zu treffen.« Sie stieß ein Lachen aus. »Obwohl du es nicht unbedingt wörtlich hättest nehmen müssen.«

Alexander rang sich ebenfalls ein kurzes Lächeln ab und streckte die Hand aus, um ihr wieder auf die Beine zu helfen. Ihre blauen Augen strahlten, als sie ihn ansah. »Und, Hüter, hat meine kleine Führung geholfen?«

Er blickte kurz an ihr vorbei zum nächsten Laden und antwortete: »Ja, das war wirklich hilfreich. Und natürlich auch die Karte.« Sie strahlte noch ein wenig mehr. »Hast du jetzt Feierabend?«, erkundigte Alexander sich bei ihr, da er nicht unhöflich erscheinen wollte, indem er das Gespräch allzu abrupt beendete.

»Ja, genau. Und du?«

Er zuckte die Achseln: »Ich muss wieder zur Wache.«

»Ach so, dann viel Spaß, ich muss auch weiter.« Sie berührte für einen kurzen Moment seinen Arm und ging dann an ihm vorbei. An der Ecke angekommen, drehte sie sich noch einmal kurz zu ihm um. »Vielleicht können wir uns ja heute Abend im ›Keeper's Rest‹ treffen?«

Wieder zuckte er nur leicht die Achseln. »Ja, vielleicht habe ich Zeit.« Er wollte nicht, dass sie wusste, dass er heute Abend verabredet war. Niemand sollte wissen, dass Nic und er heute Abend etwas vorhatten. So, wie die Botania davon gesprochen hatte, ging es dabei eindeutig um etwas Ungesetzliches.

»Sehr gut!« Mit einem Zwinkern bog Tia um die Ecke des Tunnels und war verschwunden.

Den Kopf voller unbequemer Gedanken legte Alexander den Rest des Gangs zurück.

Zurück in der Wache setzte er sich in seinen bequemen Sessel und studierte die beiden Listen mit allen Menschen, die mechanische Körperteile hatten, die er sich vom zuständigen Arzt hatte geben lassen. Es standen gerade einmal sechsundzwanzig Personen darauf. Rasch verglich er sie mit den Verdächtigen, die sie bis jetzt verhört hatten. Schon bald stieß er auf mehrere vertraute Namen, darunter auch John Morgan und der Oberste Rerum naturalis Hunt-Morgan. Als er zwei Drittel der Liste durchgearbeitet hatte, stockte sein Finger, als er auf einen anderen Namen stieß, der ihm mehr als bekannt vorkam. Nicola Tesla. Drei Monate zuvor hatte er sich ein mechanisches Knie einsetzen lassen, da der Knorpel in seinem rechten beschädigt gewesen war, so stand es zumindest im Arztbericht. Egal, wo er auch hinsah, überall in diesem Fall stieß er auf den Erfinder. Hatte er am Ende doch etwas mit den Morden zu tun, und die Oberen schützten den Falschen? Grübelnd blieb er noch eine kurze Weile an seinem Schreibtisch sitzen, bis er sich einen Ruck gab und die Wache wieder in Richtung Delectarium verließ.

Zwanzig Minuten später stand er in der ersten Etage des Vergnügungsviertels und wusste selbst nicht genau, was er eigentlich hier wollte. Er hatte nicht die Erlaubnis des Rates, trotzdem trugen seine Füße ihn immer weiter.

Vor Teslas Labor sah er sich unauffällig um. Niemand achtete auf ihn, also warf er einen Blick durch das Fenster ins Innere des Gebäudes. Zunächst konnte er im Halbdunkeln nichts erkennen, doch nach einer Weile hatten seine Augen sich an das Dämmerlicht gewöhnt und er sah John Morgan im hinteren Teil des Zimmers direkt vor dem Schreibtisch stehen. Sein Gesicht war besorgniserregend rot angelaufen und er gestikulierte wild mit den Armen. Tesla wirkte unbeeindruckt von seinem Wutanfall, ganz als würde er den vor Wut schnaubenden Magnaten gar nicht wahrnehmen. Um die beiden Männer herum flitzte der Golem, der Tesla immer und überall zu begleiten schien. Er lief von einer Seite des Raums zur anderen, werkelte an etwas auf dem Schreibtisch herum, und von Zeit zu Zeit sah es so aus, als würde er mit Morgan sprechen. Alexander fragte sich, was Morgan so aus der Fassung brachte, und ob das, was die beiden Männer besprachen, womöglich etwas mit seinem Fall zu tun hatte.

»Hüter! Schön, dass ich dich hier treffe«, ertönte plötzlich eine laute Stimme direkt hinter Alexanders Rücken. Er wirbelte herum, doch hinter ihm stand nur Jochen von Berg, der Besitzer des Buchladens.

»Hallo Jochen.« Alexander zwang sich, ein möglichst unbeschwertes Lächeln aufzusetzen. »Kann ich dir helfen?«

»Nein, nein, Hüter, ich war nur überrascht, dich hier zu sehen. Du hast dich in letzter Zeit ganz schön rargemacht.« Spielerisch drohte er ihm mit dem Zeigefinger. »Ich dachte, wir würden uns im ›Keeper's Rest‹ treffen und mal wieder reden, wie früher.«

Alexander zog irritiert eine Augenbraue in die Höhe. Er hatte höchstens ein, zwei Mal etwas mit dem Ladenbesitzer getrunken. Warum also glaubte Jochen, dass sie gute Freunde waren?

»Ja, werden wir auch bald machen. Ich muss noch ein paar Sachen überprüfen, die Oberen wollen, dass ich neue Routen plane, du weißt schon, viel zu tun«, versuchte er, sich herauszureden.

Verständnisvoll nickte der ältere Mann. »Ich verstehe. Dann muss ich wohl die nächsten Abende noch alleine trinken, aber dann stößt du wieder zu uns, richtig?«

Alexander wusste nicht, wann er wieder genug Freizeit für Kneipenbesuche haben würde, aber er antwortete: »Ja, sicher, sobald ich alles erledigt habe, werde ich wieder da sein.«

Mit einem Winken verabschiedete von Berg sich und verschwand im Gewühl des Delectariums.

Alexander sah ihm nach und verließ dann seinen Beobachtungsposten vor Teslas Labor. Wenn von Berg ihn hier gesehen hatte, wussten sicher auch bald die Oberen von seinem Ausflug. Und das würde Ärger bedeuten.

Den Rest des Abends wartete Alexander nervös in seiner Wohnung, wo er unruhig auf und ab lief, bis es endlich halb zwölf war. Fahrig zog er seine Jacke an und verließ die Wohnung. Nach reiflicher Überlegung hatte er vorsorglich den kleinen Leuchtstab und ein paar Beutel für Beweismittel eingesteckt und überlegte, den Gang neben dem Garten der Aphroditen zum Bio-Tower zu nehmen, was zwar ein Umweg, aber weniger verdächtig war, als nachts den offiziellen Weg zum Tower zu nehmen. Doch ihm schauderte es schon beim Gedanken daran, den Gang erneut zu betreten, obwohl bereits alle Spuren der Leiche beseitigt worden waren. Also folgte er stattdessen

dem Aurelia-Tunnel bis zur Krankenstation. Das schmale Gebäude aus Stahl bildete das Ende des Gangs, sodass man von
der Wache aus direkt darauf zulief. Ein rotes Kreuz schmückte
die vordere Wand über der dunkelgrauen Eingangstür. Es war
ein kleines Gebäude und nur für Notfälle gedacht, denn für
andere Leiden oder Verletzungen gingen alle Einwohner zu
den Ärzten, die ihre eigene Praxis hatten.

Das Dach der Station bildete ein Gemisch aus Holz und
Mechanium, das direkt mit der dahinter liegenden Tunnel-
wand zu verschmelzen schien. Das Gebäude war auch nachts
besetzt, doch er kannte einen Seiteneingang, der auf direktem
Weg zum Tower führte. Er öffnete die unauffällige Tür auf der
linken Seite der Station und betrat den abgedunkelten Gang.
Leise und vorsichtig schlich er ihn entlang und öffnete nach
wenigen Augenblicken die Tür aus Mechanium, die zum Keller des Towers führte. Hier war es stockdunkel und er konnte
die Hand nicht vor Augen sehen, doch er wusste, dass er nur
vier Schritte geradeaus gehen musste und er würde zur Treppe
ins Erdgeschoss gelangen. Angestrengt tastete Alexander in der
Dunkelheit umher, während er vorsichtige Schritte machte.
Endlich bekam er das Geländer an der Treppe zu fassen.

Auf dem obersten Treppenabsatz zog er die Tür auf, die den
Kellerraum von den übrigen Stockwerken trennte. Zischend
öffnete sie sich und er erstarrte. Er hatte nicht an den Lärm gedacht, den die Tür machte! Langsam schob er den Kopf durch
die Tür und blickte sich um. Im dämmrig erleuchteten Foyer
war niemand zu sehen.

Doch!

Die Umrisse der beiden Golems, die er während seiner vorherigen Besuche ebenfalls gesehen hatte, wurden im Zwielicht

sichtbar. Ihre »Gesichter« waren zwar von ihm abgewandt, doch er wusste nicht, ob sie noch andere Sensoren besaßen. So leise wie möglich schlich er hinüber zu der Treppe zum ersten Stock. Die Golems rührten sich nicht. Er seufzte erleichtert. Im ersten Stock wagte er es, den Aufzug zu nehmen, und ließ sich von ihm in die dritte Etage bringen.

Der Gang vor den Laboren war völlig verwaist. Im Dämmerlicht der abgedunkelten Glühbirnen ging Alexander an den Pflanzen und Büsten vorbei, die den Gang säumten. Jetzt, im Dunkeln, wirkten sie alles andere als prachtvoll und erhaben. Eher unheimlich. Er bekam eine Gänsehaut. Das Gefühl, beobachtet zu werden, ließ ihn nicht los, und er drehte sich immer wieder zur Seite und schaute zurück über seine Schultern. Nichts zu sehen.

An der Tür zu Nics Labor angelangt, wusste Alexander nicht, was er tun sollte. Sollte er klopfen? Jemand anderes könnte ihn hören. Langsam drückte er die Türklinke herunter, doch die Tür war abgeschlossen. War die Botania womöglich gar nicht erst gekommen?

Er musste doch wirklich verrückt sein: Nic hatte ihn die ganze Zeit belogen. Und dann wollte sie ihm die Wahrheit erzählen und bestellte ihn mitten in der Nacht in den Tower, um ihm ein gefährliches Geheimnis zu enthüllen. Das war doch völliger Blödsinn! War er eigentlich wahnsinnig? Wütend auf sich selbst wandte er sich wieder zum Gehen, als sich auf einmal der Schlüssel mit einem leisen Scharren im Schloss drehte und die Tür sich einen Spalt breit öffnete. Nic schlüpfte heraus und schloss die Tür vorsichtig hinter sich. Im Dämmerlicht sah Alexander, dass sie nun lange, enge schwarze Hosen und ihre lederne Korsage trug. Um den Hals hatte sie ein dunkelblaues

Tuch geschlungen. Im Halbdunkel sah er ihre weißen Zähne aufblitzen, als sie ihn anlächelte. »Bereit?«, flüsterte sie.

»Ja«, gab er genauso leise zurück. Nic ergriff seinen Arm und zog ihn mit sich in den Aufzug, wo sie eine Metallkarte in einen unauffälligen Schlitz schob und anschließend die Knöpfe für das dritte, achte und erste Stockwerk gleichzeitig drückte. Der Fahrstuhl setzte sich in Bewegung. Tiefer und tiefer schienen sie mit ihm hinunter zu fahren und nach einer Minute fragte Alexander schließlich: »Wohin fahren wir? Wie lange dauert das noch?« Der Raum um ihn herum wurde ihm langsam zu eng und er zog am Kragen seiner Jacke. Er hatte erwartet, dass sie sich in Nics Labor unterhalten würden. Wo fuhren sie nur hin?

Nic ergriff seine Hand und sagte: »Ganz ruhig, Hüter, wir sind gleich da.«

Da? Wo sollte das sein? So weit unterhalb des Bio-Towers war er nie gewesen und er hatte auch weder auf seinem eigenen Plan noch auf dem der Wartungsarbeiter gesehen, dass noch etwas unterhalb des Towers lag. Also, wohin fuhr sie mit ihm?

Während sie darauf warteten, dass sich die Türen der Kabine wieder öffneten, wurde Alexander bewusst, dass seine Hand die kleine, aber starke Hand der Biologin nach wie vor umfasst hielt und öffnete sie erschreckt. Nic ließ ihn jedoch nicht los, sondern drückte seine Hand sanft.

Mit einem leisen Klingeln öffneten sich die vergoldeten Türen des Aufzugs, und sie zog ihn an der Hand hinter sich her.

Er sah sich um. Sie befanden sich in einem circa fünfzig Meter langen Gang, dessen schlichte graue Wände nur grob verputzt waren und schäbig wirkten. Am Ende des Tunnels befand sich eine Eisentür. Nic führte ihre Metallkarte in den

Schlitz in Höhe der Türklinke ein. Nach wenigen Sekunden öffnete sich die Tür ohne ein einziges Geräusch und glitt zur Seite. Stirnrunzelnd blickte Alexander auf den Durchgang.

Erneut erstreckte sich ein langer gerader Gang vor ihnen, an dessen Ende sich jedoch eine Leiter befand, die vor einer weiteren Tür endete. Als sie direkt vor ihr standen, sah er, dass sie weder eine Türklinke noch einen Kartenschlitz hatte. Stattdessen befand sich in der Mitte der grauen Metalltür eine Einbuchtung, in die Nic ohne zu zögern ihren Zeigefinger legte. Sie zuckte leicht zusammen und zog die Hand wieder zurück. Dort, wo ihr Finger zuvor gelegen hatte, schimmerte nun ein kleiner Blutfleck. Wenige Sekunden später wurde die Tür in die Decke hinaufgezogen und gab einen schmalen Durchgang frei.

»Also dann«, flüsterte Nic und ging voran. Mit einem mulmigen Gefühl folgte Alexander der Botania, und ein dumpfes Geräusch ertönte, als die Tür sich wieder hinter ihnen schloss. Sie standen in einer dunklen Gasse, die dem Gang ähnelte, in dem sich viele Stockwerke über ihnen die Wache befand.

»Wo sind wir hier? Und wie tief liegt dieser Ort unter der Stadt?«, murmelte Alexander Nic ängstlich ins Ohr.

Die Botania ignorierte seine erste Frage und antwortete leise: »Tausend Meter.«

Tausend. Wie war das nur möglich?

»Müsste es dann hier nicht heißer sein als in der Stadt?«

»Nein, der Ort ist an den wichtigen Stellen durch Mechanium geschützt«, antwortete die Biologin knapp und zog ihn näher zu sich heran. »Bleib dicht bei mir, Hüter.«

Er stellte sich neben sie und schaute sich genauer um. Die Decke des Gangs war ungefähr drei Meter hoch und an den grauen Wänden zogen sich schiefe und halb eingefallene

Hütten entlang. Die Behausungen waren nicht aus Metall wie in der Stadt über ihren Köpfen, sondern grob aus Algen und Gesteinsbrocken zusammengeschustert. Eine einzige Glühbirne beleuchtete mit ihrem schwachen Licht den Gang und tauchte ihn in ein unheimliches Grau. Der Mangel an Licht erschuf hinter jeder kleinen Hütte merkwürdige Schatten. Hatte sich dort hinten nicht etwas bewegt? Er glaubte zu sehen, dass knapp außerhalb seines Sichtfeldes etwas hin und her huschte. Immer wenn er dachte, dass gleich etwas aus dem Schatten hervorbrechen würde, verschwand die Bewegung und hinterließ nichts als schwarze Schatten hinter den Hütten.

Die groben grauen Wände des Ganges glänzten leicht. War das das Mechanium, das die Stadt vor der Hitze schützte? An vielen Stellen waren die Wände mit weißer Farbe beschmiert. Er konnte die primitiv aussehende Schrift zunächst nicht entziffern, als er jedoch näher kam, erkannte er, dass es sich um die gleiche Schrift handelte, die sie in Biota benutzten. Neben einer Hütte verkündete eine dieser Kritzelei »Die Kelet sind eine Strafe Gottes«, und eine andere: »Sie beobachten uns«. Alexander ließ den Blick über die vielen Wörter schweifen, mit denen die Wand bedeckt war. »Mörder«, »Wahnsinn«, »Fortschritt ist der Tod der Menschheit«. Zögernd folgte er Nic und hatte dabei immer stärker das Gefühl, dass verborgene Augen ihn beobachteten.

Der graue, unebene Boden unter seinen Füßen war bedeckt mit einer Dreckschicht und bei jedem Schritt stieß er mit seinen Schuhen gegen irgendetwas, denn überall lag Abfall herum: kleine Knochen, leere Verpackungen, Papier. Ein muffiger Geruch hüllte ihn ein.

»Wer lebt hier?«, erkundigte er sich flüsternd. Es entsetzte ihn, dass hier allem Anschein nach Menschen lebten.

»Das wirst du gleich sehen, Hüter.« Nic wandte sich nach links und lief entlang der Hütten auf das Ende der Gasse zu. Rasch folgte Alexander ihr, doch ein Rauschen zu seiner Rechten ließ ihn innehalten. Er versuchte auszumachen, von wo genau das Geräusch kam, und wenig später landete ein unförmiger Haufen mit einem widerlichen Klatschen zwei Meter vor seinen Füßen. Er sah, dass es sich bei dem Haufen um weiteren Unrat handelte wie den, der den gesamten Boden bedeckte. Nur dieser hier war wesentlich frischer.

»Woher kommt das?«, fragte er Nic.

Sie blieb kurz stehen und sagte: »Vom Marktplatz«, und ging den Gang weiter entlang. Alexander brauchte ein paar Sekunden, um zu realisieren, dass sie gesagt hatte, dass dies ein Teil des Abfalls aus Biota war. Es war der Dreck der Stadt, die sich eintausend Meter über ihnen befand! Mit einem angewiderten Blick zurück folgte er Nic mit schnellen Schritten.

Sie bogen nach links ab und durchschritten einen weiteren kurzen Gang, an dessen Ende sich ein steinerner Durchgang mit einer dicken Holztür befand.

»Bereit?«, fragte Nic und sah ihn mit großen Augen an. Ihre Gesichtszüge wirkten ungewohnt angespannt, und Alexander war fast versucht »Nein« zu sagen. Trotzdem murmelte er leise »Ja«, und die Botania zog die schwere Tür auf. Mit einem nervösen Kribbeln im Magen folgte Alexander ihr.

Er fand sich in einer geräumigen Höhle wieder, deren Decke so hoch war, dass er im Licht der wenigen intakten Glühbirnen an den Wänden lediglich eine schwarze Leere sah, als er nach oben blickte.

Nach und nach gewöhnten sich seine Augen an die Dunkelheit und er erkannte, dass er sich anscheinend auf dem

Marktplatz des unterirdischen Ortes befand, denn in der Mitte des Raumes senkte sich der Boden zu einer Art Mulde, an dessen Rand sechs grob zusammengefügte Tische standen, auf denen Gegenstände ausgelegt waren. Der Raum war erfüllt von Geplapper und anderen Geräuschen, die er nicht zuordnen konnte. Überall standen Menschen herum, unterhielten sich oder inspizierten die Waren, die feilgeboten wurden. Rings herum an den Wänden der Höhle standen, wie auch zuvor in dem steinernen Gang, einfache Hütten. Die Menschen, die Alexander im Dämmerlicht erkennen konnte, wirkten schmächtig und zerlumpt, die Kleidung, die sie trugen, war ausgefranst und starrte vor Dreck. Was war das nur für ein Ort?

Nach und nach bemerkten einige Bewohner die Eindringlinge und näherten sich der Tür. Bereits wenige Sekunden später waren Alexander und Nic von ihnen umringt. Hilflos blickte er die Biologin an. Sie schien sich keine Sorgen zu machen, entschlossen hatte sie ihr Kinn gehoben. Alexander versuchte, es ihr gleich zu tun und sich nicht zu sorgen. Doch diese Menschen … Sie erschienen ihm so furchtbar fremd.

»Wollt ihr wieder welche von uns mitnehmen? Macht ihr wieder eure kleinen Tests?«, schrie ihnen ein hagerer grauhaariger Mann entgegen und schüttelte wütend die Faust. Dabei schwangen die Lumpen, die er um seinen dürren Körper geschlungen hatte, wild hin und her. Die anderen murmelten zustimmend.

Nic hob abwehrend die Hände. »Wir wollen keinen von euch mitnehmen und wir machen auch keine Tests. Wir wollen euch nur etwas fragen.« Sie wandte ihren Blick Alexander zu.

»Warum sollten wir euch antworten?«, brüllte eine jüngere Frau mit verfilzten Haaren, die lediglich eine Art Sack als Kleidung trug.

Diese Kleidung, braun wie die Fasern, die sie am Tatort gefunden hatten. Aus Fischhaut.

Entschlossen trat Alexander einen Schritt vor. Er wusste, er musste etwas sagen, er musste eingreifen. »Weil wir eure Hilfe brauchen«, begann er leise. Die Stimmen um ihn herum verstummten und alle Augen richteten sich nun auf ihn. »Wir wissen nicht weiter.«

»Und da brauchen die feinen Herren und Damen von oben die Hilfe von uns kleinen Leuten?«

»Ja, denn es könnte sein, dass ihr die Antwort auf unsere Frage kennt.«

»Dann frag!«, rief jetzt wieder der grauhaarige Mann, und Alexander ergriff erneut das Wort:

»In Ordnung. Kennt ihr jemanden hier unten, der diesen Ort verlassen hat und nach oben in die Stadt gelangt ist?« Kaum hatte er die Frage gestellt, wusste er, dass er einen Fehler gemacht hatte. Aufgeregt redeten die Menschen durcheinander, zeigten auf ihn und Nic und warfen ihm Schimpfworte an den Kopf. Nach wenigen Augenblicken begannen sie jedoch, sich gegenseitig zu beschimpfen und verloren schlagartig das Interesse an ihnen. In dem Chaos zog Nic ihn am Arm zur Seite, heraus aus der wütenden Menschenmenge an den Rand des Marktplatzes. Den Einwohnern des Ortes schien es egal zu sein, dass sich der Grund für ihre Wut gar nicht mehr in ihrer Mitte befand. Die Schreie wurden lauter und lauter und schließlich erfüllten dumpfe Schläge und anfeuerndes Gekreische die Höhle.

»Sie schlagen sich«, bemerkte Alexander fassungslos.

»Ja, so läuft das nun mal hier unten«, erwiderte Nic achselzuckend. Dann sah sie ihn streng an. »Was sollte das, Hüter? Ihr könnt doch nicht einfach mit der Anschuldigung herausplatzen, einer von ihnen könnte die Stadt verlassen. Ihr hättet behutsamer vorgehen müssen.« Beschämt blickte Alexander auf den schmutzigen Boden. Er nickte. Ja, er hatte das Gespräch völlig falsch angefangen. Er hatte ihre einzige Möglichkeit, etwas zu erfahren, verdorben.

»Es tut mir leid, ich …«, doch er kam nicht dazu, sich zu entschuldigen, denn ein seltsames Geräusch unterbrach ihn. Ein Pfeifen drang an sein Ohr und er wandte den Kopf. Auch Nic hatte das Geräusch gehört und drehte sich um. Beide spähten in die Dunkelheit und nach wenigen Sekunden entdeckte Alexander eine kleine Gestalt neben einer heruntergekommenen Hütte hocken, nahezu unsichtbar in den Schatten gehüllt. Sie gingen näher heran und der Hüter erkannte, dass es sich um einen Jungen handelte, vielleicht zwölf Jahre alt, doch so mager, dass er zweifellos auch älter sein konnte. Sein Haar war sehr kurz geschnitten, kürzer, als Alexander es in Biota je gesehen hatte und es wirkte extrem verdreckt. Auch sein Gesicht sah aus, als wäre es in letzter Zeit nicht gewaschen worden, dunkle Streifen zogen sich über seine Stirn und Wangen. Er musste frieren, denn er trug lediglich eine kurze braune Hose, die ihm bis zu den Knien reichte und ein braunes knopfloses Hemd mit abgerissenen Ärmeln. Die bloßen Füße des Kindes waren dreckverkrustet und an einigen Stellen meinte Alexander, getrocknetes Blut erkennen zu können, doch vielleicht spielte das Dämmerlicht seinen Augen auch einen Streich. Er wirkte harmlos auf Alexander. Ein verwahrlostes Kind.

Der Junge winkte sie hektisch zu sich herüber und flüsterte sehr leise: »Kommt hierher, hinter das Haus.«

Beide gingen in die Hocke, da sie sich im Stehen keinesfalls hinter der niedrigen Hütte verbergen konnten. Sie rückten so nah es ging an den Jungen heran.

»In Ordnung«, befand der Junge schließlich. »Euch scheint niemand gefolgt zu sein. Dann lasst uns beginnen.« Der geschäftsmäßige Ton des Jungen überraschte Alexander und er sah, dass Nic sich bemühte, ein amüsiertes Schmunzeln zu unterdrücken.

»Ich habe gehört, ihr sucht nach jemandem, der es geschafft hat, dieses Gefängnis zu verlassen.«

Gefängnis? Alexander war zwar bewusst gewesen, dass die Menschen wohl kaum freiwillig hier unten lebten, doch er hatte sie nicht als Gefangene betrachtet. Wer war es gewesen, der sie hier eingesperrt hatte?

»Ja«, sagte er vorsichtig und der Junge bedachte Nic und ihn mit einem Blick aus zusammengekniffenen Augen.

Er beugte sich ein Stück vor. »Warum wollt ihr das wissen? Und ich will keine Ausreden, ich will die ganze Geschichte.« Der Versuch des Jungen, einen bedrohlichen Tonfall anzuschlagen, entlockte nun auch Alexander ein kleines Lächeln. »Hey, ich meine es ernst. Erzählt mir alles, oder ich bin gleich wieder weg. Dann könnt ihr sehen, wo ihr eure Informationen herbekommt.« Trotzig verschränkte der Junge die Arme vor der Brust und sah Alexander herausfordernd an.

Alexander wechselte einen raschen Blick mit Nic. Sie deutete ein leichtes Nicken an und er seufzte tief. »Nun gut, ich werde dir alles erzählen. Aber kann ich dir vielleicht vorher meine Jacke geben? Du siehst aus, als würdest du frieren.« Mitleidig betrachtete er den Jungen, dessen Arme von einer Gänsehaut überzogen waren, doch überraschenderweise schüttelte der den Kopf.

»Nein, das geht nicht.« Die Miene des Jungen wurde ein wenig weicher. »Sie würden mich töten. Ein Freund von mir hat einmal einen Schuh unter dem Schacht gefunden. Er hat ihn angezogen und die anderen haben ihn totgeprügelt. Dann hat einer von ihnen den Schuh gestohlen.« Der Junge zuckte die Achseln. »Und dann wurde der im Schlaf erstickt und der Schuh war weg.«

Schockiert blickte Alexander den Jungen an. Was war das hier nur für eine Welt?

»Oh, tut mir leid …«, stotterte er verlegen.

Wieder zuckte der Junge die Achseln. »Macht nichts. Woher hättet ihr das wissen sollen? Also, jetzt erzählt mir alles. Ich denke, ich kann euch wirklich helfen.« Abwartend ließ er seinen Blick von Alexander zu Nic schweifen.

»Los, hübsche Frau, erzähl du es mir.« Seine schiefen Zähne wurden sichtbar, als er Nic angrinste.

»Sprich nicht so mit ihr! Sie ist eine Botania!«, entrüstete sich Alexander.

Nic legte ihm die Hand auf den Arm. »Schon gut …«, doch der Junge unterbrach sie.

»Ich weiß, wer sie ist. Sie und ihresgleichen kommen doch ständig hierher. Sie holen ein paar von uns, und die kommen dann nie wieder, oder sie sehen, wenn sie doch zurückkommen, völlig anders aus. Oder sie sind verrückt.«

Alexander konnte nicht glauben, was der Junge sagte und sah Nic an. Sie senkte den Blick zu Boden, und er schaute erschüttert zur Seite. Hatte er sich wirklich so in ihr getäuscht? Und was war mit den anderen Wissenschaftlern?

»Ich habe so etwas nie getan«, murmelte Nic leise.

»Nein, du hast nie einen von uns mitgenommen«, sagte der Junge. »Du hast uns nur manchmal etwas zu essen vorbeigebracht. Das war nett.«

Nic schwieg noch immer und Alexander ergriff, ein wenig beruhigt, das Wort.

»Lass uns doch wieder zur Sache zurückkommen. Wie heißt du eigentlich?«

»Oliver.«

»Ich heiße Alexander. Ich werde dir alles erzählen.« Dann berichtete er Oliver von den Morden in Biota und den Hinweisen, die sie an diesen Ort weit unter der Erde geführt hatten. »Und da ihr Kleidung tragt, von der diese Fasern stammen, hat Nic, ich meine die Botania Nic, mich hergeführt«, schloss er und schaute Oliver erwartungsvoll an.

Der nickte. »Ja, ich …«, doch er wurde unterbrochen, denn ein zerlumpter Mann sank wenige Meter neben ihnen an der Wand auf die Knie und starrte auf zwei Holzstücke, die zusammen ein Kreuz bildeten. Er verschränkte die Hände vor der Brust und begann Worte zu murmeln, die Alexander nicht verstand. Als er nach einigen Sekunden den Kopf zur Seite drehte, sah er ihn und Nic, wie sie neben der Hütte hockten und kam mit unsicheren Schritten auf sie zu getaumelt.

»Wisst ihr nicht, dass ihr verdammt seid?«, fauchte er sie mit wütender Miene und zusammengekniffenen Augen an. »Der Erlöser kann euch vergeben, aber nur, wenn ihr darum bittet. Ihr alle seid verdammt! Blind und arrogant!« Der Mann schüttelte die Faust, und Alexander schob sich ein Stück nach vorn, um notfalls zwischen Nic und den Mann treten zu können. »Ich habe sie alle sterben sehen und ihr denkt, ihr könnt die Sünden der Menschen fortwaschen mit dem, was ihr Wissenschaft nennt.« Verächtlich spuckte der Mann vor Alexander auf den Boden. »Pah, Wissenschaft. Ihr werdet uns alle in die Hölle schicken, weil ihr ihm ins Handwerk pfuscht!« Er trat näher und packte Alexander am Kragen. Mit erstaunlicher Kraft riss er ihn daran empor und hielt ihn hoch. »Du dienst den falschen Göttern, siehst du das nicht?« Er zuckte mit dem Kopf in Nics Richtung. »Sie haben alles zerstört und eines Tages werden sie dafür büßen, so wie wir es bereits jetzt tun.« Mit der rechten Hand deutete er auf einen Gang, aus dem die ganze Zeit schon ein stetiges Grollen erklang. Zu schnell, um zu reagieren, lockerte der Mann seinen Griff und Alexander prallte hart mit den Knien auf den schmutzigen Boden. »Denkt an meine Worte. Wir sind verflucht.« Nach diesen Worten wandte er sich um und ging schwerfällig davon.

»Wovon spricht er? Was ist da hinten? Wohin führt der Gang?«

Nic schüttelte nur den Kopf, doch Oliver murmelte leise: »Die Kelet. Keiner betritt diesen Teil der Stadt.«

»Kelet?« Wovon sprach Oliver bloß? Doch nun schüttelte auch der Junge mit ängstlichem Gesicht den Kopf.

»Ich hätte ihren Namen nicht einmal erwähnen sollen.« Zitternd drückte der Junge sich näher an die Wand der Hütte, als wollte er mit ihr verschmelzen.

Alexander öffnete den Mund und wollte erneut nachfragen, was sich hinter dem Gang befand, doch Nic warf ihm einen warnenden Blick zu. »Ich erkläre es dir später«, murmelte sie leise.

»Wie wäre es, wenn Ihr es mir jetzt erklärt?«

»Wirklich, Alex, ich erkläre es dir später. Das ist weder der richtige Ort, noch der richtige Zeitpunkt für diese Geschichte. Ich erzähle es dir nachher, ganz in Ruhe.«

Auch wenn Alexander noch unzählige Fragen hatte, gehorchte er der Botania. Er würde sie später daran erinnern, dass sie ihm noch Antworten schuldete.

Er wandte sich wieder an Oliver. »Dann lass uns doch zum eigentlichen Problem zurückkommen. Kannst du uns helfen?«

Der Junge rückte wieder von der Wand ab und bemühte sich sichtlich, eine geschäftsmäßige Miene aufzusetzen. »Erst einmal möchte ich wissen, was ich davon habe, wenn ich euch helfe. Umsonst läuft *hier* nämlich gar nichts.« Er deutete mit einer weit ausholenden Geste auf die Höhle.

»Was … ähm, verlangst du denn, damit du uns hilfst?«, erkundigte Alexander sich.

Oliver überlegte kurz und taxierte die beiden abschätzig.

»Ich helfe euch und ihr nehmt mich mit nach oben«, platzte er dann mit seiner Forderung heraus.

Alexander hatte es bereits geahnt und wollte schon etwas entgegnen, doch endlich ergriff Nic das Wort. »Nein«, sagte sie hart.

Alexander wusste, dass sie den Jungen nicht mitnehmen konnten, doch so offensichtlich geknickt, wie Oliver auf Nics einsilbige Antwort reagierte, tat er ihm leid.

»Botania …«, begann er, wurde jedoch sofort von Nic unterbrochen.

»Ich habe ›Nein‹ gesagt, Alex.« Ihr Blick wurde ein wenig weicher, als sie ihn ansah, dennoch wagte er keinen weiteren Versuch.

»Wenn wir ihn mitnehmen, wird doch jeder merken, dass er neu ist. Wie sollen wir erklären, woher er kommt? Niemand betritt oder verlässt Biota!« Die letzten Worte zischte sie geradezu. »Bist du wirklich so naiv? Wenn wir ihn nach oben bringen, wird jeder erfahren, worauf Biota wirklich aufgebaut ist und du«, sie stieß ihm mit ihrem Zeigefinger vor die Brust, »und ich, wir werden nicht mehr sehr lange leben.« Sie seufzte tief. »Dein Mitgefühl ist gut und schön, und es ehrt dich, dass du ihm helfen möchtest, aber du würdest uns drei lediglich umbringen.«

Zu schockiert, um auch nur ein einziges Wort herauszubringen, hockte Alexander auf dem kalten Steinboden und starrte die Botania an. Er schüttelte den Kopf, denn er konnte kaum glauben, was sie sagte. Es stimmte doch nicht, oder? Niemand würde sie töten lassen, weil sie einem harmlosen Kind halfen. Doch der Ausdruck in Nics Augen ließ nur einen Schluss zu: Sie sagte die Wahrheit.

»Oliver, was weißt du? Du musst uns alles sagen«, bat sie den Jungen.

Doch Oliver schüttelte nur beharrlich den Kopf. »Ich werde euch nicht helfen, ohne etwas dafür zu bekommen.«

»In Ordnung. Ich bringe dir jede Woche etwas zu essen. Und vielleicht schaffe ich es auch, dich von der Liste herunterzuhalten.«

Erstaunt blickte Oliver zu ihr auf. »Das kannst du?«, fragte er beinahe ehrfürchtig. Alexander sah, wie Nics Augen sanft wurden und sie den Jungen beinahe liebevoll ansah. »Ich denke schon. Ich werde es auf jeden Fall versuchen.«

»Und mehr kannst du nicht tun? Kann er vielleicht was tun?« Oliver deutete auf Alexander, aber Nic schüttelte den Kopf.

»Nein, mehr können wir beide nicht tun, wenn wir unser eigenes Leben nicht aufs Spiel setzen wollen ... tut mir leid.«

Die Enttäuschung auf dem Gesicht des Jungen tat Alexander in der Seele weh, doch er hatte keine Ahnung, wie er dem Jungen helfen könnte.

Eine Zeitlang schwiegen sie alle. Dann hob Oliver beide Hände. »Gut, wenn ihr nicht mehr tun könnt ... dann erzähle ich euch mal, was ich weiß. Aber ich bin nicht sicher, ob es euch helfen wird.«

Alexander setzte sich bequemer hin.

»Erst einmal ... ja, wir tragen diese Kleidung. Die aus Fischhaut. Zumindest viele. Ich habe von den anderen gehört, dass sie ganz am Anfang verteilt wurde, also von denen da oben.« Oliver deutete mit dem Zeigefinger auf die Decke der Höhle. »Ich war ja erst später hier, ich habe keine geschenkt bekommen. Hab mir alles erkämpft.« Stolz zeigte Oliver auf seine zerlumpte Kleidung.

»Also, vor ein paar Wochen ...«, begann er dann endlich seine Geschichte.

»Wann genau?«, unterbrach Alexander ihn.

»Ich weiß es nicht, hier unten gibt es nichts, keine von diesen hübschen Zeitmessern ... Ich kann es euch nicht genauer sagen.«

»Oh, ok.« Alexander schwieg und der Junge fuhr fort.

»Vor ein paar Wochen habe ich einen der Kelet die Gasse verlassen sehen. Sie kommen normalerweise nicht raus, weil wir Wachen an den Eingängen haben, aber dieser spazierte einfach raus. Keiner von den anderen hat ihn gesehen, nur ich, und ich bin ihm dann gefolgt. Er ist zu einem der Löcher in der Wand gegangen, aus denen Wind kommt.« Oliver deutete in die Richtung, aus der Alexander und Nic die Stadt betreten hatten.

»Dem Belüftungsschacht?«, erkundigte sich Nic.

»Heißen die bei euch so?«, fragte Oliver neugierig. »Wir haben dafür keinen Namen. Auf jeden Fall bin ich ihm dorthin gefolgt. Ich habe mich hinter einer Hütte versteckt und nur um die Ecke zu ihm hingesehen. Er hat sich immer wieder umgedreht und ich hatte Angst, dass er mich entdeckt. Irgendwann kam Wind aus dem Loch – dem Belüftungsschacht –«, voller Stolz benutzte der Junge das neu gelernte Wort, »und kurz danach löste er das Gitter, stieg durch das Loch, zog das Gitter wieder zu und war verschwunden.«

»Verschwunden?«, fragte Alexander ungläubig.

»Ja, verschwunden. Ich habe noch einige Zeit hinter der Hütte gewartet, ich hatte Angst, der Kerl würde gleich wieder herauskommen, aber nichts ist passiert. Also bin ich hingegangen und habe nachgeschaut. Ich habe ins Loch gesehen, aber da war alles nur schwarz und ich habe mich nicht getraut, so wie er einfach rein zu klettern. Also habe ich gewartet, dass er zurückkommt, aber obwohl immer wieder Wind aus dem Loch wehte, hat es sehr lange gedauert, bis der Kerl wieder kam. Grinsend ist er herausgekommen und in die Gasse gelaufen.«

»Hatte er etwas bei sich? War seine Kleidung schmutzig?«, wollte Alexander wissen.

»Na ja, er hatte so ein Stoffpäckchen unter dem Arm. Und ob die Kleidung schmutzig war … habt ihr euch hier schon mal umgesehen? Es wäre ein Wunder, wenn sie es nicht gewesen wäre, oder?«

Ja, richtig. Alexander lächelte kurz und wurde dann wieder ernst.

»Was ist dann passiert? Das war ja hoffentlich noch nicht alles«, erkundigte sich Nic.

»Nein, nein«, sagte Oliver hastig. »Die nächsten Tage habe ich gewartet und gewartet, aber er ist nicht mehr aufgetaucht, also wollte ich schon aufgeben, wieder meinen Geschäften nachgehen, versteht ihr?« Alexander verstand nicht, aber er traute sich auch nicht, nachzufragen, was das für Geschäfte sein mochten. »Und gerade, als ich gehen wollte, taucht er wieder auf. Alles genau wie beim ersten Mal: Er steht vor dem Schacht, wartet, öffnet das Gitter und verschwindet. Also bin ich wieder hingegangen und wollte sehen, wie er einfach verschwinden konnte. Ich habe gewartet und der Wind kam wieder heraus. Dabei habe ich ein Geräusch gehört, ein Schleifen, so als würde etwas an den Wänden des Schachtes kratzen. Als der Wind aufgehört hat, war auch das Kratzen nicht mehr zu hören. Kurz danach fing das Schleifen wieder an, da klang es aber dann so, als würde es sich von mir weg bewegen und nicht auf mich zu. Außerdem kam jetzt kein Wind aus dem Schacht, sondern es wehte Wind von hier in den Schacht hinein.« Der Junge zuckte die Schultern. »Ich weiß nicht, wie ich es erklären soll. Na, auf jeden Fall habe ich wieder gewartet, so lange, bis der Wind erneut kam und wieder aufhörte, und dann habe ich meine Hand in das Loch gesteckt, weil ich fühlen wollte, was dahinter ist. Ein kleines Stück unter dem Rand des Eingangs konnte ich eine Fläche fühlen, ganz kalt und glatt. Nicht so wie Stein, viel glatter. Ich habe mich erschreckt und meine Hand wieder rausgezogen, genau in dem Moment begann der Wind, wieder an meinen Kleidern zu ziehen, und ich habe schnell wieder in das Loch gefasst. Dieses Mal war da aber nichts mehr. Die Fläche war weg. Ich habe noch länger vor dem Schacht gewartet und schließlich gemerkt, dass sich die Fläche langsam nach oben bewegt, kurz bevor der Wind wieder weht. Außerdem war über der Fläche nichts mehr, alles leer. Nach einiger Zeit hatte ich Angst, dass der Mann zurückkommt und habe mich wieder versteckt.« Oliver holte Luft, das Sprechen schien ihn langsam zu ermüden, aber seine Wangen waren rot, und er wirkte aufgeregt, seine Geschichte jemandem erzählen zu können.

»Ich glaube, ich bin dann eingeschlafen, zumindest habe ich nicht gesehen, dass er wiederkam.« Der Junge wirkte beschämt, so als wäre es sein Fehler, dass er erschöpft gewesen war. »Danach hat es lange gedauert, bis ich ihn wiedergesehen habe, aber irgendwann, als alle geschlafen haben, kam er doch. Direkt nachdem er in das Loch gestiegen war, bin ich hingelaufen und habe gewartet, bis der Wind wieder herauswehte. Als die Fläche wieder da war, bin ich auf sie gestiegen und habe mich ganz klein gemacht. Ich konnte fühlen, wie sich die Platte gehoben hat und es hat sehr lange gedauert, bis ich wieder etwas sehen konnte. Ich war in einem niedrigen Tunnel, der sich ganz glatt angefühlt hat. Zum Glück waren kleine Löcher in den Wänden, sonst hätte ich gar nichts gesehen. Dann war da ein Gitter, das ich aber aus dem Weg schieben konnte, es war kaputt. Dahinter gab es kein Licht mehr und ich bin im Dunkeln weitergekrochen. Eigentlich wollte ich zurück«, der Junge zuckte die Schultern, »aber ich war schon so weit gekommen, also bin ich weitergekrabbelt. Ich hatte das Gefühl, als würde der Gang nie zu Ende gehen. Ich bin immer geradeaus gekrochen, ich hatte Angst, ich würde den Weg zurück nicht mehr finden, wisst ihr? Irgendwann hab ich dann links ein Licht gesehen und bin aus einer Klappe rausgefallen, direkt in einen großen, unglaublich hellen Raum hinein.«

Oliver holte tief Luft und kniff die Augen zusammen.

»Als meine Augen nicht mehr wehtaten, habe ich gesehen, dass ich in einer riesigen Höhle war. Es sah toll aus dort: Alles war grün, hell und überall waren kleine Tiere und vermutlich Pflanzen. Ich habe die Älteren darüber sprechen hören, über Pflanzen.« Verlegen sah der Junge die Botania und Alexander an. Dann sprach er weiter: »Na ja, auf jeden Fall wollte ich mich noch ein wenig umschauen und bin von dem Loch weggegangen, zwischen die großen Pflanzen. Ich habe mir alles genau angeschaut und irgendwann konnte ich dann einen Weg erkennen. Der Mann war auch dort, ich habe ihn zwar nur aus einiger Entfernung gesehen, aber er war es. Er war dort mit einer Frau in einem hübschen Kleid und einem funkelnden Gürtel. Die Frau hat geschrien, und er hat ihr die Hand auf den Mund gelegt. Dann habe ich gesehen, wie er etwas aus seinem Stoffbündel geholt und es ihr über den Hals gezogen hat. Sie hat ganz komische Geräusche gemacht und Blut ist auf den Weg und ihr Kleid gespritzt. Ich habe mich weiter vorgebeugt, weil ich genau sehen wollte, was geschah, aber es hat geknackt und er hat zu mir gesehen. Dann kam der Kerl auf mich zu. Da bin ich so schnell wie möglich fortgerannt, wieder in die Luke gestiegen und durch den Schacht hierher zurückgekommen.« Oliver verstummte.

Alexander legte ihm eine Hand auf die knochige Schulter. Er konnte sich kaum vorstellen, was das Kind alles erlebt hatte, allein zu sehen, wie diese Aphrodite getötet worden war … Ein Wunder, dass er dem Mörder überhaupt entkommen war.

»Ich habe die ganze Zeit gedacht, wenn er zurückkommt, findet er mich und das war es dann.« Oliver schlang die Arme um seinen dünnen Körper. »Und er ist auch wiedergekommen, aber er hat nicht nach mir gesucht, er ist direkt wieder in die Gasse gegangen. Bis jetzt habe ich ihn nicht mehr wiedergesehen.« Er zuckte mit den Achseln. »Hilft euch das?«, erkundigte er sich unsicher.

»Ja, ja natürlich«, erwiderte Nic.

»Weißt du denn, wo der Mann wohnt, den du gesehen hast?«, fragte Alexander.

»Na, wie gesagt, in der Gasse. Er ist ein Kelet.« Alexander wusste noch immer nicht, wovon Oliver sprach, doch er schwor sich noch mal, Nic später darauf anzusprechen.

»In Ordnung. Kannst du uns denn etwas darüber sagen, wie er ausgesehen hat? Ich weiß nicht, wie wir ihn sonst finden sollen.«

»Er trug ein langes Gewand, es war schmutzig, so wie die Kleidung von allen hier unten. Wir haben keine sauberen Sachen, so wie ihr.« Er warf einen schnellen Blick auf Nics und Alexanders Kleidungsstücke und sprach dann rasch weiter: »Sein Gesicht habe ich nie gesehen, er trug eine Kapuze und im großen hellen Raum war er zu weit weg, um etwas zu erkennen. Aber ich habe eine Sache gesehen: Er hatte ein leuchtendes Herz«, sagte der Junge triumphierend, und Alexander hatte das Gefühl, dass er sich diese Information bis ganz zum Schluss aufgehoben hatte. Nur mit Mühe konnte er seine neutrale Miene beibehalten. Er hatte wirklich gedacht, der Junge wäre normal. Schmutzig und vernachlässigt, ja, aber nicht verwirrt. Und doch hockte er hier vor ihm und sprach von einem Mann mit leuchtendem Herzen.

»Ah ja, das wird uns sicher helfen«, lobte er Oliver trotzdem. »Ich denke, wir sollten uns in der Gasse umschauen, was meint Ihr?« Er wandte sich an Nic, blickte sie fragend an. Ihr Gesicht war bleich, und mit einer schnellen Bewegung legte sie ihm ihre eiskalte Hand auf den Arm und sagte: »Nein, das ist keine gute Idee. Es ist bald Morgen und wir müssen wieder gehen, bevor uns jemand sieht. Außerdem sollten wir lieber einen genauen Plan ausarbeiten, wenn wir die Gasse besuchen wollen.«

Er wusste nicht, wovor sie sich so fürchtete, schließlich gab es hier unten nur Menschen, die nicht einmal saubere Kleidung zum Anziehen besaßen. Doch sie war immer noch eine Botania und so widersprach er ihr nicht, sondern erhob sich. Inzwischen war ihm kalt und er fühlte sich schmutzig, seine Schuhe starrten förmlich vor Dreck. Nic ergriff seine Hand und ließ sich von ihm auf die Füße ziehen. Auch Oliver stand auf und sah sie unsicher an.

»Werdet ihr den Mann mitnehmen? Kommt ihr wieder und geht in die Gasse? Wann bekomme ich mein Essen?« Die Fragen sprudelten nur so aus ihm heraus. Alexander konnte ihm ansehen, dass er Angst hatte, dass sie ihn hier zurückließen und er nichts für seine Hilfe bekommen würde. Das würde auf keinen Fall geschehen, das konnte Alexander nicht zulassen. Sie schuldeten dem Jungen etwas.

»Keine Sorge, wir kommen wieder. Gleich morgen?« Fragend blickte Alexander die Botania an.

»Ich weiß nicht, ob wir so schnell wieder herkommen sollten … Du weißt, was ich hier riskiere, Alex.«

»Er hat die Aphroditen getötet, Nic! Und wir können ihn aufhalten!«

Doch Nic schüttelte nur traurig den Kopf. »Es tut mir leid. Auch wenn es herzlos klingt, aber mein Leben ist mir mehr wert als das Leben dieser Frauen.« Schockiert sah Alexander sie an. Er konnte nicht fassen, dass sie das gesagt hatte. Doch dann sah er die Tränen in ihren Augen. Sie wandte sich ab und legte Oliver kurz die Hand auf die Schulter und drückte sie.

»Wir sehen uns bald wieder«, murmelte sie ihm zu. Sie hatte sich bereits einige Schritte entfernt, als Alexander sich aus seiner Starre löste und Oliver kurz über den Kopf strich, um sich von ihm zu verabschieden. Es kam ihm falsch vor, den Jungen allein hier unten zu lassen, wo es ungewiss war, was mit ihm geschah, doch er folgte Nic hinein in den Gang, der sie vom Marktplatz fort und wieder hinein in ihre eigene Welt führen würde.

Auch auf dem Weg hinaus aus der unterirdischen Stadt hatte Alexander das dumpfe Gefühl, beobachtet zu werden, doch außer ihren Schritten konnte er nicht das leiseste Geräusch vernehmen, obwohl er sich mehr darauf konzentrierte, zu lauschen, als auf den Weg zu achten.

Endlich gelangten sie an die gesicherte Tür, durch die sie die Stadt betreten hatten, und ließen die Höhle hinter sich.

Als Alexander in den hellen, gelben Lichtschein der Glühbirnen trat, fühlte er sich unendlich erleichtert, als hätte er in der anderen Stadt nicht richtig atmen können. Den ganzen Weg durch den Gang sprach Nic kein Wort mit ihm, sondern lief stur geradeaus, so schnell, dass er Mühe hatte, ihr zu folgen.

Im Fahrstuhl stellte Nic sich in die hintere Ecke, weit weg von ihm. Er sah, dass ihr Tränen über das Gesicht liefen und wollte auf sie zugehen, doch die Botania streckte den Arm aus und er blieb stehen.

»Du musst mich für ein Monster halten«, schluchzte sie. »Und vielleicht bin ich das auch. Aber glaub mir bitte, ich habe nie an den Versuchen der anderen teilgenommen oder dabei zugesehen, und wenn ich den Menschen da unten helfen könnte – ich würde es sofort tun! Nur gibt es keinen Ausweg aus dieser Stadt, weder für sie noch für uns!« Sie verbarg ihr Gesicht in den Händen. Ausweg? Einen Ausweg woraus? Aus Biota?

Alexander ging zu ihr, so nah heran, dass er die feinen Härchen in ihrem Nacken erkennen konnte. Zögernd streckte er die Hand aus und berührte ihren Rücken. Seine Finger glitten über das Leder der Korsage, das sich warm und glatt anfühlte. Nic versteifte sich unter seiner Berührung, doch nach wenigen Sekunden drehte sie sich zu ihm um und lehnte ihr Gesicht an seine Schulter. Er spürte, wie sie zitterte, während sie mit dem Aufzug immer weiter nach oben fuhren.

Als das leise Klingeln ertönte, löste Nic sich von ihm, wischte sich über die Wangen und setzte eine gefasste Miene auf.

In ihrem Labor angekommen, riss sie sich das blaue Tuch vom Hals, schleuderte es auf den Schreibtisch und ließ sich auf einen Stuhl fallen.

»Und was machen wir jetzt?«, erkundigte Alexander sich vorsichtig.

Resigniert hob Nic die Arme und ließ sie wieder fallen. »Ich weiß es nicht«, flüsterte sie. Beunruhigt beobachtete Alexander die Botania. Bisher hatte sie immer Rat gewusst.

Als sie auch weiterhin schwieg, warf er einen Blick auf die Uhr: fünf Uhr morgens. Dabei war es ihm gar nicht so vorgekommen, als wären sie lange fort gewesen. Schon bald musste er mit seinem täglichen Rundgang beginnen, und allein der Gedanke daran erschöpfte ihn.

»Nic? Was haltet Ihr davon, wenn ich den Zugang, den der Mörder benutzt hat, heute erst einmal wieder versiegeln lasse?«

»Du willst es jemandem erzählen? Aber dann werden sie wissen ...«

Sanft unterbrach er sie: »Ich werde mir schon etwas einfallen lassen, Botania.« Er ließ einen kurzen Moment verstreichen. »Gehen wir morgen zurück und verhaften den Mann? Wir können nicht zulassen, dass er noch jemanden tötet.«

Nic wandte ihm den Kopf zu, ihre Augen durchbohrten ihn geradezu. »Ist es wirklich so schwer zu verstehen, Alex?«, fragte sie scharf. »Wir können ihn nicht verhaften, jeder würde wissen wollen, wer er ist und woher er kommt. Dafür haben wir keine überzeugende Erklärung. Nur Biologen, Obere und ein paar Ärzte wissen von der Stadt dort unten.« Sie wies mit dem Zeigefinger auf den Boden zu ihren Füßen. »Und du *darfst* es nicht wissen, ebenso wie auch die anderen Menschen in Biota es nicht wissen dürfen. Wie also willst du *ihn* hier oben gefangen halten, ohne dass es jemand erfährt?«

Alexander schwieg. Ihre Kritik traf ihn härter, als er zugeben wollte. Er konnte zwar nichts für die verfahrene Situation, aber er fühlte sich verantwortlich. Es war doch seine Pflicht als Hüter, den Mörder einzusperren und die Einwohner Biotas zu beschützen. Einfach die Augen zu verschließen kam für ihn nicht infrage. Nicht mehr. Nicht, da er jetzt die Wahrheit kannte. »Wie wäre es denn, wenn Ihr ihn nach hier oben holt, für Tests?«

»Alex, ich bin Botania, warum sollte ich auf einmal Versuche mit Menschen machen? Zuschauen, ja – selbst durchführen, auf keinen Fall.«

»Könntet Ihr ihn dann nicht auf die Liste von jemand anderem setzen? Jemandem, der solche Versuche macht?«, schlug Alexander mit wachsender Verzweiflung vor. »Ihr habt gesagt,

Ihr könnt Oliver vielleicht von dieser Liste herunterhalten, könnt Ihr dann nicht auch jemanden hinaufschaffen? Ihr könntet doch sicher Gründe finden, um ihn danach noch hierzubehalten. Dann wäre er aus dem Verkehr gezogen.«

Überrascht wiegte Nic ihren Kopf von einer Seite auf die andere. »Das könnte vielleicht sogar klappen.« Sie dachte nach, und er wagte nicht, etwas zu sagen, aus Angst, sie würde die Idee ebenfalls ablehnen. »Aber hast du nicht gehört, was Oliver gesagt hat?«, fragte sie nach einigen Sekunden. Sie schloss für einen kurzen Moment die Augen, bevor sie hinzufügte: »Er wohnt in der Gasse, er ist einer der Kelet.«

Danach schwieg sie, als wäre damit alles gesagt, doch für Alexander war die Angelegenheit noch lange nicht geklärt. »Was soll das bitte heißen?«, regte er sich auf. »Das eine Wort ist alles, was ich von Euch höre! Was in aller Welt ist ein Kelet? Ist das überhaupt ein richtiges Wort? Wie wäre es, wenn ihr mir endlich erklärt, worum es hier wirklich geht?« Vor Wut war er vom Stuhl aufgesprungen und starrte nun auf Nic herab. Sie rutschte zurück bis zur Lehne ihres Stuhls. Alexander wusste, dass sie sich von ihm bedrängt fühlte, und dass er damit viel zu weit ging, aber es war ihm egal. Er hatte genug davon, dass sie ihn wie einen kleinen dummen Jungen behandelte, ihn im Unklaren ließ und so tat, als bräuchte er nichts zu wissen. Er war der oberste Hüter, er hatte ein Recht darauf, die Wahrheit zu erfahren!

Nic schwieg. Alexander legte seine Hände an ihr Gesicht und hockte sich vor sie, sodass sie ihm ins Gesicht sehen musste. »Ich will die Wahrheit wissen. Ich habe es satt. All diese Halbwahrheiten und Fremdwörter, die ich nicht verstehe. Ihr habt gesagt, ich setze hier mein Leben aufs Spiel, aber warum?

Wer oder was genau ist denn so gefährlich? Sagt mir endlich die Wahrheit!« Er ließ ihren Kopf wieder los und trat zurück.

»Hüter, du darfst nicht Hand an eine Botania legen«, flüsterte Nic.

Alexander schnaubte. »Ja, das weiß ich, aber seit wann bedeuten Euch die Vorschriften denn so viel?«

»Tun sie nicht, aber du machst mir Angst.«

»Ach ja? Vielleicht sagt Ihr dann ja endlich mal die Wahrheit. Und ich meine diesmal die ganze Wahrheit. Ich möchte alles wissen!« Sie blickte hoch und sah ihm in die Augen. »Und ich werde merken, wenn Ihr lügt«, fügte er mit bemüht kalter Stimme hinzu. Er wollte ihr nicht drohen, aber er würde nicht wieder einlenken, nur weil sie ihn mit ihren großen Augen ansah.

Nic seufzte schwer und erhob sich von ihrem Stuhl, sodass sie zumindest fast auf gleicher Augenhöhe waren.

»Wo soll ich anfangen?«, fragte sie mit ruhiger Stimme.

Alexanders Gedanken überschlugen sich, denn er wusste nicht, was er als Erstes hören wollte. »Warum sollte ich Euch vertrauen? Welchen Grund habt Ihr als Botania, gegen die Regeln zu verstoßen?«, platzte Alexander heraus.

Er sah, wie Nic leicht zusammenzuckte. »Tja, das ist ein schwierigeres Thema, ich dachte, du würdest mit dem Fall beginnen, aber gut.« Sie holte tief Luft. »Du musst wissen, ich bin mit vielen Dingen in Biota nicht einverstanden, das war ich nie. Aber ich habe früh erkannt, dass ich, genau wie alle anderen Menschen hier, die Stadt niemals verlassen können werde. Also habe ich das Bestmögliche aus der Situation gemacht: Ich wurde für die oberste Ebene eingestuft, also habe ich mich für den Beruf einer Biologin entschieden und die Prüfungen auch geschafft. Ich wurde in den wissenschaftlichen Stand erhoben und in alle Geheimnisse der Stadt eingeweiht, die noch erschreckender waren, als ich es jemals vermutet hätte. An dem Punkt war es allerdings zu spät, ich steckte zu tief in diesen Geheimnissen mit drin und ich hatte gesehen, was mit denen geschieht, die nicht mehr nach den Regeln spielen wollten.«

Sie hielt kurz inne und schluckte. Als sie sich wieder gefangen hatte, straffte sie die Schultern und fuhr fort. »Ich bin mit meinem Vater in die Stadt gekommen, kurz nachdem sie gebaut worden war. Er war auch Wissenschaftler und ihm hat die Wahrheit genau so wenig gefallen wie mir, und als ich ebenfalls Biologin wurde, hat er schließlich versucht, etwas zu unternehmen. Immer wieder hat er den Oberen Briefe geschrieben und darum gebeten, vorsprechen zu dürfen. Als niemand auf seine Proteste reagiert hat, fing er an, sie öffentlich zu machen. Er schrieb an die Wände der Alley, er sprach vor Publikum, und er versuchte, andere Wissenschaftler auf seine Seite zu ziehen.« Sie machte eine kurze Pause und blickte zu Boden. »Es ging nicht lange gut. Die Oberen haben ihn erwischt und ›mit dem Meer vereint‹.« Sie verzog das Gesicht. »Sie haben ihn getötet, so sieht es aus!« Wütend hob sie die Arme und ließ sie wieder fallen. »Ich glaube, sie haben mich nur als Botania aufgenommen, weil sie meine Forschungen brauchten, nicht weil sie mir vertrauten. Ich war einfach zu wichtig, als dass sie ablehnen konnten. Und dann mussten sie wohl feststellen, dass die Leute mich mochten, ich war beliebt.« Freudlos lachte Nic auf und strich nicht vorhandene Falten an ihrer Korsage glatt. »Ich stehe inzwischen sogar kurz vor der Wahl zur Oberen und ich habe Angst, dass sie das nicht zulassen werden, dass ich stattdessen vielleicht einen ›Unfall‹ haben werde, so wie mein

Vater.« Sie schwieg kurz und blickte ihm eindringlich in die Augen. »Ich habe dir geholfen, weil es richtig war. Ich habe nur gezögert, dir alles zu erzählen, weil es dich in Gefahr bringen würde. Sobald sie erfahren, was du weißt, musst du um dein Leben laufen.« Mitfühlend sah sie ihn an. »Es tut mir Leid, dass ich dich mit in diesen Konflikt gezogen habe, das wollte ich nicht.«

Er konnte nur den Kopf schütteln. Was sollte er dazu noch sagen? »Schon gut«, brachte er schließlich krächzend zustande. Ihm schwirrte der Kopf. Wenn es stimmte, was Nic sagte …
In was hatte er sich da nur hineingeritten? Und wie sollten sie beide da jemals wieder herauskommen? »Warum habt Ihr mir überhaupt geholfen? Ihr hättet doch nur ablehnen brauchen, Ihr seid eine Botania, jeder hätte es verstanden.«

»Wäre dir das lieber gewesen?« Nic neigte den Kopf.

Er wusste nicht, was er sagen sollte. Nein, natürlich wäre ihm das nicht lieber gewesen. Jedes Mal, wenn er sie sah, war er glücklicher als je zuvor. Lieber erfuhr er alle schrecklichen Geheimnisse der Stadt und stand hundert Gefahren aus, als ihr Kennenlernen ungeschehen zu machen.

»Nein, wäre es nicht. Euch zu treffen ist das einzig Gute, was mir in letzter Zeit widerfahren ist.« Seine Beine zitterten, als er seine Gedanken endlich in Worte fasste. Würde sie ihn dafür auslachen?

»Mir geht es ganz genau wie dir«, flüsterte Nic nach einem kurzen Schweigen und Alexander traute seinen Ohren kaum. Unwillkürlich huschte ein kleines Lächeln über sein Gesicht. Nic jedoch sah bedrückt zu Boden, und auch Alexander wurde wieder ernst. Es gab so viel, was sie ihm noch nicht erzählt hatte, so viel, was er noch wissen musste.

»Was ist mit den Leuten, denen, die dort unten wohnen?«
Alexander tippte mit der Spitze seines Schuhs auf den Boden unter seinen Füßen. Ihre persönliche Geschichte erklärte schließlich nicht, was es mit dem furchtbaren Ort so weit unterhalb von Biota auf sich hatte.

Nic fühlte sich bei der Frage sichtlich unwohl und trat von einem Fuß auf den anderen. »Nun ja, du weißt doch sicher, dass alle Bewohner von Biota erst einmal auf die Stadt eingestimmt worden sind, oder? Die Anpassung?«

Natürlich wusste er das, schließlich hingen in der Messe unzählige Plakate an den Wänden, auf denen man lesen konnte, dass das Verfahren die Bevölkerung zusammengeschweißt hatte und ihnen das Leben in der unterseeischen Stadt erst ermöglichte. »Ja, das weiß ich.«

»Du weißt aber vermutlich nicht, wie genau diese Anpassung funktioniert hat, richtig?«

Alexander schüttelte den Kopf. Darüber hatte er sich bisher nie Gedanken gemacht.

»Die Gedächtnisse aller Bewohner wurden gelöscht, all ihre Erinnerungen wurden einfach aus dem Gehirn entfernt, vereinfacht gesagt. Sie wurden durch neue Erinnerungen und neues Wissen, das der Stadt dienen sollte, ersetzt. Hinzu kam eine spezielle Art der Konditionierung. Dieses Verfahren hat aber aus einem Grund, den wir bis heute nicht kennen, nicht bei allen Menschen funktioniert. Einige konnten sich nach der Prozedur noch immer an alles erinnern, sodass die neuen Erinnerungen nicht platziert werden konnten. Bei einigen wirkte wiederum die Konditionierung nicht. Sie wurden untragbar für die Stadt. Deshalb wurde dieser Ort weit unter Biotas in einer natürlichen Gesteinsblase geschaffen, dort durften sie leben. Ich würde eher sagen, dass sie Gefangene waren, aber die Oberen ...« Nic zuckte nur mit den Schultern, doch Alexander konnte sich inzwischen ziemlich gut vorstellen, was sie dabei dachte. »Ich meine, natürlich konnten sie die Menschen nicht einfach wieder gehen lassen, schließlich wussten sie von der Stadt und hätten jedem verraten können, wo sie liegt. Und sie alle zu töten ... anscheinend dachten die Oberen, es gäbe einen besseren Verwendungszweck für sie.« Nic schüttelte den Kopf. »Der medizinische und biologische Fortschritt, den du überall in der Stadt bewundern kannst, der an den Wänden ausgehängt und in den Gängen ausgestellt ist, hatte einen hohen Preis. Er hat Opfer gefordert und fordert sie noch. Und die Dunklen, so werden die Bewohner der unterirdischen Stadt von den Oberen bezeichnet, nennen diese Opfer ›Kelet‹.« Nic stockte.

Weil sie nicht fortfuhr, drängte Alexander schließlich: »Und wer sind nun die Kelet? Was ist mit ihnen? Und warum haben alle eine solche Angst vor diesen Menschen?«

Nic holte deutlich hörbar Luft und antwortete dann vorsichtig: »Das habe ich doch schon versucht zu erklären, Alex. Sie wurden für bestimmte Versuche ausgewählt.«

»Was kann bei solchen Versuchen denn so Furchtbares passiert sein? Die Verfahren sind doch sicher, oder nicht?«, fragte er verständnislos.

»Oh, Alex, deine Naivität ist fast bewundernswert«, seufzte Nic.

Alexander runzelte verärgert die Stirn. Was wollte sie denn damit sagen?

»Kein Verfahren ist einfach sicher. Man durchdenkt es, testet es an Tieren und schließlich eben auch an Menschen, und immer kann etwas schief gehen, bis man das Verfahren perfektioniert hat. Erst dann werden mögliche Eingriffe und Verbesserungen den Einwohnern von Biota zugänglich gemacht. *Nachdem* sie getestet wurden.«

»Du willst damit sagen …«

»Dass wir die Dunklen als Versuchskaninchen benutzt haben und nur dadurch unsere Fortschritte erzielt haben, ja«, führte Nic seinen Satz zu Ende.

Fassungslos stand Alexander vor der Biologin, die ihn traurig ansah. »Ich weiß, du hattest ein völlig anderes Bild von dieser Stadt und auch von mir. Es tut mir leid.«

Er wusste nicht, was er denken sollte. Die Ereignisse des Tages drohten ihn zu überwältigen, sein Kopf fühlte sich von den vielen neuen Eindrücken und Erkenntnissen so voll an, als würde er jeden Moment platzen.

»Ich …«, flüsterte der Hüter, wusste jedoch nicht, was er eigentlich sagen wollte und schwieg wieder. Während seine Gedanken sich überschlugen, betrachtete er die Botania, die mit hängenden Schultern vor ihm saß. Sie weinte noch immer. Sein Blick glitt über ihre langen dunkelblonden Locken, die bis zum Gürtel ihrer schwarzen Hose hinabfielen. Ihre Füße steckten in schweren braunen Stiefeln, die nicht so recht zu ihrer zierlichen Erscheinung passen wollten. Auf ihrem entblößten Handgelenk sah Alexander dieselbe Tätowierung, die jeder Einwohner Biotas an dieser Stelle hatte: »Forschung, Vertrauen, Einigkeit« stand dort in geschwungenen Lettern. Bei ihrem Anblick wurde ihm schlecht. Die hohlen Worte dröhnten durch seinen Kopf und verursachten ihm Kopfschmerzen. Als sein Blick auf Nics nackte Schultern fiel, sah er, dass sie von Gänsehaut überzogen waren. Sofort zog er seine eigene Jacke aus und hielt sie ihr hin. Sie hob den Kopf und lächelte ihn zaghaft an.

»Danke, Hüter. Das ist nett, allerdings sollte ich besser mein eigenes Gewand wieder anziehen. Meine Kollegen kommen sicher bald und sie sollten mich besser nicht so vorfinden.« Sie deutete mit beiden Händen auf ihre Kleidung und erhob sich.

»Diese Kelet, was ist so schlimm an ihnen? Alle scheinen sie zu fürchten.«

»Nun ja, Hüter, Versuche können schiefgehen. Viele der Experimente sind misslungen und haben die Probanden … verändert.« Während Nic redete, holte sie ihr grünes Gewand. Sie stellte sich vor einen kleinen Spiegel und wandte dem Hüter den Rücken zu.

»Verändert?«, fragte Alexander vorsichtig. Er war sich nicht sicher, ob er die Antwort wirklich hören wollte.

»Ja, verändert. Die einzelnen Versuche hatten natürlich unterschiedliche Nebenwirkungen. Manche Probanden wurden aggressiv, sehr stark, emotionslos, während andere kindlich wurden, oder überhaupt nicht mehr auf Reize reagierten. Ich habe auch von Versuchen mit Tierembryos gehört, bei denen etwas schiefgegangen ist. Besonders schlimm waren die Experimente, in denen menschliche Zellen teilweise durch tierische ersetzt worden sind … das war eine Katastrophe.«

Alexander sah, wie Nic erschauderte, während er selbst sich kaum vorstellen konnte, was ihre Worte zu bedeuten hatten. Er beobachtete die Botania dabei, wie sie mit beiden Händen hinter ihren Rücken griff und nach und nach die Haken ihrer Korsage öffnete.

»Na ja, auf jeden Fall wurden die Fehlschläge der Experimente einfach wieder in die unterirdische Stadt geworfen, ohne sich darum zu kümmern, was mit den Menschen dort unten geschehen würde.«

Der Hüter sah, wie sie mit ihren nackten Schultern zuckte und den vorletzten Haken öffnete.

»Botania? Was ... habt Ihr vor?«, stammelte er verlegen.

»Nichts, Hüter. Ich muss doch wieder die Kleidung anziehen, die meinem Rang entspricht, nicht wahr?« Sie drehte den Kopf ein Stück zu ihm herum und zwinkerte ihm zu. Er spürte, wie ihm heiß wurde. Verlegen wandte er sich ab und blickte stattdessen zur Eingangstür des Labors.

»Botania, wenn jetzt jemand hereinkommt und sieht, dass wir allein sind und Ihr noch dazu ... leicht bekleidet ... Ihr macht Euch Sorgen, dass wir in der unterirdischen Stadt erwischt werden, aber das hier ist in Ordnung? Ich werde meinen Kopf schneller verlieren, als Ihr ›Biota‹ sagen könnt.«

»So ein Unfug, Hüter. Du wirst deinen Kopf nicht verlieren. Wenn sie erfahren, was wir getan haben, werden wir die Stadt verlassen müssen – und zwar zu Fuß. Das, was hier im Moment geschieht, wird niemanden interessieren.«

Alexander schluckte. Sein Gesicht glühte und er glaubte Nic nicht, dass es niemanden interessieren würde, doch trotzdem warf er ihr aus dem Augenwinkel noch einen kurzen Blick zu. Inzwischen lag die lederne Korsage auf dem Boden und Nic streckte sich, um das grüne Gewand über ihren Kopf zu streifen. Die Haut, die Alexander unter ihren dichten Haaren erkennen konnte, war nackt und glatt. Wie viel würde er dafür geben, zu ihr hinübergehen zu können, sie im Arm zu halten. Noch nie hatte er so für eine Frau empfunden, warum nun ausgerechnet für Nic, für eine Botania? Warum nicht Tia, die Wartungsarbeiterin? Das würde alles so viel einfacher machen.

Wie sollte er sich so guten Gewissens bei der Kompatibilitäts-
untersuchung anmelden? Wie sollte er so eine Ehefrau finden?

Verlegen blickte er zur Seite.

»Du kannst wieder herschauen«, ertönte nach wenigen Sekunden Nics amüsierte Stimme. Erleichtert, aber auch ein wenig enttäuscht, wandte sich Alexander wieder um.

»Ihr wollt mir also erzählen, dass diese Kelet unberechenbar
und gefährlich sind?«

»Im Grunde ja. Ich meine, einige sind fast normal, so wie du
und ich, aber andere haben kaum noch menschliche Züge an
sich.«

»Habt Ihr je mit einem von ihnen gesprochen?«, hakte Alexander nach.

»Ich habe es versucht, mehrere Male, als ich unten war. Damals lebten sie noch nicht allein in der Gasse, die du heute gesehen hast. Aber die Gespräche waren sinnlos, entweder haben
sie mich nicht verstanden, oder sie wollten mich am liebsten
sofort umbringen. Ich bin froh, dass ich aus diesen Unterhal-
tungen heil wieder herausgekommen bin.«

»Warum wohnen sie allein in dieser Gasse?«

»Die anderen Bewohner fürchten sich vor ihnen, also haben
sie sie eingesperrt und Wachen vor dem Eingang platziert. Aber
ich bin mir sicher, dass sie die Gasse verlassen könnten, wenn
sie wollten. Nur denke ich nicht, dass sie das im Sinn haben.«

»Wieso nicht?«, fragte Alexander, denn er konnte sich nicht
vorstellen, warum man freiwillig eingesperrt bleiben sollte.

Nic richtete ihr Haar und antwortete: »Die Dunklen bringen
ihnen Opfer dar. Sie geben ihnen den Großteil ihrer Nahrung,
ihrer Kleidung und der restlichen Materialien, die sie finden.
Falls die Nahrung nicht genügt, opfern sie einen ihrer eigenen

Leute, das habe ich zumindest gehört. Wie du siehst … sie haben keinen Grund die Gasse zu verlassen.«

Schockiert starrte Alexander sie an. »Wollt Ihr damit sagen, sie ernähren sich von anderen Menschen?«

»Oh, nein, ich denke nicht, aber die Tiere schon.« Nic sagte dies in einem beiläufigen Tonfall, doch ihm entging nicht, dass Furcht in ihrer Stimme mitschwang.

»Tiere?« Er wusste, dass er mehr und mehr wie ein Trottel klang, doch er konnte nicht anders. Jeder Satz, der aus ihrem Mund kam, verwirrte ihn nur noch mehr.

»Es werden nicht nur Experimente an Menschen durchgeführt«, erwiderte Nic.

»Oh. – Wieso werden die Kelet eigentlich zurück in die Stadt der Dunklen gebracht? Könnten die Oberen sie nicht … entsorgen?«

»Könnten sie, ja. Machen sie aber nicht. Zum einen haben sie sich als sehr nützliches Instrument erwiesen, um den restlichen Dunklen Angst zu machen. Zum anderen sehen viele der Wissenschaftler ihre Experimente gerne leben. In freier Wildbahn, gewissermaßen. Und andere sind einfach nur grausam.«

Das klang so gar nicht nach den Wissenschaftlern, die er kannte. Aber hatte er sie je wirklich gekannt? »Und was unternehmen wir jetzt?«

Sie mussten etwas tun und zwar so schnell wie möglich, doch die Botania senkte nur beschämt den Kopf. »Lebst du gerne, Hüter?«, fragte sie ihn nach wenigen Augenblicken. Was war das für eine Frage? Als Alexander nickte, fuhr sie fort: »Dann lass es gut sein. Vergiss den wahren Mörder und vergiss, was du jetzt weißt. Das ist besser für uns beide.«

»Ihr habt mir all das gezeigt und erzählt, damit ich es gut sein lasse?« Fassungslos sah er Nic an. War das ihr Ernst?

»Bitte Alex, versiegle den Durchgang und behalte ihn im Auge, aber unternimm nichts weiter«, flehte sie ihn an. »Es geht hier nicht nur um dein Leben, überleg doch mal, was du alles zerstören würdest, wenn du erzählst, was du weißt.«

»Ja, Ihr habt ein schönes Leben hier, nicht wahr, Botania, kein Wunder, dass Ihr euch das nicht kaputtmachen lassen wollt«, erwiderte er verächtlich. Er hatte keine Angst mehr davor, sie zu verärgern. Wenn sie sich über ihn beschwerte, wäre sie ebenfalls geliefert. Trotzdem tat es weh, er war sich so sicher gewesen, dass sie nicht wie die anderen Wissenschaftler war. »Im Gegensatz zu Euch haben diese Menschen dort unten gar nichts! Die Einwohner Biotas sollten das erfahren! Wir sollten etwas unternehmen!«

»So ist das nicht, Alex, und so habe ich das nicht gemeint«, rief Nic. »Ich hoffe, dass du das nicht wirklich denkst. Wenn du die Wahrheit sagst über all das da unten, was glaubst du, wird passieren? Glaubst du etwa, dass die Stadt weiterexistiert wie bisher? Dass die Einwohner Biotas all diese Lügen einfach hinnehmen und den Oberen vergeben werden? Ich will doch nur nicht, dass dir etwas passiert, weil du für eine Sache kämpfst, die völlig aussichtslos ist.« Händeringend stand sie vor Alexander und blickte ihn eindringlich an. »Was vermutlich passieren wird, ist Folgendes: Niemand wird dir glauben. Alle werden erschüttert sein, dass du die Oberen eines solchen Vergehens beschuldigst und irgendwie wirst du irgendwann verschwinden.« Sie atmete tief ein und aus. »Bitte, Alexander«, flehte sie erneut, doch er schüttelte den Kopf.

»Wir können das doch nicht einfach ignorieren. Wir können diese Menschen nicht in dieser elenden Höhle sitzen lassen!

Wir können einen Mörder doch nicht ungestraft davonkommen lassen!« Er schrie fast und bebte vor Zorn. Er hatte wirklich gedacht, dass Nic anders war, dass sie mitfühlend war und ehrlich. Doch das, was er hier sah, war wohl ihr wahres Selbst: egoistisch und feige. Enttäuscht wandte er sich zum Gehen.

Nic packte ihn mit hartem Griff am Arm und drehte ihn mit einem kräftigen Ruck wieder zu sich herum.

»Du wirst nichts Unüberlegtes tun, hörst du? Wir denken beide bis morgen darüber nach, was wir tun können, und dann sprechen wir noch einmal miteinander, in Ordnung?« Sie klang verzweifelt, aber es lag auch etwas Drohendes in der Art, wie sie es sagte. Statt zu antworten, nickte er bloß und verließ das Labor. Er war so wütend auf Nic, dass er sich selbst und seiner Stimme nicht traute.

In seiner Wohnung angekommen, schleuderte Alexander seine Jacke heftig durch den Raum. Voller Zorn und Verzweiflung rieb er sich mit den Händen durch das Gesicht und die Haare, bis seine Haut brannte.

Er warf sich aufs Bett, um wenigstens etwas Schlaf nachzuholen. Doch sobald er die Augen schloss, sah er die Dunklen vor sich, die seltsame Höhle und er hörte das Grollen aus der angsteinflößenden Gasse, in der angeblich die Kelet wohnten. Er wälzte sich hin und her und fiel schließlich doch noch in einen unruhigen Schlaf.

Völlig zerschlagen erwachte er eine Stunde später. Sein erster Gedanke galt Nic.

Er hatte sie in Schutz genommen, als seine Kollegen hinter ihrem Rücken gesagt hatten, dass auch sie eine von *denen* wäre, eine Wissenschaftlerin, die sich um nichts anderes kümmerte als ihre Experimente. Er war davon überzeugt gewesen, dass sie anders war, und jetzt musste er erkennen, dass sie ihn die ganze Zeit getäuscht hatte. Immer noch wütend machte er sich auf den Weg in die Wartungszentrale. Dort hatte erneut Frank Meisner Dienst. Dieser erkannte ihn sofort und stand auf.

»Grüße, Hüter. Was führt dich wieder hierher?«

»Mir ist beim Rundgang letztens etwas aufgefallen. Ich hatte es bis heute Morgen völlig vergessen«, log Alexander. »Als wir diesen Belüftungsschacht im Wald betreten hatten, habe ich einen Schacht entdeckt, vor dem sich ein Gitter befand, weißt du, von welchem Schacht ich rede?«

»Ja, ich denke schon, es gibt nicht viele vergitterte Belüftungsschächte«, erwiderte der Mann verdutzt. »Was war denn mit dem Schacht?«

»Nun ja, ich meine mich daran zu erinnern, dass das Gitter beschädigt war. Es stand ein wenig offen, weißt du?«

»Wirklich?«, fragte Frank ihn entsetzt.

Alexander nickte gewichtig und setzte eine strenge Miene auf. »Ich denke, das sollte so schnell wie möglich repariert werden, meinst du nicht auch?«

»Ja, natürlich, ich werde Tia sofort davon in Kenntnis setzen. Keine Sorge, Hüter, in spätestens zwei Stunden ist das Gitter repariert. Danke für den Hinweis.«

Auf der Wache musste Alexander feststellen, dass noch keiner seiner Kollegen zur Arbeit erschienen war. Natürlich, Joseph und James bewachten nach wie vor die Aphroditen, doch auch die beiden jüngeren Hüter waren noch nicht eingetroffen. Also ging er zunächst die Treppe hoch in sein eigenes kleines Reich und ließ sich auf den Sessel fallen. Vor ihm auf dem Schreibtisch lag das Buch von Arthur Conan Doyle, das er in den letzten Tagen oft mit sich herumgetragen, aber nicht weitergebracht hatte. Auch ohne das Buch wussten sie jetzt, wo der Täter sich befand, doch alle Beweise der Welt würden nicht dafür sorgen, dass er ihn festnehmen konnte. Wütend schleuderte er das Buch gegen die Wand. Erschrocken über sich selbst sprang er sofort vom Sessel auf, lief hinüber und hob es wieder auf. Sorgfältig überprüfte er es auf Schäden und atmete erleichtert auf, als er keine fand. Während er durch das Büchlein blätterte, fiel sein Blick auf die Fotografie des Autors, die auf der letzten Seite des Buches abgebildet war. Etwas an ihm kam Alexander bekannt vor, doch er wusste nicht gleich, was es war. Er ließ seinen Blick über das rundliche Gesicht gleiten, das von einem buschigen Schnurrbart dominiert wurde. Etwas an seinen Augen machte ihn stutzig. Wieder und wieder schaute er sie sich an, bewegte das Buch vor seinem Gesicht hin und her und kam sich dabei völlig lächerlich vor. Gerade als er das Buch fortlegen wollte, durchfuhr ihn die Erkenntnis wie ein Blitz. Der seltsame Mann unten in der Höhle. Der, der ihn am Kragen gepackt und so eigenartiges Zeug geredet hatte. Ruckartig stand er auf. Konnte das wirklich wahr sein? Befand sich Arthur Conan Doyle bei den Dunklen? War er einer von ihnen? *Ich werde Nic danach fragen*, dachte er, aber einen Moment später fühlte es sich an, als krampfe sich eine eiskalte Hand um sein Herz. Er konnte die Botania nicht fragen, nicht wenn er sicher sein wollte, dass er nicht belogen wurde. Außerdem würden sie sich ohnehin heute Abend treffen, um zu beschließen, wie sie den Fall beenden würden.

Doch Alexander war sich noch nicht sicher, was er vorschlagen sollte. Sein müdes Gehirn schrie im Moment laut und deutlich nach Schlaf und er konnte kaum einen klaren Gedanken fassen. Er wusste nur, dass er Nics Vorschlag, einfach alles zu vergessen, niemals nachgeben würde. Auf keinen Fall. Er legte das Buch zurück auf seinen Schreibtisch.

Alexander zuckte zusammen. Eine laute Stimme hallte schrill im Büro wieder. Sie kam aus dem Fernsprecher in der Wand.

»Alexander, bist du da?«

»James, du hast mich beinahe zu Tode erschreckt. Was gibt es?«

»Ich bin im Garten. Du solltest herkommen, ich erkläre dir lieber persönlich, was wir hier gefunden haben.«

Alexander konnte die Angst hören, die in seinen Worten mitschwang.

»Ich komme, so schnell ich kann.«

Diesmal rannte er zum Garten, denn es war ihm egal, ob die Einwohner Biotas besorgt waren, weil sie ihren Hüter in heller Aufregung sahen. Sie würden bald noch mehr Dinge haben, über die sie sich Sorgen machen müssten.

Atemlos erreichte er nach wenigen Minuten den Garten. Auch an diesem Tag herrschte an dem zuvor so friedlichen Ort eine unheilvolle Stimmung. Der Platz vor einer der Holztüren war ein einziges Gewimmel aus prächtigen Kleidern und glitzernden Gürteln. Obwohl die Frauen versuchten, ihn aufzuhalten und mit ihm zu reden, drängte Alexander sich an ihnen vorbei und betrat das Zimmer hinter der Tür.

Ein übler Gestank wehte ihm entgegen. Er wandte kurz den Kopf zur Tür und schnappte nach Luft, dann zwang er sich, das Zimmer genauer zu betrachten. Es war ganz in Blau gehalten: Die Wände, der Boden, sogar die Möbel waren in unterschiedlichen Blautönen gestrichen. An der linken Wand war in verschnörkelten kupfernen Buchstaben das Motto der Stadt angebracht: »Forschung, Vertrauen, Einigkeit«. Alexander hätte die Buchstaben am liebsten angespuckt, so voller Hohn schienen sie auf ihn herabzublicken und die Tätowierung an seinem rechten Arm brannte förmlich. Mit aller Kraft riss er sich zusammen und wandte sich dem Rest des Zimmers zu. Wie auch die anderen, die er zuvor betreten hatte, wurde es dominiert von einem riesigen Himmelbett. Über der Matratze stützten messingfarbene Pfosten einen dunkelblauen, mit goldenen Fäden durchsetzten Baldachin.

In der Mitte des Bettes lag etwas, das wohl einmal ein Mensch gewesen war. Alexander trat näher und ließ den schrecklichen Anblick auf sich wirken. Mit zunehmender Übelkeit schaute er auf die Überreste der Frau hinab, die vermutlich Mary Jane Kelly gewesen war, die Frau, der dieses Zimmer gehörte.

Ihr Blut hatte die Matratze fast vollständig rot gefärbt, lediglich der obere rechte Rand war noch weiß. Es war so viel Blut, dass es an der linken Seite des Bettes hinabgetropft war und dort eine kleine Lache gebildet hatte. Ihr weißes Gewand war entfernt worden und lag zerknüllt und mit Blutspritzern befleckt vor ihr auf dem Bettvorleger. Ihre Beine waren weit gespreizt, als wären sie mit roher Gewalt auseinander gedrückt worden. Die Organe schienen auf den ersten Blick vollständig zu fehlen. An ihren Oberschenkeln fehlten größere Hautstücke, sodass man das darunterliegende Muskelgewebe sehen konnte. Der Brustkorb wies mehrere Einkerbungen auf, durch die hindurch man die Rippen sehen konnte. Beide Brüste waren abgetrennt worden, ebenso beide Arme. Das Gesicht war kaum mehr als solches zu erkennen, denn unzählige Schnitte und

Löcher hatten es bis zur Unkenntlichkeit entstellt. Auf dem Kissen lagen die rötlich-braunen Haare der Frau halbkreisförmig ausgebreitet. Alexander sah sich erneut prüfend um. Die Organe befanden sich noch im Zimmer: Sie waren auf den Möbeln verteilt, als wären sie Teil der Dekoration des Raumes. Die Arme und Hautstücke hingegen waren nirgendwo zu sehen.

Alexander atmete tief ein und bereute es gleich darauf, denn der faulige Geruch nach Blut und fortschreitender Verwesung setzte sich sogleich in seiner Nase fest. Er ging auf die beiden anderen Hüter zu, die in einer Ecke des Zimmers warteten. Joseph war sehr blass, die Erschütterung war ihm ins Gesicht geschrieben, bei James hingegen war schwer zu sagen, ob ihn der Anblick mitgenommen hatte.

»Hüter, wir haben niemanden hineingehen sehen«, begann James. »Sie kam heute Morgen nicht aus ihrem Zimmer, also ist eine der Frauen nachschauen gegangen und kam Sekunden später schreiend wieder herausgerannt. Wir haben nichts angefasst.«

Alexander fragte sich kurz, warum sie hier auch nur irgendetwas freiwillig hätten anfassen sollen. Er sah in die Gesichter seiner Kollegen, die pure Hilflosigkeit ausdrückten, und blickte sich dann erneut im Raum um. Hinter einem großen hellblauen Schrank fiel ihm ein Loch in der Wand auf. Es war mit einem Metallgitter versehen. Aus seiner eigenen Wohnung wusste er, dass dies der Schacht war, der den Raum mit Sauerstoff versorgte. Seine Miene wurde starr.

»Befragt bitte alle, auch die Kunden, ihr wisst ja inzwischen, wie das läuft«, wandte er sich an die anderen Hüter.

»In Ordnung.« Beide verließen das Zimmer und bahnten sich ihren Weg durch die aufgebrachten Frauen, die sie dazu aufforderten, ihre Aussagen zu machen. Unter Geschrei und

Protest begleiteten die Aphroditen die beiden Hüter schließlich zu den Bänken im Garten.

Alexander schloss leise die Tür. Erst danach ging er hinüber zu der Wand, an der er das Loch entdeckt hatte. Das Gitter war ebenso blau gestrichen, wie der Rest der Wand und auf Kniehöhe in die Wand eingelassen, sodass es kaum auffiel. Alexander ging davor in die Hocke und betrachtete es eingehend aus der Nähe. Die blauen Gitterstäbe waren unversehrt, doch am rechten Rand war die Farbe stellenweise abgeblättert, als hätte jemand etwas zwischen den Rahmen geklemmt, um den Ausgang des Schachtes zu öffnen.

»Das darf doch nicht wahr sein«, murmelte er und streckte eine Hand aus, um das Gitter zu öffnen. In dem Moment wurde die Zimmertür aufgestoßen und Lucas platzte herein. »Hüter, ich habe gehört, dass …«, der Rest des Satzes wurde von einem gurgelnden Geräusch erstickt, das aus seiner Kehle drang, als sein Blick auf die Leiche in der Mitte des Bettes fiel. »Oh nein«, stammelte er und trat wieder ein Stück aus der Tür hinaus. Erst jetzt schien ihm aufzufallen, dass sein Vorgesetzter in der Hocke saß und die Wand anstarrte.

»Was tust du da?«

Alexander, der mit seinen düsteren Gedanken lieber allein sein wollte, sagte schnell: »Ich wollte sehen, ob die Hautlappen von ihren Oberschenkeln noch hier im Zimmer versteckt sind. Auf den ersten Blick konnte ich sie nirgendwo finden.« Ein leises Würgen ertönte von der Tür, und Alexander tat es leid, dass er seinem jungen Hüter noch schwerer zusetzte, als der kurze Anblick der Leiche es getan hatte, doch er wollte ihn wieder loswerden.

»Hilf doch bitte James und Joseph mit den Aphroditen und den anderen Zeugen, ja?«

»Ja, bin schon weg.« Glücklich, dass er das Zimmer wieder verlassen durfte, verschwand Lucas aus der Tür, die langsam hinter ihm ins Schloss fiel.

Erleichtert wandte Alexander sich wieder dem Gitter zu. Er krallte die Finger fest um dessen Rand und zog leicht daran, doch es ließ sich nicht öffnen. Er zog fester. Nach ein paar Sekunden gab es schließlich nach und schwang zur linken Seite hin auf. Alexander starrte in die Dunkelheit, die sich hinter dem Gitter erstreckte. Er konnte zwar nichts erkennen, doch er war sich vollkommen sicher, dass der Mörder diesen Weg benutzt hatte, um in das Zimmer zu gelangen, als der Garten rund um die Uhr von Hütern bewacht worden war. Er musste in der letzten Nacht hier gewesen sein, als er und Nic in der Stadt der Dunklen gewesen waren. Alexander fühlte sich elend und hilflos, als er vor dem tiefen schwarzen Loch hockte. Er hatte das Gefühl, dass diese Frau nur gestorben war, weil er nichts unternommen hatte. *Andererseits wusste ich bis letzte Nacht nichts von der geheimen Stadt, wie hätte ich ihn schnappen sollen, ohne davon zu wissen?* Trotzdem fühlte er sich schuldig, weil er seine Hüter auf eine vollkommen aussichtslose Mission schickte, obwohl er längst wusste, dass sie den Mörder nicht finden würden, zumindest nicht hier oben in Biota. Es sei denn, der Junge hatte gelogen …

Nein. Er schüttelte den Kopf. Der Junge hatte völlig klar gewirkt, zumindest bis er den Mann mit dem leuchtenden Herzen beschrieben hatte, doch möglicherweise kam an dieser Stelle nur die kindliche Fantasie ins Spiel, die ihm einen Streich gespielt hatte. Ein Täter aus der unterirdischen Stadt passt perfekt ins Bild, es musste einfach so sein.

Er erhob sich und schob das Gitter zurück an seinen Platz.

Es würde ein langer Tag werden. Ein Tag, an dem er sich genau überlegen musste, wie er nun vorgehen würde. Er war nicht bereit, sein Leben zu riskieren, damit die Wahrheit ans Licht kam, vor allem, da er nicht wusste, welche Auswirkungen dies auf Biota haben würde. Niemand konnte entkommen, das hatte Nic gesagt. Doch er wusste auch, dass er nicht damit würde leben können, die Morde einfach unter den Teppich zu kehren oder sie einem unschuldigen Bürger anzuhängen. Alexander drückte sich die Handballen gegen die Augenhöhlen, bis er Sterne sah.

Erschöpft verließ er das Zimmer und ging an seinen Kollegen vorbei, die die Frauen im Garten verhörten, zurück zur Wache.

Dort dachte er in Ruhe nach. Möglicherweise gab es noch eine dritte Lösung, ohne das Ganze zu verschweigen oder die Wahrheit zu sagen und dabei vielleicht alles zu zerstören, was sie sich hier unten aufgebaut hatten. Könnte er fliehen, nachdem er die Wahrheit gesagt und den Mörder gefasst hatte? Nein, unmöglich, er brächte alle anderen in Gefahr. Könnte er die Dunklen befreien? Würde Nic ihm dabei helfen?

Seine Gedanken schweiften ab. Er dachte an Nic, wie sie vor ihm gestanden und mit Tränen in den Augen so zerbrechlich gewirkt hatte. Doch dann wich dieses Bild der Nic, die ihn vor wenigen Stunden in die unterirdische Stadt begleitet hatte. Mutig hatte sie gewirkt und stark, in ihrer schwarzen Hose, den klobigen Stiefeln und ihrer Korsage, so als könnte nichts ihr etwas anhaben. Auch dieses Bild verblasste, wurde zur Ansicht von Nics nacktem Oberkörper. Sie hatte nur wenige Meter von ihm entfernt gestanden, ein paar Schritte und er hätte sie berühren können. Aber hätte er das gewollt? *Mehr als alles andere*, wagte er sich einzugestehen. Mutig ging er auf Nic zu, blieb genau hinter ihr stehen und strich ihr mit der rechten Hand vorsichtig die Strähnen ihres weichen dunkelblonden Haars zur Seite und über die Schulter hinab. Dann beugte er sich nach vorn und hauchte einen sanften Kuss auf ihre nackte Schulter und einen weiteren auf ihren entblößten Hals. Mit einem Seufzer drehte Nic sich in seinen Armen und wandte ihm ihr Gesicht mit geschlossenen Augen zu. Alexander beugte sich zu ihr herunter und ihre Lippen trafen sich erneut …

Mit einem Ruck, der ihn beinahe von seinem Sessel beförderte, erwachte Alexander und blickte sich orientierungslos um. Er musste eingeschlafen sein. Ein Blick auf die Uhr auf seinem Schreibtisch verriet ihm, dass er eine halbe Stunde geschlafen hatte. Völlig verwirrt durch den Traum stand Alexander auf und ging im Zimmer auf und ab. Er hatte nicht mehr viel Zeit, eine Lösung für sein Dilemma zu finden, denn bereits heute Abend würden Nic und er sich erneut treffen und dann entscheiden, wie es weitergehen sollte. Eine Lösung kam ihm immer wieder in den Sinn und immer wieder schob er sie weit von sich.

Er könnte ihn töten.

Wenn der Mörder nicht mehr lebte, war Biota nicht mehr in Gefahr. Doch beim Gedanken daran zog sich sein ganzes Inneres zusammen. Wenn er fähig war, einen Menschen zu töten, verdiente dann nicht auch er den Tod? War er dann besser als der Mörder? Aber was wäre, wenn er die Zugänge nach Biota versiegelte und sie immer wieder kontrollierte? Wenn der Mörder gar nicht mehr in die Stadt gelangen konnte? Dann wäre Biota zwar sicher, aber der Täter könnte sich dann womöglich an den Dunklen vergreifen. Könnte er das verantworten?

Von der Treppe erklang eine laute, herrische Stimme und Alexander erschrak. »Alexander! Stimmt das, was ich heute hören musste? Ist Mary Kelly tot?« Die imposante Erscheinung von Cornelius Vanderbilt II. blockierte die Treppe ins Erdgeschoss. Alexander war dem Enkel des Erbauers der Stadt nie persönlich begegnet, doch natürlich kannte er dessen Geschichte, und er kannte auch die Statuen und Plakate, die den Marktplatz säumten. Sie alle zeigten einen breitschultrigen großen Mann mit einem buschigen schwarzen Schnurrbart. Auf jedem Bild und auch jetzt kniff er die Augen leicht zusammen und musterte seinen Gegenüber mit durchdringender Intensität. Er trug schlichte schwarze Hosen und ein weißes Hemd. Alexander vermutete, dass beides aus Wolle bestand: teuer, jedoch nicht unerschwinglich, schließlich hatten die Vanderbilts die Stadt zwar erbaut, doch wie man hörte, hatten sie sich keine Sonderbehandlung zukommen lassen. Sie hatten leben wollen wie alle Bewohner Biotas.

Auf der Stirn des Mannes konnte Alexander kleine Schweißperlen erkennen und seine Wangen waren gerötet – etwas machte dem Enkel von Cornelius Vanderbilt offenbar zu schaffen. Ausgerechnet jetzt … einen schlechteren Zeitpunkt hätte Vanderbilt sich kaum aussuchen können! Ihm lief die Zeit davon!

Alexander wusste nicht, wie er sich verhalten sollte, bisher war er nie einem Vanderbilt begegnet. Gab man ihnen die Hand, oder verbeugte man sich? Hielt man möglicherweise respektvoll Abstand? Er entschloss sich, auf die Knie zu sinken und beugte den Kopf, bis sein Kinn die Brust berührte. In dieser Position verharrte er und wartete.

»Steh bloß auf, Hüter! Was soll denn dieser Unfug?«, polterte die dunkle Stimme Vanderbilts durch das Büro, und Alexander hob ängstlich den Kopf. »Spar dir diesen Quatsch für die Blümchenpflücker und die, die da oben mit ihren Plüschtieren spielen.« Der Mann zeigte mit einem Daumen in Richtung des Bio-Towers. Entgeistert blieb Alexander auf dem Boden sitzen. Was hatte Vanderbilt gesagt? Blümchenpflücker? Er hatte nie zuvor eine solche Respektlosigkeit gegen die Wissenschaftler der Stadt vernommen.

Vanderbilt, der seinen empörten Blick sah, winkte nur ab. »Ja, ja, Hüter, ich weiß. Respekt vor den Oberen, bla bla … halten die Stadt am Laufen, bla bla …« Wut schwang jetzt in seiner Stimme mit.

Alexander erhob sich mühsam und stand Vanderbilt gegenüber, der ihn schweigend musterte. »Na, allzu beeindruckend sieht der oberste Hüter ja nicht aus.«

»Herr Vanderbilt, ich …«, setzte Alexander an, doch der andere ließ ihn nicht ausreden.

»Ich will, dass du ihren Mörder fasst. Ich will, dass dem, der ihr das angetan hat, mit Elektroschocks das Gehirn gebraten wird. Ich will ihm nur zu gern eigenhändig den Hals umdrehen. Verstehst du mich, Hüter?« Bebend und schwer atmend vor Zorn stand Vanderbilt vor ihm.

Woher wusste er von der Toten? »Natürlich werden wir ihn fassen, Herr Vanderbilt, gar keine Frage. Wir haben bereits einige Spuren, denen wir nachgehen …«

»Das ist doch völliger Quatsch«, schnaubte der Mann. »Ich weiß, dass ihr gar nichts habt. Fünf Leichen und ihr habt nicht den kleinsten Hinweis darauf, wer es getan hat.« Erstaunt blickte Alexander Vanderbilt an. Wie konnte dieser bloß von den toten Frauen wissen? Jeder, der davon wusste, war ausdrücklich angewiesen worden, nichts davon nach außen dringen zu lassen.

»Wir sind kurz davor, den Täter zu fassen«, setzte er erneut zu einer Erklärung an und zwang sich, dem Blick aus Vanderbilts durchdringenden blassblauen Augen standzuhalten.

Vanderbilt gab ein höhnisches Lachen von sich. »Gib dir keine Mühe, Hüter, es ist egal, wie gut du lügst. Ich weiß alles!« Bei den letzten Worten erhob Vanderbilt die Stimme, sodass er nun beinahe schrie, und trat so nah an Alexander heran, dass dieser den leichten Geruch nach Schweiß und nach Honig wahrnehmen konnte, der von ihm ausging. »Ihr habt fünf tote Frauen und ihr habt den Täter immer noch nicht, ihr habt nicht einmal einen Hinweis. Das hört jetzt auf! Hast du mich verstanden?« Vanderbilt verschränkte die Arme vor der Brust.

»Woher wisst Ihr ...«

»Es ist egal, woher ich es weiß. Wichtig ist nur, dass es so ist und dass ich will, dass dem ein Ende gemacht wird, verstanden?«

Mit einem Mal ging Alexander ein Licht auf. »Mary Jane Kelly ... Ihr habt sie sehr gemocht, nicht wahr?«, erkundigte er sich vorsichtig.

»Ach, wirklich?«, fauchte Vanderbilt. »Und hör auf, mich zu siezen, ich bin doch kein Wissenschaftler.«

Alexander wusste, dass Vanderbilt verheiratet war. Es war ihm nicht gestattet, eine Aphrodite zu besuchen, doch anscheinend hatte ihn das nicht davon abgehalten.

Plötzlich streckte Vanderbilt seinen Arm aus und eine seiner prankenartigen Hände landete auf Alexanders Schulter.

»Lass es mich noch einmal ganz deutlich sagen, Hüter: Ihr werdet eure Ermittlungen fortsetzen, dieses Mal gebt ihr euch jedoch Mühe und ihr werdet den Täter finden und dann werdet ihr ihn unschädlich machen. Und an deiner Stelle würde ich mich beeilen, Alexander: Solltet ihr den Täter nicht in der nächsten Woche fassen oder eine wirklich heiße Spur haben, dann wirst du einen kleinen Unfall haben und es wird einen neuen obersten Hüter geben. Vielleicht ist er in der Lage, diese Angelegenheit zufriedenstellend aufzuklären.« Vanderbilt wandte sich zum Gehen. »Ach, Hüter, glaub mir bitte, wenn ich sage: Ich werde es erfahren. Jeder Schritt, den du gehst – ich werde darüber Bescheid wissen. Also dann, lebe wohl Hüter.« Mit einem betont lässigen Winken verschwand er.

Schwer ließ sich Alexander auf seinen Sessel fallen und schloss die Augen. Wie viel schlechter konnte der Tag noch werden? Der Rat zwang ihn, die Morde geheim zu halten, er kannte den Mörder, durfte aber eigentlich nichts von ihm wissen, und jetzt wollte Vanderbilt auch noch, dass er innerhalb der nächsten Woche den Mörder verhaftete. Und er war sich sicher, dass der Mann alles, was er ihm angedroht hatte, auch wahrwerden lassen konnte. Er sah sich bereits vom Holzsteg im zweiten Stock des Marktplatzes stürzen oder in einem lecken Tunnelabschnitt ertrinken.

Er musste hier raus.

Überstürzt griff Alexander nach seiner Jacke, jagte die Treppe hinunter und verließ die Wache. Er wusste selbst nicht genau, wohin er eigentlich wollte, doch auf der Straße angekommen trugen ihn seine Füße wie von selbst durch die Tunnel. Nach wenigen Minuten stieg er aus einem Aufzug und fand sich im Gang vor dem Eingang zum Wald wieder. Er öffnete die Tür, über der in goldenen Lettern »Arboretum« stand. Er konnte nur hoffen, hier ein klein wenig Ruhe zu finden.

Zurück in der Wache wartete auf seinem Schreibtisch bereits eine Notiz auf ihn.

»Hüter, leider war niemand auf der Wache, als ich da war. Das Gitter ist repariert. Danke für deinen wertvollen Tipp. Frank«

Es beruhigte Alexander ein wenig, dass dem Mörder nun wenigstens der Weg nach Biota versperrt war. *Oder zurück in die andere Stadt …* Genervt versuchte Alexander, diesen Gedanken zu vertreiben. Es war unmöglich, dass der Mörder noch immer hier war. Ganz sicher war er zu den Dunklen zurückgekehrt. *Ganz sicher.*

Die Zeit bis zum Abend verbrachte Alexander grübelnd auf der Wache. Keiner der anderen Hüter war währenddessen zurückgekehrt; anscheinend hatten sie genug mit den Zeugen zu tun, die sie befragen mussten. Bei dem Gedanken stiegen abermals Schuldgefühle in ihm auf. Sie würden den wahren Täter niemals finden. Er schickte sie auf diese aussichtslose Mission, bei der sie so sinnlos umherrannten wie Hamster in einem Rad. Und ihre Mühe würde nie belohnt werden.

Um zehn Uhr abends beschloss er, dass es nun spät genug war. Er zog seine Freizeitkleidung an und streifte eine dunkelblaue Jacke über. Da sein Leuchtstab inzwischen den Geist aufgegeben hatte, und die anderen Hüter die beiden tragbaren Lampen mitgenommen hatten, griff er nach Streichhölzern und steckte auch ein dünnes Seil ein.

Dann machte er sich auf den Weg zum Bio-Tower.

KAPITEL 7

Auf dem vertrauten Weg durch die Tunnel der Stadt hatte Alexander mehrmals das Gefühl, dass seine Knie zu sehr zitterten, um weiterzugehen. Wie einfach wäre es, nach Hause zurückzukehren und alles zu vergessen? Er könnte einfach weitermachen wie bisher …

Nein! Das war ausgeschlossen! Das konnte er nicht tun. Allein der Gedanke daran, dass Nic wüsste, dass er nachgegeben hatte, hielt ihn davon ab.

Nach einer Weile tauchte endlich der Durchgang zum Bio-Tower vor ihm auf. So entschlossen wie möglich durchschritt er ihn und fand sich in der Eingangshalle des Towers wieder, wo nach wie vor die beiden Golems standen. Auch dieses Mal folgten ihm die merkwürdig leeren Augen durch die Halle, und er war sich sicher, dass sie ihn jeden Moment zurückhalten würden, weil sie ihn durchschaut hatten, weil sie wussten, was er wusste. Doch obwohl er sich mehr als einmal über die Schulter zu den zwei Maschinen umdrehte, geschah zu seiner Überraschung überhaupt nichts, und er gelangte unbehelligt zum Aufzug.

Zum wiederholten Male durchquerte Alexander den Zoologie- und Botanikgang, doch inzwischen hatte er keinen Blick mehr für die Schönheit und die Eleganz des Weges.

Energisch klopfte er an Nics Labortür. Sofort wurde die Tür aufgerissen und Nic zog ihn in den Raum hinein.

»Wo warst du solange? Ich dachte schon, du kommst nicht mehr!«, tadelte sie ihn im Flüsterton.

»Ich wollte nicht gesehen werden«, flüsterte er ebenso leise zurück. Er wusste nicht genau, wie er die Botania begrüßen sollte. Seit dem Kuss und ihrer Auseinandersetzung war die Stimmung zwischen ihnen merkwürdig, voller Anspannung. Es schien ihm, als warteten sie beide darauf, dass etwas Bestimmtes geschah.

»Na ja, gut, dass du endlich da bist.« Nic wandte sich ab und machte sich auf den Weg zu einem der Schreibtische und der Moment, in dem Alexander sie hätte begrüßen können, war vorbei.

Auch heute hatte Nic sich bereits umgezogen, und wie am Vortag trug sie nun eine schwarze Hose und ihre Lederkorsage mit einer grünen Jacke darüber. Sie setzte sich auf einen der Stühle und bot auch ihm einen Platz an.

Für ein paar Sekunden sagte keiner von ihnen ein Wort. Dann redeten sie beide gleichzeitig: »Also, ich habe mir gedacht …«, begann Alexander. Nic sagte: »Hast du es dir …« Beide lachten verlegen, man konnte die Spannung in der Luft fast mit Händen greifen.

Nic deutete auf ihn und sagte: »Fang an, Hüter.«

Er holte tief Luft. Jetzt kam der Moment der Wahrheit. »Ich will ihn gefangen nehmen«, platzte es aus ihm heraus. Er sah, wie Nic blass wurde. Sie krampfte ihre Finger so fest um die Sitzfläche des Stuhls, dass ihre Fingerknöchel bleich wurden.

Hastig sprach er weiter: »Ich weiß, dass es gefährlich ist, aber genauso gut weiß ich leider auch, dass ich nicht damit leben kann. Ich kann nicht einfach alles vergessen.« Er schwieg und sah Nic erwartungsvoll an. Sie schluckte und starrte auf den Boden. Als sie ihn endlich wieder ansah, sprach sie langsam und betonte jedes einzelne Wort: »Bist du dir sicher?«

Er war sich sicher. Den ganzen Tag hatte er über nichts anderes nachgedacht, hatte die Möglichkeiten, die ihm blieben, in seinem Kopf hin und her gewälzt, bis sich die Gedanken anfühlten wie Kieselsteine, die schmerzhaft gegen die Knochen seines Schädels stießen.

»Ja, ganz sicher«, stieß er hervor.

»Hast du dir je überlegt, was dann mit mir geschieht?«, fragte Nic flüsternd.

»Ihr müsst nicht mitkommen, ich könnte allein gehen«, wandte er ein, doch Nic lachte nur kurz und bitter auf.

»Darum geht es nicht. Wenn du diesen Ort kennst, werden sie schnell darauf kommen, wer ihn dir gezeigt hat.«

Nach einem kurzen Zögern legte er Nic eine Hand auf die Schulter. Wärme durchströmte ihn, und er fasste neuen Mut.

»Botania, mein Plan sieht ein wenig anders aus, als Ihr womöglich glaubt …«

Als er geendet hatte, blickte Nic ihn erstaunt an.

»Das klingt wirklich, als ob es funktionieren könnte. Natürlich nur, wenn wir viel Glück haben, aber … immerhin besteht die Möglichkeit.« Sie zog einen Mundwinkel hoch und schenkte ihm ein halbes Lächeln, in dem er die verzweifelte Hoffnung erkannte, die auch er verspürte.

»Ihr seht, Ihr müsst mich nicht begleiten. Ich kann allein gehen. *Ich* bringe es zu Ende«, betonte Alexander. Er hatte Nic nicht die ganze Wahrheit erzählt. Er hatte sie glauben lassen, sein Plan bestünde darin, den Ripper zu schnappen und es den Dunklen zu überlassen, was sie mit ihm tun wollten. Sie könnten ihn gefangen halten, sie könnten ihn verstümmeln, sie könnten ihn töten. Dass Gewalt für sie kein Hindernis darstellte, hatten sie schließlich bei ihrem letzten Besuch in der Stadt der Dunklen bewiesen. Für diesen Plan brauchte er Nics Hilfe nicht, sie könnte hierbleiben, in Sicherheit. Aber wenn er ehrlich war, wollte er das Territorium der Dunklen nicht allein betreten.

Als er sie ansah, wusste er jedoch, dass sie sich entschieden hatte. Leicht gebeugt saß sie auf ihrem Stuhl, das Kinn trotzig vorgeschoben. »Ich komme mit. Mein Vater hätte das so gewollt«, sagte sie leise. »Wir gehen zusammen und erledigen diesen Kerl!«

Ebenso erleichtert wie besorgt beobachtete Alexander sie. Er wusste, dass sie gemeinsam eine größere Chance hatten, den Mörder der fünf Aphroditen zu finden und unschädlich zu machen. Es war ein gutes Gefühl, Nic an seiner Seite zu wissen. Doch er wusste auch, dass er sie damit in Gefahr brachte.

Nur wenige Minuten später standen sie vor der grauen Metalltür, in deren Einbuchtung Nic ihren Finger legte und wie auch am Tag zuvor öffnete ihr Blut ihnen den Weg. Die Tür zog sich geräuschlos in die Decke zurück und sie traten ein.

Als Alexander den Kopf wandte, um in den Gang zurückzublicken, war die Tür bereits wieder geschlossen. Mit einem mulmigen Gefühl trat er auf den dämmrigen Weg, der von zerfallenen Hütten gesäumt wurde. Niemand war zu sehen, aber aus dem Augenwinkel sah er schnelle Bewegungen. Nur war immer, wenn er sich in die jeweilige Richtung drehte, nichts mehr zu sehen.

Die Glühbirne an der Decke flackerte und der gesamte Gang erschien mal in drückender Dunkelheit, mal im gewohnten Dämmerlicht.

Die weiße Farbe an den Wänden leuchtete ihm förmlich entgegen und zog abermals seinen Blick auf sich. Er bemerkte, dass seit gestern sogar noch weitere Kunstwerke hinzugekommen waren: Hinter einer Hütte erkannte er etwas, das aussah wie ein Hund, jedoch mit weitaus längeren Zähnen und zu vielen Beinen. Neben einem Abfallhaufen war ein kurzer Satz geschrieben: »Was wollen SIE hier?« Ein kalter Schauer lief ihm über den Rücken.

Schnell schloss er wieder zur Botania auf.

Sie erreichten das Tor zum Marktplatz. Im matten Licht sah Alexander viele Bewohner in der Mitte der Höhle zusammensitzen. Laut redeten sie aufeinander ein. Einige andere lagen am Rand neben verrottenden Hütten und schliefen. Oder waren sie tot?

Stumm winkte Nic ihm und deutete an der Wand entlang in Richtung des Gangs der Kelet. Im Schutz des Schattens schlichen sie entlang der Wand hinüber zum Eingang. Zu ihrem Glück bemerkte sie dieses Mal keiner der Bewohner, die viel zu sehr mit sich selbst beschäftigt waren. In einem Trubel, wie die Bewohner ihn gestern um sie veranstaltet hatten, hätten sie den Ripper sicher niemals gefunden. Erleichtert hockten sie sich neben dem Eingang auf den Boden.

»Und jetzt? Wie finden wir ihn?«, flüsterte Alexander eindringlich.

»Es ist doch dein Plan.« Nic zuckte die Achseln, doch der Hüter sah ein winziges Lächeln in ihrem Mundwinkel. Nervös dachte er nach. Einfach in die Gasse hineinzulaufen und auf gut

Glück in sämtlichen Hütten zu suchen, erschien ihm etwas zu gewagt. Er ließ seinen Blick den Tunnel hinabschweifen. Dort war es so dunkel, dass er lediglich Umrisse erkennen konnte. Es waren ebenfalls Hütten, ähnlich denen in der anderen Gasse, jedoch ein wenig größer.

»Haben wir eine Waffe?«, erkundigte er sich unsicher bei Nic.

»Ich habe eines meiner Skalpelle eingesteckt«, gab Nic zurück. Das war nicht allzu viel, doch besser als nichts, denn selbst die Hüter der Stadt bekamen keine Waffen. Nach den Kriegen in der oberen Welt hatte man sie als zu unsicher und gefährlich eingestuft. Lediglich einige Golems in der Stadt trugen Waffen, wie diejenigen, die den Obersten Rerum naturalis bewachten. *Dann muss ein Skalpell wohl reichen.* Ein mulmiges Gefühl beschlich ihn, doch er kroch näher an den steinernen Bogen des Eingangs heran und lugte vorsichtig um ihn herum. Der Boden der Gasse schien ausschließlich aus Müll zu bestehen. An den Wänden konnte Alexander keine der Bilder oder Schriften erkennen, die den Rest der unterirdischen Stadt bedeckten. Er wartete einige Augenblicke, doch im gesamten Tunnel bewegte sich nichts.

Gerade, als er aufstehen wollte, erstarrte er: Aus dem Tunnel erklang im Abstand weniger Sekunden immer wieder ein dunkles Grollen.

»Was ist das?«, wandte er sich flüsternd an Nic, doch die zuckte nur die Schultern.

»Ich denke, wir müssen jedes der Häuser durchsuchen, mit den Leuten reden und prüfen, ob sie derjenige sind, den wir suchen«, schlug Alexander schließlich vor, nachdem er ein paar Sekunden gelauscht hatte.

»Bist du verrückt? Wenn einer von ihnen der Mörder ist, wird er es uns wohl kaum freiwillig sagen. Und ganz sicher lässt er uns danach nicht einfach wieder gehen!«

Alexander wusste, dass sie recht hatte, doch welche andere Möglichkeit hatten sie noch?

Aus dem Augenwinkel bemerkte er eine schnelle Bewegung. Er wandte sich um, sah jedoch nichts. Sein Blick schweifte über eingefallene Hütten und aufgeschüttete Müllberge. Er sah niemanden, doch er hatte eine vage Ahnung. Leise pfiff er durch seine Finger, und nach wenigen Sekunden bewegte sich etwas hinter dem Müllhaufen auf der rechten Seite der Gasse. Eine kleine Gestalt kam auf sie zu, Alexanders Ahnung war richtig gewesen: Vor ihm stand Oliver.

Der verdreckte Junge hockte sich ebenfalls hinter den Steinbogen. »Woher wusstest du, dass ich es bin?« Misstrauisch musterte er den Hüter.

»Nur so eine Vermutung«, erwiderte Alexander und rang sich ein betont fröhliches Grinsen ab. Er wollte den Jungen auf keinen Fall verschrecken.

»Ich hatte gehofft, dass du es bist. Wir könnten deine Hilfe noch einmal gut gebrauchen.«

Energisch schüttelte Oliver den Kopf. »Nein, nein. Ich habe schon viel zu viel gesagt.« Er warf einen bedeutungsvollen Blick in die Mitte der großen Höhle, wo die anderen Bewohner zusammensaßen.

»Bitte, wir müssen nur wissen, in welchem dieser Häuser der Mann wohnt, den du gesehen hast. Ein so aufmerksamer Junge wie du hat doch sicher gesehen, aus welchem Haus er gekommen ist, oder?«

»Mit Schmeicheleien wirst du bei mir nicht weiterkommen«, erwiderte Oliver. »Allerdings habe ich tatsächlich gesehen, in welches Haus er ging, als der Kerl wiedergekommen ist.« Obwohl er sich darum bemühte, seine unnahbare Miene beizubehalten, sah Alexander doch so etwas wie Stolz oder vielleicht auch Triumph in dem Gesicht des Jungen.

»Und, welches war es?«, hakte Alexander ungeduldig nach.

»Wollt ihr ihn wirklich gefangen nehmen? Ist er echt bald weg? Räumt ihr dann auch beim Rest der Kelet auf?« Die Fragen platzten aus dem Jungen heraus.

»Wir werden sehen«, antwortete Alexander ausweichend und fragte erneut: »Also, welches Gebäude war es?«

Stumm deutete Oliver auf ein Haus auf der linken Seite, das vollständig im Dunkeln lag.

»Bist du dir ganz sicher?«

»Ja, da habe ich ihn hineingehen sehen.«

»Sehr gut, dann werden wir ihm mal einen Besuch abstatten.«

»Passt bitte auf.« Alexander drehte sich noch einmal um. Ängstlich sah der Junge ihn an.

»Keine Sorge, uns passiert schon nichts«, versuchte er Oliver, mehr aber noch sich selbst zu beruhigen. Zusammen mit Nic ging er auf das Haus zu, auf das Oliver gezeigt hatte. Es war aus Stein gebaut und etwa zwei Meter hoch. Die rechte Hälfte des Gebäudes war eingestürzt und einzelne Steine lagen teilweise auf dem Weg, teilweise neben dem Haus verstreut.

Alexander drückte gegen die verwitterte Haustür, und zu seiner Überraschung schwang sie einfach auf. Hinter ihr sah er nichts als Finsternis. Wieso gab es in dieser Stadt bloß so wenig Licht? Er entzündete eines seiner Streichhölzer und hielt es in die Dunkelheit. Es erhellte die Umgebung nur unzureichend, aber er erkannte, dass jegliche Möbel und persönlichen Gegenstände fehlten. Hatte Oliver sich geirrt? In der linken Ecke führte eine Treppe hinab in den Untergrund. Angespannt ging Alexander mit Nic im Rücken weiter vor und beugte sich hinab, um den Treppenabgang zu erhellen. Dieser reichte so weit in die Tiefe, dass das schwache Licht den Boden nicht erreichte. Mit der freien Hand deutete Alexander die Treppe hinunter und stieg die Stufen hinab. Auf der Hälfte der Treppe erlosch das Streichholz und in der vollkommenen Dunkelheit kramte er hektisch nach einem weiteren. Als er es endlich entzündet hatte, schlug ihm das Herz bis zum Hals. Langsam und vorsichtig schlich er die restlichen Stufen hinunter und spürte mehr, als dass er es tatsächlich sah, dass Nic ihm folgte. Ein furchtbarer Geruch, der ihm mittlerweile nur allzu vertraut war, wehte ihm aus der Tiefe entgegen, doch er zwang sich, weiterzugehen.

Am Fuß der Treppe hielt er das halb abgebrannte Streichholz in die Höhe und versuchte, den Raum vor ihm auszuleuchten. Vor Schreck ließ er es fallen, das Feuer erlosch. Beinahe war er dankbar für die Dunkelheit, doch noch immer sah er das letzte Bild, das sich in seine Netzhaut eingebrannt hatte. Mit zitternden Fingern suchte er in der Schachtel nach einem weiteren Streichholz, doch es glitt ihm immer wieder durch die schweißnassen Finger.

»Was ist los?«, fragte Nic leise hinter seinem Rücken. Endlich bekam er eines der Hölzer zu fassen und entzündete es hektisch. Der gelbe Schein des Feuers erhellte erneut den Raum, und dieses Mal hielt Alexander das kleine Holzstück fest umklammert.

Das Licht beleuchtete einen Raum, an dessen Wänden sich der furchtbarste Anblick bot, den Alexander je zu sehen bekommen hatte.

Es waren Leichen, die auf Ständern drapiert und ordentlich aufgestellt worden waren. Sie alle wiesen tiefe Schnittwunden am Hals auf, sofern der Kopf nicht vollständig entfernt worden war, und ihnen allen fehlten eines oder mehrere Körperteile. Es waren mehr Tote in dem Raum, als Alexander auf den ersten Blick zählen konnte.

Hinter sich hörte er Nic leise flüstern. »Oh nein, oh nein, oh nein … Nein, nein, nein!«

Alexander machte einen Schritt in den Raum hinein. Er war sich sicher, dass der Mörder oder zumindest derjenige, dem das Haus gehörte, nicht anwesend war. Sein Blick fiel auf das Werkzeug und die kleinen Flaschen in dem Regal an der linken Wand des Kellers und schließlich auf den groben Holztisch, der genau in der Mitte des Raumes stand. Auf ihm war ein schmutzig weißes Tuch ausgebreitet, unter dem undeutliche Umrisse zu erkennen waren.

Er entzündete ein neues Streichholz und näherte sich dem Tisch, bis er eine Ecke des Tuches greifen konnte. Sachte zog er daran. Das Stoffstück geriet ins Rutschen und landete mit einem dumpfen Rascheln auf dem Boden. Wie festgefroren stand Alexander auf der Stelle und starrte ohne zu blinzeln auf den Tisch. Nach wenigen Sekunden trat Nic an seine Seite.

»Was ist denn …« Sie ging weiter auf den Tisch zu und beugte sich darüber. Alexander, dem zunehmend übel wurde, blieb in sicherer Entfernung stehen.

»Was …« Er räusperte sich. »Was ist das?«, fragte er mit gepresster Stimme.

»Das ist eine Frau, oder mehr als eine, ich weiß nicht genau«, antwortete Nic nach ein paar Sekunden. »Es sieht aus, als wäre sie aus mehreren Körperteilen zusammengenäht worden.

Hier«, sie deutete auf die Leisten und Schultern, »sieht man ganz deutlich Nähte und auch hier am Bauch ist genäht worden. Siehst du?«

Alexander konnte seinen Blick kaum von dem grausam verunstalteten Körper lösen, aber er entdeckte einen weiteren, deutlich größeren Tisch am hinteren Ende des Raumes stehen. Stumm deutete er in die Richtung und gemeinsam mit Nic ging er darauf zu. Kurz bevor sie ihn erreicht hatten, erlosch das Streichholz und beide blieben durch die plötzliche Dunkelheit wie gelähmt stehen, während Alexander nach der Streichholzschachtel kramte.

»Hast du das auch gehört?«, flüsterte Nic.

»Nein, was denn?«, erwiderte er abgelenkt. Wo war bloß die Schachtel?

»Ich dachte, ich hätte Schritte gehört. Ich habe mich wohl geirrt.«

Alexander spitzte die Ohren. »Ich kann nichts …« Er kam nicht dazu, seinen Satz zu beenden. Etwas schlang sich um seinen Mund und wenig später auch um seine Hände. Er stürzte zu Boden. Hektisch zappelte er mit den Beinen, doch er konnte sich nicht wieder aufrichten.

Nic schrie. »Alexander? Was ist los?« Wenige Sekunden später hörte er sie keuchen, danach nichts mehr.

Kurz darauf hob ihn jemand hoch und trug ihn davon. Fünf Schritte zählte Alexander, dann wurde er mit dem Rücken gegen eine Wand gelehnt. Seine Arme wurden in die Höhe gezogen. Verzweifelt riss er daran, aber die Fesseln lockerten sich nicht. Er hörte ein Schleifen, ein leises Schnaufen, dann wurde direkt neben ihm etwas gegen die Wand gestoßen. *Nic!* Ängstlich lauschte er auf ein Lebenszeichen von ihr. War ihr etwas geschehen? Ein leises Klirren, dann Schritte, die sich von ihm entfernten.

Plötzlich flammte Licht auf, das nach der Zeit im Dunkeln in den Augen brannte. Die Botania war mit Handschellen an die Wand gefesselt und hing mit gestreckten Armen vor der groben Felswand. Sie balancierte auf den Zehenspitzen, damit die Fesseln nicht zu stramm waren.

Die Biologin starrte mit hasserfülltem Blick in die Richtung, aus der der Lichtschein kam. Wütend zerrte sie an ihren Handschellen.

Ein Schatten huschte umher und entzündete die restlichen Schalen, in denen eine dickflüssige Substanz glänzte. Die Gestalt war fast so groß wie Alexander, hatte aber breitere Schultern und war in einen schwarzen Umhang mit Kapuze gehüllt. Vorne auf der Brust sah Alexander ein rotes Leuchten, gedämpft durch den dichten dunklen Stoff des Umhangs. Während die Gestalt die Lampen anzündete, kam sie der hinteren Wand, an der er und Nic hingen, immer näher. Schließlich war sie so nah, dass Alexander das Gesicht des Mannes sehen konnte, der sie in Ketten gelegt hatte. Zu seinem Erstaunen war es nicht das Gesicht eines Monsters. Der Mann vor ihm sah normal aus, man hätte ihn sogar als gutaussehend bezeichnen können. Er streifte sich die Kapuze vom Kopf. Seine Haare waren dunkelbraun, seitlich gescheitelt und ein wenig kürzer, als es in Biota üblich war. Und vor allem war er in keiner Weise so schmutzig wie die restlichen Bewohner der unterirdischen Stadt und glatt rasiert. Er kam näher.

Eins seiner Augen war von einem dunklen Grün, das andere jedoch trüb und merkwürdig leblos.

Der Mann verzog das Gesicht zu einem Grinsen. »Bestaunst du mein mechanisches Auge? Nur eine kleine Erfindung von mir.« Seine Stimme war erstaunlich dunkel und tief für seine Statur; kalt und sarkastisch. *Er verachtet uns.*

»Nur zu, sieh noch einmal genau hin. Dir wird nicht mehr viel Zeit bleiben, es zu betrachten.« Heiser lachte der Fremde und ging weiter. Direkt vor Nic blieb er stehen und starrte ihr ins Gesicht. Wie ein Raubtier, das seine Beute betrachtete.

»Was ist mir denn hier Schönes in den Schoß gefallen?«, knurrte der Mann und strich Nic mit einem Finger über das Gesicht und löste ihren Knebel. Die Botania zuckte zurück und schüttelte den Kopf. Der Fremde lachte. »Du bist eine Wilde, nicht wahr?« Er zwinkerte ihr zu.

»So behandelt man keine Botania!«, platzte es aus Alexander heraus, der sich endlich von seinem eigenen Knebel befreit hatte.

»Was hast du gesagt?«, fragt der Mann, wobei er jedes einzelne Wort so wütend betonte, dass Alexander sich panisch an die Steinwand hinter ihm presste.

»Du kannst sie nicht so behandeln!«, erwiderte er trotzig und mit trockenem Mund.

»Du hast ein bestimmtes Wort erwähnt, wie lautete das noch gleich?« Der Mann beugte sich vor und starrte ihm ins Gesicht.

»Sie ist eine Botania, bei uns werden sie mit dem höchsten Respekt behandelt, und du solltest …«

»Ich glaube nicht, dass du mir sagen kannst, was ich sollte, *Hüter*!« Er spie Alexander das letzte Wort entgegen und wandte sich dann wieder Nic zu. Er beugte sich so nahe zu ihr hinunter, bis seine Nase fast ihre berührte.

»Botania, was?« Interessiert betrachtete er Nics Gesicht. Er lachte begeistert und schlug die Hände zusammen. Er schien vor Freude fast außer sich. »Das ist ja perfekt. Endlich wird jemand meine Erkenntnisse zu würdigen wissen. Seid ihr auch schon so gespannt wie ich, Botania?«

Er ging zurück in die Mitte des Raumes hinter den Tisch. Liebevoll betrachtete er die Frau darauf. *Die Teile mehrerer Frauen*, dachte Alexander angewidert. Der Mann trat zu einem der Regale an der Seite des Raumes und kramte darin herum, bis er sich mit mehreren Spritzen und Fläschchen in den Händen wieder umdrehte und sie zum Tisch trug. Er ordnete die Spritzen fein säuberlich an der unteren Kante des Tisches an.

»Was hast du vor, *Jack*?«, versuchte Alexander, ihn abzulenken, obwohl Zeit schinden nichts nützen würde. Niemand wusste, wo sie waren.

»Ah, ich habe mich schon gefragt, ob du wohl weißt, wer ich bin.« Grinsend starrte der Fremde Alexander an. »Ich wusste nicht, ob du so weit denken kannst. Ja, ich bin es. Ich bin Jack the Ripper!« Er lachte begeistert. »Bin ich so, wie ihr es euch ausgemalt habt? Habe ich in euren Albträumen so ausgesehen?« Begierig blickte er zwischen Alexander und Nic hin und her, doch keiner von ihnen wollte ihm eine Antwort geben. Rasch lief der Ripper zu ihnen und wedelte mit einer Spritze in der Hand vor ihren Gesichtern herum.

»Also?«, knurrte er und wartete.

»Nein«, antworte Alexander widerstrebend.

Der Ripper lachte bellend auf. »Ja, das hab ich mir gedacht. Ihr habt vielleicht nicht mit mir gerechnet, aber ich mit euch. Die Oberen schicken mir ihre kleinen Lakaien, einen zweitklassigen Hüter und eine Botania. Wie erbärmlich und wie langweilig vorhersehbar!« Langsam schritt er wieder zum Tisch zurück.

»Sie haben uns nicht geschickt«, wandte Alexander ein, doch der Mann schien ihn gar nicht zu hören.

»Aber wie fantastisch ist das jetzt!« Der Ripper machte mit den Armen eine weit ausholende Bewegung. »Dass ich endlich eine Wissenschaftlerin hier unten habe, der mein Werk auch zu würdigen weiß. Die Gesellschaft, die ich sonst hier unten empfange, ist doch ein wenig zu … na ja, leblos.« Ausgelassen lachte er über seinen Witz und ließ die Spritze zurück auf den Holztisch neben die zusammengenähte Frau fallen.

»Und dann ist mein Besuch auch noch so hübsch anzusehen.« Sein Blick strich genüsslich über Nics Gesicht und Körper. Verächtlich wandte er sich Alexander zu. »Nicht du, Hüter, du bist unansehnlich. Ich denke aber, auch du kannst noch von Nutzen sein.« Alexanders Herz hämmerte.

»Wie hast du es gemacht? – Ohne Spuren zu hinterlassen?« Das war die eine Frage, die Alexander sich stellte, seitdem er wusste, dass der Täter einer der Dunklen war. All dieser Dreck …

»Ja, das würdest du gerne wissen, was?« Der Ripper beobachtete Alexander und schien auf eine Antwort zu warten. Als er keine bekam, sprach er weiter. »Ich habe recherchiert. Ich habe meine Quellen.«

»Ist eine davon Doyle?« Hatte ausgerechnet der Mann, den er hatte um Hilfe bitten wollen, dem Ripper geholfen?

»Zufällig ja. Der alte Wirrkopf hat mir wirklich weitergeholfen, wenn auch nicht ganz freiwillig.« Der Ripper grinste. »Und jetzt Schluss mit den Fragen.« Er wandte sich von Alexander ab. »Botania, was meinst du, was ich hier geschaffen habe?«, fragte er nun Nic mit einem erregten Zittern in der Stimme und deutete auf den Körper auf dem Tisch. Nic schüttelte den Kopf.

»Was, Botania? Ich kann dich nicht hören!«

»Du bist ein Monster!«, schrie Nic ihm entgegen und ihre Stimme bebte vor Wut. In ihren Augen brannte der Hass, und Alexander sah, dass sie versuchte, einen Weg aus ihren Handschellen zu finden, doch sie schnitt sich damit nur tief in die Handgelenke. Blut lief ihre Arme herab. Er versuchte es ebenfalls, aber die Handschellen gaben keinen Millimeter nach. Unmöglich, dass er seine Hände durch die schmalen Öffnungen quetschen konnte. Er hielt wieder still und beobachtete stattdessen den Ripper in der Mitte des Raumes. Er zog Spritzen mit verschiedenen Flüssigkeiten auf und stach sie in die Leiche vor ihm. Die meisten der Spritzen setzte er in die Brust der toten Frau, nur wenige in die Arme und Beine. Als die Arbeit erledigt war, richtete er sich auf, verschränkte die Arme hinter dem Rücken und sah Nic streng an.

»Wie kannst du nicht wissen, was ich hier erschaffe, Botania?«, fragte er tadelnd. »Ich dachte, du und deinesgleichen wissen alles? Ihr habt doch die Privilegien, die kein anderer in Biota erlangen kann. Keiner! Ihr denkt, ihr seid so schlau, und der Rang eines Wissenschaftlers stellt einen Menschen automatisch über alle anderen. Ihr schaut auf die kleinen Menschen herab, deren Arbeit so unwichtig ist! Und ihr nehmt euch einfach das Recht, jeden von diesem Privileg auszuschließen, und ist er auch noch so brillant!« Hasserfüllt blickte der Ripper Nic an.

Dann wurden ihre Augen groß. »Ich weiß, wer du bist«, flüsterte sie. »Du bist der, der sich vor ein paar Jahren als Biologe beworben hatte. Die Oberen wollten dich nicht aufnehmen, sie sagten, deine Forschung hätte keine Zukunft, richtig?«

Der Mann nickte.

»Und obwohl du ausgeschlossen wurdest, hast du deine Forschungen ohne die Erlaubnis der Oberen weitergeführt. Du hast Menschen dafür bezahlt, dass sie deine Versuchsobjekte wurden.«

»Meine Forschung funktionierte! Mit den richtigen Mitteln hätte ich sie perfektionieren können! Alle hätten davon profitiert, alle!« Er brüllte das letzte Wort hinaus und sein Gesicht verzog sich zu einer wuterfüllten Grimasse.

»Aber sie nahmen mich gefangen, befragten mich und brachten mich hierher. Sie verschlossen die Tür hinter mir und ich konnte diesen Ort nicht mehr verlassen.« Die Augen des Rippers wurden glasig, als wäre er plötzlich weit weg.

»Doch ich habe mir mein Dasein hier unten erkämpft! Dank der geistig Verwirrten, die bereits hier eingesperrt waren, und denen, die durch eure Wissenschaft erschaffen wurden, konnte ich meine Forschungen fortführen. Es war anstrengend und frustrierend, alles, was ich brauchte, aus dem Müll zu sammeln oder zu stehlen, doch ich schaffte es. Und das erste Ergebnis war phänomenal.« Er deutete auf das rote Leuchten auf seiner Brust. Weder Nic noch Alexander reagierten, und er riss seinen Umhang so weit herunter, dass sie das seltsame Gebilde erkennen konnten, das in seiner Brust direkt über dem Herzen steckte. Ein rotes Leuchten ging von seinem Inneren aus. Die bleiche Haut am Rand des Metalls war gezackt und sah entzündet aus. Dicke Narben wölbten sich rundherum. Das leuchtende Herz! Oliver hatte also doch recht gehabt.

»Das, meine Lieben, ist ein mechanisches Herz. Ein Wunderwerk der Wissenschaft, *mein* Wunderwerk. Es macht mich ausdauernder, stärker und es hält mich am Leben, auch wenn meine Zeit längst abgelaufen sein sollte!«

Alexander erschauderte. Wie wahnsinnig musste man sein, um sich selbst am Herzen zu operieren?

Doch der Ripper war mit seiner Vorführung noch nicht am Ende. »Den Tod hinauszuzögern ist mir aber nicht genug. Ihn zu besiegen klingt doch viel besser, nicht wahr?«, fragte er und beugte sich mit glühendem Gesicht über den Tisch. »Aber ja. Genau deshalb ist sie heute Abend hier.« Leise kichernd deutete er auf die Frau auf dem Tisch vor ihm. »Nun ja, vielleicht ist sie nicht ganz freiwillig hier, oder sollte ich sagen: Vielleicht sind *sie* nicht ganz freiwillig hier.«

Er streckte wie zur Präsentation seine rechte Hand aus.

»Meine Damen und Herren, ich werde heute Abend die Toten wieder zum Leben erwecken.« Er zwinkerte Nic zu, die ihn völlig entsetzt beobachtete. »Kein Grund, skeptisch zu sein, Botania. Das wird besser als alles, was du je gesehen hast, und garantiert besser als alles, was du und deine schlauen Kollegen jemals geschaffen haben.« Mit einem irren Grinsen begann er bei der toten Frau eine Herzmassage, doch nach ungefähr zwei Minuten brach er ab und verabreichte ihr eine weitere Spritze ins Herz. Dann fuhr er mit der Wiederbelebung fort.

»Wartet … es … nur … ab!«, keuchte der Ripper zwischen zwei Stößen mit seinen Händen. »Es … funktioniert!« Wenig später gab er einen triumphierenden Laut von sich. Alexander erkannte den Auslöser für seine Freude nicht, bis Nic neben ihm flüsterte: »Das kann nicht sein!«, und er endlich sah, was der Grund dafür war: Die tote Frau auf dem Tisch hatte die

Augen geöffnet. Sie waren erst trübe, milchig weiß, die Augen einer Toten. Doch noch während Alexander sie betrachtete, klärten sie sich. Die Pupillen wurden hellblau, während das Weiß um sie herum strahlend leuchtete.

Das konnte einfach nicht sein … Die Frau auf dem Tisch war tot gewesen und doch lebte sie jetzt wieder.

Sie begann leicht mit den Fingerspitzen zu zucken, und ihre wächserne Haut verfärbte sich langsam rosa. Alexander glaubte, eine Ader an ihrem Hals langsam und gleichmäßig pulsieren zu sehen.

»Deshalb haben die Oberen euch verbannt. Das hier ist unrecht, gegen die Natur!«, hörte er Nic heiser neben sich flüstern.

Doch der Ripper lachte nur.

»Ist es das, Botania? Wo ist die Grenze? Was ist Recht und was ist Unrecht? Ist nicht alles, was wir Wissenschaftler tun, im Grunde gegen die Natur? Wir mischen uns ein, verändern die Tiere, die Pflanzen und sogar den Menschen. Wer kann denn schon entscheiden, wo die Grenze verläuft? Du etwa, oder die Oberen? Nein, ich denke nicht! Meine Forschungen sind nicht verwerflicher als eure, aber ich habe damit mehr erreicht, als ihr je erreichen werdet.«

Erregt schritt der Ripper bei seinen Worten auf und ab.

»Ich bin so viel besser, als ihr es je sein werdet, bald werden es alle wissen. Ich habe sie ganz schön erschreckt, die feinen Damen und Herren, die in ihrem gemütlichen Bio-Tower hocken, als hätten sie alles Recht der Welt dazu. Ich habe sie da getroffen, wo es wehtut. Und jetzt wissen sie, dass sie mich nicht aufhalten können. Sie können nicht mehr verstecken, dass es mich gibt. Dass ihre Anpassung eine Lüge ist. Schon bald präsentiere ich den Einwohnern von Biota meine Entdeckung, und sie werden begeistert sein. Ich werde wieder einer von ihnen sein. Sie werden mir zujubeln, mich als ihren Held feiern und die Wahrheit erfahren: dass die Oberen keineswegs ihr Bestes wollen. Das Einzige, was sie wirklich wollen, ist die Macht, die Kontrolle, und dazu müssen sie die Leute klein halten. ›Es ist besser, sie wissen nichts davon‹.« Der Ripper sprach den letzten Satz mit hoher, affektierter Stimme und machte dazu alberne Schlenker mit den Händen.

Alexander stockte der Atem. Wie oft hatte er diesen Satz in letzter Zeit vom Komitee zu hören bekommen?

Der Ripper trat hinter dem Tisch hervor und kam auf Alexander zu.

»Ich werde sie von diesem Joch befreien. Nieder mit den Oberen, sage ich! Es ist genug, und von dir, kleiner Hüter, habe ich ebenfalls genug.« Mit einem glänzenden Skalpell in der Hand kam der Ripper weiter auf Alexander zu. Alexander zerrte panisch an seinen Fesseln, doch sie gaben nicht nach.

»Ich freue mich schon darauf, mit dir alleine zu sein, Botania. Das wird ein Spaß! Mit den anderen hatte ich nicht genug Zeit, aber du und ich hier unten … Wir haben alle Zeit der Welt!«

Wütend spannte Alexander die Arme an und trat mit den Beinen nach dem Ripper, doch er verfehlte ihn um wenige Zentimeter. Wie hypnotisiert starrte Alexander auf das Skalpell. Immer näher kam die glänzende Klinge. Er wandte den Kopf zur Seite und kniff die Augen zu. Das gierige Lächeln des Rippers sollte nicht das Letzte sein, was er sah.

In Erwartung eines schmerzhaften Schnittes drückte er sich noch dichter an die Wand. Doch der Schmerz blieb aus. Stattdessen stieß der Ripper ein hohes Heulen aus.

Alexander riss die Augen auf und sah den Mann flach auf dem Boden liegen, seine Kniekehlen, aus denen ein Schwall Blut floss, fest umklammert. Hinter ihm stand Oliver und hielt eine Glasscherbe in der Hand. Dunkles Blut tropfte von ihr herab. Unter seinem linken Fuß lag das Skalpell des Rippers.

Alexander reagierte schnell. »Oliver, komm her. In meiner Tasche ist ein Seil. Fessel ihn damit!«

Die Glasscherbe noch immer in der Hand, hob Oliver das Skalpell auf und lief zu ihm hinüber. Er nahm das Seil und schlang es geschickt um die Arme und Beine des Rippers, der versuchte, zur Treppe zu kriechen.

»Und jetzt den Schlüssel! Er muss ihn hier irgendwo haben!«, rief Alexander Oliver zu und hoffte, dass es auch so war. Suchend lief Oliver von Regal zu Regal und vermied dabei sorgfältig jeden Blick auf die aufgestellten Leichen.

»Ich kann ihn nicht finden. Hier ist kein Schlüssel.« Bevor Alexander antworten konnte, begann der Ripper heiser zu lachen.

»Dann musst du deine neuen Freunde wohl hierlassen, Kleiner«, sagte er hämisch.

Oliver ging zum Ripper und trat ihm mit voller Wucht in den Bauch. Der Mann klang wie ein riesiger Blasebalg, dem die Luft ausging, als er sich zu einer Kugel zusammenkrümmte.

»Ah!« Rasch bückte Oliver sich und tastete das Gewand des Mannes dort ab, wo er ihn mit dem Fuß getroffen hatte. Nach wenigen Sekunden hielt er einen kleinen Schlüssel empor.

»Los, hol uns hier heraus«, drängte Alexander, und Oliver machte sich an den Handschellen zu schaffen. Ein Arm nach dem anderen sank wieder zurück an seine Seite und Alexander stöhnte erleichtert. Blut schoss zurück in seine Fingerspitzen, und sie begannen unangenehm zu kribbeln. Er nahm Oliver den Schlüssel aus der Hand und befreite Nic. Benommen fiel sie in seine Arme, und er hielt sie für einige Sekunden einfach fest. Ihr Herz schlug an seiner Brust, und Alexander atmete tief ein. Er schob sie ein Stück weit von sich und betrachtete besorgt ihre Wunden.

»Alles in Ordnung. Das sind nur Kratzer«, beruhigte sie ihn.

Er wollte sie noch einmal in den Arm nehmen, ihr sagen, dass alles gut werden würde, jetzt, da sie den Mörder hatten, doch er schwieg. Unter den Augen von Oliver und dem Ripper erschien ihm das unpassend.

Der Mörder starrte ihn vom Boden aus an.

»Du bist so erbärmlich. Du tanzt nach ihrer Pfeife, ganz wie *sie* es wollen. Du bringst mich zu ihnen und alles bleibt beim Alten. Erkennst du denn nicht, was ich hier geschaffen habe?«

Alexander beugte sich zu ihm herab. »*Sie* werden dich nicht bekommen«, murmelte er leise und wandte sich an Nic. »Lasst uns hier verschwinden, Botania.«

»Ja«, murmelte Nic leise mit einem Blick auf die Frau, die noch immer auf dem Tisch lag. Inzwischen bewegte sie auch ihre Zehen. »Was machen wir mit ihr?«, fragte sie tonlos.

Alexander schüttelte hilflos den Kopf. »Ich weiß es nicht.«

Nic atmete tief ein und ging zu dem Regal, aus dem der Ripper wenige Minuten zuvor die Flaschen geholt hatte. Sie suchte einige Augenblicke lang und trat dann, ein Fläschchen mit roter Schrift in der Hand, zurück an den Tisch. Alexander beobachtete regungslos, wie sie eine Spritze sorgfältig mit der Flüssigkeit aus dem Behälter aufzog. Nach einem kurzen Zögern setzte sie die Nadel an die Halsschlagader der wiederauferstandenen Frau.

»Es ist nicht richtig«, sagte sie, und Alexander sah die Tränen, die in ihren Augenwinkeln schimmerten. Entschlossen durchstieß sie mit der Nadel die zarte Haut oberhalb des Schlüsselbeins und leerte die Spitze mit einem kurzen Druck ihres Daumens. Die Augenlider der Frau auf dem Tisch flatterten und schlossen sich. Nic legte die Spritze langsam wieder auf den Tisch, richtete sie parallel zur Kante aus und trat einen Schritt zurück. Abrupt drehte sie sich um und verließ den Raum. Oliver folgte ihr, und Alexander fand sich allein mit dem Ripper im Zimmer wieder.

»Ich könnte dir helfen, Hüter. Das ist doch nicht alles, was du kannst. Die anderen sehen das nicht, aber ich kann dir helfen«, flüsterte der Ripper mit fiebrigem Blick. »Ich kann ...«

Alexander hatte genug gehört. Er ergriff einen der Lederriemen, mit denen er und Nic wenige Minuten zuvor noch geknebelt gewesen waren, und schlang ihn um den Kopf des Rippers. Er zog ihn so fest, dass die Kanten ihm in die Mundwinkel schnitten.

»Ich bringe dich jetzt zu einem Bekannten. Ich bin sicher, er wird sich sehr freuen, dich zu sehen«, bemerkte Alexander nicht ganz ohne Schadenfreude, als er sich den Ripper mit einem Schnaufen über die Schulter warf. Die Aufregung hatte ihm deutlich zugesetzt, mit wackeligen Knien stieg er die Treppe hinauf.

Oben bedankte Nic sich gerade bei Oliver. »Das war mutig von dir, wirklich mutig. Wir sind dir unendlich dankbar.« In dem dämmrigen Licht, das durch die Fenster in das Haus fiel, meinte Alexander zu erkennen, wie Oliver errötete. »Ich habe mir Sorgen gemacht, weil ihr nicht zurückkamt ...«

»Und das war unsere Rettung.« Nic nahm Olivers Hand.

»Lass uns lieber von hier verschwinden«, schlug Alexander vor und sah sich um. Besser, sie verließen diesen Ort so schnell wie möglich.

»Was ist mit ihm?« Nic deutete auf den Ripper.

»Wir nehmen ihn mit«, antwortete Alexander und Nics Augen weiteten sich.

»Ihn mitnehmen? Nach oben? Aber das …«

»Das war nicht der Plan, ich weiß. Ich erzähle dir alles, wenn wir hier raus sind.«

Nic sah ihn zweifelnd an, doch sie sagte nichts weiter. Alexander hoffte sehr, dass sie ihm vertraute.

Vor dem Tor, das den Marktplatz und den Tunnel, der zum Ausgang aus der unterirdischen Stadt führte, voneinander trennte, verabschiedeten sie sich von Oliver.

»Vielen Dank, Oliver. Du hast uns das Leben gerettet«, sagte Nic und beugte sich hinunter und umarmte ihn kurz.

Nachdem sie ihn wieder losgelassen hatte, fragte Oliver: »Ihr kommt doch wieder, oder? Vielleicht morgen schon?«

Alexander konnte den Hoffnungsschimmer sehen, der Olivers Gesicht überzog, und sein Magen verkrampfte sich als er sagte: »Natürlich kommen wir wieder. Bald.« Er hatte keine Ahnung, ob sie die unterirdische Stadt je wieder betreten würden. Er wusste nicht einmal, ob Nic und er die heutige Nacht überleben würden, doch das konnte er dem Jungen nicht sagen. Das hatte er nicht verdient.

Mit dem Ripper über der Schulter stapfte er gemeinsam mit Nic die Tunnel zum Bio-Tower entlang. Sie sprachen kein Wort, bis sie in ihrem Labor angelangt waren. Erst dort blieb Nic stehen und drehte sich zu ihm um.

»Was hast du jetzt vor, Alex?«, fragte Nic und ihr Gesichtsausdruck schwankte zwischen Neugier und Angst.

»Setzt Euch bitte«, bat Alexander die Botania, und sie setzte sich ohne weitere Fragen. Er ließ den Ripper achtlos zu Boden fallen und setzte sich ebenfalls auf einen der Holzstühle und lehnte sich zurück. Er hatte Nic vorhin nicht alles erzählt, das musste er jetzt nachholen.

»Ich werde ihn nicht offiziell gefangen nehmen.« Alexander deutete auf den Ripper. »Wie Ihr gesagt habt, das wäre wohl unser Ende, aber ich habe einen anderen Weg gefunden.« Er berichtete Nic von Cornelius Vanderbilts Besuch auf der Wache und von dem Plan, der während seiner Gefangenschaft in ihm gereift war. »Wir werden ihn bei Vanderbilt abgeben. Damit haben wir uns gleich mehrere Probleme vom Hals geschafft: Vanderbilt wird mich nicht töten lassen, wir nehmen nicht den unsicheren Weg und überlassen ihn den Dunklen, die Oberen erfahren nicht das Geringste und wir sind ihn los.« Alexander deutete mit dem Kopf in die Richtung des Rippers, der schwer atmend auf dem Boden lag. Unter seinem Knie breitete sich eine kleine Blutlache aus.

Nic schwieg einige Sekunden, während sie auf die sich ausbreitende rote Pfütze starrte.

»Vanderbilt hat mit den Oberen nichts zu tun. Das ... das scheint eine wirklich gute Idee zu sein.«, gab sie endlich zu. »Es *könnte* funktionieren, aber Alex ... bitte, mach dir keine zu großen Hoffnungen. Wer weiß, was noch alles geschieht. Ihn durch die Stadt zu transportieren ist ein großes Risiko. Und noch dazu Vanderbilt ... Er hat dir gesagt, du sollst ihn gefangen nehmen, nicht den Ripper zu ihm schleppen.«

»Natürlich, das weiß ich, aber du hast ihn nicht gesehen«, antwortete er und dachte daran, wie aufgebracht Vanderbilt gewesen war. Nein, nicht nur aufgebracht, beinahe wahnsinnig vor Wut. Und jetzt, wo sie den Ripper hatten, konnte Alexander es kaum erwarten, ihn wieder loszuwerden und sich ihn und Vanderbilt gleichzeitig vom Hals zu schaffen. »Kommst du mit mir zu Vanderbilt?«

»Cornelius Vanderbilt II.«, korrigierte Nic ihn lächelnd.

»Jaja, den meine ich doch«, entgegnete Alexander ungeduldig. Er brannte geradezu darauf, die ganze Angelegenheit zu klären. Nur noch wenige Minuten und er war endlich wieder frei. Er könnte sein Leben ganz normal weiterleben, genau wie zuvor. Nur diesmal mit dem Wissen, was die Oberen getan hatten und was immer noch hinter den Kulissen von Biota vor sich ging. Aber es hatte auch ein Gutes: Vielleicht hatten er und Nic dann endlich die Gelegenheit, sich näher kennenzulernen?

»Ja, natürlich komme ich mit. Das kann ich mir doch nicht entgehen lassen«, sagte Nic deutlich fröhlicher als in den ganzen letzten Wochen.

»Dann lasst uns gehen, Botania. Ich kann es kaum erwarten, den hier endlich loszuwerden.«

»Ich sollte mich umziehen, so kann ich dort nicht auftauchen«, sagte sie und deutete auf die Kleidung, die nicht ihrem Stand als Botania entsprach. »Warte kurz, Alex, ich bin sofort wieder da.« Sie lief los und holte aus dem Schrank am Ende des Raumes ihr grünes Gewand. Dieses Mal zog sie es einfach über die Kleidung, die sie bereits am Leib trug. Alexander war ein wenig enttäuscht. Er bemühte sich aber redlich darum, es sich nicht anmerken zu lassen.

Nic ging an ihm vorbei und hielt die Labortür auf, damit er ungehindert mit seiner schweren Last hindurchgehen konnte. »Ich glaube, unser Gefangener ist bewusstlos«, sagte Nic.

»Aber er ist doch nicht tot, oder?«, fragte Alexander entsetzt. Es wäre schlecht, den Ripper tot bei Vanderbilt abzuliefern. Nic streckte die Hand aus und schloss die Finger um das Handgelenk des Mannes. Nach wenigen Sekunden zog sie ihre Hand wieder zurück.

»Nein, nein, er ist wirklich nur bewusstlos.«

Alexander stieß hörbar die Luft aus. Ein Glück. Doch wie Nic schon gesagt hatte: Noch war es nicht vorbei.

»Wisst Ihr, wie wir zu ihm kommen? Ich weiß zwar, wo er wohnt, aber ...« Er führte den Satz nicht zu Ende. Ein einfacher Bewohner der Stadt wie er ... Er war nie im Haus der Vanderbilts gewesen.

»Ja, natürlich. Er gibt dort jedes Jahr mehrere Feste für uns Wissenschaftler. Preisverleihungen und so weiter«, erwiderte Nic. »Wir gehen einfach durch den Tunnel bei den Aphroditen. Dann nehmen wir den Aufzug.«

Alexander wusste nicht, ob das Ganze wirklich so einfach werden würde, wie Nic behauptete, doch als sie die Führung übernahm, folgte er ihr bereitwillig.

Im Garten der Aphroditen war in diesem Moment niemand zu sehen und so schlichen Nic und er mit dem bewusstlosen Ripper an den Büschen und Blumen vorbei und stiegen die Treppe zum Delectarium herab. Unten wandte Nic sich nach rechts und führte ihn in einen kleinen Nebengang, der sich hinter den Geschäften entlang zog und der Alexander nie zuvor aufgefallen war. Wie auch? Auf seinem Plan war er nicht verzeichnet gewesen und er hatte nie nach so etwas wie versteckten Gängen gesucht. Biota war wohl weit unergründlicher, als er es je geahnt hatte. Nicht nur, was die Wege betraf.

Der Gang endete nach wenigen Metern vor einem prunkvoll geschmückten Aufzug. Nic drückte auf den Knopf und die breite Tür öffnete sich vor ihnen. Das gesamte Innere des Aufzugs war vergoldet und mit Bildern von Zahnrädern verziert. Die Arbeiten sahen wunderschön aus und die Gestaltung musste eine Menge Zeit gekostet haben. Vorsichtig drehte Alexander sich um und sah, dass Nic den einzigen Knopf drückte, der sich im Inneren des Aufzugs befand. Sorgfältig tippte sie danach Zahlen in ein kleines Kästchen, das aus der Wand gefahren war. Nach der Eingabe fuhr es surrend wieder zurück und der Aufzug setzte sich in Bewegung.

»Ihr kennt den Code für diesen Aufzug?«, fragte Alexander. Er hätte nicht gedacht, dass Nic so oft bei Vanderbilt zu Besuch war.

»Das ist für uns Wissenschaftler normal. So müssen die Wachen nicht extra für jeden von uns den Aufzug bedienen, wenn wir zum Fest wollen.« Sie zwinkerte ihm zu.

»Wachen?«, fragte er alarmiert.

»Ja, er hat ein paar Wächter und natürlich auch einige Golems vor seinem Haus platziert. Es soll ja nicht jeder hereinspazieren können, nicht wahr?«, bemerkte Nic leichthin.

Mit einer schönen, leisen Melodie öffnete sich der Fahrstuhl und sie fanden sich in der obersten Etage des Delectariums wieder, der Residenz der Vanderbilts. Von unten war das Haus nicht zu sehen, da es weit zurückgesetzt auf der Plattform stand. Am vorderen Rand schien das Licht des Vergnügungsviertels hinauf, allerdings reichte es nicht aus, um das Gebäude und den Garten des Anwesens zu beleuchten. Doch der weiße

Kiesweg, der sich vom Aufzug bis zur Haustür hinzog, war gesäumt von kleinen Glühbirnen, die so viel Licht spendeten, dass man ihn gefahrlos entlanglaufen konnte.

Im Schein der Lämpchen sah Alexander, dass der Garten sich weitläufig um das Haus herum erstreckte, die Details jedoch lagen im Dunkeln.

»Ja dann … Lasst uns Herr Vanderbilt einen Besuch abstatten«, sagte Alexander unsicher und verlagerte das Gewicht des Rippers auf seiner Schulter, die zu schmerzen begonnen hatte. Er machte einen Schritt auf den Weg, doch Nic hielt ihn am Arm zurück.

»Warte! Er weiß bereits, dass wir hier sind.«

Alexander fragte sich, woher sie das wusste, gehorchte jedoch und blieb bewegungslos auf der Stelle stehen. Nach wenigen Sekunden öffnete sich die Tür des Hauses und Licht flammte auf. Riesige Scheinwerfer beleuchteten das gesamte Grundstück und tauchten es in taghelles Licht. Endlich konnte er den Ort im Hellen betrachten. Er war prunkvoller, als Alexander es erwartet hatte. Seit er sich erinnern konnte, hatte er Geschichten darüber gehört, wie selbstlos die Vanderbilts gewesen waren und wie wenig sie von ihrem Vermögen für sich behalten hatten. Ganz normale Einwohner Biotas. Soweit Alexander sich allerdings erinnern konnte, wohnte er selbst nicht in einem solch prachtvollen Haus umgeben von einem riesigen Garten.

Die weiße Fassade des Hauses war am Eingang in einer Art Halbkreis nach vorn gewölbt und die zweite Etage wurde von reich verzierten Säulen gestützt. Oberhalb der hölzernen Tür befand sich ein Balkon, und um die Eingangstür herum war eine Terrasse angelegt, zu der vier flache Stufen hinaufführten und auf der zwei Schaukelstühle standen. Den Rest der Fassade verzierten zahlreiche hohe Fenster und Stuckarbeiten. Im Garten sah Alexander eine lange Reihe mit Beeten, in denen exotische Blumen wuchsen, hohe Bäume und sogar eine Schaukel weit hinten auf dem Rasen. Dahinter glaubte Alexander einen Teich zu erkennen. Ein unvorstellbarer Luxus! Er kannte niemanden in ganz Biota, der so lebte! Nicht einmal die Wissenschaftler lebten in solchen Häusern.

Aus der geöffneten Tür traten nun zwei Männer in schwarzen Uniformen, die Alexander noch nie zuvor gesehen hatte.

»Wir müssen euch darüber informieren, dass der Zutritt nicht gestattet ist. Wir haben die Erlaubnis, bei Zuwiderhandlung die geeigneten Maßnahmen zu ergreifen«, schnarrte der Größere von beiden, der anscheinend auch der Ältere war.

Nic drängte sich an Alexander vorbei und stellte sich mit einem strahlenden Lächeln direkt vor die grimmig dreinblickenden Wachen. »Hallo, entschuldigt bitte die Störung, aber es ist wirklich wichtig. Wir müssen mit Herr Vanderbilt persönlich sprechen.«

Die Mienen der Männer blieben unbeeindruckt. »Wer ist dieses Subjekt?« Der ältere Mann deutete auf den Ripper, der bewusstlos auf Alexanders Schulter hing. »Und aus welchem Grund sollten wir gerade euch passieren lassen und das noch mitten in der Nacht?«, fragte er mit einem bissigen Unterton. Es schien ihm gar nicht zu gefallen, ungebetene Gäste zu empfangen.

»Nun ja, ich bin Botania und wir haben eine sehr wichtige Nachricht für …«, setzte Nic an, wurde jedoch gleich wieder unterbrochen, diesmal von dem jüngeren der beiden Männer.

»Es ist völlig belanglos, ob Ihr Botania, Ärztin oder sogar der Oberste höchstpersönlich seid. Ihr habt keinen Termin, also werdet Ihr Herrn Vanderbilt nicht sprechen. Wenn Ihr dann bitte gehen würdet?« Der Mann wies zurück auf den Aufzug, mit dem sie gerade erst gekommen waren. Nic, die es offenbar nicht gewohnt war, dass man sie so behandelte, versuchte es erneut: »Aber wenn ich doch sage …«

»Frau …«

»Botania!«, rief Nic erzürnt.

»Botania, ich bitte Euch und Euren Begleiter noch einmal höflich: Verlasst das Gelände freiwillig.«

Herausfordernd reckte Nic das Kinn in die Höhe. »Sonst?«, fragte sie provozierend, doch bevor einer der beiden Männer antworten konnten, zog Alexander sie am Arm an seine Seite.

»Lasst es mich probieren«, flüsterte er ihr ins Ohr und wandte sich an die Wachen.

»Meine Herren, ich bin der oberste Hüter Alexander und ich habe Herrn Vanderbilt etwas wirklich Wichtiges mitzuteilen. Es wäre gut, wenn ihr ihn informieren könntet. Er wird euch die Dringlichkeit meines Besuchs sicher gerne bestätigen. Und ich vermute, er wird sich über dieses Subjekt sehr freuen.« Noch bevor er den Satz zu Ende gesprochen hatte, veränderten sich die Gesichter der beiden Wachen: Die Strenge und die Überheblichkeit wichen aus ihnen und stattdessen breitete sich Sorge darauf aus.

»Hüter, wir wussten nicht, dass du es bist. Wir haben die Order bekommen, dich sofort ins Haus zu führen, sobald du herkommst, oder deine Nachricht weiterzuleiten, sollte uns eine solche zugetragen werden. Wir waren nur nicht darüber unterrichtet, dass du Besucher mitbringen würdest. Und wir haben dich ohne deine Uniform nicht erkannt.« Die Männer wandten sich um. Sie fühlten sich sichtlich unbehaglich.

»Folgt uns!«, riefen sie ihnen über die Schulter zu und Alexander und Nic folgten den Wachmännern auf den Weg aus Kies, der laut unter ihren Sohlen knirschte. Mühsam schleppte Alexander die Last des Rippers bis zur Haustür, die die Wachen für die Besucher geöffnet hielten. Alexander trat ein und fand sich in einer riesigen halbrunden Eingangshalle wieder, von der aus eine gewundene hölzerne Treppe in das erste Stockwerk führte, von dem aus dem Erdgeschoss nur das weiße Geländer zu sehen war. Über ihren Köpfen hing ein gigantischer Kronleuchter, dessen farblose Edelsteine das Licht in alle Richtungen reflektierten. An einer Wand rankten sich Pflanzen mit roten Blüten empor, während eine andere vollständig mit einem Portrait von Cornelius Vanderbilt – dem Gründer der Stadt – bedeckt war, der Biota wie eine Schneekugel auf seiner Handfläche hielt und liebevoll betrachtete.

Am Treppenaufgang standen zwei menschengroße Golems. Beide waren kupferfarben und mit schimmernden Muscheln und Edelsteinen geschmückt. Unzweifelhaft nur Tarnung. Keinesfalls waren diese Golems so harmlos, wie es den Anschein hatte.

Die Männer führten sie bis hinüber zur Treppe und verschwanden ohne ein weiteres Wort. Verwundert sah Alexander ihnen nach. Als er sich wieder umdrehte, bemerkte er, dass die Augen der Golems vor ihm zu leuchten begonnen hatten und ihn eingehend zu mustern schienen. Es zischte plötzlich und sie schritten langsam und mit knirschenden Geräuschen die Treppe empor.

»Folge uns, Alexander, Hüter von Biota«, erklangen knarzend ihre metallischen Stimmen im Chor. Widerspruchslos folgte er den Maschinen und stieg ächzend die Treppe hinauf. Das

Gewicht des Rippers lastete inzwischen so schwer auf seiner Schulter, dass er das Gefühl hatte, er würde nie wieder gerade stehen können.

Auch Nic folgte ihnen in die erste Etage des Herrenhauses. Dort leuchtete die gesamte Decke in einem sanften Licht, und die Wand überzog eine Art Relief, in dem die wundersamen Entdeckungen der Stadt verewigt worden waren. Er erkannte unter anderem einen DNS-Strang, der sich den gesamten Gang an der Wand entlang wand, ebenso wie Moleküle und Atome. Er war sich sicher, dass Nic alle Abbildungen erkannte und ihm hätte erklären können, doch sie schwieg. Obwohl sie so oft hier gewesen war, wie sie sagte, schien sie Vanderbilt nicht zu mögen. Mit zusammengekniffenen Lippen blickte sie auf den Luxus und den Prunk, der sie umgab. Vielleicht fand sie, dass Vanderbilt diesen Luxus nicht verdient hatte. Gut möglich, dass es auch nur die Anspannung war, die sie schweigen ließ.

Langsam und bedächtig schritt die kleine Gruppe den prächtigen Flur entlang, bis die beiden mechanischen Wächter endlich vor einer Tür stehenblieben. Einer von ihnen drückte seine Handfläche, auf der verschlungene Symbole eingraviert waren, gegen eine Vertiefung in der Wand. Klickende Geräusche ertönten. Nach wenigen Sekunden schwang die Tür auf und die Wächter wiesen mit ihren Händen synchron ins Innere des Raums.

»Geht!« Die mechanischen Stimmen klangen bedrohlich, und Alexander kam ihrem Befehl auf der Stelle nach. Als Nic und er eingetreten waren, schwang die Tür mit einem lauten Knall wieder zu und Alexander ließ vor Schreck den Ripper von seiner Schulter fallen. Doch anstatt ihn wieder aufzuheben, ließ er ihn einfach liegen. Er hatte den Ripper dort, wo er ihn hatte haben wollen, was sollte er noch mit ihm anfangen? Endlich von der Last befreit, rieb er sich stöhnend die Schulter. Nic stand noch immer wie erstarrt an der Schwelle der Tür, als ob sie es nicht wagte, einen weiteren Schritt in den Raum zu machen.

»Was ist los?«, fragte er mit leiser Stimme, und Nic deutete mit der Hand auf das Fenster links von ihnen. Es zeigte nicht wie erwartet den Garten, den Alexander außerhalb des Gebäudes gesehen hatte. Stattdessen blickte er auf ein weites Feld, auf dem sich goldene Ähren im Wind zu wiegen schienen. Über ihnen befand sich nur ein endloses Blau. Alexander schluckte – das musste der Himmel sein, so wie er früher ausgesehen hatte. Es fiel ihm schwer, sich wieder von dem Anblick zu lösen, doch nach einer Weile wandte er sich ab und sah sich im Zimmer um. Es war vermutlich das sonderbarste Sammelsurium aus Dingen, das er je gesehen hatte: Holzfiguren mit merkwürdig verzerrten Gliedmaßen, unheimliche bunte Masken, Schädelknochen von großen Tieren, Maschinen in allen Größen waren über das gesamte Zimmer verteilt, und jeder Zentimeter der Wand war behängt mit Bildern, Plakaten und Postkarten, von denen Alexander vermutete, dass sie nicht aus Biota stammten.

Nic war näher an das Fenster herangetreten und sah noch immer fasziniert nach »draußen«.

Während Alexander sie beobachtete, bemerkte er einen bläulichen Schimmer, der durch eine Ritze neben der Tür fiel, die wohl in den angrenzenden Raum führte. Was war denn das? Interessiert trat Alexander näher. Die Tür war nicht vollständig geschlossen, sie klaffte einen Spalt breit auf und Licht flutete heraus. Er gab der Tür einen leichten Schubs. Geräuschlos glitt sie auf und gab den Blick frei auf einen Raum, der vollständig blau beleuchtet war. Ausgangspunkt des merkwürdigen Lichts war ein Aquarium, das exakt in der Mitte des Raums auf einem Tisch aus dunkel gefärbtem Mechanium stand. Das Aquarium hatte keinen Deckel und Alexander hörte lautes Blubbern. Neugierig versuchte er, durch die Frontscheibe des Aquariums zu sehen, doch sie war beschlagen. Mit dem Ärmel seiner Jacke wischte er über das Glas und wich dann so hastig zurück, dass er stolperte und hart auf den Rücken fiel. Panisch krabbelte er rückwärts und richtete sich erst am Eingang wieder auf.

»Cornelius, bist du das? Du hattest doch gesagt, du hast heute zu tun.« Eine gurgelnde Stimme erklang aus dem Becken und das Blubbern verstärkte sich. »Cornelius?« Wieder hörte Alexander die unheimliche Stimme. Das durfte doch nicht wahr sein!

In dem Aquarium mit der bläulichen Substanz befand sich der Kopf von Cornelius Vanderbilt I. Der Kopf des Mannes, der Biota gegründet hatte. Und er lebte! Er sprach sogar!

Vorsichtig schlich Alexander aus dem Raum und zog leise die Tür wieder hinter sich zu.

»Alex? Wer ist da?«

»Äh … niemand. Ich bin an ein Gerät gekommen, das muss wohl eine Art Radio sein, oder so etwas«, schwindelte er.

»Achso.«

Alexander war sich sicher, dass sie ihm nicht glaubte, denn sie ließ vom Fenster ab und beäugte ihn misstrauisch.

Gerade als sie den Mund wieder öffnete, schwang die mechanische Eingangstür ein weiteres Mal auf und Cornelius Vanderbilt II. trat ein. Ohne ein Zeichen der Überraschung wandte der große Mann sich an Nic und nahm ihre Hand.

»Botania! Eine wahre Freude, Euch wieder in meinem Haus begrüßen zu dürfen.« Alexander schüttelte leicht den Kopf. Was für ein Heuchler! Hatte er die Botania und ihre Kollegen beim letzten Besuch nicht noch als »Blümchenpflücker« bezeichnet? Jetzt jedoch verneigte er sich vor der Wissenschaftlerin und trat erst dann zu Alexander.

»Grüße, Hüter. Es freut mich, dass du doch gekommen bist. Wie es scheint, hast du dir meinen Rat zu Herzen genommen.« Sein Blick zuckte hinüber zu der schwarz gekleideten Gestalt, die zusammengekrümmt auf dem Boden lag.

»Ja«, antwortete Alexander tonlos. Wie auch bei ihrer ersten Begegnung trug der Enkel von Cornelius Vanderbilt Kleidungsstücke aus Wolle: eine schwarze Hose und ein weinrotes Hemd. Seine Kleiderwahl mutete geradezu lachhaft an verglichen mit seinem Haus. Ein ganz normaler Bürger Biotas.

Unangenehme Stille breitete sich aus und nach wenigen Sekunden ergriff Alexander das Wort. »Nun, ich habe getan, was du verlangt hast. Was geschieht jetzt?«

»Mit ihm oder mit dir?« Vanderbilts schwarzer Schnurrbart zuckte leicht und Alexander vermochte nicht zu sagen, ob er scherzte oder ob die Frage ernst gemeint war.

»Äh … beides, würde ich sagen«, erwiderte er schließlich unsicher und sah Vanderbilt in die Augen.

Mit einem kurzen Lachen wandte der sich nun wieder Nic zu. »Und, Botania, hättet ihr euch genauso entschieden wie unser mutiger Hüter hier?«, fragte er. Sein Tonfall ließ erkennen, dass er Alexander für ganz und gar nicht mutig hielt.

»Nein«, entgegnete Nic mit ernstem Gesicht. »Nein, hätte ich nicht. Das hier ist verrückt, aber ich stimme dir zu, dass es einiges an Tapferkeit von Alexander verlangt hat.« Der Hüter spürte, wie sein Gesicht heiß wurde. Er hatte kein Lob von der Botania erwartet. Er warf ihr einen dankbaren Blick zu.

»Und von Euch, nehme ich an?« Vanderbilt zog eine schwarze Augenbraue empor, bis sie fast unter den ebenso schwarzen Haaren verschwand. »Ich bin davon ausgegangen, dass Ihr ihn begleitet habt, lag ich damit falsch?«

Nic schüttelte den Kopf. »Nein, ich habe ... geholfen.« Alexander hörte das Zögern in ihrer Stimme, doch seiner Meinung nach hatte sie absolut recht. Sie hatte ihm geholfen, denn ohne sie hätte er niemals den Mut gehabt, den Ripper aufzusuchen und ihn aus der Stadt der Dunklen heraus zu bringen. Mit einem Mal wurde Alexander bewusst, was Vanderbilts Worte bedeuteten. Er wusste von der Stadt der Dunklen. Er war kein Oberer, aber trotzdem wusste er von der Stadt. Und er wirkte nicht so, als ob ihn dieses Wissen schockierte, oder er sich Gedanken über die Menschen dort unten machte. Er hatte, was er wollte. Und dafür hatte er sich nicht einmal selbst die Hände schmutzig machen müssen.

»Geholfen, so so.« Er betrachtete Nic wie ein drolliges Kleinkind bei seinen ersten Gehversuchen. »Aber Ihr seid doch die Botania, von der sich die ganze Stadt Großes verspricht, oder nicht?«

Alexander erkannte ein unsicheres Flackern in Nics Augen.

»Ich, also ...«, stammelte sie.

Alexander war überrascht, so hatte er die Biologin noch nie erlebt. Sie hatte immer so selbstsicher und überlegen gewirkt, als könnte ihr niemand etwas anhaben, doch vor diesem Mann schien sie aus irgendeinem Grund Angst zu haben. War es die Drohung, die in seinen Worten mitschwang? Oder war es nur gebührender Respekt, weil sein Großvater diese Stadt gegründet hatte und sie der einzige Grund war, aus dem sie alle noch am Leben waren?

Vanderbilt lachte leise, doch ein harter Zug um seine Mundwinkel strafte seinen betont fröhlichen Gesichtsausdruck Lügen.

»Und, Botania, wollt Ihr mir vielleicht von Eurem neuesten Projekt erzählen? Ich höre so gern Neues aus der wunderbaren Welt der Wissenschaft.« Er setzte ein betont gespanntes Gesicht auf und blickte die Biologin mit durchdringendem Blick an.

Nic jedoch schüttelte den Kopf. »Das …«, doch kaum hatte sie den Mund geöffnet, fiel Vanderbilt ihr auch schon wieder ins Wort.

»Ja, natürlich, Ihr dürft nicht darüber reden und so weiter und so weiter. Nicht, dass ich das nicht zur Genüge zu hören bekommen würde. Da zahlt man all das Geld und wofür?« Er machte eine ziellose Bewegung mit den Armen, ließ sie dann kraftlos an der Seite wieder herabfallen und sah Alexander geradezu Beifall heischend an. Wovon redete der Mann bloß?

»Na ja«, sagte Vanderbilt, als er keine Antwort erhielt. »Ich würde sagen, dann seid ihr wieder entlassen. Ihr könnt gehen.« Er wandte ihnen den Rücken zu und trat an eine der Maschinen, die den gesamten Platz vor der rechten Wand des Zimmers einnahm. Sie bestand vollständig aus silbernem Metall und wirkte auf Alexander äußerst kompliziert. Die Bitte, oder vielmehr die Aufforderung, zu gehen, kam für ihn überraschend.

»Herr Vanderbilt, was geschieht jetzt mit ihm?«, versuchte Alexander, Vanderbilts Aufmerksamkeit zurückzuerlangen.

»Das ist nicht dein Problem, Hüter. Mach einfach, dass du zurückkommst in dein bequemes Büro, schau den Wissenschaftlern

278

dabei zu, wie sie sich die Köpfe einschlagen und mach deinen Papierkram. Um den hier kümmere ich mich schon.«

Das war leider keine Antwort. Doch bevor Alexander erneut nachfragen konnte, öffnete sich die Eingangstür zischend und die beiden Golems traten einen Schritt in den Raum und streckten jeder eine Hand aus, als wollten sie die Besucher ebenfalls bitten zu gehen. Er beschloss, dieser stummen Aufforderung lieber nachzugeben, und ging hinter Nic in Richtung des Ausgangs. Als Nic den Raum mit einem der mechanischen Wächter bereits verlassen hatte, flüsterte Vanderbilt Alexander etwas hinterher.

»Sie kommen, Hüter.«

Was sollte das bedeuten? Alexander machte einen hastigen Schritt zurück in den Raum.

»Was willst du damit sagen?«, fragte er und versuchte, das Zittern in seiner Stimme zu unterdrücken.

»Och, nur dass du vorsichtig sein solltest, wenn du zurückgehst. Sie beobachten dich und sie werden dich finden.«

»Von wem redest du?«, fragte Alexander wütend. Er hatte genug von den kryptischen Antworten des Mannes.

»Du weißt genau, von wem ich rede. Und ich sage dir das auch nur, weil ich dir wirklich dankbar bin, dass du ihn mir gebracht hast.« Vanderbilt deutete auf den Ripper, der noch immer bewusstlos war. »Sehr dankbar. Deswegen hoffe ich, du denkst über das nach, was ich dir gesagt habe. Sie werden kommen.« Damit wandte Vanderbilt sich wieder um und dieses Mal verließ Alexander den seltsamen Raum endgültig. Es hatte einfach keinen Sinn, mit Vanderbilt zu reden!

Im Flur wartete Nic, flankiert von den beiden Golems, und sah ihn fragend an. Alexander wich ihrem Blick aus. Er wollte nicht vor den Wachen über das reden, was Vanderbilt ihm gesagt hatte.

Die Maschinen führten sie wieder den langen Gang mit dem Helix-Relief entlang und die Treppe hinab. In der Eingangshalle warteten bereits die menschlichen Wachen darauf, ihn und Nic in Empfang zu nehmen. Die Golems nickten einmal kurz zum Abschied. »Bis zum nächsten Mal und danke für Ihren Besuch, Hüter, Botania«, erklangen ihre metallisch hallenden Stimmen noch einmal im Chor, bevor sie die Treppe stampfend wieder emporstiegen.

Alexander sah, dass nun die Tür dem Eingang gegenüber offenstand. Neugierig versuchte er einen Blick hindurchzuwerfen, doch alles, was er erkennen konnte, war ein riesiger schwarzer Ofen, auf dem sich ein silberner mit blauen Steinen verzierter Teekessel befand. Die Küche, vermutete Alexander. Er fragte sich, wer die Tür geöffnet hatte. Wie viele Menschen wohnten in diesem Haus? *Dieser Villa.* Außer von Cornelius Vanderbilt II. war wenig über die Familie bekannt. Vor ein paar Jahren hatte in der Zeitung gestanden, dass er geheiratet hatte, mehr nicht.

Er wandte sich von der Küche ab und folgte den Wachen und Nic durch die Tür. Er würde nie wieder herkommen, da war er sich sicher.

Die Wachen begleiteten sie bis zum Aufzug und sahen zu, wie sie hineinstiegen und den Knopf drückten, der sie in das Erdgeschoss des Delectariums führen würde. Mit einem ironischen Winken verabschiedete Nic sich von ihnen und die Türen schlossen sich.

Alexander sackte in sich zusammen. Ihm war, als hätte man ihm eine schwere Last von den Schultern genommen: Sie hatten den Ripper geschnappt und das Morden war zu Ende. Doch seltsamerweise wollte sich bei ihm keine richtige Freude einstellen, denn immer wieder hallten die letzten Worte Vanderbilts durch seinen Kopf. »Sie kommen.« Was hatte er damit gemeint? Andererseits … der Mann hatte ein Aquarium mit dem Kopf seines Großvaters in seinem Haus und hatte ganz klar vor, den Ripper zu töten. Inwieweit konnte er diesem Mann trauen, der ein wenig … nun ja, verrückt zu sein schien?

Im Erdgeschoss trennten sich ihre Wege: Nic wollte in den Bio-Tower zurückkehren, während Alexander nach Hause ging. Er hatte seit Ewigkeiten nicht geschlafen und wollte nur noch ins Bett. Gerne hätte er Nic begleitet und versucht, herauszufinden, ob zwischen ihnen nun auch alles in Ordnung war. Aber trotz der ganzen Aufregung der letzten Tage hatte er noch immer seinen Posten als Hüter, und das Leben ging ab jetzt wieder seinen geregelten Gang. Also hatten er und Nic nun alle Zeit der Welt, sich näher kennenzulernen. Heimlich natürlich. Alexander lächelte glücklich, als er daran dachte. Heute schien alles möglich zu sein.

Gähnend setzte er seinen Weg allein fort. Müde wie er war, bemerkte er nicht, wie sich im Delectarium und auf dem Marktplatz verstohlen Köpfe nach ihm umwandten und dunkle Gestalten ihm bis zum Aufzug folgten.

KAPITEL 8

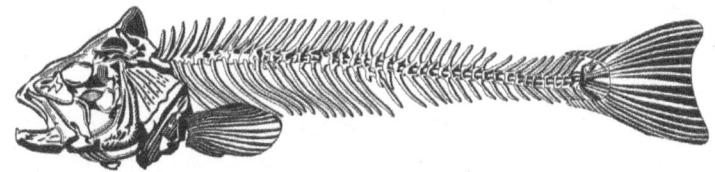

Sobald sein Kopf das Kissen berührte, war er bereits eingeschlafen, doch sein Schlaf war nicht so erholsam, wie er gehofft hatte. Bilder von Leichen, die sich wieder erhoben, spre-
chenden Köpfen und Vanderbilt, der den Finger erhob und
brüllte: »Siehst du nicht? Sie kommen!«, geisterten durch seine
Träume und ließen ihn ein ums andere Mal aus dem Schlaf
aufschrecken.

Doch als er am nächsten Morgen erwachte, fühlte er sich
trotz allem deutlich besser als noch in der Nacht zuvor. Er
stand auf, machte Frühstück und hatte das Gefühl, dass die
Normalität endlich wieder zurückgekehrt war. Es würde nirgendwo eine Leiche auftauchen, er musste nicht in Höhlen
hinabsteigen, in denen unheimliche Menschen wohnten, und
er musste sich nicht einem völlig Wahnsinnigen stellen. Stattdessen würde sein Tag wieder so ruhig und angenehm ablaufen
wie bisher: Kontrollgänge, Papierkram, vielleicht den einen
oder anderen Streit schlichten.

Er konnte kaum glauben, dass ihm diese Routine noch vor
wenigen Wochen furchtbar langweilig vorgekommen war. Am
heutigen Tag erschien ihm die Aussicht auf einen solchen Tag
wie das größte Geschenk, das man ihm machen konnte. Und

mit der Zeit würde er sicherlich auch über die Lügen hinwegkommen, die die Oberen ihnen allen erzählt hatten. Hauptsache, er war in Sicherheit.

Beschwingt räumte er das Geschirr zur Seite und pfiff sogar ein kleines Lied, während er sich anzog. Heute Abend musste er sich endlich wieder einmal eine Sendung im Radio anhören. Er hatte das Gefühl, den Anschluss an die Gemeinschaft Biotas völlig verloren zu haben. Das würde er nachholen, gleich nach der Arbeit. Er würde etwas zu Essen vom Marktplatz holen und es sich damit in seinem Sessel gemütlich machen.

Sie kommen. Vanderbilts Warnung war auf einmal wieder da. Aber wen hatte der Mann mit »Sie« gemeint? Die Dunklen? Sie konnten aus ihrem Gefängnis doch nicht entkommen, oder? Vielleicht die Oberen? Aber sie waren auf ihrem Ausflug nicht gesehen worden, das hätte Nic ihm sonst sicherlich erzählt. Doch der Zweifel und das beklemmende Gefühl in seiner Brust hielten sich den ganzen Tag über.

Obwohl der letzte Mord noch nicht lange her war, war es doch der erste fast normale Tag für Alexander seit langer Zeit. Er schickte die anderen Hüter los, um Zeugen zu befragen und Indizien zu untersuchen, da er ihnen nicht sagen konnte, dass der Mörder bereits gefasst war. Auch wenn er sich dabei schäbig vorkam, war es ihm so lieber, als ständig in der Unsicherheit zu leben, dass der Mörder jederzeit wieder zuschlagen konnte.

Als er seinen morgendlichen Rundgang beendet hatte, beschloss er, sich für das Mittagessen nach all den Strapazen etwas zu gönnen. Er ging auf den Marktplatz und stieg die Treppe in den ersten Stock empor. Dort betrat er das »Nucleus«. Es hatte erst vor etwa zwei Jahren eröffnet und war ein spektakulärer

Anblick. Von außen glich das Gebäude einer rostroten Kugel, um die sich an zwei Stellen ein Außenbereich aus Hecken zog, der einem Irrgarten glich. Das Innere betrat man durch eine sehr schmale Tür und stand dann in einem dunklen Vorraum, aus dem ein Kellner die Gäste an ihre Tische geleitete. Über die Decke zogen sich orange Strahlen, die aus zwei ebenfalls orangen Kugel an den gegenüberliegenden Enden des Raumes zu entspringen schienen. In der Mitte, dort, wo die Linien aufeinandertreffen müssten, berührten sie seltsame Gebilde, die wie der langgezogene Buchstabe »X« aussahen. Aus Löchern an den Wänden strömte hellrotes Licht.

Während Alexander wartete, betraten zwei weitere Gäste den kleinen Raum. Er konnte sie nur schemenhaft erkennen, da sie ihre Gesichter abwandten und dunkle Kleidung trugen, doch er war sich sicher, dass er sie nie zuvor gesehen hatte.

Als er das »Nucleus« eine Stunde später wieder verließ, folgten ihm die beiden Männer nur wenige Augenblicke später. Alexander dachte sich nichts dabei. Er wollte wieder an die Arbeit gehen, damit er heute zum ersten Mal seit langer Zeit wieder richtig Feierabend machen konnte. Er freute sich auf seinen gemütlichen Sessel und vielleicht sogar eine Schüssel Popcorn, falls sie im Laden heute Mais hatten …

Seine Gedanken wurden jäh unterbrochen, als einer der Männer ihn an der Schulter packte und grob zu sich herumdrehte. Alexander sah den beiden verwirrt ins Gesicht. Was wollten sie von ihm?

Als er sie zum ersten Mal richtig anblickte, fiel ihm auf, dass etwas mit ihren Gesichtern nicht stimmte. Ein Teil war durch den Mantel verdeckt, der Rest jedoch wirkte seltsam verschwommen. Auf den zweiten Blick kamen ihm auch die Proportionen irgendwie falsch vor …

»Alexander?«, sprach ihn derjenige an, der ihn aufgehalten hatte. »Bist du der Hüter?« Er sprach langsam und schleppend und so verwaschen, dass Alexander Mühe hatte, ihn zu verstehen.

»Ja … ja, der bin ich. Gibt es ein Problem? Kann ich euch helfen?«, erkundigte er sich und schaute von einem zum anderen Mann. Waren es überhaupt Männer?

Beide verzogen keine Miene.

»Wo warst du gestern Nacht?«, wollte der andere nun wissen. Auch er sprach langsam, als hätte er Schwierigkeiten, sich an die richtigen Worte zu erinnern. Alexanders Gedanken rasten. *Sie kommen.* Waren es diese Gestalten, die Vanderbilt damit gemeint hatte?

»Wer seid ihr?«, fragte er beunruhigt.

Der erste Mann lachte schleppend. »Das tut nichts zur Sache. Beantworte einfach die Frage.« Prüfend beobachteten beide Männer die Umgebung rund um das Restaurant. Es war niemand zu sehen.

»Warum wollt ihr das wissen?«, versuchte Alexander, sie zum Weiterreden zu zwingen.

»Wir … haben dich … gesehen«, ergriff nun wieder der andere Mann das Wort. Die Worte kamen noch langsamer aus seinem Mund und es klang, als würde er an ihnen fast ersticken.

Sie wussten, was er und Nic getan hatten. Sie wussten, dass er bei den Dunklen gewesen war, und sie wussten vermutlich auch, dass er den Ripper zu Vanderbilt gebracht hatte.

»Wer schickt euch?«, presste er verzweifelt hervor.

»Es … ist vorbei … Hüter«, fuhr der Mann fort; beide streckten die Hände aus und griffen nach seinen Armen.

»Nein!« Alexander schlug ihre Arme beiseite, doch sie rückten unaufhaltsam näher, ihre Hände schlossen sich wie Klauen um seine Oberarme. Er wollte sich zur Wehr setzen, doch er konnte sich kaum noch rühren.

»Lasst ihn los!«

Alexander hob den Kopf und sah Nic. Sie stand in der Mitte des hölzernen Stegs und starrte die merkwürdigen Gestalten mit funkelnden Augen an. So wütend hatte Alexander sie nur gesehen, als sie in der unterirdischen Stadt in Handschellen vor dem Ripper gestanden hatte.

»Habt ihr nicht gehört? Ihr sollt ihn loslassen!« Nics Stimme überschlug sich fast vor Zorn, doch die Gestalten ließen Alexander nicht los, ihr Griff wurde sogar noch fester.

Die seltsamen Männer legten die Köpfe schief. »Ah, Botania … Nic. Ihr … könnt Euch … uns … gleich anschließen.«

»Nein, das werde ich sicher nicht«, erwiderte Nic.

Einer der beiden Männer lachte, ein unheimliches abgehacktes Lachen. »Kommt mit uns … Botania. Ihr wisst … wie … das läuft.« Der Mann an Alexanders linker Seite streckte die Hand nach ihr aus und krümmte langsam, beinahe in Zeitlupe, seine Finger, als wolle er sie zu sich locken. Wer waren die bloß? Verzweifelt wand Alexander sich in ihrem Griff.

»Hör auf … zu zappeln!« Leblose blutunterlaufene Augen bohrten sich in seine, und Alexander erschauderte. *Was* waren sie bloß?

»Ich befehle euch, ihn loszulassen!«, schrie Nic nun. Alexander hörte die Verzweiflung in ihrer Stimme. Wenn sie ihm nicht helfen konnte, dann ... Ja, was dann? Er hatte keine Ahnung, was mit ihm geschehen würde.

»Nein«, erwiderte der Linke schlicht. Alexander sah Nics fassungslosen Blick.

»Ich bin eine Botania, also gehorcht mir gefälligst!«

»Nein. Du magst ... eine Botania ... sein, aber du bist ... keine Obere«, erwiderte der Mann in schleppendem Ton. »Wir müssen ... dir nicht ... gehorchen.«

Der andere der Männer streckte seine Hand nach ihr aus. »Komm ... mit. Du weißt ... was geschehen wird. Du kannst ... es ... nicht ändern.«

»Nein«, schrie Nic und kam näher.

»Seid nicht ... albern«, sagte der Linke, als wäre Nic lediglich ein kleines Mädchen. »Es ist ... vorbei.«

Bei den Worten lief es Alexander eiskalt den Rücken herunter. War das wirklich das Ende? Die ganze Nacht war so gut verlaufen, dass er gedacht hatte, sie wären in Sicherheit. Jetzt würde aus seinen Plänen für die Zukunft nichts werden, alles, was er sich für Nic und sich selbst ausgemalt hatte, wurde auf einmal eine weit entfernte und lächerliche Fantasie. Hatte er tatsächlich geglaubt, er könnte den Oberen entkommen? Hoffnungslos sah er die Botania an, doch sie starrte entschlossen zurück und ihr Blick zuckte kurz zu seinen Armen. Alexander schöpfte ein wenig Hoffnung. Nic hatte einen Plan. Dann gab sie ihm ein Zeichen: Sie hob leicht drei ihrer Finger. Alexander verstand. Sie zog einen Finger ein. Er spannte seine Muskeln an und machte sich bereit.

»Wir ... gehen ... jetzt.« Die heiseren Worte erreichten ihn kaum noch, er konzentrierte sich nur auf Nic. Der zweite Finger verschwand. Und schließlich auch der dritte. So hart wie möglich stieß er die beiden Männer zur Seite. Überrascht von seiner Attacke lockerten sie ihren Griff. Sofort stürmte Nic auf sie zu und warf die Gestalten zu Boden. Sie rissen Alexander halb mit sich, doch Nic griff ihm unter die Arme und zog ihn wieder hoch.

»Nichts wie weg hier«, rief sie. In kopfloser Hast rannten sie den Steg entlang. Alexander warf einen Blick über die Schulter. Die beiden Männer richteten sich gerade langsam vom Boden auf und starrten ihnen hinterher. Der Hüter sah wieder nach vorn.

»Wohin?«, rief er Nic zu, die bereits einige Meter Vorsprung hatte.

»Biosphäre«, keuchte sie.

Sie hetzten die Treppen hinunter und über den Marktplatz, ohne auf die Menschen zu achten, die ihnen verwunderte Blicke zuwarfen und ihnen Fragen hinterherriefen. Fort, nur fort, so weit weg von den beiden Gestalten wie möglich. Endlich bogen sie in den Gang zur anderen Kuppel ein und verlangsamten ihre Schritte. Im Vorraum griff Alexander nach einem der Anzüge, doch Nic rief: »Keine Zeit« und öffnete die Schleuse. Mit einem letzten unentschlossenen Blick ließ er den Anzug wieder fallen und hastete ihr nach. Der leichte Regen der Desinfektionsflüssigkeit fiel auf ihn nieder, als er die Schleuse durchquerte, doch er machte nicht Halt, sondern rannte Nic nach, geradewegs in die Kuppel hinein.

Die feuchtwarme Luft raubte ihm den Atem und er hielt sich heftig keuchend die Seite, als er Nic auf dem Weg zu ihrer Hütte folgte. Sie riss die Tür auf und Alexander stolperte keuchend hinein.

»Danke«, brachte er hervor und ließ sich auf einen der Stühle sinken. Schwer atmend sah er sich in der Hütte um. Eine kleine

Küche, ein schmales Bett, ein Mikroskop und Unmengen von frischen und getrockneten Pflanzen, die von der Decke hingen oder in Blumentöpfen auf dem Boden standen.

Aufgeregt lief Nic in der Hütte auf und ab. »Das ist nur deine Schuld! Du und dein schöner Plan!«

Perplex starrte Alexander sie an; in ihren Augen loderte der Zorn. Durch das Laufen standen ihr einige Strähnen vom Kopf ab und auf ihrem Gesicht schimmerten kleine Schweißperlen.

»Ich …«, setzte er an, doch Nic fiel ihm gleich wieder ins Wort.

»Ja, du! Ich hätte mich von dir fernhalten sollen! Es war doch klar, dass das niemals gut geht!« Sie sank auf einem Stuhl in sich zusammen und legte den Kopf in die Hände.

»Wer waren die Männer?«

Nic hob den Kopf. »Spheon«, antwortete sie resigniert.

»Spheon?« Das Wort hatte er noch nie gehört.

»Ja, die Augen der Oberen. Diejenigen, die ihre Befehle ausführen: Verbrecher einsperren, Strafen vollstrecken.«

Alexanders Gedanken rasten. »Sie haben auch deinen Vater getötet«, platzte er heraus.

»Ja«, sagte Nic bitter. »Und nicht nur ihn.«

»*Was* sind sie?«, sprach Alexander die Frage aus, die ihm schon die ganze Zeit im Kopf umherspukte.

Nic wiegte den Kopf hin und her. »Das ist schwierig zu erklären. Vereinfacht gesagt … einige Obere haben an einem Projekt gearbeitet, das wohl die Hirnkapazität der Menschen erhöhen sollte. Es hat jedoch nicht funktioniert und die Patienten starben. Nur … nach kurzer Zeit kamen sie wieder.«

»Sie kamen wieder? Was soll das heißen?« Entsetzt starrte Alexander sie an.

»Wenige Stunden nachdem die Oberen sie für tot erklärt hatten, wachten sie wieder auf. Ihre Herzen fingen einfach wieder an zu schlagen. Bis heute haben die Oberen keine Erklärung dafür.«

»Ist ihr Gesicht deshalb so …« Alexander fehlten die Worte.

»Ja, die fehlende Versorgung mit Sauerstoff hat empfindlichere Nerven absterben lassen. Die Oberen haben keinen Weg gefunden, das rückgängig zu machen.«

Schockiert starrte Alexander auf den dunklen Holzfußboden der Hütte. Was er da hörte, kam ihm absurd, ja unmöglich vor, doch inzwischen hatte er so viel über diese Stadt erfahren … Anscheinend war alles möglich.

»Sie sind auf die Oberen geprägt, sie halten sie für ihre Meister und gehorchen nur ihnen.« Alexander nickte stumm. Das passte zu dem, was die Spheon vorhin gesagt hatten.

»Sie sind nicht wie wir. Sie brauchen keine Pausen, haben schärfere Sinne und ein unglaubliches Gedächtnis. Sie sind Meister darin, sich vor den Augen der anderen Menschen zu verbergen, deshalb setzen die Oberen sie als Spitzel ein. Sie sehen alles, was die Menschen in der Stadt tun, ohne von ihnen gesehen zu werden.«

»Also haben wir keine Möglichkeit, ihnen zu entkommen?«, fragte Alexander resigniert.

Nic zuckte die Achseln. »Wie du gesehen hast, sind sie langsam, schwerfällig. Sie denken nicht selbstständig und folgen nur den Befehlen der Oberen. Und glücklicherweise haben sie keinen Zutritt zur Biosphäre, noch nicht. Da sie nur begrenzt über ihre Handlungen nachdenken, war den Oberen ihre Anwesenheit hier ein Sicherheitsrisiko. Der Forschung sei Dank! Es wird eine Weile dauern, bis der Rat darüber abgestimmt hat, ihnen den Zutritt zu gewähren. Und das wird auch erst geschehen, wenn sie jeden anderen Ort nach uns abgesucht haben.« Nic verschränkte die Arme hinter dem Kopf. »Uns bleibt noch ein wenig Zeit.«

»Werden sie aufhören, uns zu verfolgen? Irgendwann?«, erkundigte Alexander sich leise.

»Nein«, antwortete Nic ohne zu Zögern. »Das werden sie nicht. Deshalb müssen wir hier raus.«

»Raus?«, fragte Alexander und schüttelte den Kopf. »Raus aus Biota?«

»Ja. Ich weiß zwar nicht wie, aber wir werden uns nicht lange hier verstecken können.« Nic holte tief Luft.

»Gibt es die Welt da oben überhaupt noch?«, fragte Alexander nach wenigen Augenblicken und sah Nic an.

Sie verzog das Gesicht und zuckte die Achseln. »Ich weiß es nicht, das weiß wohl keiner hier unten, und soviel ich gehört habe, haben auch die Oberen keine Ahnung, was an der Oberfläche vorgeht. Wir waren all die Jahre lang wirklich vollständig von ihr abgeschnitten.«

In diesem einen Punkt hatten die Oberen also nicht gelogen. Die Angst legte sich wie ein schweres Gewicht auf Alexanders Brust und er hatte das Gefühl zu ersticken. Einige Minuten saßen sie schweigend in der kleinen Hütte. Keiner sagte ein Wort. Jeder hing seinen eigenen Gedanken nach.

Schließlich richtete Nic sich wieder auf und sagte: »Es gibt alte Golems. Ein paar von denen, mit denen die Forscher in der ersten Zeit noch die Stadt verlassen haben, um Proben zu sammeln. Vor ein paar Jahren wurde das ja verboten. Aber damals konnten sie im Bauch der Golems sitzen und ihre Arme und Beine bewegen.«

»Wo sind sie?«, fragte Alexander, erfüllt von der irrwitzigen Hoffnung, dass sie vielleicht doch nicht verloren waren.

»Ich denke, sie liegen noch immer neben der Schleuse, durch die sie damals getaucht sind. Keiner hat sich mehr für sie interessiert, seit es das Verbot gibt.«

»Denkt Ihr denn, sie funktionieren noch? Auch nach so langer Zeit?«

»Ich weiß es nicht, aber ich sehe keinen anderen Weg. Und ich habe gründlich darüber nachgedacht, glaub mir. Wir werden es versuchen müssen.«

Alexander bemühte sich, seine Angst hinunterzuschlucken. »Wenn wir es tatsächlich schaffen ... wenn wir hier herauskommen, wo gehen wir dann hin?«, flüsterte er mit erstickter Stimme.

Mit zwei Schritten war Nic bei ihm. Überraschend beugte sie sich zu ihm hinunter und schlang die Arme um seinen Nacken. Dicht an seinem Ohr murmelte sie: »Ich weiß es nicht.« Einige Minuten hielten sie sich eng umschlungen, spürten die Nähe des anderen und hingen ihren eigenen Gedanken nach. Alexanders rasten geradezu durch seinen Schädel. Er würde die Welt sehen, wirklich sehen, nicht nur davon hören oder darüber lesen, wirklich *sehen*. Er konnte es nicht glauben. *Aber ich muss Biota verlassen.* Dieser Satz spukte immer und immer wieder durch seinen Kopf. Niemals in den zweiundzwanzig Jahren, in denen er in Biota gelebt hatte, war ihm in den Sinn gekommen, die Stadt, sein Leben, seine Familie zu verlassen. Die Möglichkeit hatte nie bestanden. Aber nun würde er gehen. *Oder sterben.*

Mit einem Seufzer löste Nic sich von ihm und die tröstliche Wärme verschwand mit ihr. Sie wischte sich Tränen von den

Wangen, doch ihr Blick war vollkommen klar. »Ich habe sie davon reden hören …«, begann sie leise.

»Wen?«, fragte Alexander verwirrt.

»Die Dunklen. Diejenigen, die sich erinnern können. An oben, du weißt schon. Sie haben oft davon geredet, als ich bei ihnen war.«

»Wovon?«

»Städte, so wie diese. Mehrere, überall auf der Welt versteckt. Ich habe immer gedacht, sie sind alt und verwirrt … und vielleicht auch ein wenig verrückt. Aber wenn es nun doch wahr ist?«

Alexander wusste nicht, was er sagen sollte. Er hielt die Dunklen auf jeden Fall für verrückt, viele von ihnen sogar für gefährlich. Konnte man überhaupt irgendetwas von dem glauben, was sie sagten?

»Möglich, wenn sie ähnlich gut verborgen sind, wie unsere …« Er hob die Schultern. Ja, natürlich war es möglich. Möglich war alles.

Nics Wangen glühten förmlich. Wieder fing sie an, in dem kleinen Raum auf und ab zu laufen. Dann blieb sie direkt vor ihm stehen. »Wir müssen noch mal runter. Wir müssen sie fragen, wo diese Städte liegen.«

»Das kann nicht Euer Ernst sein!«, rief Alexander fassungslos. Keinesfalls wollte er noch einmal in diese unheimliche Höhle hinunter, mit den Kreaturen, die dort lauerten, den Menschen, denen er nicht traute und der Möglichkeit, auf dem Weg dorthin gefasst zu werden. »Das ist doch Wahnsinn. Sie werden uns schnappen, wenn wir wieder in den Tower gehen!«

Nic verschränkte die Arme vor der Brust. »Ach, und was hast du vor? Angenommen, wir schaffen es aus der Stadt, was wenn uns an der Oberfläche nichts erwartet? Was tun wir dann?«

Unsicher zuckte Alexander die Achseln. »Das müssten wir dann sehen ...«

»So ein Blödsinn. Es ist besser, wenn wir vorher von einer Möglichkeit wissen, wo wir hinkönnen, wo andere Menschen sind. Wir gehen zuerst in den Tower.« Trotzig blickte sie ihn an.

Alexander hatte ihren Argumenten nichts entgegenzusetzen. »Was, wenn sie uns sehen?«, wandte er leise ein.

»Tja, dann haben wir es wenigstens versucht, was?«, erwiderte Nic mit einem traurigen Ausdruck in ihren grünen Augen.

Der Hüter zögerte noch immer.

»Bitte, Alex.« Flehend blickte Nic ihn an. Für einen Moment vergaß er alles um sie herum und versank in ihren Augen. Er seufzte. Er wollte mit ihr zusammen sein. Die wenigen Tage, die sie miteinander verbracht hatten, waren genug gewesen, um das zu wissen. Also willigte er ein. »Ja, lass uns gehen.«

»Sehr gut.« Die Erleichterung stand Nic deutlich ins Gesicht geschrieben. »Dann lass uns gleich aufbrechen, wir müssen los, sie suchen sicher schon alle nach uns.«

»Nein«, sagte Alexander sanft, aber bestimmt.

»Nein?«, fragte sie. »Wieso nicht?«

Alexander nahm ihr Gesicht in beide Hände und betrachtete es eingehend. Sein Blick glitt über die dichten schwarzen Wimpern, die ihre dunkelgrünen Augen umrahmten. Gelbe Sprenkel zierten den inneren Rand ihrer Iris. Sein Blick glitt weiter hinunter und blieb an ihren Lippen hängen. »Es gibt noch etwas, das ich tun möchte«, sagte er heiser und beugte sich zu ihr hinab. Was hatte er jetzt noch zu verlieren?

Nics Augen weiteten sich, doch sie rührte sich nicht von der Stelle. Seine Lippen berührten ihre. Eng umschlungen standen sie in der kleinen Hütte. Voller Leidenschaft hob Alexander Nic hoch und setzte sie auf den kleinen Tisch neben der Tür. Sie schlang die Beine um seine Hüften und lehnte sich zurück, er presste ihren Oberkörper gegen die Wand, während sie sich küssten. Es war, als würde die Welt um sie herum nicht mehr existieren. Die Bedrohung durch die Oberen und ihre Spione wurde unwirklich und unwichtig. Alles, was Alexander zuvor etwas bedeutet hatte, verblasste in diesem Augenblick, denn das Einzige, was er fühlte, war Nics Wärme, ihre Hände auf seiner Haut und ihren Mund auf seinem. Er strich mit den Fingern über den nackten Hautstreifen zwischen ihrer Korsage und ihrer Hose. Ihre Hände glitten unter sein Hemd.

Nach ein paar Minuten, die ihm wie die bedeutsamsten seines Lebens vorgekommen waren, löste Alexander sich schweren Herzens von ihr.

»Lass uns gehen«, flüsterte er leise und hielt Nic die Tür auf.

Über eine Schleuse gelangten sie direkt ins Innere des Bio-Towers, wo weit und breit kein anderer Mensch zu sehen war. Das kam Alexander verdächtig vor, doch er sagte nichts. Vielleicht hatten sie einfach Glück. Sie schlichen zum Aufzug und Alexander warf immer wieder Blicke zurück über die Schulter. Er fühlte sich verfolgt. Es kribbelte zwischen seinen Schulterblättern, doch jedes Mal, wenn er sich umdrehte, sah er nur einen langen verlassenen Gang. Niemand war dort, niemand verfolgte sie. Trotzdem atmete er erst auf, als sich die Tür des Aufzugs mit einem beruhigenden Klicken hinter ihnen schloss.

Der Fußmarsch zur unterirdischen Stadt kam Alexander länger vor als bei den Besuchen zuvor. Und sie hetzten so schnell durch die langen Gänge, dass die Muskeln in seinen Beinen brannten wie Feuer, als sie endlich auf dem unterirdischen Marktplatz ankamen.

Nach Luft schnappend sah Nic sich in der großen Höhle um und schien nach einer ganz bestimmten Person Ausschau zu halten. Sie ging weiter ins Innere des Raums und warf prüfende Blicke auf jede menschliche Gestalt, die sich dort aufhielt. Schließlich näherte sie sich einem grauhaarigen Mann, der vor einer Wand auf der linken Seite der Höhle kniete. Auf die Wand vor ihm war mit weißer Farbe ein Kreuz gezeichnet worden. Er hielt die Augen geschlossen und murmelte unablässig Worte, die Alexander nicht verstand. Sanft berührte Nic seine Schulter.

Der Mann machte ein Zeichen vor der Brust, indem er mit der linken Hand zunächst die rechte, dann die linke Seite seines Brustkorbs berührte. Dann glitt seine Hand hinauf zu seiner Stirn und abschließend hinunter bis auf die Höhe seines Bauchnabels. Er faltete die Hände und erhob sich. Die Augen, die Alexander nun fragend anblickten, waren dieselben Augen, die ihn von der Seite des Buches »Eine Studie in Scharlachrot« gemustert hatten. Das war Arthur Conan Doyle! Der Mann vor ihm war schmutziger, als der Hüter es je für möglich gehalten hatte. Seine abgenutzten und teilweise zerrissenen Kleider hingen schlaff an seinem ausgemergelten Körper herab.

»Hallo, Arthur«, begann Nic vorsichtig. Der Mann ruckte nur mit dem Kopf. »Erinnerst du dich noch daran, dass du mir von anderen Städten erzählt hast? Städte, ähnlich wie diese, doch nicht im Meer?« Ihre Stimme klang sanft, doch der Mann reagierte abweisend. »Nein, Arthur weiß nichts. Wissen bringt großes Unglück über die Menschen und manchmal ist es besser, nichts zu wissen.« Er löste seine Hände wieder voneinander und streckte sie seitlich aus, die Handflächen den beiden Besuchern zugewandt.

»Du brauchst keine Angst zu haben«, flüsterte Nic eindringlich. »Wir haben nicht vor, dir etwas zu tun, wir brauchen nur deine Hilfe. Was weißt du über diese Städte? Erinnerst du dich noch daran, dass du mir von einer Feuerstadt erzählt hast? Du hast von einem Inferno gesprochen, dass sie verschlingen wird.«

»Das Inferno wird uns alle verschlingen. Ihr habt die Tore zur Hölle geöffnet und keiner wird sie wieder schließen können. Die Toten wandeln bereits jetzt auf Erden!« Der Mann hatte die Stimme gehoben und redete jetzt eindringlich auf Alexander und Nic ein.

Nic schüttelte den Kopf. »Damit haben wir nichts zu tun, wir ...«

»Nichts zu tun?«, kreischte der Mann. »Ihr wart es doch, die hierhergekommen sind und ihn mitgenommen haben! Er war das Einzige, was zwischen uns und ihnen stand!«

Alexanders Gedanken rasten. »Von wem sprichst du?«, fragte er.

»Die Kelet, mein Junge, die Kelet. Seid ihr tatsächlich so blind und erkennt es nicht?« Mit beiden Armen deutete der Mann in die Runde. Alexander folgte der Richtung mit seinem Blick und sah, dass der Marktplatz nicht so dicht bevölkert war, wie die beiden Male zuvor, doch das konnte Zufall sein. Kein Zufall war jedoch das Blut, das den Steinboden vor dem Eingang zur Gasse der Kelet fast schwarz färbte. Nic schlug sich die Hand vor den Mund und unterdrückte ein Stöhnen.

»Ihr habt uns das Einzige genommen, das uns noch beschützt hat! Jetzt sind wir endgültig verloren! Betet, solange ihr noch die Möglichkeit dazu habt!« Er wollte sich abwenden, doch Nic packte ihn blitzschnell an seinen Lumpen und drehte ihn wieder zu sich herum. »Sag es uns! Sag uns, wo die anderen Städte liegen!«

Der Mann lachte schrill. »Ihr werdet nie hier herauskommen und wenn doch, werdet ihr sie niemals finden. Niemals!«

»Sag es uns!«, forderte Alexander nun mit eisiger Stimme. »Sie ist eine Botania, du musst es ihr sagen!«

Der Mann zuckte die Schultern. »Nun gut, wenn ihr ernsthaft glaubt, es gäbe einen Weg aus dieser Hölle heraus … Vulkane sind eine gute Zuflucht, der Rauch verdeckt die Zeichen menschlichen Lebens, keiner wagt es, sich ihnen zu nähern …«

»Wo? Wo liegt dieser Vulkan?«, drängte Nic ihn.

Wieder lachte der Mann. »Der Pazifik ist groß, niemand in der Nähe, ein gutes Versteck«, brabbelte er.

»Gibt es noch weitere?«, fragte Nic ungeduldig.

»Es gibt doch immer weitere, nicht wahr?«, gab der Mann zurück und Alexander verlor allmählich die Geduld.

Ein dumpfes Grollen ertönte und der Boden unter ihren Füßen bebte. Er warf Nic einen schnellen Seitenblick zu. War das Geräusch lauter gewesen, als bei ihren anderen Besuchen? Doch Nics Aufmerksamkeit galt nur dem zerlumpten Mann.

»Wo genau liegt der Vulkan? Gib uns bitte eine Antwort.« Ihre Stimme hatte inzwischen einen verzweifelten Tonfall angenommen. »Bitte«, flehte sie.

»Ich weiß es nicht genau, ich war nie dort«, antwortete der Mann ungerührt.

»Natürlich nicht, aber du hast doch sicher einiges darüber gehört, nicht wahr?«

Der Mann war sichtlich geschmeichelt. »Ja, da habt Ihr wohl recht. Es gab immer wieder Gerüchte. Angeblich soll der Eingang unter Wasser liegen und …« Der Rest des Satzes ging in einem weiteren Grollen unter, lauter diesmal als das erste. Staub rieselte auf Alexander hinunter. Erschreckt blickte sich jetzt auch Nic um.

»Was war das?«, flüsterte Alexander leise.

»Das sage ich doch die ganze Zeit! Lauft, solange ihr noch könnt. Ihr habt uns alle verdammt! Warum musstet ihr ihn mitnehmen?« Der zerlumpte Mann schüttelte tadelnd den Kopf. Er lief davon und verschwand in einer Hütte. In ihr kauerten bereits fünf andere Dunkle, ihnen allen stand die Angst ins Gesicht geschrieben.

Wieder rieselte Staub von der Höhlendecke. Und wieder. In einem Abstand von nur wenigen Augenblicken bebte die gesamte Höhle.

»Was …« Doch Alexander stockte der Atem. Er wollte fortlaufen, sich verstecken, doch er blieb wie angewurzelt stehen.

Er spürte, wie Nic an seine Seite zurückwich. »Nein, nein, nein.« Ihr Murmeln klang wie ein stetiges Mantra, als merke sie gar nicht, dass sie sprach. Sie griff nach seiner Hand und zog ihn mit sich auf den Ausgang zu. Bevor sie die Tür erreichten, ertönte ein schrilles Kreischen, sodass sie beide instinktiv ihre Hände hochrissen und sie sich auf die Ohren pressten. Was war das? Das Geräusch kam aus dem Gang der Kelet. Und es klang nach etwas Riesigem.

Inzwischen war der Marktplatz völlig leer, kein anderer Mensch war mehr zu sehen. Plötzlich huschte eine kleine Gestalt mitten über den Platz, geradewegs auf sie zu.

Es war Oliver. Alexander hatte ihn nicht gleich erkannt, da der Junge sich in einen viel zu langen schwarzen Umhang gehüllt hatte, der hinter ihm auf dem Boden schleifte.

»Lauft!«, stieß er hervor und rannte auf sie zu. »Verschwindet von hier!«

Nach einigen Augenblicken hatte er sie erreicht, doch statt sie zu begrüßen, griff er nach ihren Armen und versuchte sie beide in Richtung der Tür mit sich fortzuziehen. Beide bewegten sich keinen Zentimeter.

»Was ist hier los?«, wollte Nic stattdessen wissen.

Verzweifelt schaute Oliver sich um. »Geht doch bitte einfach!«, flehte er und blickte zwischen Alexander und Nic hin und her.

»Wovor rennen wir denn weg?«, fragte Alexander.

Wieder zog Oliver an ihren Armen, doch er gab auf, als er merkte, dass es keinen Zweck hatte. Sie würden sich nicht bewegen, bevor sie nicht die Wahrheit kannten. Er seufzte. »Die Kelet. Sie verlassen ihre Gasse. Sieht so aus, als wäre Jack das Einzige gewesen, was sie dort drin gehalten hat.« Unglauben machte sich auf Nics Gesicht breit. »Ein paar halbwegs Normale sind schon rausgekommen, aber dieser Lärm ... das hat nichts Gutes zu bedeuten«, sagte Oliver in einem unheilvollen Tonfall. »Deshalb müsst ihr hier weg!«, rief er erneut. »Geht, ihr könnt ja hier raus!«

Alexander sah, dass die Menschen, die sich in den Hütten versteckt hatten, sie misstrauisch und mit ganz neu erwachtem Interesse beobachteten. Ihnen war anscheinend klar geworden, dass er und Nic ihre einzige Chance waren, die Stadt zu verlassen.

Alexander wich zurück und tastete mit dem Rücken zur Tür blindlings nach der Klinke. Er erstarrte in seiner Bewegung. Im Gang auf der anderen Seite der Höhle rührte sich etwas. Etwas Großes. Oliver rannte um Alexander herum und versteckte sich hinter ihm. Bei jeder Bewegung des riesigen Etwas erzitterte die gesamte Höhle. Es schob sich weiter und weiter aus dem Gang heraus.

»Das ist doch nicht möglich!«, murmelte Alexander. »Das ist ...«

»Eine Tiger-Chimäre, unfassbar«, flüsterte Nic ehrfürchtig. »Ich wusste nicht, dass sie noch immer lebt ...«

Endlich aus dem Gang heraus, richtete sich die riesige Katze zu ihrer vollen Größe auf und stieß erneut ein markerschütterndes Brüllen aus. Während der vordere Teil ihres Körpers von Fell bedeckt war, waren die Hinterbeine von Schuppen überzogen. Die Pfoten endeten in riesenhaften Krallen, die bei jedem Schritt ein kreischendes Geräusch auf dem Boden erzeugten. Anders als die Tiger, die Alexander an einem Wochenende in der Messe gesehen hatte, war dieser über fünf Meter groß.

Als er endlich seinen Blick von dem riesigen Maul mit den messerscharfen Zähnen löste, erkannte er, dass sie nicht das Einzige gewesen war, was in dem Gang lebte. Dem Tiger folgten zweibeinige Wesen, manche mit Fell bedeckt, andere mit Federn oder Schuppen. Ihre Gesichter ähnelten entfernt denen eines Menschen und alle hoben die Nasen in die Luft, als hätten sie Witterung aufgenommen. Zwischen ihnen sah Alexander eine weitere menschenähnliche Gestalt. Sie war vollkommen nackt und trug vor dem Gesicht ein Knochengebilde. War das ein menschlicher Schädel? Ihr Blick schwenkte hinüber zu Alexander und sie hob drohend den rechten Arm. Die braune Keule in ihrer Hand zuckte zur Decke empor. Geheul erhob sich aus vielen Kehlen, als die Gestalten allesamt den Kopf in den Nacken warfen. Der Mensch mit der Maske deutete mit der Keule in Alexanders Richtung. *Oh nein.* Wie auf einen geheimen Befehl hin rannten die Gestalten los, und auch der Tiger folgte ihnen mit großen Sätzen. Sein Gebrüll ließ die Höhle erneut erzittern.

»Nein!« Olivers Schrei ging in dem Orkan aus Geräuschen unter, den die Kelet verursachten. Alexander wandte sich um und wollte die Höhle durch das Eingangstor verlassen, doch direkt neben seinem Kopf schlug ein grober Holzspeer ein und blieb zitternd an der Tür hängen. Die Botania stand wie erstarrt auf der Stelle. Ihr Blick war in die Mitte des Raums gerichtet. Nun folgte auch Alexander der Richtung und sah dort den Tiger, der auf die Hütte sprang, in der Arthur Conan Doyle sich wenige Minuten zuvor versteckt hatte. Das Dach der Hütte gab augenblicklich nach und panisches Geschrei ertönte aus dem Inneren. Alexander sah eine Frau aus der zerstörten Tür rennen, doch sie kam nur wenige Meter weit, bevor die riesige Pranke des Tigers sie erwischte. Blut spritzte gegen die graue Felswand. Alexander schloss die Augen.

»Lauft, verdammt nochmal, lauft endlich!«, rief Oliver. Die Kelet waren näher gekommen, hatten einen Halbkreis um sie gebildet und starrten sie an. Alexander hatte das unwirkliche Gefühl, endlich aus einem Traum zu erwachen. Er riss die Holztür auf und stieß Nic hindurch.

Ohne dass Nic es bemerkte, zog er Oliver hinter sich her und schlug die Tür wieder zu. Im selben Moment prallte etwas Hartes von der anderen Seite dagegen. Die Tür bebte, hielt aber stand.

Gemeinsam hasteten sie die dunkle Gasse entlang.

»Was machst du denn hier?«, fragte Nic verwundert, als ihr Blick auf Oliver fiel.

»Er kommt mit uns«, antwortete Alexander schnell, bevor Oliver auch nur den Mund hatte öffnen können.

»Er kommt mit uns?«, wiederholte Nic überrascht.

»Ja, was haben wir denn noch zu verlieren? Wenn er mitkommen möchte, kann er es gerne tun.« Er würde nicht zulassen, dass sie Oliver erneut hier ließen. Was er gerade auf dem Marktplatz gesehen hatte, überzeugte ihn davon, dass keiner der Dunklen überleben konnte und der kleine Junge sollte nicht hierbleiben müssen.

»Gut, dann lass uns gehen, wir haben noch einiges zu tun.«

Erstaunt blickte Oliver von einem zum anderen. »Ich darf … ich darf mit euch kommen? Ich darf die Stadt verlassen?«

»Ja. Wir werden versuchen, aus Biota zu entkommen, weil wir nicht länger hierbleiben können, und wenn du magst, kannst du mitkommen.«

»Aber du musst dir im Klaren sein, dass es schief gehen könnte. Wir könnten gefangen genommen werden und sterben. Verstanden?«

Eifrig nickte Oliver. »Ja.«

Rasch ließen sie die Eisentür und damit die Stadt der Dunklen hinter sich und folgten den Betongängen zum Aufzug, der sie wieder in den Bio-Tower brachte. Auf dem ganzen Weg drehte Oliver den Kopf von einer auf die andere Seite und betrachtete alles mit großen Augen.

Zurück in der Hütte in der Biosphäre verabschiedete Nic sich gleich wieder von ihnen. »Ich bin nur ganz kurz weg, ich will schnell etwas holen.«

Was sollte das denn jetzt! Was, wenn sie gefasst würde ...

»Was sollen wir denn tun, wenn sie dich schnappen?«, versuchte Alexander, sie verzweifelt aufzuhalten.

»Das werden sie nicht schaffen«, versicherte Nic. Es klang nicht besonders glaubwürdig.

Alexander schluckte. »Dann sehen wir uns gleich wieder. Beeil dich bitte, Nic.«

Sie lächelte. »Du hast mich Nic genannt.«

»Ja.« Alexander lächelte zurück, wurde jedoch sofort wieder ernst. »Bis später.« Er strich ihr leicht über die Wange und sie verließ die Hütte.

Oliver hatte das Gespräch verfolgt. »Was macht sie draußen?«

»Das weiß ich leider auch nicht. Hoffen wir, dass sie bald zurückkommt.«

»Wofür ist die Hütte hier eigentlich?«

»Ähm, ich glaube zur Kontrolle der Biosphäre. Nic untersucht hier Pflanzen und beobachtet die Tiere.«

»Wahnsinn!« Olivers Augen leuchteten und er drehte sich um die eigene Achse. Er stellte Alexander weitere Fragen, doch der Hüter war viel zu unkonzentriert, um sie zufriedenstellend zu beantworten. Die Angst um Nic und um sein eigenes Leben drohte ihn zu überwältigen. Wenn sie nicht bald zurückkam, dann ... Was dann? Sollte er allein mit Oliver zur Schleuse gehen und versuchen, mit dem Golem die Stadt zu verlassen? Oder sollte er aufgeben und sich von den Spheon gefangen nehmen lassen?

Oliver merkte, dass Alexander mit seinen Gedanken nicht bei der Sache war und schwieg. Er stellte sich ans Fenster und starrte angestrengt in den dichten Wald hinaus.

Nic war bereits seit einer Stunde fort. Nervös spielte Alexander mit einem Glasschälchen, das neben dem Mikroskop gestanden hatte. Er ließ es von einer Hand in die andere fallen und blickte dabei immer wieder zur Tür.

Er war inzwischen so nervös, dass er nicht einmal mehr klar denken konnte. Wo war Nic? Sollte er sie lieber suchen gehen?

Mit klopfendem Herzen ging er zur Tür.

»Sie hat doch gesagt, du sollst hierbleiben«, sagte Oliver ängstlich.

Alexander drehte sich zu ihm um. »Ich weiß, aber sie ist schon viel zu lange weg. Da ist etwas passiert … Und ohne sie kommen wir hier sowieso nicht raus, dann war es das.« Er sah in Olivers dreckiges, kindliches Gesicht. Konnte er das dem Jungen antun? Einfach gehen, genau wie Nic, auf die Gefahr hin, dass er nie mehr zurückkam? Was würde dann aus Oliver werden? Vielleicht würden die Oberen ihn einfach wieder zurück zu den Dunklen bringen. Vielleicht aber auch Schlimmeres. »Ich gehe jetzt. Verschließ die Tür und lass außer mir und Nic niemanden rein, verstanden? Falls Nic wiederkommt und ich nicht … geht bitte einfach, dann habt ihr zumindest eine Chance.« Es tat Alexander weh, das überhaupt zu sagen, doch er wollte Nic in Sicherheit wissen, auch wenn es ohne ihn war. Er hoffte, dass es nicht so weit kam. Er würde sie schon finden, vielleicht war sie nur irgendwo aufgehalten worden.

Außerhalb der Hütte schlug ihm feuchtwarme Luft ins Gesicht. Eilig passierte er die Schleuse und stand unschlüssig im

Vorraum der Biosphäre. Wohin jetzt? Nic hatte ihm nicht verraten, wo sie hinwollte. Vielleicht in ihre Wohnung? Doch was könnte dort so Wichtiges sein, dass sie dafür ihr Leben aufs Spiel setzte? Dann vielleicht zu ihrer Mutter, falls diese überhaupt in Biota lebte? Bei dem Gedanken bekam Alexander heftige Gewissensbisse. Seine Eltern würden nie erfahren, was mit ihm geschehen war. Er konnte sich gerade noch davon abhalten, einfach loszulaufen, an die Tür seiner Eltern zu klopfen und sich dort zu verstecken. Nein, so feige würde er nicht sein. Es war doch möglich, dass er eines Tages die Chance hatte, sie wiederzusehen. Aber das würde nur geschehen, wenn er bis dahin überlebte.

Er lief los, rannte den leeren Tunnel vor der Biosphäre entlang und hastete zunächst zum Delectarium. Immer wieder warf er Blicke zurück, doch keiner der Späher der Oberen war zu sehen. Auf dem Weg sah er Lucas, und bevor er ihm ausweichen konnte, hatte der jüngere Hüter ihn ebenfalls entdeckt.

»Hüter, wo bist du gewesen? Du siehst ja genauso verwirrt aus wie die Botania.« Verschmitzt zwinkerte er ihm zu.

»Was meinst du?«

»Ich habe Botania Nic vorhin gesehen. Sie sprach mit dem Obersten Hunt-Morgan und schien etwas durcheinander zu sein.«

»Der Oberste Hunt-Morgan war bei ihr?«, rief Alexander bestürzt. »Ist er wieder gegangen?«

»Ja, er hat mit der Botania gesprochen und sie sind gemeinsam wieder gegangen.«

»Wohin?« Alexander bekam kaum noch Luft.

»Ich glaube zum Tower. Geht es dir gut, Alexander?«

Er winkte nur ab, doch in seinem Inneren tobte ein Sturm. Sie – hatten – Nic. War sie noch am Leben?

Ohne ein weiteres Wort stürzte er los. So schnell wie möglich rannte er zum Bio-Tower. Er stieß die Tür zum Tunnel neben der Krankenstation auf und fand sich wenig später im Keller des Towers wieder. Obwohl ihn völlige Dunkelheit umgab, bahnte er sich seinen Weg rasch hinüber zur Treppe und stieg sie hinauf. Vorsichtig öffnete er die Tür zum Foyer einen Spalt breit und lugte hinaus. Er hörte laute Stimmen und zog den Kopf wieder ein Stück zurück. In der Mitte der Eingangshalle stand Nic. Direkt neben ihr gestikulierte der Oberste Rerum naturalis wild mit den Armen und redete auf sie ein.

» ... gefährdet uns alle. Du hast doch noch so viel, was du erreichen kannst, warum setzt du das alles aufs Spiel? Nur für einen Hüter? Er ist ein Nichts, austauschbar, du bist eine Botania. Es wird Zeit, dass du dich auch so benimmst, Zeit, dass du lernst, was Verantwortung bedeutet!«

Regungslos ließ Nic seine Vorwürfe auf sich einprasseln. Dann jedoch gab sie ihm leise eine Antwort, die Alexander eine Gänsehaut bescherte. »Was, wenn es alles nur gespielt war?«

Ein dünnes Lächeln umspielte die Lippen des Obersten. »Du hast ihn belogen?«

»Ja.«

Es war nur ein Wort, doch Alexander sah seine ganze Zukunft dahinschwinden. Wie hatte er nur so dumm sein können? Sie hatte ihn von Anfang an belogen, ihn nur mit winzigen Häppchen an Informationen gefüttert, ihn manipuliert ... Eigentlich hatte er es in dem Moment gewusst, als sie ihn wegen der Stofffetzen im Wald belogen hatte, nur hatte er es nicht wahrhaben wollen. Ihre Erklärungen hatten so aufrichtig gewirkt ... Alexander kam sich vor, als wäre er gerade geohrfeigt worden, winzig klein und absolut lächerlich. Wer war er denn schon? Ein Hüter! Sie war eine Botania, wieso hatte er geglaubt, dass ausgerechnet sie etwas für ihn empfand und ihm deshalb die Wahrheit sagte?

»Sehr gut.« Der Oberste Rerum naturalis legte seine Hand auf Nics schmale Schulter. »Ich nehme an, du hast dabei etwas Wertvolles erfahren?«

Angespannt starrte Alexander in Nics Gesicht. Noch vor wenigen Minuten war es ihm vertraut gewesen, doch jetzt suchte er nach den Anzeichen des Verrats. War da vielleicht ein harter Zug um ihren Mund? Blickten ihre Augen nicht kälter als sonst?

»Ich wollte sehen, wie weit die Anpassung an die Stadt tatsächlich reicht. Bei diesem Individuum waren mir seltsame Unregelmäßigkeiten aufgefallen, dem wollte ich nachgehen.«

Ein Individuum! Er war für sie nicht einmal mehr ein Mensch, bloß ein Forschungsobjekt, mit dem sie ihre kleinen Tests machen konnte. Die Geschichte über ihren Vater ... war die etwa auch nur gelogen gewesen?

Mit gesenktem Kopf wandte Alexander sich ab. Mehr brauchte er nicht zu hören. Langsam trottete er an der Krankenstation vorbei, durch den Gang, in dem die Wache war und zurück zur riesigen Kuppel der Biosphäre.

»Hast du sie gefunden? Gehen wir jetzt?« Olivers Stimme war vor Aufregung ganz hoch und schmerzte Alexander in den Ohren. Er wusste nicht, was er antworten sollte. Der Junge bemerkte seine schlechte Stimmung und schwieg. Mit einem Seufzer ließ er sich auf einen Stuhl sinken. In düsterem Schweigen warteten beide, obwohl Alexander nicht wirklich wusste, worauf. Was würde passieren? Selbst wenn Nic entgegen seinen

Erwartungen doch noch kommen würde, der Traum von einer gemeinsamen Zukunft außerhalb von Biota war in dem Moment geplatzt, als er ihr Gespräch mit Hunt-Morgan belauscht hatte. Vielmehr erwartete er, dass, wenn Nic tatsächlich noch käme, sie dies in der Begleitung einiger Spheon tun würde. Sollte er also darauf warten, dass er verhaftet wurde?

Tatsächlich tauchte Nic nach einiger Zeit allein wieder in der Hütte auf. Freudestrahlend und mit einem dicken Rucksack auf dem Rücken balancierte sie einen hohen Bücherstapel vor sich her. Mit einem lauten Knall legte sie die Bücher auf dem Tisch ab, ließ den Rucksack von der Schulter rutschen und hob die Arme zur Decke empor. »Ah!« Langsam reckte sie sich und lächelte ihn dann glücklich an. »Da bin ich, jetzt kann es losgehen.« Sie deutete auf den Rucksack und die Bücher. »Ich habe Landkarten mitgebracht. Wenn wir den Vulkan wirklichen finden wollen, brauchen wir einen groben Anhaltspunkt, wo er sein könnte. Auch wenn ich natürlich nicht weiß, ob sich oben etwas geändert hat. Oder ob es das Oben überhaupt noch gibt.« Nics Lächeln wurde schwächer.

Alexander schwieg. Sie war eine wirklich gute Schauspielerin. Ein Blick in ihr Gesicht und er war beinahe schon wieder bereit, ihr zu glauben, dass sie ihn nicht belogen hatte, doch der Anblick von ihr in der Eingangshalle des Towers ging ihm nicht aus dem Kopf. »Oliver? Gehst du bitte für ein paar Minuten vor die Tür?«, bat Alexander den Jungen mit rauer Stimme, die er selbst nicht wiedererkannte.

Verwirrt blickte Oliver von ihm zu Nic und wollte offenbar noch etwas fragen, schloss dann jedoch wieder den Mund und verließ die Hütte. Sanft schnappte die Tür hinter ihm ins Schloss.

Mit verständnislosem Blick folgte Nic ihm, als er von seinem Stuhl aufstand. »Was ist denn los, Alex?«

»Warum macht Ihr Euch überhaupt noch die Mühe? Ihr habt doch, was ihr wolltet. Euer kleines Experiment war ein voller Erfolg, oder etwa nicht?« Bitterkeit mischte sich in seine Worte, als er sie Nic entgegenschleuderte.

Nic riss die Augen weit auf. »Ich weiß nicht ...«

»Ihr wisst sehr gut, wovon ich rede. Ich habe Eure kleine Unterhaltung mit dem Obersten gehört. Ich war für Euch nur eine interessante Studie, nur ein Forschungsobjekt.« Vor Wut schrie Alexander nun fast und Nic wich kopfschüttelnd einige Schritte vor ihm zurück.

»Nein, so war das nicht. Alexander, hör mir bitte zu!« Sie kam auf ihn zu, doch er streckte abweisend die Arme aus.

»Wagt es ja nicht, noch näher zu kommen«, knurrte er drohend. Die Enttäuschung über ihren Verrat und ihren verzweifelten Versuch, ihn wieder vom Gegenteil zu überzeugen, verursachten ihm einen Kloß im Hals.

»Alexander, bitte, lass uns gehen, uns bleibt nicht mehr viel Zeit!« Die Angst stand Nic ins Gesicht geschrieben, doch auch das konnte nur vorgetäuscht sein.

»Ach wirklich? Kommen *sie* etwa? Vermutlich gibt es niemanden, der mich töten will, das war auch nur eine Eurer Lügen. Vermutlich könnte ich für den Rest meines Lebens glücklich in Biota leben. Ihr habt mir doch erst diese Hirngespinste eingepflanzt, dass ich verfolgt werde! Die Spheon ... vielleicht ging es nur um eine Routinebefragung ...« Voller Entsetzen erkannte Alexander das Ausmaß von Nics Lügen. Wo begannen und wo endeten sie? Was von dem, was er wusste, war noch wahr?

»Ich habe nicht gelogen!«, schrie Nic jetzt. »Der Einzige, den ich belogen habe, war der Oberste. Ich habe ihn belogen, um uns zu beschützen. Er hatte mich erwischt, wie hätte ich da wieder herauskommen sollen, anders als mit einer Lüge? Er ist so von sich selbst überzeugt, von der Wissenschaft an sich und der Kontrolle, die er über die Bevölkerung hat, dass er mir sofort geglaubt hat, als ich von meinem Experiment erzählt habe. Ihm kam nicht einmal der Verdacht, ich könnte vielleicht nicht die Wahrheit sagen.« Schwer atmend stand Nic vor ihm, nur einen halben Meter entfernt. Ihr Gesicht war gerötet, die Locken schwebten in wilden Wolken um ihren Kopf.

Alexander wurde unsicher. Was war die Wahrheit?

»Ich glaube Euch nicht«, murmelte er tonlos und schaffte es nicht einmal, Nic ins Gesicht zu sehen.

Nics Schultern sackten nach vorn. »Du könntest einfach mitkommen«, schlug sie vor. »Falls ich die Wahrheit sage, sind wir fort von hier und fangen irgendwo ganz von vorne an. Falls ich nicht die Wahrheit sage … nun, dann wird es dir schlecht ergehen, aber das wird es dir ohnehin, wenn du hierbleibst, auch wenn du mir nicht vertraust.«

Alexander war hin- und hergerissen. Zu gerne hätte er ihr geglaubt. »Es gibt auch noch die Möglichkeit, dass keiner mir etwas Böses will, falls ich nicht versuche zu fliehen und alles nur eine Eurer Lügen war«, flüsterte er leise.

»Wie soll ich es dir denn beweisen?« Frustriert warf Nic ihre Arme in die Luft. Dann rannte sie plötzlich zum Holztisch hinüber. Hastig griff sie nach einem Skalpell. »Ich weiß etwas!«, verkündete sie und drückte sich das Skalpell an ihr Handgelenk, direkt an die Stelle, an der Alexander die schwarzen Buchstaben ihrer Tätowierung erkennen konnte. Mit einem

Ruck schnitt sie in ihre Haut. Blut tropfte auf den Fußboden. Diese Tätowierung war das Symbol für die Zugehörigkeit zu Biota. Das Entfernen würde die schlimmsten Strafen nach sich ziehen! Entschlossen stürzte Alexander zu Nic und riss ihr das Skalpell aus der Hand. Zitternd stand sie vor ihm und presste eine Hand auf die offene Wunde.

»Schon gut, ich glaube Euch«, sagte Alexander, obwohl er tief in seinem Inneren noch immer Zweifel an Nics Aufrichtigkeit hegte. Doch er hatte sich entschieden: Er würde es versuchen. Er würde versuchen, die Stadt zu verlassen.

Nic kam einen Schritt auf ihn zu, wollte den unverletzten Arm um seinen Hals legen und ihn zu sich herabziehen, doch Alexander trat einen Schritt zurück. Das war nicht der richtige Zeitpunkt dafür, so weit war sein Vertrauen in sie noch nicht wiederhergestellt. Mit verletzter Miene wandte Nic sich ab und verband ihr Handgelenk.

Alexander ging zur Tür und rief Oliver wieder hinein, der auf einem Stein vor der Hütte saß und die Vögel im Wald beobachtete. »Wir brechen auf«, verkündete er dem Jungen und dessen Augen leuchteten auf.

»Endlich«, sagte er erleichtert.

»Ihr wollt die alle mitnehmen?«, fragte Alexander Nic ungläubig, als die Botania sämtliche Bücher auf ihren Armen balancierte.

»Ja, klar, sie könnten wirklich nützlich sein.«

»Darf ich sie auch lesen?«, erklang Olivers Stimme plötzlich leise vom Fenster. Alexander hatte schon fast vergessen, dass er da war.

»Kannst du denn lesen?«, erkundigte sich Nic.

Olivers Miene wurde trotzig. »Natürlich kann ich lesen. Nur weil ich von unten komme, muss ich ja noch lange nicht dumm sein.«

»Nein, so meinte ich das nicht.« Nic seufzte. »Ihr hattet schließlich keine Bücher.«

»Manchmal sind welche bei uns gelandet. Und Arthur hat mir das Alphabet beigebracht, bevor er so wurde. So verrückt. Ich habe sie alle gelesen«, sagte Oliver stolz.

»Sehr gut, dann kannst du uns ja auf der Fahrt damit helfen.« Nic lächelte und Oliver strahlte.

Es war ein weiter Weg, bis sie diese Fahrt überhaupt würden antreten können. Falls es denn wirklich dazu kam. So viel konnte schiefgehen. »Was ist eigentlich in dem Rucksack?«, fragte Alexander plötzlich, um sich abzulenken. »Hoffentlich nicht noch mehr Bücher.«

»Nein, unser Proviant. Irgendetwas müssen wir ja schließlich essen«, erwiderte Nic und öffnete den Sack einen Spalt breit.

Alexander erhaschte einen kurzen Blick auf getrocknetes Obst und geräuchertes Fleisch. »Ohne Euch wäre ich aufgeschmissen«, gab er zu. An so etwas Einfaches wie Essen hatte er nicht gedacht. Nic schenkte ihm ein belustigtes Lächeln.

»Ich bin sicher, du würdest wunderbar zurechtkommen.«

Da war sich Alexander nicht so sicher.

»Wollen wir gehen?«, fragte Nic und sah Oliver und Alexander an.

»Jetzt? Am Tag?«, fragte Alexander besorgt und erneut mischten sich Zweifel über Nics Absichten in seine Gedanken.

»Ja, jetzt. Wenn die anderen Einwohner dabei sind, werden die Spheon sich nicht offen zeigen. Sie werden auf eine Möglichkeit warten, wenn wir allein sind.«

»Gut, wenn du das sagst. Dann lasst uns gehen.«

Nic sah sich wehmütig im Zimmer um. Es sah aus, als würde sie Abschied von diesem Ort nehmen. *Sie hat tatsächlich vor, zu gehen …*

»Nimmst du bitte die Bücher?«, bat sie Alexander und er stapelte die dicken Bücher auf seinen Armen. Sie waren noch schwerer, als sie aussahen.

Nic öffnete die Tür und er und Oliver folgten ihr hinaus in den hellen Sonnenschein der Biosphäre.

Es war ein weiter Weg zur Schleuse, auf dem sie glücklicherweise den Marktplatz meiden konnten. Stattdessen fuhren sie hinab in die Quartiere. Als sich der Aufzug mit einem Klingeln öffnete, bedeutete Alexander den beiden anderen, kurz zu warten. Langsam streckte er seinen Kopf aus der Kabine und blickte erst in die eine, dann in die andere Richtung. Er sah nur eine Frau, die einige Meter entfernt vom Aufzug den Flur entlang ging. Auch wenn er nicht glaubte, dass auch sie zu den Spitzeln der Oberen gehörte, wartete er, bis sie um die Ecke gebogen war und gab Nic und Oliver dann das Zeichen, den Aufzug zu verlassen.

Gemeinsam gingen sie die Flure entlang. Alle bemühten sich, die Füße sanft aufzusetzen und keinen Lärm zu verursachen, doch ihre Schritte hallten in den Fluren wider. Nur wenige Meter vom nächsten Aufzug entfernt hörte Alexander ein leises Flüstern. Er drehte sich um, konnte jedoch niemanden auf dem Gang sehen. »Habt ihr das auch gehört?«, fragte er Nic und Oliver. Beide schüttelten die Köpfe. Er warf einen letzten misstrauischen Blick über die Schulter. Nichts zu sehen. Langsam gingen sie weiter.

Ein Schleifen erklang, vermischt mit dem Klicken vieler Zahnräder. »Jemand benutzt den Aufzug«, flüsterte Alexander besorgt.

»Sicher nur einer der Bewohner«, versuchte Nic ihn zu beruhigen, doch auch sie wirkte angespannt.

»Wir sollten uns trotzdem besser beeilen«, sagte Oliver.

»Ja«, murmelte Alexander und lief voraus. Sie nahmen den nächsten Aufzug und kamen in einen weiteren Gang. Hier gab es keine Wohnungen mehr, nur Beton und schlichte Stahltüren. Sie waren mit rechteckigen Metallschildern beschriftet: *Salmo salar*, *Thunnus thynnus*, las Alexander stumm.

»Das sind die Höhlen für die Fischzucht«, flüsterte Nic. »Wir müssen hier rein.« Sie deutete auf eine Metalltür. Die Nieten, mit denen die Tür zusammengehalten wurde, waren rostig, und braune Schlieren überzogen das graue Metall. Mit einem lauten Quietschen, bei dem Alexander die Angst durch die Glieder zuckte, öffnete Nic die Tür. Sie gab den Blick auf eine viel kleinere, künstlich angelegte Kammer frei.

In der Mitte entdeckte Alexander eine Art Metallklappe im Boden und mehrere Hebel an der einen Wand. An einer anderen standen zwei riesenhafte Golems, viel grobschlächtiger und viel weniger elegant als die Modelle, die in der Stadt arbeiteten. Ihr Metall hatte eine fahle graue Farbe angenommen, und der Kopf auf der Vorderseite war lediglich eine Einbuchtung, hinter der eine silberne Lampe glänzte. Ihre Hände und Füße waren vollkommen verkratzt und auch die Gelenke befanden sich nicht im allerbesten Zustand. Eine Klappe am Oberkörper des einen Golems stand offen.

»Glaubst du wirklich, die können noch schwimmen?«, fragte Alexander skeptisch.

Nic runzelte die Stirn. »Ich denke schon.«

Auf dem Bauch der Golems zeichnete sich eine Klappe ab, die gerade einmal so breit war wie Alexanders Oberkörper. Er trat einen Schritt näher und deutete darauf. »Und da müssen wir hinein?« Schon beim Gedanken daran überkam ihn Platzangst.

Nic zog die Augenbrauen hoch. »Ja, was dachtest du denn?«

Er wusste es selbst nicht, aber nun, wo sie vor den gewaltigen Maschinen standen, wurde ihm erst richtig klar, was das alles wirklich bedeutete: Er würde Biota verlassen. Er würde alles, was er kannte, alles was er wusste, hinter sich lassen und einfach verschwinden. Er ließ die ahnungslose Bevölkerung in den Händen der Oberen zurück, und die Dunklen ebenfalls. Seine Eltern würden nie erfahren, was mit ihm geschehen war. Er spürte einen Kloß im Hals beim Gedanken an sie. Einfach so zu verschwinden … es kam ihm falsch vor, doch er wusste, dass ihm keine Wahl mehr blieb. Inzwischen war er sich sicher, dass Nic ebenfalls aus Biota verschwinden wollte, lediglich einige Zweifel über ihre Gründe waren geblieben. Waren die Spheon tatsächlich hinter ihnen her? Unsicher warf er einen Blick zur Tür, dann wieder auf die Golems und atmete tief durch. »Dann lasst uns die beiden mal starten.« Er versuchte sicherer zu klingen, als er es war. Würde überhaupt eine der Maschinen anspringen? Funktionierten sie noch, nachdem sie so lange außer Betrieb gewesen waren?

Er sah dabei zu, wie Oliver begeistert auf die Golems zu rannte und sie untersuchte. »Das sind sie, oder? Das sind Golems wie die, die im letzten Krieg gekämpft haben!« Aufgeregt strich er mit den Händen über das stumpfe Metall des Brustpanzers.

Nic und Alexander zuckten stumm die Achseln und sahen sich an. Es war ein seltsames Gefühl, dass Oliver auf der einen

Seite so viel weniger wusste als sie und andererseits doch so viel mehr. Er kannte die wahre Geschichte darüber, was während des Kriegs geschehen war. Er hatte mit Menschen gesprochen, die dabei gewesen waren und die sich *erinnerten*.

»Ich werde versuchen, sie zu starten«, sagte Nic und trat vor. Da die Golems auf dem Boden knieten, konnte die Botania gerade so die Klappe auf ihrem Rücken erreichen. Sie öffnete sie und zum Vorschein kam ein einziger goldener Schalter.

»Drückt uns die Daumen«, murmelte sie leise und presste ihren Finger fest darauf.

Nichts geschah und Nic drückt den Schalter des anderen Golems. Nichts. Das durfte doch nicht wahr sein! Sie hatten es so weit gebracht und jetzt sollte ihr Plan daran scheitern, dass diese Golems nicht mehr funktionstüchtig waren?

Verzweiflung machte sich im Raum breit.

»Was sollen wir jetzt tun?«, rief Alexander.

»Wie werden die Dinger eigentlich angetrieben? Doch nicht mit Kohle, oder? Das wäre ja rückschrittlich.« Neugierig lief Oliver um Nic herum und betrachtete die Golems von allen Seiten.

»Nein …« Nic räusperte sich. »Nein, mit elektrisch geladenen Spulen. Ich weiß nicht genau, wo man sie einsetzt, aber …« Ihre Stimme verklang.

Oliver umrundete den Golem einige Male und strich über seine matte Oberfläche, dann ertönte ein Knacken und am linken Bein des einen Golems öffnete sich eine Klappe. Oliver klatschte in die Hände.

»Wenn ich vorstellen darf: Spule, das sind Nic und Alexander, Nic und Alexander, das ist die Spule!« Lachend deutete der Junge auf ein silbernes Gewinde, das das gesamte Bein des Golems ausfüllte.

Alexander stand nicht der Sinn nach Olivers Witzen, dazu war er viel zu angespannt. Sein ganzer Magen verkrampfte sich und das Luftholen wurde zunehmend anstrengender. Sie waren schon viel zu lange hier unten!

Ratlos starrte Nic auf die Spule.

»Ist sie leer oder kaputt?«, fragte Oliver und lugte an ihr vorbei in die Öffnung.

Nic schüttelte den Kopf. »Ich weiß es nicht.« Sie wandte sich ab und schaute sich in der Höhle um. An einer Wand standen mehrere Schränke aus Metall. Sie ging entschlossen darauf zu und zog eine Tür nach der anderen auf. »Aha! Da sind sie ja.« Sie präsentierte Oliver und Alexander mehrere neu aussehende Spulen, die fein säuberlich in einem der Schränke gestapelt waren.

In Windeseile machten alle drei sich daran, die alte Spule aus dem Golem auszubauen und die neue einzusetzen. Wenn der Golem jetzt nicht funktionierte, würden sie ihn auch nicht mehr zum Laufen bringen. Dazu fehlten ihnen einfach die Zeit und auch das Wissen. Gespannt sah er zu, wie Nic auf die Rückseite der Maschine lief.

»Hört ihr das auch?«, fragte er plötzlich und Nic blieb stehen.

»Nein, was denn?«, erwiderte sie und blickte sich suchend im Raum um.

»Ich dachte, ich hätte wieder den Aufzug gehört ...« Alexanders Stimme verlor sich in der Höhle. »Ich glaube, meine Nerven spielen mir langsam Streiche.« Er lachte nervös, doch lauschte noch immer auf Geräusche hinter der Eingangstür.

Nic lächelte angespannt und legte ihren Finger auf den Knopf. »Bereit?« Ihre Stimme war lediglich ein leises Flüstern. Oliver und Alexander nickten zustimmend.

Der Boden begann zu vibrieren. Erst leicht, doch dann immer heftiger. Nic riss panisch die Augen auf. »Das sind ...«

»... die anderen Golems«, ergänzte Alexander und warf hektisch all ihre Sachen in den Bauchraum der Maschine und quetschte sich dann durch die Luke. Er zog Oliver zu sich.

»Drück den Knopf«, schrie er, als das Vibrieren stärker wurde und man bereits das Stampfen einzelner Schritte hören konnte. Er vernahm ein Klicken, dann dumpfe Schläge.

»Er geht nicht an!«, rief Nic. Sie kämpfte hörbar mit den Tränen. Ein neuerliches Klicken ertönte. Noch eins, und plötzlich erwachte die Maschine um Alexander herum zum Leben. Licht flammte in ihrem Bauchraum auf und gab die Sicht frei auf allerlei Hebel und Knöpfe.

»Komm rein«, rief er Nic zu, doch sie lief zu dem Steuerpult an der Wand.

»Erst muss die Maschine in die Schleuse. Stellt ihn da rauf!« Nic deutete auf die Metallplatte auf dem Boden.

Hektisch sah Alexander sich um. Wie sollte er zusammen mit Oliver den Golem in Gang setzen? Es gab zwei Sets von Hebeln und Knöpfen im Inneren der Maschine: Dort, wo Alexander saß, direkt auf Höhe des Bauches und dann führte eine Treppe hinauf in den Brustraum, wohin Oliver bereits geklettert war.

Ein lautes Knirschen ertönte und der rechte Arm des Golems hob sich. Alexander hörte Olivers begeisterte Rufe. »Das ist ja unglaublich!«

»Wie hast du das gemacht?«, rief er nach oben und betrachtete panisch die ganzen Hebel vor sich.

»Ich habe den roten Knopf gedrückt und dann einen der Hebel bewegt, den Linken«, rief der Junge zurück.

Alexander verlor keine Zeit und tat es ihm nach. Ein Summen ertönte und die Maschine kam ruckartig auf die Beine. Er bewegte einen weiteren Hebel und der Golem stampfte vorwärts. Als er auf der Metallplattform stand, ließ Alexander den Hebel wieder los. Sein Herz schlug ihm bis zum Hals und die Hand an der Steuerung zitterte so stark, dass er sie vorsichtshalber auf sein Bein legte. Er wollte den Golem nicht versehentlich wieder von der Plattform herunter steuern.

»Jetzt komm endlich!«, schrie Alexander durch den Lärm, den ihre ungebetenen Gäste verursachten. Sie mussten bereits direkt vor der Tür stehen. Wenn Nic es nicht rechtzeitig schaffte …

»Sofort!«

Er beobachtete, wie sie mehrere Knöpfe drückte, und spürte einen kurzen Ruck, dann begann sich die Plattform zu senken. Nic rannte auf sie zu und sprang hinab in den Bauchraum des Golems. Sie wäre um ein Haar wieder hinausgefallen, doch Alexander ergriff ihre Hand und zog sie zu sich in die riesige Maschine. Von innen schloss Nic die schwere Tür und verriegelte sie. Durch die Schlitze vor seinen Augen sah er, dass sich die dicke Eisentür der Höhle öffnete und vier Spheon eintraten, gefolgt von den zwei bewaffneten Golems, die zuvor im Bio-Tower gestanden hatten. Ihre leeren Augenhöhlen glühten rot und waren direkt auf ihn gerichtet. Er sah noch, wie die Spheon, gekleidet in lange schwarze Mäntel, mit ihren seltsam verschwommenen Gesichtern unschlüssig zu ihnen herabblickten. Die Golems hoben ihre Arme, an denen sich lange gebogene Rohre befanden. Alexander wusste, dass es Schusswaffen waren, doch er hatte sie nie zuvor gesehen, nur davon gehört.

Die Plattform sank weiter und Alexander konnte nicht mehr sehen, was im Rest der Höhle geschah, nur noch die glatte Metallwand der Schleuse.

»Schließ die Klappe!«, schrie Nic in Olivers Richtung.

Ein ohrenbetäubender Knall ertönte, der von den Wänden widerhallte. Die Plattform kam mit einem Ruck zum Stehen und es wurde dunkel in der Schleuse. Ein Rauschen erklang und nach einigen Sekunden hatte Alexander das Gefühl, zu fallen. Fahles Licht strömte durch die Schlitze vor ihm und er sah, dass sie am Boden eines Unterwasserschachts waren. Vor ihnen führte ein Felsgang geradeaus.

»Lauf, lauf!«, rief Nic neben ihm, und Alexander bewegte die Hebel des Golems so schnell er konnte. Die große Maschine stolperte eher, als dass sie lief, doch sie bewegten sich den Gang entlang, bis sie zu seinem Ende kamen. Von hier an ging es nur noch nach oben.

»Wie …«, begann Alexander, doch Nic schlug auf einen blauen Knopf auf dem Steuerpult und sein Magen hob sich. Die Felswände glitten immer schneller an ihnen vorbei und schließlich waren sie verschwunden. Lichtdurchflutetes Wasser umhüllte sie. Alexander zog einen der Hebel zurück und sofort hielt der Golem still. Sie schwebten schwerelos im Wasser vor Biota. Wehmütig glitt Alexanders Blick über die drei riesigen hell beleuchteten Kuppeln, die vielen Tunnel, die sich wie Adern durch die Stadt zogen und den Bio-Tower, der bunt leuchtend aus dem Gewirr herausstach. Er musste einen Weg finden, wieder zurückzukehren. Diese ganzen Menschen dort unten … Er konnte sie nicht zurücklassen, nicht nach all dem, was er nun wusste. Eines Tages, schwor er sich, würde er zurückkommen. Und dann würden die Wissenschaftler nicht mehr tun und lassen dürfen, was sie wollten.

»Wir haben es geschafft«, flüsterte Nic und drückte seine Hand. Ja, sie hatten es geschafft, sie waren aus der Stadt entkommen. Alexander warf einen kurzen Blick zum Boden, dorthin, wo sie aus dem Schacht herausgekommen waren. Es sah aus, als folgte ihnen niemand. Falls die Spheon den anderen Golem benutzen wollten, um ihnen zu folgen, mussten sie ihn zunächst einmal zum Laufen bringen.

Alexander grinste unwillkürlich. Er fühlte sich unendlich erleichtert. »Kann das sein, dass du so eine Maschine vorher schon mal benutzt hast?«, erkundigte er sich.

»Ja, klar, ich war Algen sammeln.« Nic zwinkerte ihm zu. In dem Moment ertönte aus dem Brustraum des Golems ein leises Stöhnen. Sie sahen sich an und Alexander kletterte die steile Treppe hinauf. Oliver saß vor den Hebeln auf dem Sitz. Mit großen Augen blickte er Alexander an. Schweißtropfen glitzerten auf seiner Stirn.

»Was ist los?«, fragte Alexander und Oliver hob die Hand, die er an seine Schulter gedrückt hatte. Die Hand war blutig, und als er sie wegzog, lief ein feines rotes Rinnsal aus seiner Schulter über sein schmutziges Hemd.

»Nic, das solltest du dir ansehen!«, rief Alexander panisch die Treppe hinab. »Drück die Hand wieder fest dagegen«, riet er Oliver und rief wieder: »Nic!«

»Ich kann nicht. Wir müssen hier weg. So schnell es geht!«

Er warf einen kurzen Blick aus dem Fenster und sah zu seinem Erstaunen, dass die beiden Golems mit den roten Augen ihnen folgten. Sie stiegen bereits aus dem Felsgang empor, den ihr eigener Golem erst vor wenigen Augenblicken verlassen hatte.

Die Maschine setzte sich so schnell wieder in Gang, dass Alexander ein paar Schritte vorwärts stolperte und sich an den Kabeln an der Decke festhalten musste, um nicht hinzufallen. Er blickte aus den winzigen Fenstern. Der Meeresboden zog mit beeindruckender Geschwindigkeit an ihnen vorbei.

»Wir müssen von der Stadt weg«, rief Nic.

»Können wir überhaupt vor ihnen davonschwimmen?«

»Ja, ich denke schon. Sie sind nicht für Unterwassereinsätze gebaut worden.«

Mit stark pochendem Herzen sah er, wie die Stadt, in der er sein ganzes Leben lang gewohnt hatte, immer kleiner und kleiner wurde. Das Licht, das sie ausstrahlte, wurde schwächer, und schließlich umgab sie eine erdrückende Dunkelheit, nur das Licht im Inneren des Golems verhinderte, dass es vollkommen dunkel war.

Alexander stieg die Treppe wieder herab und fand Nic vor den Hebeln sitzend, das Gesicht vor Konzentration verzerrt. Sie drückte mehrere Knöpfe und ließ schließlich seufzend die Steuerknüppel los. Er spürte, wie der Golem langsam nach oben stieg. »Wir steigen auf?«

»Ja, besser, wie schauen uns oben erst einmal um. Ich denke nicht, dass sie uns bis dahin verfolgen werden, wenn sie es überhaupt schaffen.« Sie wandte sich ihm zu. »Was wolltest du eben?«

»Oliver ist verletzt!«

Bevor er noch etwas sagen konnte, verschwand Nic mit geschmeidigen Bewegungen aus dem Bauchraum des Golems. Er hörte, wie sie leise mit Oliver sprach, und folgte ihr. Sie untersuchte behutsam die Wunde, die inzwischen nicht mehr so stark blutete. Sie drehte Oliver ein Stück zu sich herum und betrachtete auch die Rückseite seiner Schulter.

»Es ist auf beiden Seiten eine Verletzung zu erkennen. Das ist gut«, verkündete sie. »Das heißt immerhin, dass die Kugel nicht in deinem Körper feststeckt.«

Oliver nickte tapfer.

»Ich denke, deine Schulter wird von allein wieder heilen, die Blutung lässt jedenfalls schon nach. Aber wir sollten sie natürlich im Auge behalten.« Nic strich Oliver vorsichtig seine schweißnassen Haare aus der Stirn. In diesem Moment wurde es im Inneren des Golems merklich heller und Alexander warf einen Blick aus dem Fenster. Über ihnen schimmerte helles weißes Licht!

»Ich glaube, wir sind gleich da!«, rief er aufgeregt und auch Nic stellte sich zu ihm ans Fenster.

»Ja, du hast recht. Das muss die Oberfläche sein!«

»Ich möchte sie auch sehen«, sagte Oliver mit schwacher Stimme. Gemeinsam stützten Nic und Alexander ihn und alle drei blickten aus dem schmalen Fenster.

Das Licht wurde heller und heller und schließlich durchbrach der Golem mit seinen drei Passagieren die Oberfläche des Ozeans. Wie ein Korken schaukelte er auf den Wellen, und Alexander erblickte zum ersten Mal in seinem Leben den Himmel.

NACHWORT

Vermutlich sind Ihnen die vielen berühmten Namen in meinem Roman aufgefallen. Namen von Menschen, die tatsächlich existiert haben. Aber obwohl ihre Namen echt sind, so sind es ihre Persönlichkeiten, ihr Aussehen und vor allem ihre Taten in meinem Roman nicht, sie entspringen lediglich meiner Fantasie. Sie sind nur das Sinnbild einer Gemeinschaft, die es so oder so ähnlich hätte geben können, aber nie gegeben hat.

JASMIN JÜLICHER

Jasmin Jülicher, geboren 1990, ist seit frühester Kindheit eine begeisterte Leserin. Die Idee zum ersten eigenen Roman entstand aber erst während ihres Masterstudiums der »Biological Sciences« in einem aus Neugier besuchten Krimi-Seminar.

Die darin entwickelten Ideen und das Schreiben selbst ließen sie nicht mehr los und so arbeitet sie seitdem an Romanen und Kurzgeschichten, in denen sich Realität und Fantasie miteinander verbinden.